吴姐姐讲历史故事

吴涵碧◎著

明

1368年～1644年

新世界出版社
NEW WORLD PRESS

朱元璋（1328 年 ~ 1398 年），明代开国皇帝，原名朱重八，安徽凤阳人。出身赤贫，灾年不能自存，托身皇觉寺，之后托钵乞讨三年，足迹踏遍淮西名州大邑，炼就坚强体魄与意志。1351 年投郭子兴，很快脱颖而出，郭子兴死后，统领全军，下金陵后，以之为根据地，出兵四伐，至 1367 年扫平南方。1368 年 8 月，大军进入大都，元朝灭亡。朱元璋起自寒微，但能礼待士人，爱惜民众，更兼自身雄才大略，终成就大事，成为农民起事而有天下者第一人。

——见《和州妇女重获天日》，第 1 页。

* 图注内容皆出自《吴姐姐讲历史故事》——编者注

刘基（1311 年～ 1375 年），选自《历代名臣像解》。字伯温，浙江青田人。出身官宦世家，元朝进士，博通经文，尤擅星象，雅号“小诸葛”。初仕元朝，眼见朝廷公权不张，盗贼横行，黯然隐退。朱元璋入浙，刘基受邀出山，朱元璋相谈之下，大感敬服，以张良视之，之后成为朱元璋重要智囊，在平定陈友谅之战中立有殊勋。朱元璋取得天下后，刘基论功封诚意伯，但他不满朱元璋严苛之政，又不安于其性好猜忌，再次退隐乡里。刘基个性分明，嫉恶如仇，在朝之日，树敌众多，终未能安老林泉，以致郁郁而终。

——见《刘濠计毁黑名单》，第 20 页。

马皇后（1332 年 ~ 1382 年），佚名绘。出身微贱，母早死，父马公杀人，郭子兴与马公友善，收为义女，21 岁时，与朱元璋为妻。马氏不识字，然娴淑通达，对丈夫关怀备至，朱元璋之前备尝艰辛，至此方得家室之乐，大慰平生。朱元璋登位后，马氏册为皇后，仍不改勤俭本色，时时关爱民众，朱元璋以妇人不干政为由，加以斥责，马后以大义晓之："陛下为天下父，妾为天下母，子民生活，岂可不问？"见朱元璋对臣下严刻，每劝导他与功臣善始终，不可擅加刑责。51 岁时病重，不愿因治病之事，牵累御医，拒不问诊，终致不治，临死之际，仍不忘劝朱元璋求贤纳谏，与民休养。诚一代贤后。

——见《马皇后的大脚丫》，第 93 页。

徐达（1332 年～ 1385 年），选自《历代名臣像解》。字天德，安徽凤阳人，朱元璋微时玩伴，朱元璋为郭子兴部将，徐达往投，随朱元璋从征四方，攻城取寨，罕有不克。朱元璋平定南方后，徐达与常遇春率师北征，山东、河南、河北次第讨平，1368 年 8 月入大都，元代灭亡，是朱元璋座下武将之首，明朝开国第一功臣。徐达为人刚毅勇武，与部众同分甘苦，是历代以来有名的战将、统帅。朱元璋称誉他："受命而出，成功而旋，不自夸，不张扬，妇女无所爱，财宝无所取，中正无疵，昭明乎日月，大将军一人而已。"

——见《胡惟庸又卑又亢》，第 105 页。

李善长（1314 年～ 1390 年），选自《历代名臣像解》。字百室，安徽定远人，青年时读书不多，但富有智计，喜法家学说，“策事多中”，里中推为祭酒。朱元璋道经滁州，李善长谒见，以刘邦故事，勉励朱元璋进取四方，挽救民众，朱元璋至此，方有图天下之志。李善长自此随朱元璋左右，定计谋、办粮饷、协调将士，计出无穷，朱元璋以萧何视之。明朝建立，论功为文臣第一，封韩国公，拜左丞相。晚年因胡惟庸案，坐谋反，全家被诛。之后有大臣指出，李善长本为勋臣之首，即使助胡惟庸谋反成功，他不过是勋臣第一，所为何来？朱元璋有所省悟，但事已然不可挽回。

——见《李善长怦然心动》，第 121 页。

方孝孺（1357 年～ 1402 年），选自《历代名臣像解》。字希直，浙江宁海人，自幼聪慧，读书极用功，乡人称“小韩子”，及长，师从宋濂，不务章句，志在“明王道，致太平”，朱元璋两次召见，呼“良士”。惠帝时征翰林侍讲，君臣相得，知遇甚深。燕王举兵南下，谋士道衍以方孝孺为天下读书人种子，务请保全。燕王入主南京，召方孝孺草即位诏，方孝孺丧服入朝，燕王温言抚慰，方孝孺当廷大哭，痛斥燕王悖行篡逆，严拒诏命，燕王大愤，命处磔刑，诛十族。方孝孺是明代大文学家、散文家、思想家，死时 46 岁，兄弟妻子一同殉国，一门忠烈。

——见《方孝孺宁死不屈》，第 286 页。

目录

和州妇女重获天日

朱元璋解除了滁（chú）州之围，表现了过人的机智，人们总算对朱公子另眼相待了。

朱元璋虽是郭子兴的女婿，他可是有真本事，奈何别人总认为他是走裙带关系，让他心里很是不服气，再说，他年纪轻，资历浅，在郭子兴的众多将领之中，论起辈分，当然是排在后头的。

朱元璋一向相信："弱者等待机会，强者创造机会。"他要想一个办法扭转颓（tuí）势才好。

"有了！"朱元璋想到，向来诸将举行军事会议，总是在大厅依着官位前后排排坐，而他呢，永远是敬陪末座，谁也不答理他。不如把位置变换一下，改为一排横的木凳，这样，至少让大家注意到，有这么一个朱元璋的存在。

主意已定，他趁着晚上，把公座撤去，改为一排木凳子。

第二天，会议开始，谁也没留心这件小事，只是往右边位置挤，按照当时蒙古人立的规矩，右首为尊也。

朱元璋来了，发现只留下左末一席，这也无所谓，换个角度看，最左的也就是最右的，既然人人坐在同一排，他可要好好表现一下了。

郭子兴手下这批猛将，打起仗来冲锋陷阵，拖枪使棒十分来得，若是要判断敌情，决定大事，却只会摸着络腮胡须，嘿嘿嘿地干笑，一句话也说不出来，像傻瓜似的，个个都是胸无点墨的大老粗。

朱元璋，西藏自治区拉萨市布达拉宫藏。

朱元璋口才绝佳，模样虽然丑陋，却是高头大马，面圆耳大，一番话说下来，无人不服。

会议决定，诸将们分工修理城池，各人认定地位丈尺，限三天之内完工。

以往，碰到这种事，谁也没把话放在心上，虽然说是三天，拖到三十天也是常有之事。

这一回，朱元璋存心立威，三天一到，二话不说，约集诸将一同查看。结果，除了朱元璋派定的一段之外，其他的不是没有竣工，就是还没有开工。

朱元璋放下脸，拿出郭子兴的告示，十分严厉地训斥："各位奉总元帅令，办理修城要事，竟然拖拖拉拉，完全不放在心上，这像话吗？从此而后，如有违反军令，一律军法处理，顾不到情分。"

将领们被朱元璋这一刮，又是惊奇又不便反驳，脸上阴晴不定，逐渐领教了朱元璋这个人不好惹。当然，也有那年长的，表面上唯唯诺诺，私底下对朱元璋"目无尊长"相当不悦。

过了不久，朱元璋又做了一件让诸位将领大吃一惊的事：那是红巾军占领和州不久，有一天，朱元璋信步来到城外，看到一个年约五六岁的小男孩，蜷（quán）缩在稻草堆旁低声饮泣，腊月里天气寒冷，小男孩不住地发抖。

朱元璋见他一副小可怜的模样，想起当年自己饥寒交迫的情景，泛起了同情的慈悲心。他向前问小男孩："小弟弟，你父亲呢？"

"在军营里帮官人喂马。"

"那母亲呢？"

"妈妈在另外一个当官的人家里。"小男孩说到这儿，委屈得猛掉眼泪。

朱元璋心下一惊，原来都是我们红巾军做的缺德事，真是该死！

他牵起小男孩的手："别哭，我带你去找爹娘。"

小男孩擦干了眼泪，跟着朱元璋一处处军营寻找，果然找到了母亲。这妇人一眼瞥（piē）见了儿子，冲过来，紧紧地搂着："宝宝，你怎么了，宝宝，妈妈好想你。"

"这位叔叔带我来的。"小男孩指一指朱元璋。

年轻妇人连忙下跪，不断磕头："总兵官，救救我们吧。我丈夫被拉去当马夫，我也被那官押到这儿，宝宝这么小，可怜啊！"

小男孩也学着妈妈，不断地磕头，还用小手拉着朱元璋的裤子。

朱元璋忆起幼年，最为痛恨欺压百姓的贪官污吏。不料，红巾军打着反抗暴政的旗号，原来也是害得百姓妻离子散，算是什么仁义之师！

他当下召集诸将，声色俱厉地责问："我们大军从滁州来此，人皆单身，并无妻小，怎么没几天，倒有人有了妻眷（juàn），这是怎么一回事？"

军士们面面相觑（qù），不明白朱元璋为何有此一问。因为向来城破之后，一番大抢大夺，也包括妇女在内，不论已婚未婚，凡是稍有姿色的，一个也别想逃，统统做了押寨夫人。这不但是公开的规矩，也是鼓励军士向前冲锋的原动力。

朱元璋清一清喉咙道：“我等起兵乡里，乃是为了救民，如今竟然掠人妻女，岂不是毁了红巾军的名声吗？如此下去，民怨沸腾，我们还谈什么重整天下？我现在规定，以后入城，一律不准霸占妇女，违者军法处分。”

接着，和州城内所有被俘虏的妇女全部放出，一时之间夫认妻、妻认夫、母认子、子认母，有哭的，也有笑的，更有又哭又笑的，大家简直激动到了极点，朱元璋的军令森严也因此而名闻远近。

朱元璋被绑架

在上一回之中，我们说到，朱元璋放走了被掳来的和州妇女，老百姓都感激涕零。

老百姓乐了，军士们可不乐了，这些胡作非为的军士，多半是张天佑的部队。张天佑贪财好色，而且是个醉醺（xūn）醺的酒鬼，三杯黄汤下肚，经常贻误军机。

张天佑听说朱元璋下令，把他部下怀里的美人儿都给放了，十二万分的不开心，直觉以为，朱元璋存心不把老一辈放在眼里，是可忍，孰不可忍也。

张天佑第一个念头，就是冲到郭子兴那儿告状，他数说朱元璋："元帅啊，你那个宝贝女婿，不但把三军财物，全部收归己有，而且还不准我们军士们拥有妇女，竟然命令大家，把妇女放出，全部归他一人所有，他也未免太过分了一些吧。"

"真有这事？"

"怎么没有？所有抢来的妇女都给充了公，下一回，拿什么砥砺（dǐ lì）士气，要大伙在沙场上卖命？"张天佑气得青筋毕露。

跟着张天佑前来的小兵也凑上前加了一句："连我们张将军的女人，朱公子也不放过。"

听到这儿，郭子兴火大了，他一向耳朵软、性子急，事情还没搞清楚就发脾气，躺在床上，左思右想，辗转难安。干脆，掀开被窝，从滁州赶到和州，找朱元璋算账去。

岳父大人深夜来访，朱元璋心想，又不知哪儿惹他老人家发火，先跪下来请罪再说。

郭子兴气得话都说不出来，不断地调匀呼吸，过了半晌才开口："是谁跪在下面？"

"总管朱元璋。"

"你知罪吗？"

"知罪。"朱元璋实在不晓得，究竟犯了哪条罪。

"你要逃到哪里去？"

"儿女有罪，又逃到哪里去？外面的事要紧，得马上去办！"

郭子兴忙问："什么事？"

"孙德崖来了！"

一听孙德崖，郭子兴立刻眼睛冒火。

孙德崖原是郭子兴的副帅，军中的大事，多半是孙德崖作主。后来，郭子兴有了朱元璋这个乘龙快婿，对孙德崖看不上眼，双方愈闹愈僵。

孙德崖竟然趁着朱元璋不在之时，请郭子兴前来喝酒，其实是安排一场鸿门宴，把郭子兴五花大绑锁在木板上。

郭子兴发现中计，已为时晚矣。幸而随行的马夫溜得快，机灵地回去通报。

等到朱元璋带着人马，团团围住孙家，掀开屋瓦，救出郭子兴时，郭子兴已被打得全身青紫，朱元璋把岳父背回家时，郭子兴已奄奄一息。

因此之故，郭子兴想到孙德崖就一肚子窝囊气，这一回，孙德崖是因为濠州缺粮，也不先与朱元璋等商量，带了部队就往和州闯，说是要在城里待一阵子，真让朱元璋伤透脑筋。

孙德崖听说郭子兴来了，派人对朱元璋说："你丈人来了，我们处不来，我要走了。"

朱元璋心想，如此简单就好了，不晓得你葫芦里藏着什么玄机，赶来劝孙德崖：“何必如此匆匆忙忙。”

孙德崖还是要走，朱元璋只好送行。他送孙德崖部队出城外，走了相当一段路程，忽然之间，小兵通报：“城里头两军打起来了。”

“怎么回事？”朱元璋一惊。

郭子兴，选自《晚笑堂画传》，清上官周绘。

孙德崖的部队不由分说，枪箭齐下，把朱元璋给绑了起来，气汹汹道：“一定是你的诡计。”

“我根本不知道。”朱元璋着急分辩，“大家都是旧伙伴，好朋友，何必彼此火并。”

孙军中有人起哄：“别跟这小子啰啰嗦嗦，杀了他就是。”

却有另外一人道：“不成，孙将军目前还留在和州城内，如果现在杀了朱元璋，孙将军一定也活不了。”

最后的决议是，孙军部队先派个人去和州城里探查形势，然后再把朱元璋送上西天。

于是，孙军部队中一名军官，骑着快马赶回和州城，发现城内一片平静，并没有什么乱事，问起孙将军，人们回答：“赴郭子兴那儿喝酒去了。”

军官来到军营，经过通报之后发现，没错，郭子兴正与孙德崖对饮。不过，孙德崖的脖子被一个大号铁索，牢牢地锁住。

郭子兴忙问军官：“我那女婿呢？”

“在我们军营之中。”

“哈！”孙德崖一拍大腿，“那敢情好，郭贼，还不赶快把我给放了，否则，你女儿只好当寡妇了。”

“放人，没那么容易，走马换将是可以，等我看到朱元璋再说！”

郭子兴也不相信孙德崖，于是，二人就这么耗着，郭子兴担心朱元璋的安危，血压不断地升高，表面上却故意不动声色，还一直开孙德崖的玩笑：“老孙，脖子上套个锁，其实也不错啊，可以照样喝酒。”

最后，孙德崖受不了了，答应采取折衷之策，郭子兴先派徐达到孙军当抵押，换回朱元璋，朱元璋回到城里，才解开锁，放走孙德崖，孙德崖回去了，再放还徐达。

折腾了两天，朱元璋终于毫发无损地回来了。但是郭子兴受了惊吓，又忍着气，得了脑溢血，没多久，一命呜呼，郭子兴的部队就由朱元璋掌管了。

常遇春采石矶立功

朱元璋的老丈人郭子兴去世以后，顺理成章地，郭子兴的部众全归朱元璋所有。郭子兴是个不好相处的人，朱元璋靠着过人的机智，小心伺候，岳婿一场好始好终，由此也可看出朱元璋的不凡能耐。

至正十四年（1354 年），朱元璋的亲侄儿朱文正，以及姐夫李贞带着外甥保儿，得到消息，一块前来投靠朱元璋。

朱元璋这才知道，二哥、三哥都去世了，一家人只剩下这么几口，想来真是伤心。四个人抱着头，痛痛快快哭了一场。

哭完后，彼此端详，没想到遭逢生离死别，今朝还有相会的日子，又欢欢喜喜地笑了起来，保儿扯着朱元璋的衣袖，亲热地唤着："舅舅，娘一直惦记着你。"

朱元璋低头一看，十四岁的保儿，长得与二姐一个模子印出来似的。想起小时候，朱元璋每次闯了祸，总是二姐帮忙收拾烂摊子，蓦然心中一酸，拍拍保儿的头道："外甥见到舅舅，就像见到娘一样的。"以后，朱元璋在皇陵碑中记载这一段："一时会聚如再生，牵衣诉昔以难当。"

在此同时，朱元璋还收了一个叫沐英的为养子。沐英只有十岁，父母双亡，长得一脸聪明相。朱元璋把亲侄文正、外甥保儿与沐英都收为养子，改姓为朱。朱元璋以后又收了二十多个义子，壮大势力。原来，收养义子，是当时流行的风尚，带兵的将领喜欢挑选俊秀勇猛的青年为心腹，不但打仗时格外拼命，也能用来监视其他将领。

不过，朱元璋最开心的是，大将常遇春的前来投奔。

常遇春相貌堂堂，尤其奇怪的是他双手过膝，相书上称为“猿臂”，擅长骑马射箭。他是怀远人，由于家乡贫困，日子过不下去，起初跟着刘聚当强盗，混了半天，没能闯出名堂来。

常遇春听说朱元璋雄才大略，决定改投朱元璋。据说，当他在半途之中，躺在田埂上打瞌睡，迷迷糊糊梦到仙人披甲拥盾把他唤醒：“起，快起，主君前来了!”他吓醒来，从此认定朱元璋是真命天子。这类传说，当然不足为信。

当朱元璋收留常遇春之时，他正在为粮荒发愁，经常对着长江叹息。朱元璋所在的和州对面是太平（安徽当涂），太平南靠芜（wú）湖，芜湖周遭的丹阳、高淳、宣城都是著名的鱼米之乡。可是没有船只，如何渡河？有了船只，缺乏水手也过不去，真是伤脑筋。

事有凑巧，巢湖小军头目李扒头派代表来搬救兵，原来两股海盗相持不下，李扒头连连吃败仗，想要朱元璋伸出援手。

朱元璋亲自前来劝告李扒头：“与其死守挨打，不如我们结伙渡江，共取富贵。”

李扒头答应了，朱元璋兴奋得摩拳擦掌：“我正愁着不能渡江，巢湖水军不请自来，真是天助我也！”

至正十五年（1355年）六月初一日，朱元璋引舟东下，向江口进军，常遇春为先锋。当日，日明风顺，水阔江深，不一会工夫，已到采石矶（jī）。

元兵这方面，刀枪麻列，旌（jīng）旗蔽天，两军在不到三丈之处，摆开阵势。

朱元璋手下的长枪手郭英抢先向前，谁知元军之箭有如飞雨般洒来，无法前进。

朱元璋对胡大海与常遇春二人道：“你们两个，谁先登上采石矶，就被任命为正先锋。”

常遇春存心露一手，他乘着快艇，带着神枪手奋力冲到采石矶下。

元兵见朱元璋近岸，炮箭纷纷如蝗虫般飞来，以至于朱军盾牌也遮不住，神枪也无可用，兵士们正准备撤退，常遇春大喝一声：“我今天取不得采石矶，誓不旋师！”

常遇春强攻采石矶，选自《马骀画宝》。

于是常遇春不顾三七二十一，挺着枪登岸，元将卜喇猛力拿着长矛戳下，常遇春右手拿着盾牌，左手捏着矛杆，大叫一声，从空中直跳而上，撇了盾牌，就持枪猛刺卜喇。卜喇未料到常遇春如此神勇，武艺高强，一时失神，便被常遇春的枪刺倒在地。

朱军见常遇春顺利上岸，也争相鼓噪，纷纷一跃上岸。元兵失了帅，个个心慌意乱，顾不得恋战，大伙儿弃戈逃跑，死者不可胜数。

朱元璋顺利在采石矶安置大军，论功行赏：“常将军奋勇争先，万将莫敌，攻克采石矶，特拜为正先锋。”

朱元璋的军队，在和州都饿得老眼昏花，上岸之后，忙着抢运粮食，搬到船上，准备运回和州慢慢享用。

朱元璋使个眼色给徐达，徐达二话不说，把船缆一一砍断，推入急流，兵士急得大呼小叫，朱元璋登高一呼：“前面就是太平府，要什么有什么，打下来再说。”

士兵们经这一激励，士气大振，不一会儿工夫，把太平府攻克，一拥而上，想要好好抢个够。

可是，朱元璋早有准备，他在街上到处张贴告示：“禁止军士掳掠，违者军法处置。”且有巡逻队，和宪兵一般到处纠察，有一士兵不知死活，动手就抢，立刻被斩首。在朱元璋的严明军纪下，太平府才免遭这一劫。

另外，朱元璋说动当地大户，捐出些金银财帛，分赏将士，大伙也丰丰盛盛打了牙祭。由此看来，朱元璋真是懂得领导艺术。

朱元璋与小青蛇

朱元璋进讨太平府，秋毫无犯，倒真让人们吃了一惊。原来，当时不论元军、红巾军，都是大烧大抢的土匪，从没见过如此军纪严明的。

有个名叫陶安的读书人，原籍安徽当涂，考取了元朝的乡试。因为家乡盗贼作乱，逃到了太平府，不巧，太平府也起了战争。原先以为这下子死定了，活该劫数难逃，不想，竟然安然无恙，十分庆幸，也对朱元璋起了强烈的好奇心。

于是，当朱元璋入城之时，陶安便挤在人群之中，想要一睹朱元璋的庐山真面目。

朱元璋的长相还真好认，陶安一眼望见，倒抽一口气，心想：这人长得真够丑，头顶矗（chù）起，颧（quán）骨高耸，鼻尖下巴皆往上掀。虽然其貌不扬，但是，在相书之中，说这种人是“五岳朝天，贵不可言”。陶安还是头一回见到如此贵人。

回去之后，陶安逢人便说：“朱元璋长得是龙姿凤质，一眼看去，便知非常人也，我辈今有主矣，大家有好日子过了。”

这个话，没多久，也传到朱元璋的耳朵里了，他一听之下，大乐，立刻把陶安找来，共同商讨国是。

陶安见朱元璋有心请教，也就坦诚以告：“今日四海沸腾，豪杰并争，攻城屠邑，互相雄长。他们的目的，都在掠取财富，没有拨乱救民安定天下之心。不似您明公，率众渡江，顺天应人，天下

朱元璋，佚名绘。

可平也。”

陶安的高帽子一戴，朱元璋精神抖擞，乘机向陶安问问意见：“我想取金陵（南京），你看如何？”

“好！高明！”陶安接着分析，“金陵是帝王之都，龙蟠（pán）虎踞，扼长江之险，出兵以临四方，何方不克，这是老天帮助明公！”

朱元璋读书不多，见识有限，听了陶安一席话，发现英雄所见略同，更加肯定自己不凡，对于朝往统一中国当皇帝的美梦，似乎又近了一层。

由于朱元璋出身寒微，祖宗几代没一丝一毫可夸耀之处，偏偏中国人，又最讲究家世门第，为了弥补此一缺失，他在见过陶安以后，便开始制造大量神话，四处放空气，为自己造势。

其中，流传得最广的说法是，有一天下午，朱元璋正在打瞌睡，忽然之间，觉得手臂上冰冰的，凉凉的，痒痒的，他也不理，继续睡他的觉。

倒是左右的人，吓得话都说不出来了，原来有一条青蛇，正绕着朱元璋的脖子往上延伸，快要靠近他的喉头了，众人想砍，又怕伤了朱元璋，仔细一瞧，这条青蛇竟然有脚，太奇怪了。

朱元璋悠悠地睁开眼睛，望着蜿蜒而上的蛇，倒也不惊也不慌，他徐徐地脱下帽子，对着青蛇道："如果你是神，就把我的帽子当家吧！"

说也奇怪，这条青蛇似乎听懂了朱元璋的话，真的乖乖地爬入帽中，朱元璋顺手把帽子往头上一戴。

旁边有人说："这不好吧，万一蛇在脑袋上咬一口。"

另有人接口道："你别蠢，是神，不是蛇！"不过，他也担心地提醒朱元璋："主帅，你还是把帽子留在这儿吧！"

朱元璋不理会，自顾自地到营地视察。

视察归来，他也忘了这件事。经过左右提醒，才把帽子摘了下来，只见青蛇在帽中穿来梭去，自由自在，颇有"宾至如归"的喜悦，大伙都看得两眼发直。

到了晚上，大宴宾客，朱元璋把帽子取下，搁在一旁，在啧啧称奇声中，朱元璋竟然喂青蛇酒，青蛇也老实不客气地啜饮，于是，朱元璋一口，青蛇一口，互相交换着，把一小盅烈酒喝光了。

青蛇喝完了酒，往神椟（dú）爬去，对着大家冷冷地看着，眼中透着威严，叫人心中一懔（lǐn）。

又过了一会儿，青蛇沿着墙壁，升屋而去。

朱元璋宣布："送神仙！"

众人更加确信，朱元璋有神仙之助，确非等闲之辈。

此类传奇神话，起源也许是朱元璋真遇到一条小蛇，他胆子大，放在帽中把玩，其他部分，则是有心人故意编造，夸大渲染，用以抬高朱元璋的地位，也确实收到了宣传效果。

不过，朱元璋的确是胆识过人，他血液之中流窜着冒险的因子。

朱元璋打败陈兆先以后，收编了陈兆先的军队，陈兆先手下有的是大块头的壮士，这是陈兆先特别精挑细选，然后加以训练的贴身保镖，共有五百名。

朱元璋看着喜欢，便把这五百名壮士当做自己的卫队。

可是，这五百名壮士始终忐忑不安，怕被旧人排挤，也怕朱元璋不信任，随时会除掉他们，因此虽然一个个长得像堵墙，说起话来、走起路来，却是忸忸怩怩的，眼睛也不敢朝人看。

朱元璋看穿壮士们的心事，也不说破，到了晚上，他对壮士们说："你们轮流守夜。"于是，壮士们分成几批排班，守在朱元璋床前。其他旧的老守卫，则被调去做旁的事。

朱元璋把盔甲一脱，往床上一躺，就呼噜呼噜打起鼾来，睡得又香又甜，当然这也是个大赌注，壮士们若要图谋不轨，这可是最佳时刻。

第二天，壮士们对朱元璋能够如此信任自己，都觉得十分受用，互相勉励道："朱公能够如此信任，真够意思，不但保全你我的性命，还把咱们当心腹，看来是碰到好主子了。"

于是，陈兆先手下，全部对朱元璋死心塌地，尽忠到底。

朱元璋敬重读书人

元朝末年，天下大乱，群雄并起，朱元璋穷和尚出身，条件并不好，他之所以能够脱颖而出，与他善用读书人很有关系。

朱元璋头一个赏识的读书人，该算是李善长了。他在进军滁州的路上，定远人李善长求见。李善长学的是法家政治，头脑清楚，与朱元璋初次见面，一见如故。

朱元璋是个喜欢结交朋友的人，而且他有个长处，很容易与人打成一片，显得极热忱。

他问李善长："依你之见，四方战斗不停，要到哪一天，才能够天下太平，老百姓重新安居乐业？"

李善长诚恳地回答："秦朝末年，天下大乱，汉高祖刘邦崛起布衣，豁达大度，知人善任，又不会胡乱杀人，短短五年之间，平定了天下。"

接着，李善长语重心长道："今日元朝纲纪紊乱，天下土崩瓦解，朱公是濠县人，距离汉高祖沛县不远，受相同的山川王气，如果能够学学同乡，天下也就太平了。"

老实说，在此之前，朱元璋过一天算一天，不敢料想太远，而且多多少少存有自惭形秽（huì）的心理，小土匪出身，还想当皇帝不成？

可是，李善长这番话，激起了他的雄心壮志。对啊，汉高祖刘邦不也是平民百姓，照样当了天子，建立了汉朝天下。谁又能料到朱元璋将来如何呢？不过，刘邦到底如何完成霸业，朱元璋读书不多，所知有限，倘若有李善长随时在身边提醒，拿刘邦当榜样，岂不甚妙？

于是，朱元璋便提出要求：“你我二人谈得投机，不如你就留下，为我掌管书记，协助我成就霸业，你看如何？”

李善长也和中国传统的读书人一样，“士以天下为己任”，他观察朱元璋颇有大志，也乐意留下来效力。

朱元璋见他答应，十分欢喜，却也殷殷告诫：“仗要打得好，参谋顶重要，我看多了参谋自认为才高一等，趾高气扬，总爱在背后说将士们的坏话，搅得鸡犬不宁，你要做一个桥梁，调和将士。”

李善长果然不负朱元璋所望，他不但善于协调，而且定计谋，办粮饷，样样在行。朱元璋有了李善长，如鱼得水，还曾经惹得老丈人郭子兴吃飞醋，想把李善长拉在身边哩。

从此以后，朱元璋每占领一个地方，必定访求当地的读书人，软硬兼施，非把人才留着做秘书，当幕僚。

当他打下徽州之时，听说当地有位老儒，名叫朱升，非常有学问，特地登门拜访。只见朱升是个瘦瘦小小的老人家，面孔黝黑，完全村民打扮，看不出有什么特异之处。

明代儒生，明人绘。

朱升不多话，唤家人张罗了一桌小村野食，非常淡雅爽口，吃完饭后，朱元璋延请出山。

朱升一言不发，在撤去碗碟的饭桌上，铺好了纸，挥洒了九个大字：“高筑墙，广积粮，缓称王。”

朱升先生含笑道：“我把这九个字送给你。”

朱元璋连说：“高见，高见，我一定铭刻在心。”

李善长在旁，也不断地点头，表示同意。

当天夜晚，朱元璋与朱升抵足而眠，两人相谈十分愉快。第二天清晨，用罢了清粥小菜，朱元璋再三恳请：“随我去军营吧！”

朱升一拱手道：“老朽不才，请万勿相强！”

朱元璋也就没有再勉强，倒是把“高筑墙，广积粮，缓称王”几个字时刻铭记在心。

待朱元璋统一天下，在南京奠基，建立了明朝，他忽然想起朱升，心中有说不出的思念，正在想如何设法，把朱升请入朝廷，谁知黄门送来一份禀报，正是朱升的来信，上面写道：“山村教读遇圣上，九字真言方得传；如今天下一统日，何须老儒再出山？”朱元璋看了，知道朱升无意做官，只好作罢。

朱元璋初起之时，打着小明王明教的旗号，宣扬明王出世的思想。后来，他与读书人接触日多，逐渐领悟要统一中国，还是要靠儒家思想，所以，改喊兴复宋室的口号。

当朱元璋打下婺（wù）州之后，在衙门竖起两面黄旗，左边写的是“山河奄有中华地，日月重开大宋天”，右边写的是“九天日月开黄道，宋国江山复宝图”。

婺州号称小邹鲁，原是两百多年以来的理学中心，经过多年战乱，学校关门，儒生四散，残破凋零。

朱元璋为了表示自己是仁义之师，一入城，立刻延聘当地十三位著名学者，建立郡学。于是，婺州又开始弦歌之声不绝于耳，朱元璋三个字，在读书人的心目之中，分量更重了。

刘濠计毁黑名单

朱元璋攻克婺州以后，浙东大概都平定了，他积极地寻访名士，邀请刘基、宋濂（lián）、章溢、叶琛出山，喜不自胜地说："我为天下屈就四先生。"

在此四人当中，刘基、宋濂最为有名，尤其是刘基，就是大名鼎鼎的刘伯温，民间声望极高。

一般人以为刘伯温与诸葛亮相同，都是高卧隆中被请出山。其实，刘伯温在为朱元璋效命之前，中过元朝的进士，也当过元朝的高官。

刘伯温原名基，伯温是他的字，他是浙江青田人。他的曾祖父刘濠，曾经在宋朝担任翰林掌书一职。

宋朝灭亡以后，青田人林融组织游击队反抗元朝，刘濠暗中予以接济。林融失败以后，不小心被元朝政府找到名册。于是，元朝派出使者，根据名册抓人。

使者来到青田，久闻刘濠是当地大儒，借住一宿。刘濠一方面殷勤招待，准备上好酒菜，一方面盘算该如何把名册给毁了，以便拯救乡亲。

刘濠不假思索地吩咐仆役："快，把那只陈年火腿拿出来蒸了？晚上用来款待嘉宾。"

火腿的历史，众说纷纭，有人说，这是宋朝宗泽在无意之中发明的。宗泽家乡在义乌，位于金华之东，因此，一直到今天，金华火腿大大有名。另外，东阳县也在金华之旁，东阳的蒋家，几乎家家都以制火腿为业，所以“蒋腿”也颇有名气。

刘家的厨师，听说要蒸火腿，他先用刮子磨平表面的油渍，然后用凿子挖出其中大块骨头，再用麻绳一圈圈捆紧，大火沸煮二十分钟，换小火煮两个小时，然后改用大火煮滚，如此周而复始多次以后，取火腿最精华的部分，肥肉依稀透明，瘦肉鲜红胜火，切成半寸小块，用花雕醇酒大火蒸透。

元朝使者自北方来，他一个下午鼻子翕（xī）张，不住猛嗅，“什么东西如此香？”

到了晚上，用过四个小碟冷盘后，一大盘火腿端上来，他迫不及待夹了一片，丰腴适口，齿颊留香，尤其下酒最佳。

于是，刘濠不断布菜敬酒，使者忙得不亦乐乎，无论水晶虾饼，松鼠黄鱼，样样妙不可言，只可惜胃纳有限，他愈吃愈胀，随手把系在腰间的公文袋取了下来。

正在此时，忽闻：“失火了！”众人乱成一团，使者醉醺醺地被拖了出来，转眼之间，东厢房烧得一干二净。当然，搜捕名册也化为灰烬。刘濠的机智与慷慨牺牲的精神，救了革命志士。由于刘濠本人是房屋烧毁的受害人，元朝使者也没怀疑到他，只是遗憾没尽兴，可惜只用过一半的好酒席。

刘伯温是刘濠最疼爱的小曾孙子，他自小就继承了家风，急公好义，是非分明，经常奋不顾身。刘伯温的老师十分夸奖他，经常挂在嘴边：“这个孩子长大以后，一定可以光耀门楣。”

元朝至顺年间，刘伯温进京赶考，一举得中进士。他博通经文，尤其擅长于星象之学，有小诸葛孔明的雅号。

当时，方国珍正起兵作乱。方国珍世世代代以贩卖私盐为业，他的长相奇特，一张脸黑得发亮，伸出手来却是白嫩嫩的，据说身体也白，又因为阴险毒辣，有“白狐狸”的绰号，此外，他脚

刘基，选自《历代名臣像解》。

劲强，能与快马赛跑，不是等闲之辈。

至正八年（1348年），有个叫蔡乱头（多么可笑的名字）的人在海上作乱，方国珍的仇家向官府告了一状，说方国珍与乱党有关，这还了得？官府立刻派人搜捕。

方国珍得到消息，怒由心生，先持刀杀了仇家，再与兄弟方国璋、国瑛、国珉（mín）亡命海上。由于民众早已不满元朝政府，因此，方国珍一呼千诺，大伙儿当起海盗来了。打劫船只，霸占海道，元朝官府派了朵儿只班前来讨伐，竟被方国珍抓了起来当人质，胁迫朝廷，硬是讨了个定海尉的官职。

元朝廷原想，给了方国珍一官半职，总该可以安抚下来了。岂料，没多久，方国珍又在温州叛变，这一回，可不是小小的定海尉能够满足他的胃口了。

从此以后，方国珍是屡叛屡降，而政府是屡讨屡抚。方国珍不停地玩一反一降的游戏，官是愈做愈大，简直不像话。一般民众看在眼里，也学得这套升官妙法，纷纷效尤，这当然就加速天下大乱。

刘伯温对此现象，十二万分不以为然，他主张重振公权力，用强大兵力阻退方国珍，并且认为“方国珍兄弟首先倡乱，不诛无以惩后”。

方国珍之所以官愈做愈大，除了他拥有雄厚的兵力，抓牢元朝怕事的弱点之外，他还利用官吏的贪婪，逢年过节不停地到处塞红包。

当方国珍起初听说刘伯温反对，先是一拍脑袋：“啊，忘了送他一份厚礼，难怪！”等到刘伯温把重礼退还，方国珍心下一惊，却也不慌不忙，把皇帝身边的人一一打点。

于是，拿了好处的高官，不但关说顺帝，照样给了方国珍官做，并且斥责刘伯温“擅自作威作福”。

经过这番周折，方国珍更神气了，曾经有一度，朝廷忍不下这口气，试图重振公权力，任命刘伯温追剿，然而，在方国珍的人情包围之下，又不了了之。

刘伯温痛恨公权力不张，也看透了元朝政府没希望，心灰意冷，递上辞呈，回到青田老家著书立说。由于刘伯温在青田，所以方国珍党羽一向不敢碰青田这块地方。

传说中的刘伯温出山

刘伯温很痛恨元朝公权力不张，永远用安抚退让的方式向方国珍屈服，方国珍的势力愈来愈大，沿海居民遭殃，刘伯温有志难伸，一怒之下，回到青田老家，读书、写作，不问世事。

朱元璋打下金华之后，久闻刘伯温大名鼎鼎，遣人携带重礼下聘，刘伯温先是没有答应。继而，朱元璋又找孙炎写了一封文辞并茂的信，这才打动了刘伯温的心。

刘伯温初见朱元璋之时，带来一份贵重的见面礼——《时务十八策》。这是他长时间研究天下大势智慧的结晶，对于如何剿平群雄和对抗元朝，有全盘的规划。

朱元璋一见大喜，立刻命令建筑“礼贤馆”，作为刘伯温的住处。刘伯温也大生“士为知己者用”的感恩之心，愿意效法诸葛孔明报答刘备的精神，竭尽所能为朱元璋献策。

关于刘伯温出山这一段，在《高坡异纂（zuǎn）》一书中有段故事：

据说，刘伯温年少之时，曾经捧了一本书，在青田山坡脚下研读。忽然之间，“轰”的一声巨响，山崖裂开大大的缝隙。

刘伯温好兴奋，摔了书本就往洞里头闯，却听到洞中传来恐怖的回声：“山中有恶毒，不可进入，不可进入……”

若是胆小的，听到这阵阵阴森森的哭喊，必然抱头鼠窜。刘伯温不信邪，径自往洞里闯。

经过了一段漆黑、伸手不见五指的山路，眼前豁然开朗，后壁正方出现了一尊白如莹玉的神像，慈眉善目，蔼然可亲。刘伯温看得发呆，忽然神像朝刘伯温微微一笑，竟然递过手中的金字牌道："此乃卯（mǎo）金刀也，可用来敲石。"

刘伯温谢过了神像，拿起卯金刀朝石上一敲，大石撞裂，其中藏了四册书，刘伯温如获至宝，赶紧取出，正想看清楚石头里还有什么宝贝，不料石壁又紧合起来。

刘伯温欢天喜地把四册书带回家，看了又看，却怎么也没法了解，真是十分懊恼。不过，刘伯温可绝对不是轻易会放弃的人，他在闲暇之时，遍游名山古刹，寻访异人，非设法把秘笈看懂不可。

有一天，他来到一处幽深山谷，见到一位老道士，胸前垂着一把长长的白胡子，正在凭几读书，老道士相貌不凡，颇有几分仙气。刘伯温向前一长揖（yī），恳请老道士指点迷津。

老道士朝着刘伯温端详了老半天，把手中一本厚达两寸的书一扬，挑衅地对刘伯温说："小伙子，你如果在十天之中，能够把这本书背下来，我就教你。否则，教了也是白教。"

刘伯温虽然觉得老道士的考题太难了，但不服输的个性让他勇敢地接受这次考试。结果，刘伯温一个晚上，就把书背得滚瓜烂熟。老道士不断惊呼："天才啊！天才！"于是为刘伯温讲授石壁中的奇书，一共讲了七天七夜，刘伯温就成了兵法大师。

自然，上面这段故事是神话，这则故事极可能是脱胎自张良遇到黄石老人的故事。

刘伯温有没有和武侠小说的主角一般，遇到异人，得到秘笈，不得而知。不过，他精通天文、兵法，又能观察天象，则是事实。元末大乱，他在寻找明主是可想而知的。因此，民间流传，刘伯温在遇到朱元璋之前，也在寻访雄才大略的明主。

据说，刘伯温曾经穿上道袍，打扮成风水先生的模样，四处流浪。他到了绍兴，听说一个极有名的士人，名叫王冕。王冕白天放牛，晚上在庙里画荷花，极有学问，深得家乡人的敬重。

刘伯温就找到寺庙，与王冕促膝谈天，一谈之下，十分投机。王冕的确是个很有学养的人，一派斯文，彬彬有礼。

刘伯温心想：“莫非，他就是我所要找的明主？”可是，王冕文绉绉的，似乎少了几分领袖人物应该具备的豪气。

有一天，刘伯温与王冕在竹林里散步聊天，谈得非常融洽。突然之间，外头有人放爆竹，“砰”的一声，王冕吓得脸孔发白，微微地颤抖。

刘伯温见此光景，不免长长叹了一口气，王冕回头问：“你怎么了？”

“没什么。”刘伯温淡淡一笑。

第二天，刘伯温离开了绍兴，他对王冕的评价是：“胆量欠大。”

接着，刘伯温又到了海宁，当地有个贾铭，也正在招兵买马，准备大干一场。

刘伯温去拜访贾铭，发现他正是新厦落成，装潢得颇为富丽。

刘伯温存心试贾铭一试，他坐下来，端起茶，喝了一口，就开始大呕特呕，吐得到处都是秽物。

贾铭眼中冒火，拂袖而去，回到后堂，唤来家人，又洗又刷又冲，刘伯温又摇摇头，心中暗想：“度量忒小。”

真实中的王冕，其实是画梅不画荷，与《儒林外史》一书中描写的不一样。

王冕倒的确是个有学问的人，当他隐居在九里山之时，曾经仿效《周官》一书，写了一套治国平天下的书，并且在书首题：“假如遇到明主，用这套书中的方法，那么古代伊尹的事业可以再现。”

朱元璋也久闻王冕之名，把他找来，在幕府里担任咨议参军。王冕正高兴有志能伸，想要施展抱负，可惜，没多久，一病而死，所以王冕在政治上没有表现。

王老虎奉旨讨饭

关于刘伯温初见朱元璋，在民间传说之中，还有这么一段有趣的故事：

话说朱元璋起兵之初，为了筹措经费，曾经伤透脑筋，还是没有着落。

有一天，艳阳高照，炎暑逼人，他信步走过路旁，见到有人在卖酸梅汤，一碗下肚，凉沁脾胃，甜酸适度，含在嘴里，简直舍不得下咽。

喝完一碗，他忍不住又喝了一碗，天热口干，酸梅汤确为解渴妙品。

朱元璋忽然灵机一动：不如把安徽凤阳的乌梅运到襄阳去卖，定可赚一笔。乌梅是凤阳的特产，果实又大，价格又便宜，不但能制酸梅汤，而且是中药中极佳的一味药材。

主意已定，朱元璋欢天喜地，一下子收进了整整三千担上好的乌梅。到底是没经验，乌梅买入以后，这才想到，该如何运到襄阳去呢?

朱元璋来来回回在码头上踱来踱去，一位船老板见朱元璋的模样，似乎不像是做生意的行家，试探地问：“客官，有货要运?”

“是的，我有三千担乌梅，想要运到襄阳去。”

“那你可是找对了人。我叫王老虎，有艘好船，还有得力的船工，包准不误事。”

“噢，那正好，请问，船钱怎么算？”

“这个，算你便宜，三十两银子一天。”

朱元璋心忖，一天三十两，倒不算贵，就不知道到襄阳要多少天行程。

王老虎一向精明，见朱元璋愣头愣脑，看来是个大外行，有意狠狠敲一记竹杠，他煞有介事地一掐指头：“起码三个月。”

“三个月？”朱元璋大吃一惊，三个月九十天，一天三十两银子，岂不是要两千七百两银子？而且，三千担乌梅，压在船上，到了襄阳，岂不会成了梅干，谁还要？

于是，朱元璋堆了满脸笑容，央求王老板：“这样吧，我希望一夜工夫赶到，船钱可以加倍。”

其实，朱元璋心里也清楚，一夜到不了襄阳，他只是找个台阶下，然后就挥手道再见。

岂料，王老虎嗓门特大，马上就哗啦哗啦叫开了：“一夜到襄阳，开玩笑，你下巴托托牢再讲笑话，若是一夜能到得了襄阳，行，我船钱奉送，一个钱也不要。”

朱元璋正尴尬着，忽然，旁边闪出一位白面书生，手里拿着一只小铜铃，笑嘻嘻地走过来，一拍王老虎的肩道：“君子一言既出，驷马难追，一言为定！”

原来这位文雅的书生正是刘伯温。他转身对朱元璋说：“快找几个帮手，把三千担乌梅给扛上来。”

王老虎心想，好，反正货上了船，这笔生意就跑不掉了，难得今天遇上一只大肥羊。

至于朱元璋，三千担乌梅已经买下，也非运走不可，不容他迟疑，他当然不敢指望一夜到襄阳，只祈祷千万别拖到三个月。

说也奇怪，刘伯温手摇小铜铃，口中念念有词，不一会儿，如孔明借东风一般，当天夜里，刮起了超级飓风，就这么一路刮到了襄阳，完全不费吹灰之力。

第二天清晨，朱元璋一觉醒来，竟然已到了襄阳，吓得直揉眼睛，以为自己在做梦，急着寻找刘伯温，刘伯温神闲气定道：“王老板，说好的一夜到襄阳，船钱免了！”

王老虎气坏了，但是，有言在先，只好认倒楣了。

朱元璋欢天喜地把乌梅卸下，因为乌梅新鲜，颗粒又大，马上找到了要货的中盘，着实狠狠赚了一票，又结识了刘伯温，一举双得。

做了蚀（shí）本生意的王老虎，怄得说不出话来，由于心情欠佳，脾气日益暴躁，到后来，船工都跑了，船只也卖了，他就拿着刘伯温留下来的小铜铃，当了个要饭的乞丐。

如此春去秋来，一晃十五年过去了，朱元璋当了明朝的皇帝。有一回，与刘伯温微服探访，到了一家茶店落脚。刘伯温眼尖，一下子就认出了眼前的老叫化。

刘伯温把王老虎叫到跟前，对他说：“你还记得十五年前，托运过一船乌梅？”

王老虎对着朱元璋仔细一瞧，开始破口大骂：“你这个混蛋瘟贼，坏了我的运气，害我讨了十五年的饭，我揍你！”说着，他抡起了拳头便要冲上来。

朱元璋身旁的便衣随从赶紧围了上来，准备捉拿王老虎。朱元璋倒也不以为意，他哈哈一笑：“你老人家，讨了十五年饭，脾气倒没改。”

“说起来，我当年靠乌梅起家，你也助了一臂之力，来来，我们去皇宫叙叙旧。”说罢，拉着王老虎，回到宫里。

王老虎到了皇宫，见人人都神情肃穆，拘谨得很，一点也不好玩，还不如他当乞丐自由自在、快乐逍遥；他对朱元璋说：“谢谢你的好意，我呢，还是回去讨我的饭。”

刘伯温也在旁边劝说：“人各有志，万岁爷不必勉强。”

朱元璋总觉得应该有所表示，他就半开玩笑，写了一道圣旨：“奉旨讨饭。”

王老虎接过圣旨，顺手穿根绳子，往脖子上一挂，照样摇着铜铃，沿街讨饭去了。

这一下，王老虎可抖着了，凡是看到“奉旨讨饭”四个字的，都对王老虎十分殷勤。王老虎的子子孙孙，也都挂着一块硬纸牌，学他的样。

从此以后，凡是讨饭的，脖子上都有这么一块玩意儿，成为一种风俗，而且颇以此自豪，似乎摆明了“奉旨讨饭”，你做主人的，也不好让我空手而归吧！

当然，王老虎的故事也只是一段传说而已。

刘伯温讲猕猴的故事

朱元璋自从得到刘伯温以后，如获至宝，刘伯温精通天文象数，擅长诗文辞赋，而且为人正直诚恳。

每逢机密大事，朱元璋必找刘伯温赴内室密谈，刘伯温知无不言，言无不验，料事如神。朱元璋总是以“先生”称呼他，人前人后夸赞“伯温有如我的张子房”，张子房即张良，刘伯温与朱元璋的亲密关系，也好比张良与汉高祖刘邦。

刘伯温一方面为朱元璋运筹（chóu）帷幄（wò），一方面又想尽办法开导朱元璋，他所用的教材就是当初隐居在青田山中，闭门写作的《郁离子》上下二卷。

《郁离子》中有许多寓言故事，相当有趣，譬如《狙公篇》，是朱元璋顶喜欢的一则：

从前，在楚国，有一位养狙（jū）为生者，楚人称之为狙公，狙音居，猕猴也。

狙公每日一大早，必然把一大群猴子召来训话，然后由一只老猴带队，浩浩荡荡，赴山林摘取果实。

这片原始深山，处处枯藤老树，奇花异草，修竹乔松，而且果实累累，有芳香味酸的梅子、肉甜皮薄的龙眼、核小囊红的荔枝，以及胡桃银杏、椰子葡萄，林林总总不一而足。

可是，猴儿们却无福消受，它们奔上跳下地忙碌摘取，一直到太阳西下，才疲惫万分地走上归途。

一回到家，睡了整天懒觉的狙公，早已拿着戒尺，站在庭上，等着验收成果。根据狙公的规定，众猴可以留下十分之一自用，其他十分之九必须缴给狙公。

如果这一天成绩不错，众猴还可以得到一只香蕉，一个柿子，祭祭五脏庙。若是遇到水灾旱灾，收成不佳的季节，众猴可惨了，狙公的规矩可是很严的。

他只要一见众猴抬进来的果实不多，立刻“咄（duō）”的一声，跳下高台，指着众猴骂道：“你们这群臭猢狲，胆子好大，竟敢偷懒！”然后，拿着戒尺，到处乱挥乱打。打了一阵，狙公就背着手，走入屋内，把门关了。众猴个个掩面悲啼，捂着屁股喊疼，可怜的小猴子，红屁股被打得红通通的。

由于狙公管教严格，众猴在工作之时尽管又渴又馋，谁也不敢偷吃。哪一只猴子稍微停顿，老猴厉声一喝，众猴吓得伸头缩颈，加紧摘取。

有一天，一只小猴儿扑地跳下树来，猛摇着手：“各位，我有个问题，这山上的果实，可是狙公种植的吗？”

众猴抓耳挠腮，吃吃地笑着：“当然不是，这些都是天生的。”

另有一只猴儿接口：“狙公他不会种树，只会睡大觉。”

“还有，他会把我们剥皮剉（cuò）骨！”

不知是谁接了一句，众猴长叹一口气，继续努力采集，太阳好烈好毒，却谁也不敢稍歇。

小猴儿又朗声问道：“这森林，难道有规定，除了狙公不得摘取？”

众猴又哄堂大笑：“尽是些个蠢问题，谁有本事，谁就可以摘食啊！”

小猴儿纵身一跳，翻了一个跟斗，兴奋地说：“奇怪，那么，我们为什么要白白受他的奴役？”

小猴儿这一问，有如石破天惊，把众猴都唤醒了，它们从来没有想过这个问题，每天只是机械地被狙公驱使，连一向派来管众猴的老猴也鼓掌哈哈大笑："好猴儿！好猴儿！不料你小小年纪，比我们都有用！"

猿猴摘果图，佚名绘，北京故宫博物馆藏。

众猴乐得个个把身一耸，打了个悬空跟斗，跳离地有五六尺，它们决定离开狙公。

当天晚上，众猴还是与平常一般，拖着一大篓果实回家，乖乖地听训话。

到了夜深人静，众猴曳步近前，侧身入门，见狙公蜷曲着身子，朝向里面睡得好沉好沉，还发出极大的鼾声。

"好极了，狙公做梦也料想不到我们会溜。"

众猴欢天喜地地把栅栏给拆了，搬走狙公囤积下来，准备拿到市场去卖的果实，正要走时，有个调皮的猴子说："待我留点儿纪念品。"于是，它在栅栏下面，对着柱子，撒了一泡骚尿。

众猴趁着月色，开开心心奔向山林，从此以后，众猴食草木，饮涧泉，采山花，觅果树，与虎豹为群，獐鹿为友，夜宿石崖之下，朝游峰洞之中，好不快活。

到了炎炎夏日，躲在松荫下玩耍，捉虱子，理毛衣，剔指甲，打打闹闹，你推我扯，充分享受自由的快乐。

至于狙公，第二天一大早，哨子吹了半天，也不见众猴集合，正要发火，讶异地发现，猴子全不见了，更糟糕的是，栅栏里的果实也全搬了个空，只有一股难闻的猴尿臊气，狙公真是气坏了。

狙公除了会教训猴子，别无其他本事，没多久，狙公就饿死了。

刘伯温这则寓言故事，主要是阐明他的政治思想，他认为天地万物与人的关系是密切的，天虽然是万物的主宰，把万物赐给人类，但是，天不能直接治理人民，必须托付给一位君主，这位君主就应该了解天的意志，好好地利用万物，好好地统治人民。

好的君主，譬如良医，可以治病；坏的君主，有如庸医，会使得病入膏肓（gāo huāng）。所以，君主不能竭泽而渔，欺骗人民，奴役人民，否则，便会如狙公一般，落得被老百姓唾弃的命运。

徐寿辉与陈友谅

刘伯温投奔朱元璋以后，开始尽心尽力为他策划日后大计。

刘伯温恳切地对朱元璋说："用兵应该条理分明。张士诚胸无大志，不足为虑，陈友谅军队精锐，疆土最广，野心最大，应该设法消灭。若是把陈友谅打垮了，张士诚一举可定，然后，北向中原，王业可成。"

朱元璋高兴地猛摇刘伯温的手道："先生妙计，佩服佩服，从今以后，仰赖先生多多指教。"

张士诚原是私盐贩子，因为杀了仇家，被逼上梁山。

至于陈友谅，本是徐寿辉的手下，徐寿辉会起来搞革命，还真是误打误撞。

徐寿辉原来是个跑单帮的布贩子，长得英俊潇洒，魁梧奇伟，像戏剧中的男主角。天下大乱之际，妖僧彭莹玉起事，自称能用泉水治病，而且，果真医好了不少病患。他聚集了五千多人，自称国王，国王的瘾头没尝多久，竟然被元朝官兵给杀了。

剩下的五千多人仓皇逃命，逃到了淮西，彼此商量，若是解散，有些不甘心，而且也害怕自己的名字已列上了官府的黑名单。

假如继续干下去呢，缺少一位领袖。大伙儿正在愁眉不展之时，远远见到一布贩，正在拿着皮尺量布。

这布贩长得浓眉大眼，模样好俊，而且个儿挺拔，比一般人高出两个头。"你们看，那布贩相貌不凡，不似一个卖布的。"

众人一致望去，无不频频点头："还真是相貌堂堂，像个领袖人才。"

由于急着找个带头的，众人草草商量，便一致认定他就是理想中的人选。

大伙向前询问，方知布贩姓徐名寿辉，做个小生意糊口，由于遭逢战乱，景况不佳，他听说众人要拥他为王，先是大吃一惊，等到有几个人忽地下跪喊道："皇上。"他几乎以为在做梦。

徐寿辉把食指放在嘴里，用力一咬，"哇！好疼。"看来是真的了。他想，平白无故天上掉一个皇帝下来给他当，这事儿倒也不坏，也就无可无不可，被众人拉拉扯扯，当上了皇帝，捡了一个现成的便宜。

凭他一个普普通通的徐寿辉，实在不足以服众。为了增加徐寿辉的威望，众人便编出一套"体有赤光"的神话，国号天完，年号治平，正式即位为皇帝。

过了没有多久，天完军的疆域扩充到湖南、江西。天完军专门抢夺元朝官府的金帛，对一般百姓则秋毫无犯，军士们口中不断地念着"阿弥陀佛"，于是，天完军极得人们的拥护。

陈友谅则是渔家子弟，家里很穷，原本姓谢，由于祖父入赘陈家，也就跟着姓陈。他年少时，读了一点书，略略认识几个字。长大以后，在县衙门里当个小吏，过着吃不饱也饿不死的平淡日子。

陈友谅小时候，曾经有个江湖术士，指着陈家祖先一块墓地，铁口直断："这是难得一见的七星伴月，藏风聚气，地势开阔爽朗，大吉大利，后代子孙必然当贵。"

风水先生这番话，陈友谅始终牢记在心，从小他就认定，将来，终有一天，他是要发的。

当陈友谅长大了，到县府里当个小吏，掌管文书，他总觉得委屈了，每天自怨自艾。徐寿辉起事传来，陈友谅就前往投奔，不甘

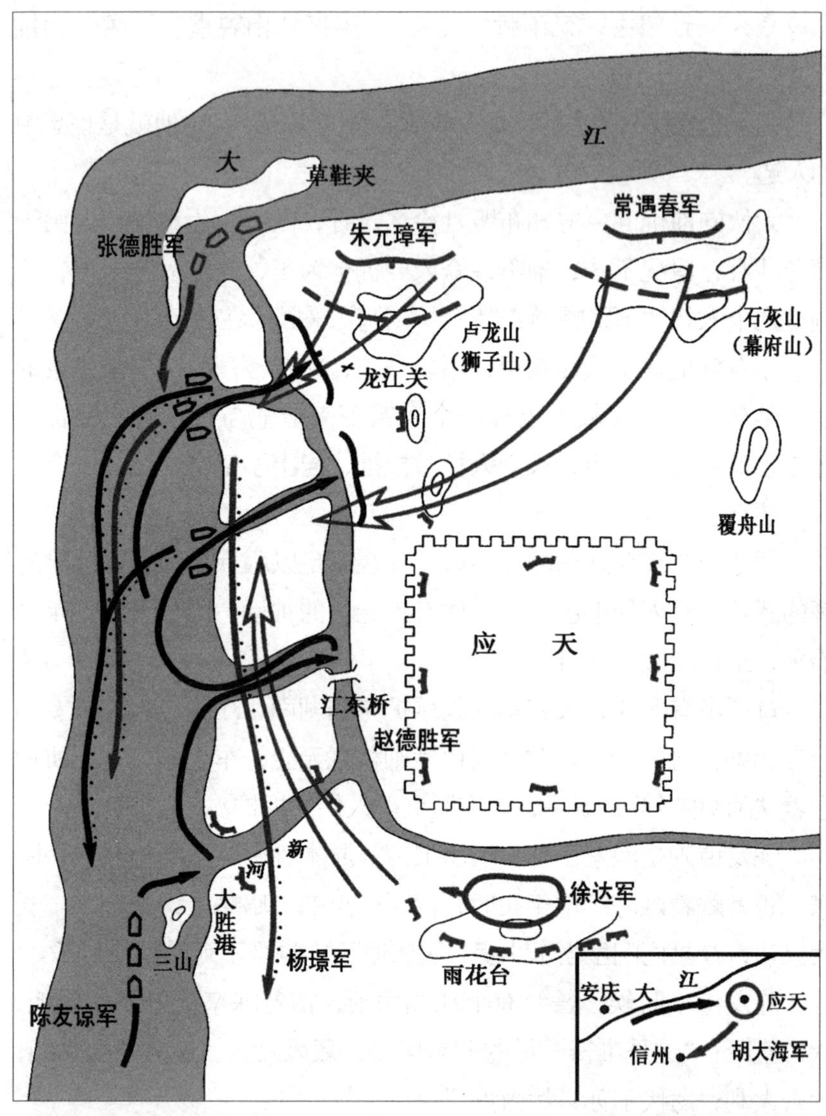

朱元璋、陈友谅应天之战示意图。1360年五月，陈友谅率舟师自采石进攻应天(南京)。陈本想约张士诚夹攻，元璋命陈友谅的老友康茂才写信给友谅，称愿做内应。友谅于是提前率军攻击。朱元璋命常遇春一部埋伏于石灰山侧，徐达一部陈兵南门，杨璟驻兵大胜港，张德胜舟师出龙江关，自率主力伏于卢龙山，严兵以待。友谅率军至约定地点江东桥，见康茂才不至，情知中计，急忙舍舟登岸立栅，但势已不及，朱元璋各路军一齐发动，水陆夹攻。又时值退潮，陈友谅巨舰搁浅，水陆不能相顾，于是大败。陈友谅乘小舟拼死逃回江州。

心被埋没，辜负上好的祖坟。

陈友谅怀着一肚子的野心，在军中立了战功，担任领兵元帅，找了机会，杀掉徐寿辉，迫不及待地在采石一间破庙里，即皇帝位，改年号为大义，国号汉。

就在刘伯温建议攻取陈友谅不久，陈友谅亲自带领水陆大军，自江州顺流东下，准备一举歼灭朱元璋的势力。

朱元璋召集部将前来开会，其中一名部将道："据说陈友谅拥有几百条战船，单单听战船的名称混江龙、塞断江、撞倒山、江海鳌（áo）等，就知道不好惹。"

"我看，我们不如早日投降吧。"另一个部将说。

"或者，不如先退守钟山。"又一个部将说。

众人七嘴八舌，综合各方的意见，都是三十六计走为上策，避开陈友谅的攻击。

朱元璋见一个个吓得魂不附体，觉得十分泄气，只有刘伯温瞪大了眼睛看着大家，紧抿着嘴唇，不发一言，样子有点儿可怕，似乎在强忍着极大的怒气。

朱元璋了解，刘伯温一定是有话要说，却又不方便说。他匆匆结束会议，拉着刘伯温赴内室密谈。

刘伯温坐定以后，第一句话就是："方才主张要投降或出奔的人都该斩！"

朱元璋一听，大为振奋，忙问："依先生之计，该如何？"

"陈友谅是一个极为骄傲的人，骄兵必败，等到他大军深入，我们用伏兵偷袭，以逸待劳，成就霸业，在此一举。"刘伯温坚定地说。

朱元璋抚掌大笑："好！就听先生的，你也不用为刚才的事动气了。"

鄱阳湖大战

朱元璋与刘伯温在密室商量了半天，认为面对陈友谅这个超级强敌，投降不是办法，逃走更不是办法。最好的策略是争取主动，引诱陈友谅前来，以逸待劳，让陈友谅落入陷阱之中，在应天府这儿一举歼（jiān）灭。

那么，如何才能把陈友谅勾引过来呢？有了！朱元璋部将之中，有一个名叫康茂才的，曾经是陈友谅的好朋友，茂才家里的老门房也伺候过陈友谅，不如走这条线。

康茂才立刻磨砚濡（rú）笔，亲自写了一封信，交给老门房，并且详详细细指示一番。

老门房也很机伶，十分擅长演戏，他来到陈友谅营中，一见面就下跪行礼，讲了许多让陈友谅心花怒放的话。

“未来的天下，还不是您的！到时候别忘了我们。至于朱元璋，一个臭和尚，能起什么作用，他要和你打，等于是鸡蛋碰石头嘛。”

陈友谅心里想的，恰好与老门房一模一样，他笑嘻嘻地问道：“老康现在在臭和尚那儿担任什么职务？”

“康公在驻守江东桥。”老门房请陈友谅拿来纸笔，一面画地图解说，一面不断透露军情，直听得陈友谅频频点头。

“那么，我该如何与老康取得联络？”

“很容易，你到了江东桥，喊老康，他自然会来接应。”

“江东桥可坚固？”

老门房轻蔑地回答："不过是个木桥，自那儿上岸，再合适不过了。"

陈友谅为了感谢老门房带来如此珍贵的情报，招待了他一顿上好的酒菜，老门房才告辞。

老门房回来，一五一十描述一番，朱元璋大喜："奇怪，陈友谅的脑袋怎如此简单？"立刻下令把木制的江东桥，连夜赶工，改成坚固的铁石桥。

过了三天，到了陈友谅与康茂才相约的时日，陈友谅信心十足，抱着瓮（wèng）中捉鳖（biē）的愉快心情，率领水军，欣然前往。

他先到了大胜港外，只见到处布防严密，心想，老门房的话不假。继续前进，寻找江东桥，找了半天，果然隐隐约约可见"江东桥"三个大字。仔细一看，明明是个石桥嘛，老门房为何说是木桥呢？

陈友谅疑惑不定，到了桥边，轻声呼唤："老康，老康！"

喊了半天，没有回音，陈友谅虽然有些失望，却并不着急，继续向前行驶，直到龙江口，他又扯直了嗓子喊："老康！"还是没有回音。

忽然间，山上黄旗招展，朱元璋的伏兵齐声呐喊，把陈友谅的水军团团围住，山上的箭像雨点般射向江中，两岸的芦苇中又冒出不少兵船，上下夹攻，让陈友谅慌了手脚。陈友谅的部队大多被射死或淹死，陈友谅还算机警，跳上一艘小船飞驰而逃，捡回一条命。

陈友谅被康茂才摆了一道，气得吃不下饭，睡不着觉，每天暴跳如雷，日日夜夜思索，该如何报仇雪耻。

紧接着，朱元璋军队先攻安庆，再下江州，据有苏皖浙赣（gàn）四省。陈友谅气急败坏，赶工制造特大号战舰，涂着大红色的油漆，上下共三层，每层有走马棚，上下层说话都听不见，载着百官家小，号称六十万人马，浩浩荡荡沿长江而下，直入鄱（pó）阳湖。

陈友谅的“超级战舰”又高又大，联舟布阵，朱元璋的小船，要仰着头才看得见敌人，而且只有二十万人马，双方兵力悬殊。

朱元璋面对巨舰，心中也有些胆寒，他沉着地下令：“把水军分成二十队，每队带着火箭弓弩，一起驶近敌船，先放火箭，等到起火燃烧，再发硬箭。”

朱元璋用的是敢死队的方法，冲入敌阵，点起火来，和敌方几百条战舰同归于尽。这种战法虽然冒险，却很有效，当敢死队的小船靠近战舰，便发火弩（nǔ），战舰原是木造，被火弩点燃，立刻烈焰冲天，湖水尽赤，陈友谅的弟弟陈友仁、友贵都被烧死了。

接下来是白刃战，朱元璋的敢死队和后援士兵，敏捷地跳上战舰，短兵相接，喊杀震天，从这船跳到那船，头顶上火箭炮石齐飞，眼前一片火光，一团刀影，湖面上漂流着死尸，挣扎着伤兵，耳边是轰隆的石炮声，噼叭的火爆声。

陈友谅远远见着朱元璋，大叫：“快，朱元璋就在那条船上，大伙冲向前，活捉他！”

说时迟，那时快，有个叫韩成的，不由分说，剥下朱元璋的黄袍，跑到船顶，指着陈友谅叫骂：“陈友谅，为了你我二人的恩仇，出动这许多人马，害死这么多人，现在，我把天下让给你，你别再滥杀无辜了。”

韩成说完，跳下鄱阳湖。

陈友谅以为朱元璋已自杀，十分开心。

两军又大战了几天，未见胜负。有一回，朱元璋与刘伯温在船上看将士们搏战，刘伯温忽然跳起，大叫一声，双手把朱元璋抱住，跳到另一艘船上。

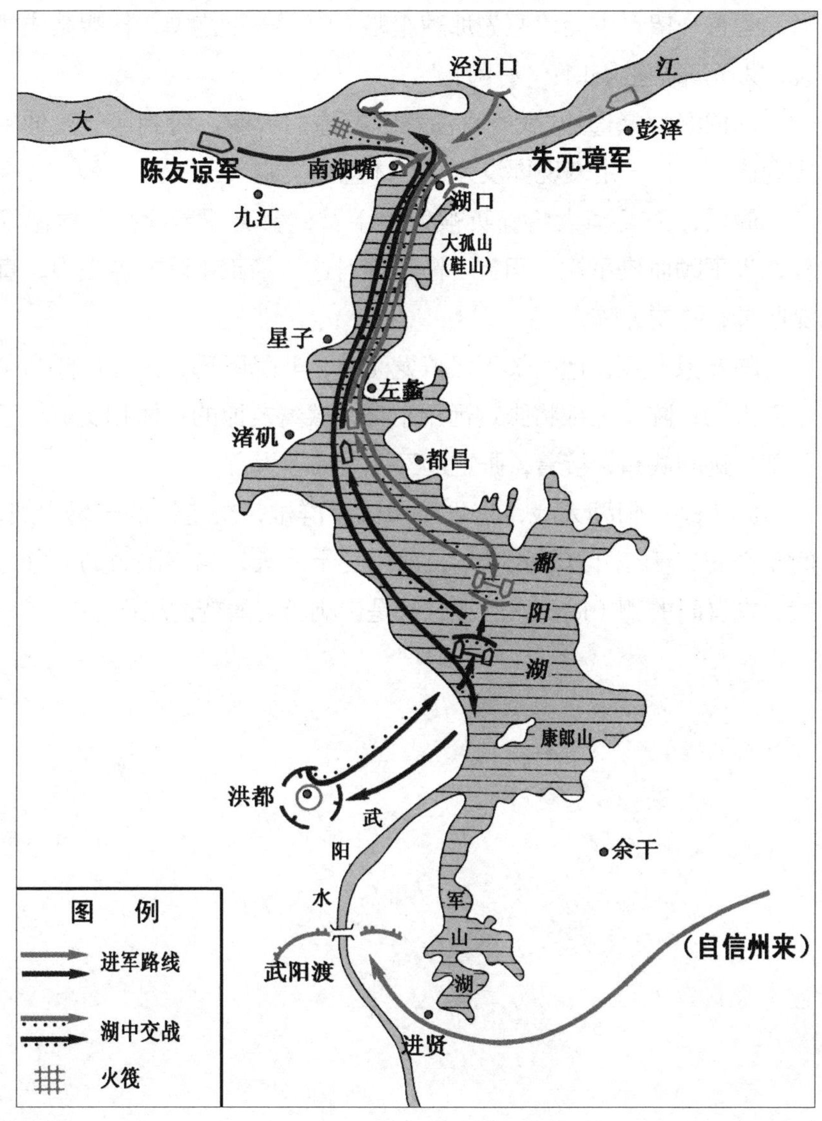

鄱阳湖之战作战经过示意图。1363年四月，陈友谅趁朱元璋主力在外，江南空虚，集六十万大军围攻江南要地洪都。朱元璋一面令洪都守将坚守，一面调主力回返。七月，朱元璋亲率舟师到达湖口，同时命两部分据泾江口与南湖嘴，以切断陈军水上归路。陈闻朱军来，撤洪都之围，东出鄱阳湖应战。首战康郎山水域，朱军虽数次不利，但拼死力战，陈军不支，败逃至渚矶，朱元璋则驻左蠡。两军再战，陈军再败。八月，陈友谅率舟师冒死突围，在南湖嘴遇朱元璋早先部署的伏兵，兵败身死。

回首一望，朱元璋原先那艘座船，中了一颗炮弹，拦腰截成两段，朱元璋拍拍胸口："好险！"

刘伯温解释道："我一直注意陈友谅的战舰，看到他一直伸手指向这儿，他一定发现你没死，我才急忙换船。"

最后，朱元璋大将郭英被射中手臂，郭英忍着疼痛，拔出箭头，也不顾血染军袍，回首一箭，不料这一箭正中陈友谅左眼，直穿脑袋，陈友谅阵亡。

陈友谅一死，他的部下已群龙无首，非降即逃，朱元璋俘虏了十万人马，陈友谅部将张定远用小舟，载着友谅的尸体和友谅次子陈理，逃回武昌，接着，张定远又拥立陈理为帝。

鄱（pó）阳湖大战，是朱元璋讨平群雄，决定性的一场大战，时至至正二十三年（1363 年），前后三十六天，与三国时的赤壁之战，东晋时的淝（féi）水之战，都是影响历史演变的战役。

刘伯温测字

鄱阳湖大战以后，朱元璋在至正二十四年（1364 年）的春天，正式建国号，定官制，称为吴王。

在此期间，发生了一件“圆梦”的大事：

先是，地方上大旱，朱元璋担心是因为牢里没审判的案件太多，惹恼了天公，因而命令刘伯温一一解决悬案，并且制订法律，防止滥杀。

可是，过了没两天，朱元璋突然大发脾气，下令：“把牢狱里的福建、海宁罪犯，以及待在应天府中的福建人、海宁人，一律给我杀光！”

刘伯温觉得好奇怪，他问道：“主公方才颁发了阻止滥杀的命令，这会儿又大开杀戒，到底是为了什么？”

朱元璋回答：“先生，你有所不知，昨天夜里，我做了一个怪梦，一大群福建人、海宁人，头上鲜血淋漓，手中拿着石块，朝我扑来。今天一大早果然听说福建、海宁聚众叛乱的消息，非杀不可！”

刘伯温心想，天下未平，大开杀戒，着实不妙，又不能嘲笑朱元璋的怪梦，这该如何是好？刘伯温脑筋快，一会儿工夫，他哈哈大笑：“恭喜主公，贺喜主公！”

“何喜之有？”

“我会测字啊！”

“说来听听！”朱元璋很好奇。

刘伯温濡笔写了一个“众”字，然后分析：“主公，梦见许多人，便是众字，你瞧，众字上头不是一个‘血’字吗？（按“众”字繁体为“衆”）他们自称是福建人、海宁人，表示这两个地方的人向往主公，想要归附主公，用血来表示赤诚！”

“有这种事？”朱元璋把“众”字拿起来端详，没错，上头确是一个“血”字。他满意地询问：“依先生之见，该如何？”

“很简单，大赦狱中的福建、海宁囚犯，并且用上好的礼节，款待在应天府中福建、海宁的旅客，自然天下无事。”

朱元璋对刘伯温的测字十分信服，就照他的意思做了。福建、海宁的罪犯突遭大赦，旅客忽然受到最好的待遇，回到家乡，把这段奇遇见人就说，逢人便讲，不一会儿工夫，这两地的人民异口同声，高喊朱元璋万岁。

朱元璋不费一兵一卒，平定乱事，自然大大夸奖刘伯温，并且任命刘伯温为御史中丞兼太史令。

打败陈友谅以后，朱元璋下一个目标就是张士诚了。张士诚据有江北江南，也自称吴王，所以长江下游形成了两个吴王对峙的局面。

于是朱元璋召集谋臣将领开会讨论策略。

李善长对朱元璋说：“张士诚兵力未衰，土沃民富，不是容易攻得下的。”

朱元璋回答道：“今不除之，终为后患！”

徐达说：“我以为可攻。各位不晓得有没有听过一个当地的歌谣：‘丞相做事业，专靠黄菜叶，一朝西风起，干瘪。’这歌谣中的丞相指的是张士诚的弟弟张士信，是个胡涂虫，信任‘黄’敬夫、‘蔡’彦夫、‘叶’德新三个龌龊（wò chuò）小人。”

原来，张士诚不理会政事，一切交给弟弟张士信。张士诚外表看起来老成持重，其实到底只是个盐枭（xiāo）出身，除了会走私之外，肚里空无一物。

张士诚打着“尊重士人”的雅号，但是他又分辨不出谁是有学问的真士人，谁又是招摇撞骗的假读书人，反正只要上门，自称士人，张士诚就会热烈欢迎，并且奉送车马。久而久之，大家都知道，张士诚是个“呆子”，乐得把他耍着玩儿。

张士诚对士人如此，对武将也是如此。凡是出兵遣将，将领狮子大开口，要求官爵，要求美田，他都一一应允。

等到将领打了败仗回来，他一概不追究，仍旧用为将领，如此功过不分，张士诚自以为是在做好人，可是，底下人却把张士诚这个乡愿当傻瓜。

张士诚在苏州造华屋，修园林，蓄女奴，大摆宴饮，吃喝玩乐。他本着有福同享的江湖道义，所以带着部下也一块放浪形骸（hái），演变到了最后，连打仗的大将，出征之时，身旁也有妓女伺候。

张士诚，出自《吴王张士诚载记》。

朱元璋了解张士诚的情况，叹息道：“我这个人，向来没一件事不经心，尚且免不了被人欺骗，张九四一年到头尽在玩儿，不出门理事，岂有不败之理！”

说的也是，朱元璋

打陈友谅，惊心动魄，攻张士诚则容易得多，破灭之日，李伯升在城上呼道："张太尉（士诚）爱我厚我，何忍负之！"抽出小刀准备自杀，左右一劝，他又舍不得死了。

李伯升当了降将，又派人劝降张士诚，张士诚面子放不下，不肯答应，他问妻子刘氏："我已决心一死，你们怎办？"

刘氏回答："必不负君！"她带了孩子，上了齐雪楼，城破之时，自焚而死。

张士诚穿上龙袍，正准备悬梁自尽，李伯升闯了进来，大呼小叫，找人帮忙，解开了绳索，救活了张士诚，张士诚好生气，闭着眼睛，不肯理会李伯升。

李伯升把张士诚交给了朱元璋的大将常遇春，抬上了船，送到金陵，张士诚一路上不断破口大骂，终于还是自缢（yì）而死。

李伯升原先是张士诚结拜的十八兄弟之一，到了危急之时，首先投降的是他，派人当说客的是他，最后把张士诚交给常遇春的也是他。平江人看不起李伯升的为人，由于李伯升官拜司徒，后来平江人便用"李司徒"三个字，形容一个人出卖朋友。

方国珍浙东称雄

朱元璋打败张士诚以后，论功行赏，封李善长为宣国公，徐达为信国公，常遇春为鄂国公，其他诸将分别晋爵赐给金帛。第二天，得到奖赏的都来谢恩。

朱元璋劈头问道："诸公回到家中，是否置酒为乐？"

众人回答："蒙主上恩德，偶尔当然有。"

朱元璋长叹一口气道："我也很想与各位痛痛快快喝上两杯，乐一乐，但是，中原未平，现在还不是言乐的时候。你们看张士诚，整天喝得醉醺醺的，我不得不以他为戒。"

由此可见，朱元璋自律甚严，他酒量极佳，却极端克制。他不但戒酒，也时刻压抑自己的物欲。

当朱元璋讨平陈友谅之时，有人搬来一张陈友谅的镂（lòu）金床为战利品，并且说："陈友谅这小子，一定没想到，亲自监工的镂金床，竟然由我们主公享用。"

不料，朱元璋看也不看就说："我还是睡我的木板床。"

"那么，主公是要赏给何人？"

"谁也不许用，马上把这张床给我毁了！"

底下的人都有点舍不得，如此精工镶制的镂金床，金碧辉煌，堪称美丽的艺术品，毁了多可惜。

朱元璋也看出部下的不舍，他怒声道："你们说，这和孟昶（chǎng）的七宝溺器有何不同？"

孟昶是五代后蜀的君主，性好奢侈，连尿壶都用七种宝石镶刻而成，最后被宋太祖赵匡胤俘虏。

朱元璋并且说明：“未富而骄，未贵而奢，这是孟昶失败的道理，前车之鉴，不可覆蹈！”

由此可见，朱元璋早不是当年皇觉寺的小和尚了，他开始读历史，也懂得自历史中记取教训，读历史让朱元璋变成聪明的人。

紧接在张士诚之后，朱元璋进讨方国珍。方国珍在群雄之中最先起事，在浙东称霸了二十年。

方国珍是台州黄岩（浙江黄岩）人，地近海边，土壤荒瘠，人多田少，方国珍家里是佃农，过着极清苦的生活。

地主待佃农一向极苛，黄岩因为土地少，地主格外神气，佃农在路上遇到地主，连鞠躬作揖，打个招呼都不敢，只能远远地躲开，让出一条路来。等到地主大摇大摆地走过了，才敢露出脸来。

方国珍每次陪父亲上街，若是遇着地主，就像躲警报一般，被父亲拉着跑，跑慢了，父亲一个巴掌就打下来。

方国珍很不服气，他不只一次问父亲：“地主也是人，我们也是人，凭什么这条路他走得，我们就非得远远避开？也用不着怕他怕成这个样子！”

父亲听了，便斥责国珍道：“小孩子，不懂事，不要乱说话，若不是靠地主借给我们田，我们怎能耕种？又拿什么养活我们一大家子？尊敬地主是应该的。”

方国珍可不这么想，他没有感恩的思想，只有报复的念头，每次看到父亲必恭必敬，一副诚惶诚恐、窝窝囊囊的畏缩样儿，他心里就有气，却不敢爆发。

父亲过世之后，方国珍家里，除了继续耕田，他还带着兄弟们贩卖私盐。这些私盐都掌握在海盗手中。元朝至正八年（1348年），有一个叫蔡乱头的大海盗落网。方国珍有个仇家，向官府告密，说方国珍与蔡乱头私通。方国珍不甘心被捕，决心真的去当海盗。不过，要先找地主报复。

又到了地主上门收米的时候了，方国珍记得童年，每次地主来，父母总是忙着张罗，把好吃的，好用的，一股脑儿搬出来献殷勤，小孩子只能在旁看着流口水。地主还不满意，挑三挑四，啰嗦个没完，方国珍这股闷气，已经压抑得够久了。

地主上门，背后还带着一群管事的账房先生、跟班小厮（sī），门一推，神气活现地迈着八字步走了进来。

方国珍也急忙赔着笑脸，张罗酒菜，尤其因为贩卖私盐，家境较为宽裕，端出来的菜色相当丰盛精致。地主一行，大快朵颐，酒也喝得差不多，个个东倒西歪的，方国珍一不做二不休，用乱刀把地主等人剁成肉酱，扔到酒坛里，让他们喝个够。

地主没回家，地方官亲自前来查询，方国珍干脆把地方官也杀了，结集了数千人，逃入大海，正式当了海盗。

由于方国珍这一批海盗异常剽悍，元朝政府无法歼灭，为求息事宁人，便任命他为定海尉，以示招安。方国珍担任定海尉，安分了一阵子，没多久，故态复萌，再度造反。

元朝为求息事宁人，还是用招安的老法子。这一回，已不是小小定海尉能满足他的了。方国珍眼见元政府吃这一套，不停地反反复复，官也愈滚愈大。当然，他也随时不忘孝敬朝中大官，帮他说好话，除了刘伯温等少数守正不阿之士，很少官员能抗拒红包攻势。

到了至正十七年（1357 年），方国珍已官至浙东行省参知政事海道运粮万户，兄弟子侄全当了大官，占有浙东沿海一带，拥有渔盐等丰富资源，同时横跨黑白两道，没人敢惹，他也心满意足，一心只想拥有这份产业，传之子孙。

但是，朱元璋准备统一全国当皇帝，岂能容许方国珍雄踞一方？于是，朱元璋先派汤和，一举攻下台州和温州，方国珍舒服日子过久了，军力荒废，完全不是朱元璋的对手。

方国珍父子兄弟，胆怯心寒，悄悄开了东门，往海边逃难。船开驶不及三里，早有朱元璋一批兵船，拦住去路。方国珍长叹一口气："我巢已失，今日朱兵勇不可当，只好出外投降，以保身家，日后再谋机会。"

方国珍玩了一辈子投降的把戏，他原以为接受招安以后，朱元璋还是会让他当个大官，谁知道朱元璋硬是把他关在金陵，不让他再玩反复造反的把戏，方国珍最后忧郁而死。

徐达治军严明

打垮（kuǎ）方国珍以后，朱元璋又马不停蹄讨伐福建的陈有定。

陈有定与陈友谅可是一点关系也没有，他是穷农人出身，为人沉着勇敢，喜欢行侠仗义，打抱不平，经常为着朋友的事，两肋插刀，拼了命都干。

后来，因为家里穷困，实在撑不下去了，入赘富豪之家，攒了一点钱，在码头上做个小生意。

无奈，时运不济，没有多久生意就倒了，他只好去官衙里当驿卒，混碗饭吃。

有一天，陈有定偶然遇到长汀县府判叶公安，两人一见如故，说得相当投缘，叶公安拍拍陈有定的肩膀道："小老弟，听你谈论兵事，头头是道，颇有些见地。在衙门里当个小小驿卒，送信跑腿，也没多大出息。我眼前有个黄土砦（zhài）巡检的缺，专门训练士兵，缉捕盗贼，你如果有兴趣，不妨试试看。"

陈有定逮住机会，讨山贼立了功，不久升为总管，更自陈友谅手中夺回了汀州，元顺帝任命他为福建行省平章，镇守闽中八郡。他为了效忠元朝，经常从海道运粮到大都，受到元顺帝一再褒奖。

俗话说小人得志，趾高气扬。陈有定是个小人物的时候，极有正义感，时时以侠士自居，可是当了官以后，又是另一副嘴脸了。史书上说他是"上言为国，以实私图"，表面上说得好听是为了元朝，其实，公帑（tǎng）与私财合一。

由于有元顺帝撑腰，福建行省平章燕只怕不花完全管不住陈有定，他陈有定说东是东，说西是西。附近漳州守臣罗良不听指挥，陈有定立刻把罗良掳来给杀了。

从此，陈有定成为福建的土皇帝，任谁都要怕他三分。

朱元璋派了胡深进攻陈有定，不幸中了埋伏，被陈有定所杀。

朱元璋再派水师进讨，陈有定节节败退，死守延平，宁死不降。这时的陈有定，早已不是当年那个为朋友两肋插刀的陈有定了，他日日夜夜披甲带剑，到城墙上巡视，只要见到守兵略有精神不济的模样，也不顾人家是否几天几夜没合眼，马上予以严处。若是发现将领稍有懈怠，更是一口断定："与朱元璋军队暗里私通，处死！"弄得将士们埋怨不已，恨不得朱元璋早日打过来。

陈有定苦守十天，延平城终于被朱元璋的军队攻破了，他服毒自杀，不知什么原因，竟没死，被俘虏到应天。

朱元璋指责陈有定道："你是汉人，为何帮助元朝，杀我胡将军，害我损失一员大将？"

陈有定说："我已经被你捉住，还有什么话好说，死了便是！"

"好，算你是条好汉！"

朱元璋新发明一种刑罚，叫做铜马，就是古代炮烙之刑，正好拿陈有定来做活人试验。

朱元璋先把铜马烧得赤红，命令陈有定骑上去，陈有定一声惨叫"啊……"转眼之间，皮焦肉烂，化为阵阵恶臭难闻的青烟。陈有定的儿子闻讯赶来，要求与父亲同死，朱元璋乐得完成他的心愿，也让他骑了铜马。

朱元璋对敌人十分残酷，可是，他在用兵之时，非常注意军队的纪律，尽量做到不扰民。他麾（huī）下第一大将是徐达，徐达的一贯作风是"掠民财者死，毁民居者死，离营二十里者死"。

民间曾经传说这么一则故事：朱元璋夺下金陵，正预备攻打镇江，忽然有人报告：“士兵们上街抢东西，并且戏弄妇女，民众为之惶惶不安。”

朱元璋听了大怒，本来想把惹事的士兵找来，砍首示众。转念一想，明天就要出兵攻打镇江，此时大开杀戒，触了霉头，着实不妙，他眼珠一转，心生一计。

第二天一大早，军队正要开拔，突然军营之中，众人交头接耳，神色不安，互相传递一则坏消息：“徐达将军违反军纪，即将开刀问斩。”

徐达，选自《马骀画宝》。

众人听了无不失魂落魄，不敢相信，大家都说：“徐将军到底犯了什么罪？把他杀了，那我们还打不打镇江？”

正在此时，徐达被五花大绑押了出来，有那忍不住的兵士，竟嘤嘤哭了起来。

元帅府里李善长等人，

也个个吓软了手脚，厅内厅外一大群人跪在朱元璋面前，请他收回成命。

朱元璋却铁着脸道："徐达身为统兵元帅，不能管束部下，坏我军纪，非斩不可！"

徐达平时待部下宽厚，士兵们纷纷向朱元璋求情，并且指天划地，再三起誓，下回绝不再破坏军纪连累长官。

朱元璋这才舒解了眉头，转过身对徐达说："看在弟兄们的份上，这回暂且饶了你，这次出兵一不许烧房子，二不许抢财物，三不许杀百姓，你依不依？"

徐达还来不及回答，兄弟们在旁赶紧大叫："依，依，什么都依！"声音响彻云霄。

朱元璋和徐达互换一个欣慰的眼神，原来这是徐达的苦肉计，这段"假斩徐达"的双簧戏，正史上并没有记载，不过是民间用来强调朱元璋军队军纪严明的故事。

徐达为人刚毅勇武，与部下同甘共苦，的确是了不起的大将军。朱元璋曾经夸奖他："受命而出，成功而旋，不自夸，不张扬，妇女无所爱，财宝无所取，中正无疵，昭明乎日月，大将军一人而已。"因此，徐达是明朝开国战功最伟的第一功臣。

宋濂的广告攻势

朱元璋以一个孤苦无依的小和尚，能够奋起草莽，领袖群雄，绝非偶然。张良曾经说："沛（pèi）公（汉高祖）乃天授也！"意思是说，刘邦虽然不学无术，却是超人的政治天才。朱元璋也是一样，对于争取人才，收揽民心，都有特殊的智慧。

朱元璋来自民间，幼年乞食四方的人生体验，使得他了解基层民众的想法。因此他的军队所到之处，纪律严整，绝不会扰民。

另外，朱元璋明白，元朝政府几十年来，对汉民族的歧视，人们敢怒不敢言，许多怀有民族思想者，心中还存着恢复宋室的心理，所以，在次第讨平群雄以后，他命宋濂（lián）执笔，写了一篇檄（xí）书，张贴在北方各地，以收广告宣传之效。所谓檄书，是古时官府用以征召晓谕大众的文书，就类似今天的文告。

负责广告撰文的，是大大有名的宋濂。宋濂与刘伯温一般，都是朱元璋打下婺（wù）州以后，寻访得来的名士。

宋濂是金华人，自幼聪明，博闻强记，精通五经，他曾经拜在著名学者柳贯门下。柳贯教了一阵子，对宋濂说："我的学问不及你，惭愧，惭愧，你另外求师吧！"

于是，宋濂又投到黄溍（jìn）门下，没想到黄溍也不敢收这个弟子。黄溍说："老弟，我自叹弗如，当不起你喊我一声老师。"

宋濂拜不到老师，只好自己在龙门山闭门读书，元朝至正年间，元朝政府任命他为翰林编修。宋濂不愿意在元朝腐败政府中做事，以“双亲年迈，不忍远离”为理由，不肯赴任。

朱元璋攻下婺州，积极寻访名士，当地的人都说：“有一位宋濂先生，腹中书富五车，笔下文堪千古。”

朱元璋闻之大喜，立刻派出孙炎前来寻访。孙炎到了台州安平乡，在莽林之中，发现一位儒生，头戴着一顶四角镶边东坡巾，腰间系着一条熟经皂丝绦，脚下一双白布袜，后面跟着一个山童，肩挑着一担琴，主仆二人自自在在，有股灵秀的气质。孙炎直觉这便是宋濂先生，向前施礼道：“远望先生风采迥（jiǒng）异，想必是宋濂先生。”

宋濂早就听刘伯温谈起过朱元璋，因此，孙炎一邀约，宋濂也就欣然前来。宋濂比刘伯温长一岁，刘伯温个性豪迈有奇气，宋濂则是标标准准的儒生。刘伯温在军中担任参谋大计，宋濂则以文学长才，为朱元璋所重用，时常为朱元璋讲授《春秋左氏传》。

宋濂，清顾见龙绘。

宋濂在讲课时，总是提醒朱元璋：“得天下，以人心为本，人心不固，纵然有金帛充斥，也是没用的。”朱元璋认为宋濂的话有理，所以催促他写了一篇檄书。

宋濂才思敏捷，不多时，即以朱元璋的口吻，拟了一篇文稿。

文告一开始，先

是痛骂元朝“自古帝王临御天下，未曾听过以夷狄居中国治天下者，元朝臣子，不遵祖训，废坏纲纪，渎乱父子君臣长幼之伦……当降生圣人，驱逐胡虏，立纲陈纪”。

这段话的意思是号召天下儒生，强调中国应当由中国人来治理，复兴中华文化，至于“降生圣人”，这个“圣人”，当然指的是朱元璋了。

可是，想当初朱元璋也是红巾军出身，宣传的是弥勒佛和小明王出世的理想，这与中国传统的儒家思想并不相同。

所以，第二段，檄（xí）书立刻批评：“现在河洛关陕，仍有数雄，忘记中国祖宗之姓，以捕妖人为名，非华夏之士也。”

檄书批评的妖人是韩林儿，这表示，朱元璋在骂妖人，当然自己不是妖人，与红巾军划清界线，希望大家赶快忘记，他曾经当过十七年红巾军头目的事实。

紧接着，檄书中又说：“我是淮右布衣，希望拯生民于涂炭，恢复汉官威仪，我担心人们不了解我用心良苦，把我当成仇人，举家逃难，所以我先通知大家，军队来到之时，人民千万不用走避，军队号令严肃，必然秋毫无犯。”

最后，为了缓和蒙古色目人的反抗心理，文告的结论是：“虽非华夏族类，然同生天地之间，有能知礼义，愿为臣民者，也与中国人民一般看待。”

宋濂这则广告写得相当出色，朱元璋看了很欣赏，马上印了一大批，在北方到处张贴。虽然不能与电视广播报纸般有效果，但是，确也发挥了相当的作用。

北方儒生发现朱元璋提倡中华文化，大为安心。北方农民明白朱元璋军队不抢不杀，用不着逃跑。连蒙古色目人也不再像以前一般死命作战了，文告中不是说得很清楚吗？只要知礼义，加入中国文化系统，同样是中国人民了。

宋濂这则广告，使得朱元璋的北伐军进展顺利，元军兵败如山倒，元顺帝害怕被俘虏，率领后妃逃奔上都（开平，今内蒙古多伦县）。洪武二年（1369 年），朱元璋又攻下了上都，元顺帝再北走大漠，又回到了蒙古老祖宗席天幕地，转徙（xǐ）水草的游牧生活了。

明太祖不知自己是明太祖

元顺帝至正二十八年（1368 年），朱元璋的北伐军平定元军，南征军扫平方国珍。在一片捷报声中，朱元璋正式定都金陵，称应天府。以应天府为南京，开封府为北京，改吴国为明朝，建元洪武，这一年同时为洪武元年，是为公元 1368 年。

朱元璋就是历史上赫（hè）赫有名的明太祖。

不过，明太祖是朱元璋的庙号，朱元璋在世的时候，可不知道自己是明太祖。在戏剧之中，常见洪武年间的臣民称朱元璋为明太祖，其实是错误的。趁这个机会，为大家介绍一下庙号与谥号，这是读中国历史，必须具备的基本常识。

庙号是指古代帝王死了以后，在太庙（皇帝家族的祠堂）立室奉祀，并且追尊为某祖、某宗的名称，称之为庙号。例如唐高祖李渊，高祖便是他的庙号。

除了庙号以外，还有一种叫谥（shì）号。古代皇帝、贵族、大臣、士大夫死后，依其生前事迹给予的称号。

例如，唐高祖李渊死了以后，被谥为“神尧皇帝”，汉武帝的谥号是“武皇帝”，曾国藩死后被谥为“文正”（所以后人常称曾国藩为“曾文正公”，留有《曾文正公家书》），这些都是由政府掌管礼仪的官员草拟，经过在位皇帝核可后赐给的。

有些士大夫未曾做官，或者官职太低，不能获得皇帝赐给的谥号。他的学生门人有时便会私自给他一个谥号，称为“私谥”。

例如清朝初年的王大经是一位饱学之士，清朝政府屡次征召他任官，他都加以拒绝。他死后，门人敬仰他的人格，便私谥为“文介先生”。

不论是庙号或是谥号，有三点应该注意：

（一）任何皇帝或臣民在生前都不知道自己的庙号或谥号，别人也不可能预先知道他的庙号或谥号。例如刘邦在去世之前，不知道自己会被后人称为“高祖”，大臣们也不可能在刘邦还活着的时候，称他为“汉高祖”。戏剧中当着刘邦的面喊高祖爷，其实是笑话。

（二）一个皇帝死了以后，在正常的情形下，应该有庙号，也有谥号。例如唐太宗李世民的庙号是“太宗”，谥号是“文皇帝”。汉武帝的庙号是“世宗”，谥号是“武皇帝”。历史上有时称庙号，如“太祖”、“太宗”、“高宗”等，有时称谥号，如“武帝”、“惠帝”。一般的习惯，唐朝以前称谥号，唐朝以后称庙号，但是也不是固定不变的。

（三）古人定谥号都有意义，如“文”表示“慈惠爱人”，“武”是表示“威强睿德”，“宣”是表示“圣善周闻”。大多数的谥号都是表扬好的德行。但是，也有坏的，如“厉”、“幽”等都是带有贬抑意味的谥号，至于哀帝，那不用说，一定是悲惨的意思了。

朱元璋为何定“明”为朝代名号？这是有道理的，历史上的朝代称号，都有其特殊的意义：（一）用初起时的地名，如秦朝、汉朝。（二）用所封的爵号，如隋朝、唐朝。（三）用特殊的物产，如辽朝、金朝。（四）用文字的含义，如元朝、明朝。

朱元璋初起红巾军，信奉明教，明教主要传说是弥勒佛或小明王出世，黑暗过去，光明到来。

由于五百多年的秘密传述，许多穷人对明教都有神秘的亲切感。朱元璋取名明朝的用意是，他就是小明王出世，天下太平，大地回春，人民不必再期待其他救世主。朱元璋并且在即位不久，下令禁止一切邪教，尤其是白莲教、大明教、弥勒教，他可不许人家用他用过的方法，把他推翻。

事实上，明朝后来是一个相当黑暗的朝代，民间又幻想有个小明王出世普渡众生，明教徒在严刑压制之下，只好改头换面，转入地下活动，成为民间秘密组织，我们以后再谈。

从儒家的角度来看，“明”也是好字。明是火，是光亮的意思。分开来是日月。因此，儒生也赞成采用“明”为国号。

明代繁华的南京，《南都繁会图卷》（局部），明人绘。

朱元璋在奉天殿接受文臣武僚的祝贺以后，立马氏为皇后，世子朱标为太子，以李善长与徐达为左右丞相，个个欢天喜地。

朱元璋终于效法汉高祖刘邦成功，也当上了天子，他的许多作风都模仿汉高祖。汉高祖大建长安，明太祖大建金陵城。汉朝初年，把齐国楚国六族搬到关中，明太祖则把浙江等省及应天十八府的一万四千多富户，搬到南京。

南京城的整建自洪武二年（1369 年）开始，至洪武六年（1373 年）完工，规模之大，全国第一，城垣（yuán）之长，则为世界第一，东连钟山，西据石头，南阻长干，北带玄武湖，城以花岗石为基，石灰砖为墙，十分坚固，一直到今天。暑假期间，许多人赴内地探亲观光，不妨赴南京一游。

这一段历史故事比较无趣。不过，许多爱读《吴姐姐讲历史故事》的读者，都有旺盛的求知欲，所以，对明太祖不知自己是明太祖，应该也觉得挺有意思的。

明太祖设立剥皮刑场

谈到明太祖朱元璋，许多人第一个想法，就是他是专制暴君。其实，明太祖具有双重人格。他一方面爱护百姓，成为贤明皇帝，一方面猜忌群僚，成为暴虐君主。当然，这和他从小的际遇大有关系。

明太祖出身穷困，饱尝人世艰辛。他曾经对文武百官说："想我小时候在民间，看多了贪官污吏，爱财好色，饮酒误事，心里简直恨透了。现在我当了皇帝，我发誓要严惩贪污！"

于是，他订下了极为严苛的律令：凡官吏贪赃一贯以下，打七十大板，每五贯，罪加一等，贪污至八十贯者处斩。

如果官吏贪污至六十两银子的，更惨，必须枭首示众，并且处以剥皮之刑。当时府州县衙门左边的土地庙，就是剥皮的刑场，所以百姓称土地庙为皮场庙。

中国人一向爱看热闹，因此，每回遇到要剥贪官的皮，总是互相询问。

"怎么样？怕不怕？要不要去看？"

"当然去，不要错过了好戏。"

一会儿工夫，土地庙前面挤满了群众，一个个又欢乐又害怕，兴奋得脸白白的。当然，最害怕的是当官的。

此外，明太祖规定，衙门公座旁边，得摆一张人皮，里面用稻草塞得鼓鼓的，让官吏触目惊心，大生警惕之心。他并且多次下令，鼓励人民检举老奸巨猾的贪官土豪，绑到京师治罪。

明朝建立以后，整个国家遍地荆棘，凋敝不堪，满目疮痍，明太祖深深了解，此时此刻农民一穷二白，榨也榨不出油水，他一面垦荒屯田，劝课农桑，一面告诫州县长官：

“如今天下刚刚安定，百姓财力物力都相当困乏，有如鸟初飞，木初植，切勿拔鸟的羽毛，撼树的根本。否则，小心朕不饶你！”

明太祖为了安抚农民，在国家初定，兵马倥偬（kǒng zǒng）之际，仍然不忘减免租税，自洪武元年（1368 年）到洪武十九年（1386 年），几乎每年都下蠲（juān，国家对于人民，免除应纳的田赋徭役之谓）免租税的命令。同时，按照规定，凡是各地闹水灾旱灾的，一律蠲免捐税，即使是丰年，也会选择地瘠民贫的地方免税。

为了让下一代也了解农民疾苦，朱元璋曾经派人陪太子朱标下乡，实地视察农家生活。朱标回来以后，朱元璋又少不了一顿训斥：“这下子，你可看到农民的辛苦了吧，公鸡一叫，就要起床，赶着老牛下田耕种、插秧、锄草、施肥，劳碌得不成人样。好容易挨到收割了，完租纳税以后，剩不了多少。万一再碰上天灾，除了干着急，毫无办法。可是，国家的赋税完全是农民出的，当差作工也是农民的事。农民身不离田亩，手不离犁耙，住的是茅草屋，吃的是粗粝（lì）饭。”

“因此，”朱元璋正色地对朱标说，“凡是居处食用，一定要想到农民的辛劳，取之有制，用之有节。如果对农民横征暴敛，农民将不堪其活矣。”

明太祖自己，的的确确做到了节用，在《方国珍称雄浙东》之中，我们说过，他打败陈友谅之后，曾经毁掉部下献上的陈友谅用过的镂金床。

明太祖在南京营建宫室，负责的工程师把图样画好呈给他看，

明代农耕，明人绘。

他二话不说，把雕琢考究的部分一概删掉。

工程师脸都绿了，删掉的全是他最得意之处啊，这还不打紧，工程完工以后，明太祖竟然派遣画工，在皇宫墙壁上画了许多触目惊心的历史故事，明太祖更特别叮咛一句：“愈恐怖愈好！”他希望能够警惕自己，记取历史上的教训。可顾不了室内设计的美感。

有一回，某个官儿不晓明太祖的脾气，向他推荐某处的花岗石如何如何美丽，用来铺设宫殿的地板，再适合也不过，讲得是口沫横飞，话还没说完，就被明太祖臭骂一顿。

另有一官员接口道：“铺地板的石头可以将就点儿，不过，皇帝的御车器具，照例都是金饰的，而且还用不了多少钱。”

明太祖仍然固执不肯，他指着官员的鼻子教训道：“朕富有四海，哪里会吝啬这一点儿黄金？但是，如果我自己不带头俭朴，下面的人怎会提倡俭朴？而且，一切的奢侈，无不是自小而大的。”

明太祖不仅在用的方面俭省，在吃的方面亦然，洪武六年（1373 年），潞州上贡人参，他不肯收，理由是：“人参得来不易，不用烦劳人民。以前，金华进贡香米，太原进贡葡萄，我都拒绝了，国家以养民为要务，奈何以口腹之欲劳民伤财。”

由于明太祖自己俭省，他格外看不得人家浪费。有一天，一个内侍穿了新靴子在雨中走路，被明太祖逮到，狠狠教训一顿：“你不会换上旧靴再走到雨中吗？”

又一次，明太祖看到一个散骑舍人穿了一件好漂亮的新衣服，明太祖盯着上上下下地看，心中大大不以为然，当下喝住了散骑舍人：“你这件新衣挺好看的。”

“是。”散骑舍人咧着嘴笑。“花了多少钱？”明太祖语气颇为不悦。散骑舍人着了慌，也不敢不据实以答：“五百贯。”

“五百贯？”明太祖的眉毛都打结了，“你可知五百贯是农人数口之家一年的花费，你却用来做一件新衣？”

明太祖把散骑舍人叫到屏风前，命令道：“念啊！”

原来，屏风上是唐朝李山甫写的《上元怀古诗》：

南朝天子爱风流，尽守江山不到头。
总为战争收拾得，却因歌舞破除休。
尧将道德终无敌，秦把金汤可自由？
试问繁华何处在，雨花烟草石城秋。

明太祖把这首诗写在屏风上，早晚吟诵，这也表现出历代开国君主最能体会“殷鉴不远”的教训。

黄册和鱼鳞图册

中国古代以农立国，一直到今天，中国大陆百分之八十以上还是农民。所以，农民拥有相当大的势力。谁能得到农民的拥戴，便可得天之助，成为天子。

明太祖朱元璋聪明过人，他不过是濠州和尚出身，又做过流寇，很容易让人误会是盗匪。因此，他每次攻城掠地，先则安民，次则减税，表示自己绝对与流寇不一样，请大家尽可放心。

他这套方法，真是管用。史书上形容是“徯（xī）我后，后来其苏”。这句话的意思是“等待我们的皇帝，他一来，我们就能死而复生了”。语出于《孟子》的《梁惠王篇》，形容商汤革命之时，人民日夜盼望他来，就像大旱之时，盼望下雨一般。

不过，当朱元璋次第平定天下，他就不再大规模地减税免租。事实上，国家建设，各方面都需要用钱，也不可能一直免下去。

明太祖建国之后，他有几项重要的措施，第一就是整理全国的户籍。因为元朝末年，天下大乱，人物流离，户口紊乱，所以明太祖调查全国的户口，以每一百一十家为一里，每里有一本名册，册子的表面是黄色，所以称为黄册。

由于明太祖曾经敲着木鱼，在民间流浪过几年，看遍人间形形色色，他很了解地主是怎么欺负一般农民的，他对臣下说：“我是看多了两浙一带富户为了逃避徭役，在户籍上动手脚，乡里欺骗州县，州县欺骗政府，非重新调查不可。”

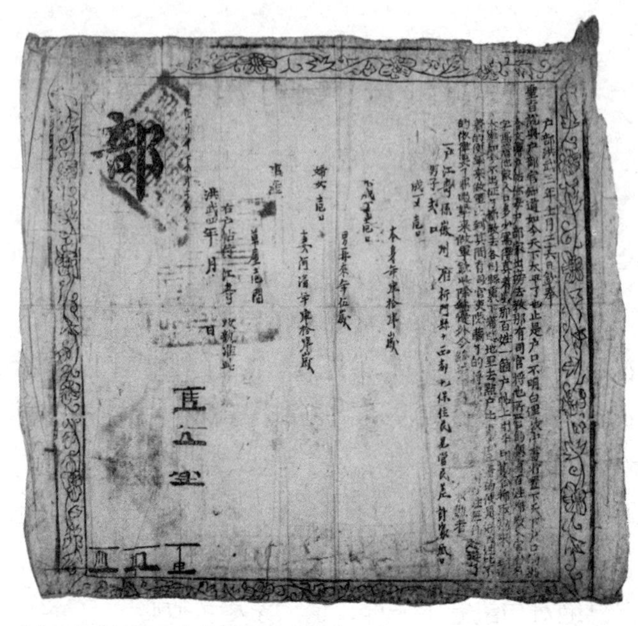
户部洪武三年十一月二十六日钦奉
一户江寿 系徽州府祁门县十西都住民
男子叁口
成丁贰口
本身年肆拾岁
不成丁壹口
男寿奴年伍岁
妇女贰口
妻阿谢年叁拾叁岁
事产
草屋壹间
右户帖付江寿收执准此
洪武四年 月 日
部

洪武四年（1371 年）徽州府祁门县的户口卡。

明太祖把各地送来的黄册，集中到京师后湖的黄册库之中。后湖者，便是南京著名的玄武湖，湖中心几个小岛设有档案馆，用以贮放重要文件。

为何把重要文件放在水中央？理由很妙，这可避免火灾，而且与外界联系少，避免受到干扰。

黄册是记载户籍的。后来，配合着户籍名册，测量天下的田地，又造了一种册子，册子中画了各地的方圆形状，编上号码，并且注明土地性质、等级。翻开册籍，只见土地图形重重叠叠，仿佛鱼身上的鳞片一般，因而称为鱼鳞图册。

黄册和鱼鳞图册互相印证、补充，编织成一张大网。按理说来，应该发挥相当的作用。可惜，制度虽好，执行的官员却从中舞弊，帮助地主隐瞒户口土地，哪怕明太祖用剥皮刑对付贪官污吏，可是一般无知无识、胆小怕事的农民不敢检举。官吏利用黄册、鱼鳞图册贪污的，依然是大有人在。

譬如，把地主的田地，偷偷假托在他人的名下，称为“诡寄”。把地主该服的劳役摊给贫穷小民，称为“飞洒”。

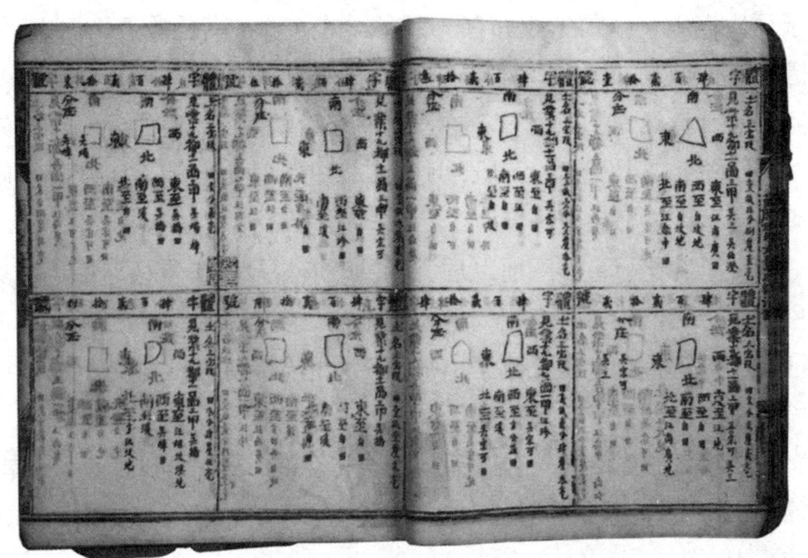

明万历年间鱼鳞清册。

为什么中国古代的贪污总是层出不穷呢？这是有道理的。

古代中国的官俸是很微薄的，单单依靠官俸，绝不能养活一大家子，也不能维持与身份相当的生活。这固然可以减少国家的财政负担，却等于默认做官的贪污。明太祖不愿增加官俸，又强烈反对贪污，他的理想是官员个个俭约，此事说来容易做来难。

在中国古代社会，贪污是普遍共同的现象，如果谁做了官，依然两袖清风，一定有人骂他蠢。反之，能买地，娶小老婆，这才是能干。

当然，在中国历史上，也有不少为人称赞的清官。其实，做官要会做事，单单清廉，有什么可贵？人们之所以感觉可贵，就是证明贪污是普遍现象。如同中国历史上，“青天”一直受人崇拜，假如处处光明，青天也就不足为奇。

黄册原先规定，每十年重造一次。到了后来，官员敷衍了事，把十年前的旧册子重抄一遍了事，这一遍一遍抄下来，许多人都成了百岁老人，全国到处都有一百多岁的人瑞，真是滑天下之大稽，因此有人讽刺道："人多百岁之老，产竟世守之业。"有的官员还不到十年，竟然先把黄册重新抄一遍。在清朝初年，有人发现明朝崇祯（zhēn）二十四年的黄册，明朝其实在崇祯十七年（1644 年）就灭亡了，你说好笑不好笑。

有了黄册、鱼鳞图册以后，明朝政府根据这份资料，每年分夏税秋税二次征税。明太祖为了笼络地主，多半用地主为粮长，负责征收与押解粮食。粮长到了京师，明太祖亲自召见，如果双方谈得愉快，也许就留在京师做官了。所以，当粮长是件很过瘾的事。

尽管如此，粮长经常还是相当狡狯（kuài）。当时运河沿岸，徐州、淮安等大城市纷纷兴起，粮长用手中的粮食为资本，从事经商买卖。

粮长挪用粮赋以后，如何向上面交代？往往就是回到家乡，向农民耍赖："不小心船沉了，只好再缴一次。"

可怜的农民，明明晓得粮长又在骗人，但是，除了自认倒楣，被迫再缴一次以外，有什么办法？

无论如何，在明太祖垦荒屯田、改进赋税的努力之下，洪武末年，全国耕地总面积突破四百万顷，比元朝末年增加了一倍以上。洪武二十六年（1393 年）的人口，比起元世祖时代，也增加了七百万左右。虽然迫于现实，他的改革多多少少打了折扣，到底，仍然促成了社会的安定，农业经济的繁荣。

国子监生与八股文

明朝初建，百废待举，从朝廷到地方，大概需要十几万名官吏。经历了兵荒马乱之后，要到哪儿去找寻这许多的优秀人才？

远在朱元璋还是吴王的时候，他就经常派遣使者，远赴各地，探访人才。洪武元年（1368 年），更征天下贤才于京师，并且打破了一切任用资格的限制。

尽管明太祖求才若渴，当时一般读书人还是缺乏兴趣，有些个元朝旧官吏，明太祖三催四请仍不来，太祖就火了，放下脸来恐吓："你不肯来，莫非是有别的意图？"让大家不敢不来。

为什么读书人都缺乏做官的意愿呢？其中一部分固然是经历乱世，深感人生无常，宁愿韬（tāo）光养晦，闭门隐居。但是，最主要的原因是明太祖乾纲独断，严刑峻罚，随时用剥皮刑对付官员，使得读书人视官场为畏途，能躲就躲。

明太祖心想，既然旧的读书人不敷使用，还不如培养一批新的生力军，这就是明朝国子监生诞生的由来。

中国官办的学校，起源很早，一般多远溯虞舜时代，国子监的名称，则始自唐代。洪武十四年（1381 年），明太祖下诏改建国学于鸡鸣山旁，据说"规模之大，前代所未有"。

所有在监诸生，政府都供给膳食，并且帮忙供食一家大小。每季赏赐衣被鞋袜，钞锭灯油。甚且，监生回家乡探亲，也发给路费。同时，免除该生家中二丁的徭役，可以说是待遇相当优厚。

监生的制服是头戴四方平定巾，身穿圆领大袖的青衫，称之为“襕（lán）衫”。在中国古代，衣冠服色是区别贵贱的重要标识，不是随便想怎么穿便怎么穿的。国子监规定监生“不许穿戴常人巾服与众人混淆（xiáo），违者痛决”。

所谓痛决，就是打屁股。在国子监的教员办公处（称之为绳愆（qiān）厅），有两条长长的凳子，是让学生伏着打屁股用的。政府还特别拨了两名皂隶，专门来打学生的，下手又猛又重。皂隶是古代衙门之中执役的人，就是行刑人。国子监中的刑具，多半是竹棍子。

功课的内容，主要是四书、五经、刘向《说苑》、书算。其中最重要的是明太祖朱元璋自己编写的《大诰》，一共有四册，列举官民罪状，使官民知所警惕，最终目的是为国家训练政治干部。

在四书（《论语》、《孟子》、《大学》、《中庸》）之中，朱元璋最不满意《孟子》，他在洪武三年（1370 年），第一次开始读《孟子》，一面读，一面发脾气，尤其是读到孟子的民本思想，对君王有不敬之处，他气得把书扔到地上，吹胡子瞪眼睛：“哼，这个可恨的老头儿，若是今天还活着，看我怎么收拾他！”

朱元璋不能把孟子绑来，竟然下令把孟子赶出孔庙。这事非同小可，孟子是亚圣，千百年来深受儒生景仰。有人委婉地劝告明太祖，千万不可犯天下之大不韪（wěi）。

明太祖迫于舆论，不得已让孟子重回孔庙，不过，他组织了一个《孟子》审查委员会，把《孟子》一书详详细细加以审核，由刘三吾等负责主持，凡是会让君主看了刺眼的，如：“民为贵，社稷次之，君为轻”，“君有大过则谏，反复之而不听，则易位”，以及“君之视臣如草芥，则臣视君如寇雠（chóu）”，一律删掉。

监生的平常作业是，每天写书法一幅，每三天要背《大诰》一百字，五经一百字，四书一百字，一个月作六篇文章。凡是没缴

孔庙，西洋版画。

作业，或者马马虎虎敷衍了事的，还是一样——痛决，打屁股。

朱元璋治理国家严格，对监生同样是一丝不苟，校规前前后后加起来，竟然有五十六条之多，譬如禁止对人对事的批评，禁止组成小组织，也不许议论饮食，哪怕饭菜的的确确很难下咽。

至于没病装病，出入游荡，饮食喧哗，点名不到，一律都是趴在红凳子上打屁股。可是，最严重的是“敢有侮辱师长，生事告讦（jié），有伤风化”者，不但狠狠打个一百板，还要发配云南充军。

校规之中有一条颇不合理，凡是学生对课业有疑问，必须跪听。当初设置这一条的原意可能是尊师重道，但是影响所及，学生更不敢开口问问题了。

中国人一向口才不佳，讲起话来期期艾艾，表达能力很差，这和传统有关系，老师不鼓励学生发问，惟恐被学生问倒了不好看。学生本来就怕老师，老师面有愠（yùn）色，还敢多嘴多舌吗？明朝这一条，充分地表示了学生最好闭嘴的一贯精神。

明太祖重视学校教育，不太注重科举。所以，在洪武年间，科举时兴时废。另外，还有一个重要规定，就是考试的时候，命题有一定的范围，专用四书五经来出题目，考卷上做文章，一定要用古人的语气，称为制义。

制义分成两类，其中一类用排偶，讲究对仗，就是所谓八股文，是朱元璋与刘伯温一起商量决定的。

八股文给读书人一种强烈的限制，不但限制文章、文字的发挥，而且必须模仿古人说法，约束人们活泼的思想。这种八股文自明朝开国之初，一直沿用到清朝末年，真是害死人。

刘伯温告老还乡

明太祖朱元璋能够得到天下，刘伯温运筹帷幄，该是第一功臣。很遗憾，历经千辛万苦，明朝终于建立，却是朱元璋与刘伯温分手的时刻。

明太祖初即位，刘伯温协助制订军卫法，并且担任御史丞兼太史令，又担任弘文馆学士，封诚意伯。虽然是官高爵显，刘伯温心头总有一片阴影，他大公无私的性情、有话直说的脾气，与中国历来官场乡愿的作风格格不入。

刘伯温认为治理国家，首重纲纪，他强调法治精神，不讲究情面，无论宿卫或官侍犯了法，一律秉公处理，招致不少怨言。

当时，中书省都事李彬贪污，东窗事发，依法应该论斩。左丞相李善长与李彬一向是好友，吃喝玩乐都泡在一起。

李彬的家人找李善长说情，李善长拍拍胸脯道："没问题，一切包在我身上。"

李善长自以为没问题，他跑去找刘伯温关说，却结结实实碰了一个大钉子，刘伯温仍然要依法论罪。

李善长拉长了脸："连我的面子，你也不买？"

刘伯温一作揖："抱歉，这不是谁面子大的问题。"

最后，李彬还是丢了脑袋。李善长对刘伯温的不满自不在话下。刘伯温只是就事论事，李善长却不能谅解。

其实，李善长能当上左丞相（在明朝，左丞相地位高于右丞相）还是刘伯温帮了忙。

明太祖曾经问过刘伯温的意见，刘伯温说："善长勋旧，能够调和诸将。"

明太祖忍不住笑道："他曾经数度想要加害于你，你竟然还帮他美言?"

"宰相有如国家大柱子，要用大木头、大才干者，如果用了小木头，则有倾覆的危险。"

后来，洪武三年（1370年），明太祖改封李善长为韩国公，晋位太师。明太祖想找杨宪代替李善长，杨宪一向与刘伯温走得很近，私交不错。不料，当明太祖询问刘伯温的意见，刘伯温竟然大摇其头。

"杨宪这个人我最清楚，他有相才，却无相器，当宰相者，必须持心如水，凡事以义理为权衡。杨宪的度量不够。"

"那么汪渔洋呢？"

"更糟。"

明太祖想了又想，忽然计上心头："不如找胡惟庸。"

"胡惟庸，我恐怕他会像劣马把缰绳扯断，陛下到头来会驾

明代官员，明人绘。

驭（yù）不住。”

左也不是，右也不是，明太祖长叹一口气道：“我看我的宰相，实在非先生不可，你就不要推辞了吧！”

刘伯温执意不肯，他缓缓地说：“我有自知之明，我这个人是非分明，嫉恶如仇，又不耐繁剧，天下何患无才，只要明主用心访求。不过，陛下刚刚提的这些人都不适合。”

刘伯温果然料事如神，后来，杨宪、汪渔洋、胡惟庸都出了乱子。刘伯温凭着锐利的眼光，已看出明太祖是个只能共患难，不能共富贵的人，所以，在洪武四年（1371 年），他就告老还乡，希望君臣一场，好聚好散。

临走之前，明太祖问刘伯温：“近日天象如何？”

刘伯温一向擅长天象，他也有意借机教育明太祖，因此语重心长道：“霜雪之后，必有阳春，现在国威已立，应该宽大为怀。”刘伯温并不赞成朱元璋的苛政，不过，他心知肚明，朱元璋听不进去，也罢，不如回青田老家。

于是，洪武四年（1371 年），刘伯温回到了青田山中，喝喝酒、下下棋、写写文章，完全过着隐士的生活。

刘伯温生性淡泊，当初追随朱元璋打天下，为的也不是功名利禄，因此，他很容易适应粗茶淡饭的日子。

偶尔有乡人提起：“听说明朝的天下，大半是你出的主意得来的。”

刘伯温总是淡淡一笑：“没的事。”

若是有人问起，当初如何破陈友谅，败张士诚，刘伯温总是顾左右而言他，真是好一个英雄不提当年勇。

地方长官对这号人物，当然视之为邻里之光，曾经多次拜见，刘伯温总是悄悄地避开，说是远游去了。只在此山中，云深不知处。

青田知县捺不住心中好奇，他换下官服，穿上青衣大褂，东访西问，觅入深山，遇到一位老妪："你可认识刘伯温先生？"

老婆婆顺手一指："那不就是吗？"原来，正在溪中濯（zhuó）足的，便是鼎鼎大名的刘伯温先生，体貌修伟，留着一把虬（qiú）胡子，气质出尘。知县趋前一作揖："野人拜见。"

刘伯温请知县赴山中茅屋，端出山野粗食。知县正要动筷子，忽然有邻里中人惊呼："这不是青田知县吗？"

刘伯温赶快站了起来，对知县作了一个揖："小民怠慢。"大步走向深山。青田知县好懊恼，气坏了那个多言的大嘴巴。但是，知县对刘伯温的人格，更加钦佩万分。

刘伯温退隐田园，寄情山水，一方面固然是他爱好自由的性格，同时，也是由于那个时代的环境，以及明太祖朱元璋猜忌的性格。

民间传说，刘伯温原在宫中之时，有一天，内监送来一盒礼品，说是马皇后送来的，他打开一看，里面只有一颗桃子，桃子上串着一枚枣子。

刘伯温纳闷了半天，这是什么意思？忽然恍然大悟："枣——桃，早逃？这不是马娘娘暗示我走为上策吗？"

于是，刘伯温马不停蹄，直奔青田。

这段传说，当然没有根据，不过，明太祖对功臣心怀芥蒂，倒是千真万确的。

《烧饼歌》与《推背图》

刘伯温返隐田园，挥别繁华，照理说来，应该愉快地终老青田老家，奈何事与人违。

刘伯温虽然离开了官场，过着隐居的生活，但是明朝政府的一举一动，他还是十二万分的关心，就像范仲淹在《岳阳楼记》一文中所写的："居庙堂之高，则忧其民，处江湖之远，则忧其君。"

刘伯温在青田山中，虽是处江湖之边远，仍不免"先天下之忧而忧，后天下之乐而乐"，标标准准的中国知识分子。

当时，福建边境有块地，名叫谈洋，是盐枭（xiāo）的大本营，想当初方国珍兄弟就在这儿发迹的，后来又有奸民在这儿走私，地方官不但不逮捕，反而代为遮掩包庇（bì）。

刘伯温惟恐方国珍事件重演，命令长子刘琏（liǎn）上了一个奏章，提醒明太祖小心。也许刘伯温担心胡惟庸把奏章吃掉，也许刘伯温以为凭他与朱元璋的交情，用不着繁文缛节。总之，刘琏的奏章没经过中书省，直接送给皇帝，偏偏胡惟庸担任中书省左丞，知道了这件事。

由于刘伯温性格是嫉恶如仇，他对胡惟庸一向懒得多理睬，明太祖询问他对胡惟庸看法之时，他也直言胡惟庸不适合当宰相。这一切，胡惟庸都牢记在心里，暗暗生气。

此回刘琏直接上奏章给明太祖，显然是不把他胡惟庸放在眼里，而且刘伯温足智多谋，谁晓得他下一步棋怎么走。胡惟庸决定先下手为强。

他脑筋一转，立刻想到一着毒计，赶紧跑去见明太祖："启奏陛下，刘伯温是否上了一个奏章，关于谈洋一带盐枭为乱之事？"

"对啊，我正准备处理。"

"陛下可知他既然退隐田园，为何对谈洋一地特别有兴趣？"

明太祖一向多疑，他眉毛一挑："你说呢？"

胡惟庸放低声音，故作神秘道："那是因为谈洋有王气，被刘伯温看中了，准备当墓地，地方人民不肯给，他就挟（xié）怨报复。"

胡惟庸这一招很毒，正好命中明太祖心病，明太祖总担心明朝未来的王业。刘伯温擅长风水，懂得寻龙探脉，靠不住他真的找到一个俗称中的"生龙口"，影响到后代子孙的发旺富贵，甚且威胁朱家帝业。

明太祖虽然没有治刘伯温的罪，却把他的禄给取消了。刘伯温接到消息，着急地赶到京师，向明太祖请罪。

明太祖嘴里没说什么，但是脸色极为难看，完全不是打天下之时，拉着刘伯温的手老先生长、老先生短叫个不停的亲热。

刘伯温晓得明太祖心中有疙瘩，他好难过，不明白为何耿耿忠心，竟然落此下场，只能说明太祖是"以小人之心度（duó）君子之腹"，他也不敢再回青田老家，惟恐人一离开京师，胡惟庸又再编造什么新的谣言。

过了没多久，明太祖任命胡惟庸为宰相，刘伯温一听之下，大惊失色，头晕目眩，他跌跌撞撞倒在床上，气若游丝道："老天，但愿我的眼光不准，否则，天下苍生完矣！"

刘伯温这一病，病得可不轻，明太祖特地派了人，送他回青田老家养病。

在刘伯温启程以前，胡惟庸故作好心，找了一个医生来，按了脉，抓了药。刘伯温服了药，顿时觉得胸口发闷，好像有一个拳头般大的石头鲠在胸中，不上不下，隐隐作痛，没多久，刘伯温便撒手西归，享年六十五岁。

刘伯温是卓越的政治家，杰出的思想家。可惜的是，和诸葛亮一般，后代人们最熟悉的，似乎是他擅长风水，能够预测未来。相传《烧饼歌》，便是刘伯温所作。

据说，有一天，明太祖在内殿，正吃烧饼吃得很香，内监上报："国师刘伯温进见。"

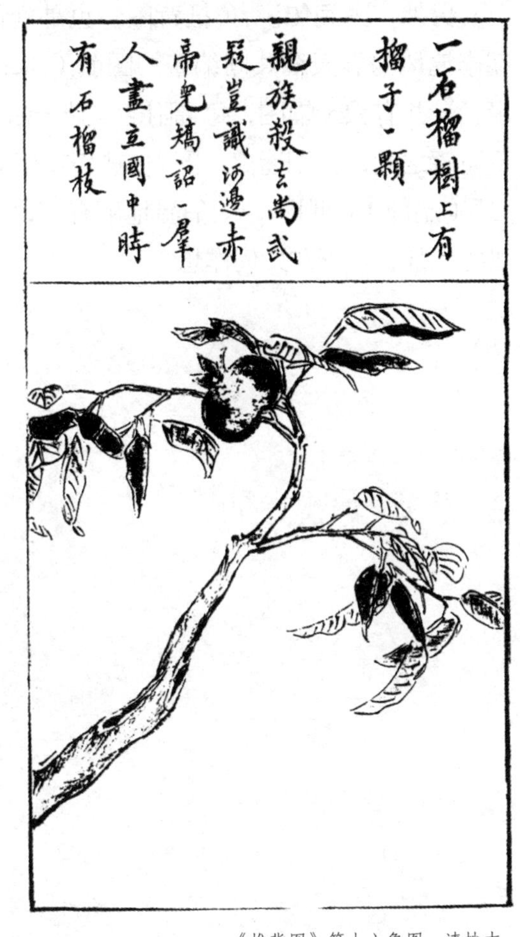

《推背图》第十六象图，清抄本。

明太祖忽然想试试刘伯温的能耐，他用一只碗，把烧饼盖住，再唤刘伯温进来。

刘伯温行礼过后，明太祖问道："先生深明数理，可知碗中是何物件？"

刘伯温掐指算来，不慌不忙回答："半似日兮半似月，曾被金龙咬一缺，此食物也。"

明太祖惊喜道："你真有一套，那你能不能推算天下后世之事如何？"

"茫茫天数，我主万子万孙，又何必问哉？"

明太祖不放松："虽

然自古兴亡原有一定，况且天下非一人之天下，惟有德者能享之，言之又何妨？”

刘伯温便说了：“泄露天机，臣罪非轻，请陛下恕臣万死，方敢冒奏。”

“赐以免死金牌。”明太祖立刻答应。

接着，刘伯温用歌谣隐语预言明朝清朝两代之事，因为是明太祖正在吃烧饼时所作，所以称之为《烧饼歌》。

另外，民间传说，《推背图》也是刘伯温所作，也有人说是唐朝李淳风与袁天纲共同编著的图谶（chèn），预言历代变革兴衰之事，一共有六十幅图，每幅附七言诗一首，其中的诗句都在可解与不可解之间，扑朔迷离。图中的数字，竟然被现代人当成签“六合彩”（赌博）的明牌，刘伯温地下有知，若是发现自己成为指点迷津的大师，真不知如何作想。

明太祖灌宋濂酒

明太祖即位以后，为了确保大明江山，他是费尽心机，人也变得神经过敏，猜疑心极重。在众多功臣之中，宋濂（lián）算是明太祖最信得过的。

宋濂为人拘谨老成，因为他是太子的老师，经常出入宫廷，但是口风极紧，从来绝口不提宫中之事，若是有人问得急，他就用食指在唇中一撮，“嘘——”，并且回头指着他房间挂着的木牌——“温树”。

有一回，明太祖突发奇想，他自言自语道：“知人知面不知心，别看宋濂一副道学先生的模样，谁知他背后如何。”于是，明太祖派一个侦探，偷偷跟在宋濂的后头，把他的行踪一五一十记录下来。

由于宋濂是个谨厚的君子，他的生活单调无趣，乏善可陈，只是有一次，请了几个朋友小酌。

明太祖心想，这倒新鲜了。宋濂一向没有酒量，能躲就躲，明太祖最爱寻他开心，把个老实人吓得仓皇失措。曾经有一次，明太祖连灌他三大杯，宋濂不敢违抗君命，皱着眉头三杯下肚。

即刻之间，宋濂醉得满脸通红，东倒西歪，连路都走不稳，而且连连作呕。

明太祖觉得捉弄老实人，真是有趣，笑得前仰后合，难得身边还有如此忠厚老臣，不过，玩笑可能开过头了，宋濂脸色由红转为白，全无一点血色，整个人摇摇晃晃地，好像马上会昏倒。

因此，明太祖在哈哈大笑以后，亲自调甘露于汤，制成解酒汤，先啜了一口，再递过去给宋濂："这个喝了能够治疗疾病，延年益寿，愿与卿共之。"

事后，明太祖并且写了一章楚辞，纪念这件事，同时，命词臣赋"醉学士诗"，表示君臣和乐也。

从此以后，宋濂每见明太祖要向他敬酒，即刻发窘（jiǒng），而明太祖最爱见他尴尬的模样，凡有宴会，总是命宋濂坐在身旁，喜欢逗逗他玩。

由于有这么一段故事，明太祖得到密探报告宋濂和朋友喝酒，大为惊奇，心想宋濂昨晚竟然喝了酒，若是问他，他一定不肯说的。

不料，第二天，明太祖问宋濂有没有喝酒，宋濂一点也没有隐瞒，他一本正经地回答："没错，是喝了一杯。"

"坐客有些什么人？"明太祖追问。

明代官员聚会，明人绘。

“有茹太素、章溢……”宋濂一口气报了五六个人名，完全与明太祖手中的资料相同。

“都用了些什么菜？”

明太祖真是打破沙锅，非要问到底不可。

“炖了一锅鸡汤，还有醋溜鱼、生炒鳝鱼丝、芙蓉鸡片，炒了一盘青菜。”

宋濂不慌不忙，一一交代清楚。

明太祖十二万分地满意，他拍拍宋濂的肩膀道：“很好，很好，你是从来不欺骗朕的，十分难得。”

接着，明太祖又出了难题：“既然你一切不骗朕，那你告诉我，朝廷的群臣之中谁好，谁不好，你为我分析一下。”

宋濂思索了一会儿道：“刘伯温是个好人，茹太素忠心为国……”

他一连列举了几位臣子，明太祖有些不耐烦道：“你别光拣好的说，也该说一说不好的，让朕有所警惕才是。”

宋濂一拱手道：“皇上教训的是，不过，凡是善的，与臣为友，其不善者，臣不能知也。”

明太祖见他一脸老实忠厚的神色，想想他说的，的确也有道理，就不忍心再为难老实人了。

宋濂担任过侍讲学士、赞善大夫，修过国史，就是没有实际执政，也不愿意担任行政，他最主要的工作是充当太子的老师，除了太子朱标，晋王、楚王、靖江王都是他老先生的学生。

宋濂教导学生时，一改平日憨厚老先生的作风，要求十分严格，他始终认为“教不严师之惰”，何况他的学生非同凡人，而是将来要负起国家重责大任的君主。

宋濂教导太子，前前后后，共有十多年。过去的历史，可以说是最好的教材，他凡是提到有关政教，或是前代兴亡之事，必定会拱手曰：“当如是。”或说：“不当如彼。”

皇太子也非常尊敬宋濂，开口闭口都是师父怎么说，师父怎么说。

除了教育皇家子弟以外，洪武五年（1372 年）之时，明太祖留意文治，挑选了几十名优秀的儒生，包括张唯等数十人，都是不可多得的青年才俊，到宫中文华堂读书，由宋濂亲自教导。

此外，宋濂也担任明太祖的老师，在打天下之时，宋濂就时常为明太祖上课，讲授治国平天下的道理。明太祖心神不宁时，也会请教宋濂，宋濂总是劝以：“养心莫过于寡欲，寡欲则心清而身泰。”

像宋濂这么一个老成笃（dǔ）实、清心寡欲的谦谦君子，竟然也会被明太祖意图杀害，欲知后事，请待下回分解。

马皇后义救宋濂

宋濂是明朝开国文臣排行榜第一名，他除了担任太子老师，凡是要撰写郊社宗庙山川百神祭典的祭文，或是需要有人撰（zhuàn）写庙堂功勋碑记刻石，大家第一个想到的人选，就是宋濂。

久而久之，宋濂大名远播，不但国内士大夫登门拜见，乞求赠送文章者络绎不绝，外国贡使亦久闻其名，只要来到中国，一定不忘请问："宋先生起居无恙否？"把宋先生当成国宝级大师。

邻近高丽（lí）、安南、日本等仰慕华风的学者，也纷纷托人搜购宋先生的文集，并且尊称为"太史公"。

宋濂有门独到的绝活，他能够在一颗黍（shǔ）上刻好几个字，普通人凑近了看，也看不清楚。一直到年纪大了，他还是不近视，不老花，视力好得很，让他能够充分享受阅读之乐。

宋濂眼力好，脚劲在上了年纪之后，却大不如前，明太祖每次都命令宋濂的儿子宋仲珩（héng）、孙子宋慎左右扶持，当时前者担任中书舍人，后者担任仪礼序班。明太祖呵呵笑道："卿为朕教太子诸王，朕亦帮忙卿教诫子孙。"

宋濂父子与明太祖相处甚欢，一时传为佳话。

明太祖对宋濂的品德，夸赞不已，尤其在经过数次试验，宋濂都安全过关以后，明太祖更当众说："朕听说，太上为圣，其次为贤，其次为君子，宋濂事朕十九年，未尝有一句假话，或是批评任何人的过失，非止是君子，真可以说是贤者。"

宋濂要退休的前一年，明太祖赐给他一匹上好的绮（qǐ）帛，并且问道："你多大年岁了？"

"臣今年六十有八。"

"好！那你把这匹绮帛藏个三十二年，可以制一件百岁衣。"明太祖仰首大笑。

还没有等到制百岁衣，才过了四年，宋濂就倒了楣，他的长孙宋慎与胡惟庸案扯上关系，明太祖气得牙齿咯咯作响，要杀宋濂。

马皇后很是着急，她委婉地对明太祖说："就是平常一个老百姓，家里头为子弟请老师，也一定是讲究礼节，有始有终。做皇帝的，怎可随便杀掉老师，更何况，宋濂退休以后，住在金华老家，他怎知孙子在京城里做些什么。"

明太祖听不进去，在中国古代，连坐是常有的事，所谓连坐是一人犯罪，与犯人有关的人也要牵连受刑，用以阻吓人们不敢犯罪，尤其不敢造反，因为一造反，经常是连诛九族。九族，依照明律是直系亲以自身上推而父、祖、曾、高，再自本身下推而子、孙、曾、玄为止，旁系亲以自本身推而兄弟、堂兄弟，再从兄弟、族兄弟为止。

明太祖心想，就算宋濂事先不知情，单单就管教子孙不严格这一点，就足以判个死刑。

马皇后好着急，又不敢多开口，因为以明太祖的脾气，讲了也是白讲。

马皇后虽然出身贫贱，没受过教育，却是好学不倦，在明太祖打天下时，她跟在身旁，看见文书，便央求人家教她识字，等到当了皇后以后，更找了女官正式读书，尤其喜欢听古代妇女贤德的故事。

明太祖常在众人面前说："皇后好比唐朝长孙皇后般贤慧。"并且总是不忘提及当年马皇后背着人，偷拿刚出炉的烙饼给他，结果被人瞧见，把烙饼往胸口一塞，把前胸烫烂的往事。

马皇后则不胜害羞，央求明太祖别再提，并且说：“我怎敢与长孙皇后相比，常言道夫妇相保容易，君臣相保困难，陛下不忘我贫贱时过的日子，但愿陛下也不忘与群臣过的艰苦日子，有始有终，这才是好事。”

这一回，明太祖要杀宋濂，马皇后真是急坏了，尤其宋濂一向悉心教导她的儿子，她怎能见死不救呢?

她苦苦思索，长孙皇后碰到这种事是如何处理的？她记得，女官曾经讲过，有次唐太宗回到后宫，气得要杀田舍翁（魏徵），因为“魏徵这个老家伙，总在朝廷上侮辱朕，朕非杀了他不可”。

长孙皇后一言不发，换上了大礼服，站在庭阶之上，太宗觉得好奇怪，长孙皇后解释道：“妾闻主明臣直，今天魏徵能够如此正直，都是因为陛下的缘故，怎能不贺？”

长孙皇后的高帽子一戴，唐太宗笑逐颜开，也保住了魏徵的老命。

马皇后很喜欢这个故事，但是，她不

宋濂，选自《历代名臣像解》。

能依样画葫芦，因为她和明太祖都不是如此风趣的人，尤其明太祖简直毫无幽默感，整天疑神疑鬼，担心这个人那个人要害他。

于是，当天晚上，马皇后伺候明太祖用餐时，不肯喝酒，也不肯夹肉吃，只是低着头，夹一点儿青菜，默默地扒饭。

明太祖问她："你今天怎么啦？是不是哪儿不舒服，要不要请医生看看？"

马皇后神情愀（qiǎo）然地摇摇头说："不必，只是心里很难过。"

"为什么？"

"没什么，为宋先生作福事罢了。"马皇后说着说着，眼圈都红了。

明太祖也很难过，胃口也没了，放下筷子走进屋里，早早歇着了。

第二天，明太祖赦免了宋濂的死罪，把他贬到茂州。宋濂到底年纪大了，受不住惊吓，第二年死在夔（kuí）州，年七十二岁。

马皇后的大脚丫

在上一篇之中，我们介绍了马皇后义救宋濂的故事。

马皇后慈悲心肠，救人无数，而且读书受教育以后，很会用脑筋，讲出来的话，极有见地，让明太祖十分佩服。

有一次，参军郭景祥守和州，传来消息，郭景祥有子不肖，竟然拿着矟（shuò）要杀老爸。

中国人一向讲究百善孝为先。明太祖闻言大怒，立刻就要传旨，杀掉郭景祥之子。

马皇后一旁劝阻："郭景祥只有一个儿子，杀了岂不绝后？谣言未可轻信。"

结果后来详细调查，果然是子虚乌有。若是明太祖脾气一发，表面上是为郭景祥教训逆子，却断了郭景祥的后，郭景祥一定恨透了明太祖。

另一回，李文忠守严州，杨宪告他不法，明太祖一个命令，就准备把李文忠调回来处罚。

马皇后又扯扯明太祖的衣袖："严州在敌人的边境，阵前易将不是好事，何况文忠一向小心谨慎，杨宪所讲的，未必是实情。"

明太祖听了马皇后的话，暂时忍下怒气，没多久，李文忠的捷报传来，他不禁对马皇后说："还是你有理。"

马皇后既贤淑又明理，的确是不可多得的贤内助。马皇后没有显赫（hè）的家世，她父亲是个亡命之徒，自小过继给郭子兴当养女，是个穷丫头出身。

中国人一向有见不得人家好的习性，因此，当马皇后贵为皇后，就有那好事之徒在背后指指点点，嘲笑她出身不佳，数落她长相难看，粗手大脚，尤其是那双大脚，不知惹来了多少闲话。

自从李后主倡导缠足以来，宋朝美人的脚，就该是“掌上轻”，能让男子捉在手中把玩抚摩。

当时有身份的妇女，如果听人背地里批评自己是大脚，恨不得羞到去死，洞房花烛夜，若是新郎一句：“哇，好大的脚！”新娘便窘得不敢露面。当时，愈是体面的人家，女儿的脚便裹得愈小。

不过，在元朝，只有有钱人家才裹小脚，裹了小脚之后，走路袅袅婷婷，婀娜多姿，但也极其不方便，像马皇后小时要做种种粗活，当然不能裹小脚。

尤其淮西地方苦，马皇后当丫头时，不但要下田，洗衣做饭、倒茶扫地样样来，格外显得粗壮，南京居民常以此取笑马皇后。

一年元宵节，不知是哪个缺德鬼，画了一张漫画，一个大脚丫的女人，光着脚，手上捧着一个大西瓜，模样又呆又蠢，影射马皇后：“淮西妇人好大脚！”

一时之间，人人传阅，到处起哄，吃吃地笑着。明太祖正好微服出巡，一看之下，血气翻涌，头都气昏了：“这这……这是什么人画的？”

查了半天，查不出谁干的，明太祖干脆下令把整条街的人都给杀了，看谁还敢拿皇后的大脚寻开心。

明太祖为了维护马皇后的名誉而杀人，可是，马皇后并不领情。马皇后是菩萨心肠，她反而回过头来劝明太祖：“我本来是大脚嘛，老百姓随便说说，也不见得有什么特别的恶意。”

从这一点看，马皇后的胸襟度量真非一般人所及。

通常宫廷里的后妃，总是忙着争宠吃醋，马皇后不来这一套，她倒是常常询问明太祖："现在天下人民安吗？"

"安啦。"明太祖不耐烦地对马皇后说，"这个不是你应该问的问题。"

明太祖心想，女流之辈，管这些事干吗。

马皇后倒是理直气壮地说："陛下是天下父，妾为天下母，子民的生活，岂可不问？"

若是遇到天灾，马皇后就率领宫人节约，不吃荤菜，只吃素食。她对自己很苛，对他人则宽厚。

朝廷的奏事官在早朝散会以后，依惯例在朝廷里用餐，马皇后派宦官取了一份餐点来，尝了一口，吐着舌头："真是难吃。"说着，她便跑去找明太祖，"为人君者，自奉妄薄，对待贤士必须宽厚。"

于是，明太祖便下令改善在朝廷值班官吏的饮食。

马皇后也关心太学生家眷（juàn）的生活，她问明太祖："国家一共有多少生徒？"

"几千名吧！"

"那可称得上是人才济（jǐ）济，但不知诸生有没有国家发给的廪（lǐn）食？他们在家里的妻子，又该如何过活？"

"我倒从来没想到这个问题。"

从此以后，太学生一律发给家粮。

洪武元年（1368年），徐达攻克大都，押送大批珠宝到南京。马皇后一点也没见猎心喜，她不动声色地问明太祖："元朝有这许多宝物却不能守，什么才是帝王的宝贝？"

"朕知皇后的意思，只有贤人才是国家的宝贝。"

"诚如陛下所言，妾与陛下起自贫贱，能有今日，实为不易，愿与贤人共治天下。"

明太祖也深以为然，命令女史把马皇后的话记录下来。

马皇后，佚名绘。

洪武十五年（1382年），马皇后病了，而且病得相当严重，许多大臣为她祈祷，并且代求良医。马皇后是个体贴入微的人，她心想，南京人嘲笑她淮西大脚，都难逃一死，要是哪个御医，没把她的病医好，真不知明太祖会怎么办御医。

因此，马皇后坚持不肯看医生，她说：“死生，命也，祷告有什么用，若是服了药没效，妾更不愿意因此怪罪医生。”

她病危之时，明太祖问她有何遗言，马皇后虚弱地说：“愿陛下求贤纳谏，做事有始有终，臣民各得其所。”没多久，马皇后与世长辞，年仅五十一岁。若非她坚持不看医生，可能不会如此早卒（zú）。

明太祖伤心极了，恸（tòng）哭流涕，谥曰孝慈皇后，明太祖亲自为马皇后写了一首挽歌：“我后圣慈，化行家邦，抚我育我，怀德难忘，于万斯年，毖（bì）彼下泉，悠悠苍天。”

此后，明太祖再也没立过皇后，马皇后在明太祖心目之中，是不朽的。

郑士利与空印案

明太祖在打天下之时，很能拔擢（zhuó）人才，即位以后，又大封功臣。但是，他心狠手辣，雄猜阴险，真是可怕的老狐狸。一连发生的骇人听闻的四大狱：“空印案”、“郭桓案”、“胡惟庸案”与“蓝玉案”，前二狱是惩治贪污，后二狱是杀戮（lù）功臣。

我们先从“空印案”谈起。所谓空印，是每一年地方长官到京城里的户部核交钱粮军事等事情，因为道途遥远，所以往往预先把盖好印的空白文书拿到户部，彼此核查无误以后，再把正确的数字填上去。此事习以为常，向来都是如此。

不知怎么，这件事突然被明太祖知道了，气得不得了。明太祖自小尝遍人世艰辛，看多了贪官污吏的嘴脸，他一口咬定，其中必定有鬼，准是官吏勾结作弊，下令彻查严办。

明太祖下令：“凡是掌管大印者论死，副佐则打一百板，戍远方。”明太祖在气头上，丞相、御史个个吓得脸色灰白，不敢上谏。

正在此时，却有个不怕死的郑士利上书，因为他的哥哥郑士元也因为空印案，被关在大牢里。

郑士元，原是刚直有才学的年轻人，他高中进士以后，担任湖广按察使佥（qiān）事。荆襄一带，时常有士兵掠夺良家妇女，历来的官吏总是睁一只眼，闭一只眼，当做没有看到。

郑士元新官上任，头件事便是去找带队的将领理论，告诉他：“请立刻放出被掳走的民妇，免遭地方人士非议。”

将领被郑士元的大义凛然所震慑，真的命令士卒交还妇女，被放出的妇女，不想竟有苦尽甘来的一天，又是哭又是笑，都把郑士元当青天老爷。

郑青天没多久又亮了一手。地方上有冤狱，虽然经过御史下乡调查，这个御史也是一个胡涂虫，草草定谳（yàn）。

眼看着就要错杀好人，郑士元不眠不休，详细调查来龙去脉，以老狱断案的熟练笔法，写了一篇头头是道的翻案文章，使得冤情大白。

郑青天的名声更加广为流传。不巧碰到空印案，他是掌大印的副贰，脱不了关系，被关入大牢。

郑士元被逮捕之前，对着弟弟郑士利黯（àn）然道："圣上有所不知，才会以空印为大罪，可惜没有人敢向他解释，否则以圣上之英明，岂会不能了解？"

士元、士利一向手足情深，都是有侠义心肠的血性汉子，士利尤其崇拜老哥，对于他因此入狱，非常不能心服。他转念一想："哥不是主印者，顶多发配边疆，至于因此而被判死罪的，那才真正是冤枉了。"

激于义愤，郑士利研墨濡（rú）笔，挑灯夜战，一个晚上，写了几千字解释空印案。

他婉转地表明："凡是钱谷的数目，府必合省，省必合部，从省到部，远的六七千里，近的也要三四千里，如果要等册成然后用印，这一来一往，非要一年以上不可。所以，向来都是先用印再完册。这是权宜之计，哪里算得上滔天大罪？"

笔锋一转，郑士利又含蓄地批评："而且国家立法，必先明示天下，然后才可以处罚犯罪者。现在，立国至今，从来没有一条法律，禁止先用印，承办这项工作的人萧规曹随，也不晓得到底犯了什么罪，今天一旦诛之，如何让人心服？"

“朝廷担任郡守的贤士，都是数十年奋斗有成，通廉达明的英才，说杀就杀，岂非草菅（jiān）人命？我不明白陛下为何以不足罪之罪而伤害国家可用的栋梁，臣真是为陛下深深惋惜。”

郑士利的话，句句有理。可惜，在专制制度之下，尤其是在明太祖的强烈权威心理之下，不但听不进去，而且可能为自己惹来祸害。

郑士利卜了一卦，卦上是说“可矣”。郑士利却明白，奏章一上，凶多吉少。然而，他又忍不住想向明太祖讲个清楚，可能明太祖忽然顿悟，那就可救好多人。

他就这样陷在矛盾之中，最后，终于决定，把奏章送上去，却也不免哀哀痛哭，拥抱真理竟是如此痛苦。

明代文吏俑，陕西省西安市明墓出土。

郑士元的儿子，也是士利的侄子，从来没见叔叔如此失常。他关心地问：“也许小辈不该过问，但是，叔叔到底为何如此痛苦不堪？”

士利沉痛地抚着侄儿的背：“我有奏章想要呈给皇上，我自知，触怒天子必然惹祸。不过，若是杀我一个人，能够救活数百人，死亦何恨？”

郑士利终于还是把奏章呈上。

结果，不出所料，明太祖龙颜大怒，并且派了丞相与御史来责问郑士利："究竟是谁指使你？"

郑士利苦笑道："我读的书，足够让我为国尽言责，哪有什么人在背后主谋？"

后来，明太祖还算慈悲，没要郑士利的脑袋。不过，罚总是要罚的，先打烂屁股，然后与郑士元一块发配边疆。

因为空印案，明太祖将长吏论死者数百人，充军者又数百人，只因为他怀疑官吏勾结作弊（bì），虽然他没有掌握实际证据。当时，最有名的好官，济宁知府方克勤（著名大学问家方孝孺的父亲），也死在这案内，方孝孺的故事，我们以后再讲。

轰动明初的郭桓贪污案

明朝洪武年间的四大狱，除了空印案以外，郭桓（huán）贪污案更是轰动一时。

郭桓是户部侍郎，洪武十八年（1385 年），有人告发北平二司官吏李彧（yù）、赵全德与郭桓串通舞弊。

明太祖赫然震怒，下令彻查，绝不宽贷。结果这一查之下，真是不得了，六部（吏、户、礼、兵、刑、工）左右侍郎以下全处死刑，追赃七百万。

事情发展到此，尚未告一段落。就像滚雪球一般，由于被告的供词牵涉到各省官吏，其间不乏屈打成招者，也有那存心不良的被告，自知难逃一劫，要死也拉一个垫背的。于是，全国各地的中产之家差不多都倾家荡产，家破人亡。

郭桓案伤透了中产阶级的心，尤其审判官草菅（jiān）人命，任意罗织罪状，让人没法服气。

明太祖也发觉郭桓案似乎处理得太过分了，为了平抚社会怨气，他自己写了诏书，一条条列举郭桓贪污罪状。照明太祖的说法，以郭桓的情形，追赃七百万还是意思意思，真正严格算起来，至少该有二千四百万。因此，这几万人是死有余辜。

话虽如此，明太祖还是斩了一批审判官平息众怒。反正，审判官也是官吏，他同样不信任。

过了一年，洪武十九年（1386 年），明太祖又特地解释：“自从我朝开国以来，浙江两广福建所有司官，没有一个人能够做到任期届满，都在中途犯了贪赃枉法的罪。”由此可见，郭桓案杀的人都是该死。

想想看，二十年没一个人没贪污。一方面固然是贪污的恶行普遍，难以根治。另一方面也是明朝法网太密，往往冤枉了好人。

明太祖最最痛恨官吏贪污，凡是被逮到的，鞭笞（chī）、苦役、剥皮、抽筋，甚且抄家灭族。这样的当官，不但没趣味，而且总是活在强烈恐怖气氛之中。所以读书人能躲就躲，尽量藏在山野之中，不愿意入朝为官。明太祖又生气了，他指责：“近日有奸贪无耻小人，故意诽谤，都说朝廷官难做。”

尽管明太祖不肯承认，朝廷官难做总是事实。在贵溪地方，儒士夏伯启夙（sù）有文名，却发誓不入朝为官，为了表明决心，他叔侄二人像逃避兵役一般，竟然双双砍掉左手大拇指。

贵溪地方官为了表功，把夏伯启叔侄二人押到京城受审。明太祖亲自问案：“你们宁可断手指也不愿意为官，我问你，昔世乱居何处？”

“红寇为乱时，避兵于福建江西之间。”

这“红寇”二字，不偏不倚，正好刺着明太祖的心病，因为他正是红寇出身。

明太祖气呼呼地说：“朕知夏伯启心怀忿怒，故意诬指朕取得天下不由正道，应该籍没其家，以免狂妄愚夫效法。”

所谓“籍没其家”，指的是登录其财物而没收入官，就是俗称的抄家。当然，夏伯启叔侄也难逃一死。

明太祖的严酷，同样也表现在对付自家人身上。

明朝洪武年间，太祖下诏与西番互市，就是互相交易做生意。在陕西、四川设立茶马司，命令番人纳马易茶，用西番特产的骏马交换中原的茶叶。西番人吃多了油油腻腻的大块肉，特别欣赏能帮助消化的茶叶。

这桩生意是政府专卖的，严禁私茶出境。偏偏有个人，非要插手不可，他就是安庆公主的夫婿，欧阳伦驸马爷。

茶马互市图，清人绘。

欧阳伦仗恃自己是皇上的乘龙快婿，安庆公主又是马皇后钟爱的女儿，完全无视于规定，公然把茶运到西番。

沿途官吏明知欧阳伦犯法，谁也不敢吭一声气。欧阳伦若只做生意就罢了，更过分的是，他要求地方官派车帮忙运茶，而且不支分文。

欧阳伦是个细皮嫩肉的小白脸，当然不会亲自押运茶叶。这些事，他通常都是交给家人周保去处理，他只管在家，舒舒服服地数钞票。

周保是个标准势利小人，打着欧阳伦的旗号，对地方官叱（chì）来喝去，吃香的，喝辣的，要求的车辆数目一点也不能少。

有次，周保大模大样到了兰县，对兰县河桥司巡检吩咐：“明天我要五十辆车。”

“可是，我们兰县是个小地方，哪有五十辆车，顶多只能凑个二十辆。”兰县吏赶紧讨饶。

“调不到车是你的事，你不会去邻县借？”周保一步也不肯让。

“可是，私运茶叶本来就是违法的事。”兰县吏不服气地嘟嘟囔囔。

“你说什么？你这话若是被驸马爷听到该如何？”周保大怒，一声喝令，“左右拿下，好好教训这厮（sī）！”

一旁的壮汉，跳起身来，叉开五指，往县吏脸上只一掌，把县吏打个踉跄，直撞到墙，肿了一个大包，壮汉继续发狂似的抡打，直打得县吏鼻子歪了，脸也青了，身上淋淋漓漓全是血，差点儿送上西天。

周保插起双袖，扬长而去，丢下一句狠话：“下次要你的命。”

兰县吏愈想愈气，自知惹恼了周保，一定没完没了，心一横，跑到京师告状。

明太祖闻讯大怒：“这个欧阳伦好大胆子！”立刻下令把欧阳伦、周保一并处死，茶货充公。

有人前来说情：“欧阳伦固然罪有应得，不过，如此一来，安庆公主年纪轻轻便要守寡。马皇后地下有知，一定十分伤心。”

明太祖根本听不进去，照杀不误，安庆公主只好当了寡妇。

胡惟庸又卑又亢

在洪武年间四大狱之中，胡惟庸案牵连最广，影响最远。自此而后，明太祖废丞相，罢中书省。

胡惟庸是安徽定远人，在明太祖还附属于郭子兴之下，用兵打和州之时，前来投靠。这一年是元朝至正十五年（1355 年）。

胡惟庸人很灵巧，又极会钻营，先是在元帅府里当差，明朝建立以后，一跃为宁国主簿，而县令，而吉安通判，而湖广佥（qiān）事，再内调为太常少卿，官运亨通。

洪武三年（1370 年）正月，他再升为中书省参知政事，李善长告老还乡之后，他更爬到了左丞相的位置。

中国人常喜欢用“不亢不卑”形容一个人恰如其分，既没有自傲自大，也没有低三下四。很不幸地，在历来官场上却是又亢又卑的人走红，对上谄媚巴结，对下颐指气使的人容易扶摇直上。

胡惟庸不但对底下人像凶神恶煞，甚且连右丞相汪广洋，他也不放在眼里。

汪广洋为人懦弱怕事，只要多开金口，胡惟庸一个眼色抛过去，汪广洋立刻接口：“今日之事，一切请胡兄作主。”

胡惟庸很欣赏汪广洋的“上道”，眉开眼笑道：“昨儿个刚有几坛山西汾酒运到，待会儿给你送过去。”

一听到有好酒，汪广洋猛咽口水。他生平无大志，惟爱喝两杯，只要逮到机会，总是不醉不归。对政事，乐得睁只眼闭只眼，随便胡惟庸胡整乱搞。

当然，胡惟庸“亢”的一面，明太祖是看不到的，胡惟庸在皇帝面前，完全变了一张嘴脸，史书上用“曲谨”二字形容他的巴结功夫。

“曲”是曲意承欢，只要是明太祖喜欢的，胡惟庸总是大举赞好。譬如说，明太祖虽然是个穷和尚出身，不学无术，即位以后，却喜欢作文吟诗，附庸风雅。

在一个秋风送爽的季节里，明太祖忽然诗兴大发，随口吟出：“百花花发我不发，我若发时都骇杀，要与西风战一场，遍地穿就黄金甲。”杀气腾腾的明太祖竟然把菊花也戴上了黄盔甲，真亏他的。

如此一首粗率的打油诗，胡惟庸就有办法把它形容得举世无双：“比李白杜甫的诗还要好。”明太祖被捧得乐陶陶。

“谨”是恭谨小心。明太祖出身不佳，最怕人家看他不起，胡惟庸永远唯唯诺诺，低下头不断点头答应“是是是”，极得太祖的欢心。

足智多谋的刘伯温，老早看出胡惟庸绝非善类。当初明太祖曾经询问刘伯温，对于胡惟庸担任宰相的意见。

刘伯温坦率地说：“我恐怕这个人会像劣马一般，把缰绳扯断，陛下会驾驭不了。”

一听这话，太祖怫（fú）然不悦。刘伯温见如此光景，及早告老还乡，不料，最后还是死在胡惟庸手上。

胡惟庸假心假意带着医生为刘伯温诊病。刘伯温服了名医的名药，“腹中如拳石”，没多久，药到命除。

刘伯温一向直说敢言，他当面揭发胡惟庸的奸恶不奇怪，奇怪的是，一向圆融的大将军徐达也忍不住奏上一本，要明太祖提高警觉。

徐达，选自《历代名臣像解》。

徐达不但能征善战，而且军纪严整，徐达封信国公之时，明太祖特地写了诰文褒（bāo）奖：“跟从我起兵于濠上，先存择日之心，来兹定鼎于江南，逆作擎天之柱。”

明太祖为了笼络徐达，人前背后总是夸口：“我与徐达是布衣兄弟。”明太祖哪里是真正与人称兄道弟的人呢？他当了皇帝以后，处处摆足架子，惟恐功臣看他不起，徐达了解明太祖的心理。因此，明太祖愈热络，他表现得愈为恭顺。

明太祖曾经再三慷慨表示：“徐兄功劳大，到现在没有一栋像样的屋子，可以住到旧邸（dǐ）去。”旧邸是明太祖为吴王时住的宅院，花木扶疏，虽然不是十分富丽堂皇，毕竟是明太祖住过的，颇具纪念意义。然而，正因为旧邸的历史价值，徐达说什么也不肯搬进去。其实，这正是明太祖的一种试探，徐达若是真的迁入旧邸，那可就要倒大楣了。

有一回，明太祖邀徐达赴旧邸喝酒，明太祖任何方面都喜欢胜过别人，连喝酒也不例外，仗着自己酒量好，在哗笑声中，灌了徐达一杯又一杯。

“来来来，干了吧，我们开怀畅饮，事大如天醉亦休。”

“我实在不行了。”徐达扶着额头讨饶。

“我都干了，你还推辞吗？”

徐达无奈，仰起脖子一饮而尽，醉眼迷离。

明太祖派人把徐达扶到床上，徐达头刚碰到枕头，就开始打鼾。这一觉睡得非常酣畅香甜。

第二天清晨，徐达揉揉双眼，伸个懒腰，忽然发现自己睡在旧邸的床上，而这张床正是明太祖当年使用的。这一吓，连翻带滚掉下来，踉踉跄跄下了地，大声惊呼：“完了，完了，这是死罪，我什么时候上了龙床？”

在一旁偷看的明太祖，对徐达的反应十分满意，徐达又通过一关考验了。

胡惟庸很想结好徐达，想尽办法奉承徐达，徐达不齿胡惟庸，懒得多加理会，胡惟庸气得跺足兴叹：“也罢，你敬酒不吃吃罚酒。”

胡惟庸收买了徐达的门房福寿，要他借机暗杀徐达。福寿表面上答应了，事实上却飞奔禀报徐达。徐达先是一愣，旋即恢复了平静的脸色，并且告诫福寿：“切勿对外言此事。”

徐达也没有对明太祖禀明此事，他只是再三提醒明太祖：“千万小心胡惟庸。”

虽然刘伯温、徐达警告在前，可是，基于人性的弱点，胡惟庸的高帽子一戴，明太祖还是情不自禁地喜欢他，种下了祸根。

陆仲亨忐忑不安

刘伯温与徐达曾经先后劝过明太祖，务必小心胡惟庸。

明太祖总是胸有成竹道："我会用他的长处。"在明太祖看来，能干又曲谨的胡惟庸，真是比谁都好，他不像李善长那么老迈，刘基那么固执，宋濂（lián）那么迂（yū）腐，杨宪那么度量小，汪广洋那么贪杯，他总是体贴小心，话讲出口永远听了让人舒心。

胡惟庸的短处，则是明太祖看不见的。

从洪武十年（1377 年）九月到十三年（1380 年）正月里，胡惟庸当了整整两年四个月的左丞相，大权在握。尤其刘伯温又在洪武八年（1375 年）被他害死，他更肆无忌惮（dàn）。对于各个衙门送上来的奏章，胡惟庸不但先看，而且往往自作主张，当然，若是奏章中有对他不利的，明太祖也就永远看不到了。

由于胡惟庸一手遮天，不但人人抢着巴结胡惟庸，他相府里上上下下几百人，也都是人们贿赂的对象。胡惟庸生性贪婪，他所拥有的"金帛（bó）、名马、玩好"堆积如山，相府再大，也快装不下了。

虽然胡惟庸炙手可热，他心里头还是深怀恐惧。每次上朝回来，即使是冬天，也都吓出一身冷汗，要赶紧打水抹身子。因为没有人比胡惟庸更清楚，明太祖顶顶痛恨贪污，胡惟庸不只一次梦到他被绑去剥皮的惨状。

午夜梦醒，胡惟庸躺在床上，辗转反侧，而起了谋反之心。

正在此时，胡惟庸在安徽老家有一批小人为了讨好胡惟庸，伪造灵异祥瑞，然后登府拜访，胡惟庸亲自接见。

这定远老乡故作神秘道："此事不方便开口。"

胡惟庸努努嘴，身边的人都下去了，他挥手道："好了，有什么话，你快说吧！"

老乡先磕了一个头，低声说道："丞相定远老家井中，长出来一支石笋，出水数尺之高，更奇妙的是，三代祖坟，入夜火光烛天，凡此都是大发之兆。大家都说，我们安徽人要有好消息了。"

胡惟庸位极人臣，再大发当然是做皇帝了。胡惟庸喜不可言，表面上故意呵斥："你不要乱说。"

"小的不是乱说，马上旁人也会有消息传来。"

胡惟庸打发乡人下去领赏，不一会儿，果然陆陆续续有定远人前来通报，也都领了赏金。

胡惟庸欣然色喜，忍俊不禁，蓦地一拍额头："妙，莫不是命中注定?"

既然是命中注定，他可不能白白辜负了这条好命。要造反，当然要有人手；胡惟庸老谋深算，开始布置大局。

胡惟庸头一个相中的人是吉安侯陆仲亨。

陆仲亨是明太祖濠州的小同乡。他十七岁之时，被乱兵劫持，手里捧着一升麦，躲在稻草堆里，明太祖见他可怜兮兮的模样，招手呼唤："你，过来。"

陆仲亨怯生生地过来，低着头。

"家里还有什么人？"

"都不在了，父母兄弟全都死光了。"陆仲亨的头垂得更低了。

明太祖端详了陆仲亨好一会儿，方才开口："肌肉倒挺结实的，不如跟了我吧！"

就这样，陆仲亨跟着明太祖，东征西讨。他打仗的本事很好，屡次建立了大功，在洪武三年（1370 年），封吉安侯。

封侯不久，陆仲亨就犯了错，他骑了公家驿站的马，被罚往雁门捕寇，又做了一些偷鸡摸狗的勾当，都记在胡惟庸的账中。

另有一平凉侯费聚，也是明太祖濠州起兵的老部下，同样是个会使枪弄棍却没有脑筋的粗人。

费聚在洪武三年（1370 年），被封为平凉侯，他因为沉溺（nì）酒色，无所事事，被罚前往西北边境，招降蒙古人，但不曾招降多少，回来，又被申诫训斥。

胡惟庸手中握有陆仲亨与费聚的把柄不少，不怕他们不就范。

于是，某天夜晚，他把这二人请入府中，好酒好菜，并有美女一旁伺候。

酒过三巡，胡惟庸把左右支开，压低了嗓门道："你们干的违法的事不少，万一被皇上发现了怎么办？"说着，瞟了一眼窗外。

这一句话把陆费二人的魂都吓飞了，明太祖的手段残酷，是大家都清楚的，胡惟庸的阴狠，也是人们心里有数的，胡惟庸突然这一问，当然其中大有蹊跷（qī qiāo）。他二人不约而同，抬起眼，怕怕地望着胡惟庸，眼中充满了惧怕不安。

"别慌。"胡惟庸递上热茶，又换上一副和蔼可亲的模样，"只要你们设法多找些快马，包你们没事。"

宰相要快马做什么？而且要马为何不循正当管道？陆仲亨、费聚二人同时打了一个寒战，可是，现在有把柄在胡惟庸手上，要不答应也不成。尤其既然知道了胡惟庸的秘密，也就容不得他二人不答应了。

自此而后，陆仲亨寝不安枕，食不知味，走到哪儿，都是一个苦瓜脸，连明太祖都发现了，曾经问他："奇怪，你居高位，何以面有忧色？"

陆仲亨只好说谎："最近身体不好，多谢陛下关心。"

其实，陆仲亨是有苦说不出啊。

明太祖怒责胡惟庸

胡惟庸既然决定造反，开始积极谋划，可是人算不如天算，在这段紧锣密鼓期间，胡惟庸再三出事。

先是，胡惟庸的儿子，仗着老子的威势，在闹市中快马奔驰，一个不小心翻身坠马，恰好一辆大车辘（lù）辘而过，闪避不及，就做了车下鬼。胡惟庸一怒之下，斩了马车夫。

明太祖认为，胡惟庸虽然贵为宰相，岂能不经审判而杀人，他咬牙切齿地指着胡惟庸："你该为马车夫偿命！"

这还了得？吓得胡惟庸不断磕头："臣愿意以厚重金帛赔偿马车夫一家。"

"不可以，你非偿命不可。"明太祖说着，气冲冲地捞起龙袍下摆，转身离去。

结果，胡惟庸当然没有真的为马车夫偿命。但是，君臣二人的关系弄得很僵。

接着，一波未平，一波又起。

占城国（越南南部）有贡使前来，胡惟庸没有报告明太祖，不知怎么明太祖竟然知道，他勃然变色，怒声斥责胡惟庸。

胡惟庸大骇，汗流浃（jiā）背，眼冒金星，连忙推托："这是礼部误事。"由于胆怯，胡惟庸的声音都变调了，结结巴巴地说不清楚。

"是这样的吗？"明太祖如电般的目光，紧紧地盯着胡惟庸。

明太祖立刻把礼部负责的人关了起来，并且下令，非要查个水落石出，看是谁有这么大的胆子，竟然敢瞒着他。急得胡惟庸不断地顿脚叹气："坏了！坏了！"

坏了的事，还在后头呢。

御史中丞涂节突然上报明太祖："陛下可知刘伯温究竟是如何死的？"

"不是病死的吗？"

"不然。陛下可曾记得，曾经派胡惟庸前去探望，胡惟庸还介绍了一个名医？"

"有这么一回事。"

涂节清一清喉咙道："刘伯温服了名医的药，立刻腹中如拳石，不久便死了。"

"噢？"明太祖大为诧异。

"真的，这件事汪广洋也晓得。"

明太祖一听此话，更加光火，随即派人把汪广洋找了来。

明太祖怒气冲天责问汪广洋："刘基是不是被胡惟庸毒死的？"

汪广洋听得悚（sǒng）然心惊，仿佛被人当胸捣了一拳似的："没有，没有的事！"

"哼，你们存心蒙蔽我！"

第二天，明太祖就一纸命令，把汪广洋贬到广南。明太祖余恨未消，他想起汪广洋在江西庇护朱文正，又想起他在中书省不肯举发杨宪的罪。

"哼，这个老家伙只晓得喝酒，专误我的大事，死有余辜。"

因此，汪广洋的船到了太平，忽然接到明太祖的敕（chì）令，当场立斩。

汪广洋死了也就罢了，竟然又扯出一桩是非来。

汪广洋死了，他平日最宠爱的妾陈氏，也跟着哭哭啼啼从死。明太祖好奇地问左右："这个陈氏是怎样的女子，难得有如此的坚贞。"

一打听之下，原来是因罪被革职的陈知县的千金。

明太祖又冒火了，他横眉竖眼地发脾气："我记得曾经有过规定，没官妇女，只能赐给功臣，文臣凭什么得给？"（所谓"没官"，就是没收入官之意，"没官妇女"就是归属官府的女奴婢。）

这一查之下，当然又是胡惟庸为了拉拢汪广洋，私自把陈知县如花似玉的闺女儿，送给了汪广洋。

明太祖到了这步田地，对胡惟庸的印象简直恶劣到达极点。至于说，涂节怎会晓得刘伯温是被胡惟庸毒死的，可能是胡惟庸不小心说漏了嘴，把涂节当成自己人。

涂节加入胡惟庸集团，其中还有一个关键人物陈宁，也值得一提。

陈宁是湖南茶陵人，元朝末年，在镇江路当个糊口的小官，有

明代百姓与官员，西洋版画。

一日，代替军师捉刀，写了一篇文章，明太祖看了，颇为称道："词意雄伟，想必是出自高人之手。"于是，求才若渴的明太祖把陈宁找来掌理文书。

陈宁也很有志气，曾经被俘虏，宁死不屈。后来被敌人送回来，明太祖嘉许他的忠贞，升为广德知府，恰好遇上荒年，陈宁上奏太祖："人民饥饿若此，如果还要强行征租，等于是殴打人民。"

这么一个原本体恤（xù）百姓的好官，在明朝建立，官运亨通之后，却又变了一个样。

陈宁做了苏州的地方官，在苏州征税征得是又急又凶，他喜欢把铁烧得通红，用来烙炙嫌疑犯，就像烤乳猪似的，地方百姓不胜其苦，送给他一个外号——陈烙铁。

胡惟庸生性严苛，十分欣赏陈烙铁，将他由苏州知府一跃而升为御史中丞，再升为御史大夫。陈烙铁受到鼓励，益发残忍了。

陈宁的儿子陈孟麟委实看不过去了，不只一次跪着哀求父亲高抬贵手。

陈宁气急败坏："老子的事，你有资格管吗？"

"当然没有，孩儿只是不忍父亲被冠以陈烙铁的外号。"

"好!"陈宁在齿间迸出一声冷笑："今天就让你也尝尝陈烙铁的滋味。"

于是，陈宁一阵拳打脚踢，抡起拳头一连打了几百下，陈宁的气是出了，他儿子的命也丢了。

明太祖接到报告，十分寒心："一个人能对儿子如此无情，对君上又会有什么感情？"

陈宁听说了明太祖的批评，心里一直打鼓，也入了胡惟庸一伙。

林贤偷运日本军火

胡惟庸一心想造反，他内则结纳权贵，外则广收羽翼。但是明太祖控制严密，想要谋反还真不容易，脑筋一转再转，他决心利用日本帮忙起事。

当然，胡惟庸想与日本勾搭，必须要有一个牵线人，这个人选，他老早就想好了，就是得力的心腹——明州卫指挥林贤。

他把林贤叫到家里，斥退左右。然后，将头凑了过去，用手遮住一半嘴，低声地说："我先随便安一个罪名，把你流放到化外，等你一切办妥，捎个信来，我再上奏皇上，就说林贤被诬，事已大白，请召还复职。"

林贤站了起来，谄媚地长揖到底："多谢栽培。"

"我相信你会做得很好！"胡惟庸亲狎地拍着林贤的肩膀。但立刻又收起笑容，脸色变得非常沉重："当然，我心事都透露给你了，你不做也不行。"

就这样，胡惟庸以林贤"误把贡船当做寇船"为名，把林贤流放到了日本，让林贤得以从从容容与日本发生关系。

日本这个国家，到底是打哪儿来的？何时开始建国？一直到今天，各派史家有不同的说法，谁也不能提出令大家信服的说法。

根据《后汉书·东夷传》，以及《三国志·孙权传》的说法，在秦始皇二十八年（前 219 年），有一个叫徐福（一说为徐市 fú）的方士，上书皇帝："海中有三神山，名曰蓬莱、方丈、瀛（yíng）

州，有仙人聚之。”

持军刀的日本武士，日本绘画。

秦始皇富有天下，惟一的忧虑就是人生百年不免一死。于是，十分高兴地派了童男童女三千人，带着五谷杂粮与种种百工由徐福率领出海，求蓬莱神仙。

徐福耗费了大笔钱财，并没求到长生不老的仙丹，他知道若是回来，一定会被杀头，于是留在当地，这便是日本国的由来。

欧阳修曾写过一篇《日本刀歌》——“其先徐氏诈斯民，采药淹留草童老，百工五谷为之居，至今器玩皆精巧。”日本刀是宋朝人喜欢的玩物，不但锋利，刀鞘（qiào）尤其美观，和日本扇子一般，同样是日本输送宋朝商品中，最受欢迎的工艺品。

从欧阳修的诗中，可以看出，宋朝人断定，日本是徐福建国，而且徐福带去的工匠，代代相传，才能打造如此锋利的日本刀。

清朝末年，黄公度根据日本传国宝剑、镜、玺三样都是秦朝东西，并且根据地理因素、日本神话、中国古籍，断定徐福就是日本开国的神武天皇。

另外有一种说法，认为日本天皇是吴太伯，或是夏后少康后裔。这是根据《晋书·东夷传》所载：“倭（wō）人在魏时有三十国通好，自谓太伯之后。又说，以前，夏朝少康之子封于会稽，断发文身，以避蛟龙，所以，今天倭人也文身断发，沉入海底捕鱼。”

这两种说法，在日本人读了中国书之后，受到中国夷夏观念的影响，深以“倭人”为耻，自视为大和民族的天神子孙，不肯承认是中国人的后代。不过，日本人并不否认徐福到了日本，甚且还津津乐道，一直到今天，日本的熊野（和歌县）还有徐福祠与徐福墓，都是观光胜地。

自唐宋以来，日本跟中国的关系，一向不错，元朝时两次入侵日本，不意海面突起大风，元兵葬身鱼腹。如果两军正式开战，小小的日本岂是蒙古人的对手，因此，日本人称这阵台风为“神风”，自认为有神明在暗中庇佑。

到明太祖起兵之时，日本正式分裂为南北朝，明太祖即位以后，曾经派遣使者到日本，要日本前来朝贡，否则要出兵攻打日本。

日本怀良亲王的回书很不客气：“盖天下者，乃天下之天下，非一人之天下也，臣是远弱之倭，偏小之国，城池不满六十，封疆不足三千，尚有知足之心，陛下作中华之主，万乘之君，城池数

日本武人习箭，13世纪末期日本绘画。

千，封疆百万里，犹有不足之心，常对小国有灭绝之意，臣顺之未必生，逆之未必死。”意思是绝不屈服，你明朝若是非打不可，不妨放马过来，还不一定谁输谁赢。

明太祖看了回书好生气，但是鉴于元朝征日失败，如今国基未稳，只好暂时吞下这口气，不敢发兵远征。不过，明太祖严格下令，禁止贸易，实施海禁，规定：“片板不许入海。”（古代船只是木造的，片板就是指任何一条小船的意思。）

但是，中国海岸线长，想要“一片木板都不入海”，谈何容易，福建地方由于地处僻远，便成为走私的大本营，尤其闽（mǐn）南地区农业生产条件不佳，当地人甚且“剖腹藏珠，爱财不爱命”，与日本人贸易。

日本足利义满将军领导的室町幕府，其实也想与明太祖重修旧好，大大方方、正正式式做生意，胡惟庸就逮住这一点，亲自写了一封信，让林贤带给足利义满，请他借兵相助，事成之后，准许中日贸易。

胡惟庸一连出了几件事，惹怒了明太祖，他认为事不宜迟，决定起事造反，派遣信使，通知了在日本的林贤。

于是足利义满选择了一个名叫如瑶的和尚，带了四百个日本人，假装是入贡，由林贤陪着，到达中国的宁波。

如瑶和尚的行囊之中，有好些特大号的红蜡烛，表面上是出家人的贡品，其实内藏火药刀剑，这个日本和尚，还真是六根不清净。

等到一干人马浩浩荡荡准备下船，才听说涂节见风声日紧，向明太祖告密指证胡惟庸有意造反，胡惟庸已被捉拿，这艘名为进贡船，实为军火船，由于没有日皇的表文，只有足利义满以“征夷大将军”身份写给胡惟庸的一封信，明太祖认为：“不合礼节，拒不受贡，原船遣返。”

于是，这艘满载大蜡烛的日本船，又原封不动回到了日本，胡惟庸勾结外人的阴谋，竟然没揭穿。

这足利义满后来统一日本南北朝的分裂局面，创出室町（dīng）幕府的全盛期，是日本响叮当的历史人物。脍（kuài）炙人口的金阁寺就是他晚年将其筑在衣笠山之麓的别墅改建成的佛寺。全寺计有殿舍十三，因其勾栏、柱、壁都贴敷金箔，金碧辉煌，故名之为金阁寺。位于今日京都市北区金阁寺町，是著名的观光胜地，日本作家三岛由纪夫还特别写了一本以《金阁寺》为名的小说。

李善长怦然心动

胡惟庸想要造反，可是，时运不济，接二连三地猛出纰（pī）漏，看在一旁的同党涂节心里暗暗叫苦。

挣扎了一段时间，涂节终于决定把实情一五一十禀报明太祖，希望能够将功抵罪，免其一死。

明太祖勃然大怒，下令廷臣公审，胡惟庸供出了陈宁，也牵连了涂节，而且为了报复，特别加重了涂节的部分。

依理，涂节自首，又供出了主谋，多少应该减刑。但是朝廷大臣们认为，涂节本是胡惟庸的心腹，见事不成，方始反叛，不可不诛，陈宁也一并正法。至于胡惟庸，当然是死路一条。

胡惟庸案甚且牵连老臣宋濂的孙子宋慎被诛，宋濂亏得马皇后搭救，明太祖才饶过了他。不过，宋濂毕竟年岁已大，受不住惊吓，一命呜呼。

胡惟庸谋反，明太祖当然很生气。他想起当初刘伯温、徐达都曾经先后警告过，胡惟庸不可靠，只怪自己自信太过，幸好及时发现，没有酿成巨祸。

明太祖真正为胡惟庸一案发火，是在事隔五年之后，洪武十八年（1385 年），有一个名叫毛响糖的人向明太祖告密，李存义与胡惟庸亦有瓜葛。

李存义本人无足轻重，他的哥哥李善长可非等闲之辈，李善长名列开国元勋文臣第一人。洪武三年（1370 年），明太祖大封功臣，其中封公者仅有六个人，李善长居首，封为韩国公，在制敕之中，比拟为汉朝的萧何，明太祖对李善长的信任，颇似宋朝赵匡胤对赵普。事实上，明太祖当初之所以有逐鹿天子宝座的野心，也多亏了李善长的开导。

李善长与明太祖关系匪浅，他同时又是太祖的儿女亲家，太祖长女临安公主，嫁给李善长的独生儿子李祺，夫妻恩爱，临安公主颇有乃母马皇后仁德之风，极有贤慧的美名。

李存义是李善长的弟弟，他儿子李佑是胡惟庸的侄女婿，都是定远小同乡，又是姻亲，李存义遂成为胡惟庸的心腹。

李善长，选自《历代名臣像解》。

明太祖认为，胡惟庸的亲家，帮衬胡惟庸，我的亲家当然帮我，何况，李善长是开国功臣，独生子又是驸马爷，谁都可以不信任，李家应该没问题，特别网开一面，免了李存义死罪，把他安置在江苏崇明岛。

明太祖放了

李存义一马，李善长竟然不赶紧到宫中谢恩，明太祖心中老大不开心。

又过了五年，洪武二十三年（1390 年），李善长有个亲戚，名叫丁斌，因罪充军，流放到边疆，李善长前来求情，太祖不肯。

隔不了两天，李善长又来了，太祖认为事有蹊跷，小小丁斌，何以李善长如此挂虑，于是把丁斌带到锦衣卫前去拷打。

丁斌受不住刑狱，和盘托出。原来，他在胡惟庸家中管事，有时为李存义与胡惟庸传话，颇有不足为外人道之事。明太祖连夜把李存义自崇明岛押回，又逮捕了李存义的儿子、胡惟庸的侄女婿李佑，再三审讯，得到惊人的结果，原来连李善长亦牵涉其中。根据丁斌的供词是这样的：

最初，李存义受了胡惟庸的话，前去劝李善长谋反，李善长勃然变色，大吃一惊，声色俱厉地叱（chì）责："你疯了吗？你晓得自己在说些什么话？想灭九族不成？"

胡惟庸碰了一个结结实实的大钉子，不过他并不气馁（něi），又找了李善长的老友杨文裕前去当说客。

杨文裕一脸谄媚，压低了声音："事成之后，将割淮西之地，封阁下为王。"

李善长不自觉竟嘴角一扯，露出满意的微笑，继而干咳一声，皱紧眉头，转为严厉的态度，把杨文裕轰了出去："亏你我还是好朋友，就差没有义结金兰，竟然说出这种话，你到底是什么意思？"

杨文裕被赶了出来，想起李善长那一闪而逝贪婪的笑容，立刻飞报胡惟庸："臣被赶出来了。"

"那你怎么一脸得意？"胡惟庸诧异地询问。

杨文裕一五一十把经过禀明，很兴奋地说："依我看，淮西之地颇合李善长之意，当然，他表面上绝不肯承认，即使我们亲如兄弟，他多少总要防一防，这可是诛九族的罪。"

胡惟庸笑一笑："我看，是我亲自造访的时候了。"

胡惟庸造访，他与李善长促膝密谈，是在李府一间小密室之中，谈了什么，不得而知。但是，李善长既然知道了胡惟庸的阴谋，双方还相谈如此起劲，其中自然大有文章。

这第三回游说，虽然谈了大半天，胡惟庸又被留下来吃晚饭。但是，李善长显然还是没有答应。

又过了几天，胡惟庸再派李存义前往当说客，从早上说到晚上，直讲得舌敝唇焦，李善长只是专注地听，不发一言，却也没有阻止他往下说。

最后，李存义哀求道："你到底肯是不肯？"

李善长啜（chuò）了一口茶，头往上仰，长吁一口气道："我今年七十七，活不了多久啦，等我死后，随你们怎么去搞吧。"

胡党之狱

上一回我们说到，胡惟庸劝李善长入伙，共同造反，李善长被缠得不耐烦，终于答应：“等我死了，随你们怎么去搞吧！”

单单李善长知情不报，又默许李家子弟在他身后可以造反，已经足以置李善长于死地。偏偏李善长还不只是纵容，且有包庇作乱的真凭实据！

两年以前（洪武二十一年，1389 年），开平王常遇春的妻弟，凉国公蓝玉，奉命出塞，在捕鱼儿海这个地方，逮捕了封绩。

封绩是元朝的旧臣，胡惟庸与日本勾结的同时，曾经派遣封绩，带着向“北元”皇帝称臣的表到达和林，请求北元大帝南伐，让明太祖派大军去弹压，胡惟庸乘机在京师下手。这个胡惟庸，为了想当皇帝，真是什么卑鄙手段都使得出来。

洪武二年（1369 年），明太祖攻陷应昌，元顺帝已在应昌攻陷前一个月病逝，明军俘虏顺帝的孙子、嫔妃一共五万人，元顺帝的儿子溜得快，逃到和林，继任为帝，是为元昭宗，占有今天外蒙一带，保持着一个残局，称为“北元”、“残元”或是“后元”。

由于漠北地方辽阔，明太祖即位之初，无力远征，只有尽量安抚。

洪武十一年（1378 年），元昭宗去世，太子脱古思帖木儿即位。脱古思帖木儿很向往祖先霸业，屡次侵犯明朝边境，被明朝大将徐达、汤和等击退，很伤明太祖的脑筋。

胡惟庸看上了脱古思帖木儿的野心，所以派遣封绩，带着一封肉麻兮兮的书信前往和林。脱古思帖木儿虽然颇为心动，但到底兵力不足，因此没有回信。以后，胡惟庸案发，此事就不了了之。

不想明太祖在洪武二十一年（1388 年）平定辽东以后，决定大举伐北元，免得北元坐大，将来成为成吉思汗第二。蓝玉与元兵大战，脱古思帖木儿逃走，蓝玉俘虏了元主次子，以及公主贵族，一共七万七千人，高奏凯歌回京师，史称为“捕鱼儿海之捷”，封绩也在这次战役之中落网，被捕下狱。

蓝玉搜出了胡惟庸与北元勾结的证据，报告了李善长，李善长正在庆幸，当初没有马上答应胡惟庸造反，同时，他的亲弟弟李存义还因为此案，被明太祖流放到崇明岛，他心忖，多一事不如少一事，没把封绩的事，上报明太祖。

这一回，由于丁斌举发李善长，有位御史查出两年前的资料，提出纠举，弹劾（hé）李善长知情不报，显然是“欺君之罪”，这个罪名，真是非同小可。

李善长这个人，自外表看来，是个宽和的好好先生，其实呢？他的妒忌心极强，可以说是相当刻薄。

曾经有参议李饮冰、杨希圣稍微侵犯了李善长的职权，他当面还是嘻嘻哈哈，背地里，立刻奏上一本，把李、杨二人罢黜（chù）。

李善长不准别人侵犯他的职权，他却要侵犯刘伯温的职权，中书省都事李彬贪污，依法论斩，他偏要关说，刘伯温不答应，李善长立刻就咆哮起来：“我与李彬是总角之交。”（所谓总角之交，是指古时小儿未成年时，总束头发，形如两角，比喻童年玩伴。）

刘伯温不答应，李善长气得不与他说话，刘伯温倒是度大量大，还是向太祖推举李善长为相，称许他有调和诸将的长才。

由于李善长刻薄寡恩，因此，他的家奴卢仲谦也落井下石，告

明代高官出行图，西洋版画。

发朝廷，李善长确实与胡惟庸有异谋。

老实说，这等机密大事，家奴未必会晓得，不过是借机会报仇罢了。

明太祖自问对李善长不薄，为了这件案子，他真是伤心极了，也寒心到达极点，人心真是可怕。于是他决意除恶务尽，大开杀戒。

头一个当然是李善长家中七十余口，统统杀光。在洪武三年（1370 年）大封功臣之时，明太祖曾说："善长虽无汗马功劳，然而侍奉朕的时间久，补给军食，功劳甚大。"因此，不但封韩国公，子孙得以世袭，并且赐给铁券，准他免死二次，他的儿子免死一次。

所谓铁券，是古代帝王颁赐功臣，作为记功免罪依据的制裂符卷，形状像一片瓦，外面刻着功臣的履历功勋，内镌免罪减禄次数，字都是用金嵌入，分为左右两片，左片颁给功臣，右片藏之内府。等到功臣出了事，再取出来相合。

李善长到了这步田地，明太祖早已气得牙齿咯咯作响，铁券是明太祖赐的，他当然也可以收回。在专制时代，一切权力来自帝王，只要帝王愿意，他可以做任何他想要做的事，更何况明太祖是把皇帝权威扩展到极致的人。

后来，林贤偷运日本军火等事，陆陆续续被发现，于是，陆仲亨、费聚、封绩等皆死，一时坐诛者三万余人，包括功臣封侯者二十余人，并且召布奸党录于天下，成为明朝初年第一大狱。

到了第二年，虞部郎中王国用上书："善长与陛下同心协力，出万死以取天下，列为第一勋臣，生封侯，死封王，儿子娶了公主，亲戚一个个拜官，已经享有为人臣子最高的光荣。

"假如说，他自己想当皇帝，还有可能造反，若说是想帮胡惟庸夺取帝位，则大谬（miù）不然。就算胡惟庸真的当了皇帝，他也不过是第一勋臣，和现在一样，他何必冒这个险？再说，李善长是打天下出身，他岂会不知取天下谈何容易！因此，李善长不可能谋反。如今，善长已死，多说无益，只希望作为陛下以后的参考。"

看了王国用的上书，许多人都说："这小子的脑袋不想要了。"可是，说也奇怪，明太祖竟然没有怪罪。或许，明太祖静下来也会发现，其实李善长的案子，证据相当薄弱。

太子朱标仁厚软弱

胡惟庸谋反案在洪武十三年（1380 年）爆发，同时被诛者，不过涂节、陈宁等数人。至于胡党之狱，则在洪武二十三年（1390 年）大规模地展开。天下岂有逆首已死，同谋者经过十余年方才事迹败露的？其间有个重要因素，就是明太祖心理的曲折。

洪武十三年（1380 年），马皇后尚在人间，叛党得以从轻发落；洪武十五年（1382 年），马皇后的去世，对明太祖而言，真是不堪忍受的打击。

明太祖自幼家境一贫如洗，父亲过世之时，连买一口棺材的钱都没有着落。其后，舍身皇觉寺，当个小和尚，颠沛流离，尝尽了人世间的辛酸。

直到与马皇后结为夫妇，明太祖才第一次享受到被疼爱被照顾的滋味。马皇后为了解明太祖的馋，潜入厨房偷葱油饼，被人发现，情急之下把饼往怀中一揣，胸口溃烂，这一块大疤，代表了马皇后对明太祖情深似海。

马皇后粗手大脚，实在谈不上美丽，却是明太祖最为信赖的红粉知己。明太祖在当了皇帝以后，宫中美女无数，却没有一个能抵得上马皇后在他心目中的地位，也只有马皇后会像姐姐一般宠着他，体贴着他。

明太祖生性猜疑，不相信任何人，马皇后死了以后，他回到后宫，一个人冷冷清清，满怀寂寞，宫中三千粉黛，他是谁也不敢相信。

当明太祖发现陆仲亨也参与胡惟庸的阴谋，气得头发昏胃发胀，他躺在床上，脑海里浮现的是，当初陆仲亨可怜兮兮的模样，家里的父母兄弟都死光了，手里拿着一块破手帕，捧着仅有的一升发霉腐烂的臭麦子。

明太祖霍地自床上跃起："若不是我收留了那个臭小子，他还不早就饿死了，竟然帮着胡惟庸背叛我，难怪一天到晚愁眉苦脸，原来是做了亏心事。"

若是马皇后还健在，她一定会婉言相劝："陆仲亨是被家奴告发，家奴的话，岂可尽信？胡惟庸的事过去就算啦！"

马皇后走了，明太祖身边缺一个可以谈心倾诉的对象，已经够懊恼的。偏偏他还有一层更深的忧虑，那就是太子朱标。

朱标倒不是不乖，而是太乖了，忠厚老实，心地善良，完全和他妈妈马皇后一个模样。可是这样的性格，如何能够掌管天下？

朱标又自老师宋濂那儿学来了拘谨、诚恳与宽大，明太祖一向是严苛惯了，见朱标一副老实模样，忍不住再三叹气："真是一代不如一代！"

除此之外，明太祖另有一个不易启齿的隐忧，他垂垂老矣。明太祖起兵虽早，到了天下大定，已经是六十好几了，不像汉光武帝、唐太宗，坐上皇帝宝座之时，身强力壮，英姿焕发，功臣都比他们年纪大；也不像宋太祖，虽然年龄也不小了，却有能干的弟弟可以依恃；他是一无所有。

明太祖冷眼旁观身边的功臣，一个一个都是豺狼虎豹，心狠手辣。太子朱标却又是温柔仁慈，个性软弱，相形之下，仿佛是大野狼对付小绵羊。

明太祖放不下这二颗心，因此，他积极铲除功臣，尽力为太子布置一个比较安全的环境。

太子朱标的仁厚是出了名的，由于他过于老实，就连他的二弟秦王、三弟晋王都想欺负他。

明太祖一共有二十六个儿子，他即位以后，参酌汉晋六朝之制，恢复封建制度，选择天下的名城大都，分封其子为王，作为中枢的屏藩。藩王没有土地与政权，却拥有相当大的权势。

洪武九年（1376 年），叶伯巨上书，举出汉朝七国之乱，晋朝八王之乱，述说分封诸王的弊害。明太祖很生气，认为他“这个混小子想挑拨离间我骨肉之间的感情”，把叶伯巨下令赐死。

后来，明太祖自己也醒悟到叶伯巨的话有理，缩小了藩王官属编制。但是，诸王仍然拥有不少兵权。

洪武二十四年（1391 年），秦王听说明太祖考虑迁都西安，而他正是被封在西安，背地里，嘟嘟囔囔颇有抱怨，害怕失去封地。

明太祖知道了，把秦王召回金陵，给关了起来骂道：“看你还敢不敢发牢骚。”

明太祖并且派朱标赴西安考察，调查秦王过失。明太祖的用意是建立朱标的威望，可惜朱标不领情。

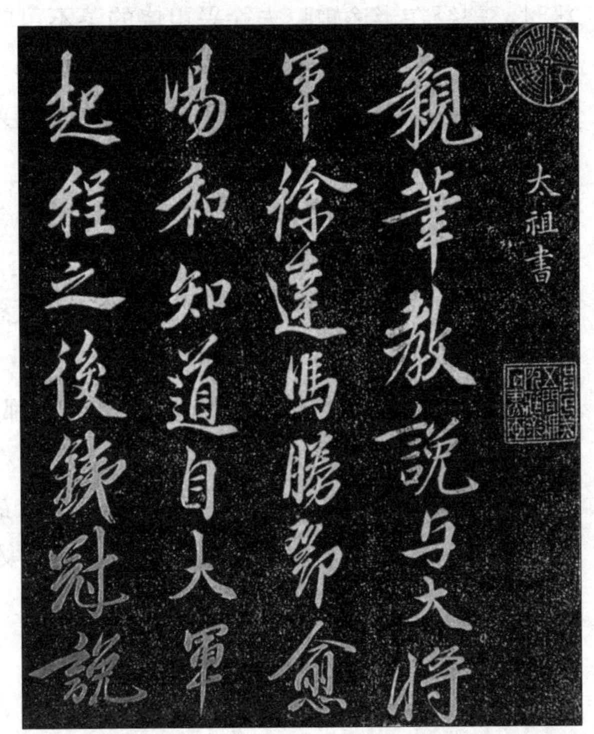

朱元璋亲笔手迹。

朱标到了西

安，随便逛了一圈就回来，跪在地上求明太祖：“弟弟并没有做出任何对不起父皇的事，请赶快放他回西安。”

“我都是为了你以后着想，你还帮他求情，真是没用！”明太祖左看右看朱标，真不像自己生的儿子，忍不住掴（guāi）了他一巴掌。

当然，最后秦王还是回到了西安。

秦王之后，老三晋王也传有异谋。

老三晋王曾经拜宋濂学文、拜杜环学书，长得是长长的凤眼，高高的身材，玉树临风，顾盼有威，人也聪明，可说是太祖二十六个儿子之中相貌最为挺拔的一个美男子。

晋王极为自负，脾气不佳，洪武十一年（1378 年）赴太原就藩时，曾经在半途嫌膳夫徐兴祖烧的菜不可口，用鞭子狠狠打了他一顿。

事后，晋王被明太祖训了一顿：“膳夫徐兴祖，跟了我二十三年，你不可以欺负他！”

明太祖虽然斥责晋王，有时还真希望太子朱标也能发发威，不要老是怯怯生生，眼中含着两泡泪。

没多久，太原盛传晋王有异谋，明太祖大怒，正准备处罚，又是朱标抱着他的大腿，恳求他饶过三弟。

“你这个没有用的笨蛋，我这么做，还不都是为了你！”本来就丑陋的明太祖，生起气来更可怕。

老是被斥责“没有用”的朱标，其实是个最孝顺的孩子，他很难过，自己不能如父亲的意，但也不能苟同父亲的所作所为。朱标的身子本来就不强壮，在强烈的心理压力之下，洪武二十五年（1392 年），朱标生了重病，病得相当严重。

蓝玉自视不凡

明太祖太子朱标一连为二弟秦王、三弟晋王向明太祖苦苦求情，又被明太祖严厉斥责“没有用”。在内外交迫之下，朱标病倒了。

朱标一向身体不够硬朗，自从被明太祖狠狠掴了一掌，更加郁郁不乐，一切旧有的病征，例如头晕目眩，心跳加剧，手脚麻痹，先后前来报到，终于有一天，突然昏厥（jué），来不及宣召御医急救，便已撒手人寰（huán）。

明太祖接到消息，匆匆赶到，抚尸恸（tòng）哭。太子本性真挚仁厚，最能够体谅他人的甘苦，宫里面上上下下无不频频拭泪，嚎啕痛哭。

明太祖自从太子病殁（mò），越发闷闷不乐，必须经常宣召御医进宫了。

大臣们私下里，悄悄地互相讨论：“天颜似乎一次比一次瘦削，头发已经花白了，实在是大可忧虑之事。”

另有大可忧虑之事在后头哩。太子朱标死后，明太祖立太子嫡子允炆（wén）为皇太孙，年仅十六岁。

十六岁毕竟年纪太轻，缺乏人生的阅历。更要命的是，皇太孙的性格与他父亲像一个模子里铸出来的。

做祖父的明太祖真是看在眼里，急在心里，他不敢想象，有一天他两脚一伸，那些个开国元勋老狐狸，会怎样地耍这个小皇帝。

没有办法，只好再借题目，把功臣一个一个除掉。

明太祖有这种心理，臣子们也都人人自危，不晓得哪一天大难临头，祸从天降。其中拥有重兵的蓝玉便准备先下手为强。

前面我们说过，开国元勋李善长被杀的重要证据之一，是蓝玉进兵北元，俘虏了胡惟庸派去与北元勾结的封绩，李善长知道这件事，却没有立刻报告明太祖，明太祖勃然大怒，李善长死罪难逃。

按理说来，蓝玉似乎对清除胡党有功，可是蓝玉却又被牵连其中。

蓝玉有个亲戚叫做叶升，叶升在洪武二十五年（1392 年）八月因为七牵八扯卷入胡惟庸案中被杀。蓝玉颇有兔死狐悲的哀伤，他对哥哥蓝荣说："前些时日，靖宁侯（叶升）出了事，我猜他供词之中可能提到我。最近皇上似乎对我不太信任，眼光之中透着猜疑，只怕早晚容不下我，不如趁早下手，做他一场。"

蓝玉和明太祖一样，也是安徽定远人，他的姐夫不是别人，正是明太祖身边大将常遇春。

常遇春见蓝玉平日喜欢使刀弄棍，出外打仗时，就把他带在身边，蓝玉打起仗来相当英勇，所向无敌。

常遇春为了提拔小舅子，在明太祖面前总是不忘吹嘘："我那内弟真是个了不起的战将。"当然不免加油添酱一番。

蓝玉脸红红的，个儿高高的，相貌堂堂，的确是个相当帅气的小伙子，而且也真的拥有一身功夫。以后，他离开了姐夫常遇春的部队。洪武四年（1371 年），跟着傅友德克服锦州；五年（1372 年），跟着徐达败元兵于土剌拉；十一年（1378 年），同沐英讨西番，凯旋而归，封永昌侯，授予铁券。

一连串的丰功伟业，让蓝玉益发自信过人，养成凡事都得听他的习惯，相当地傲气。

洪武二十年（1387 年），他跟着大将军冯胜征讨纳哈出，大获全胜，蓝玉威风凛凛前往受降。

蓝玉踌躇（chóu chú）满志，酒过三巡，大伙都有薄醉，纳哈出斟满了酒，笑着对蓝玉说："请干了此杯！"

蓝玉仰天大笑，为了表示够豪气，他当场脱了外衣，对纳哈出说："请你穿上这衣服我再饮。"

纳哈出摇摇头，不肯穿上，蓝玉也变了脸："那我也不饮。"一副你看着办的神情，整个场面弄得很僵。

"你穿不穿？"

"不穿！"

"那我也不喝！"蓝玉站了起来，叉着腰。

"不喝就算了！"说着，纳哈出把酒倒在地上，转过脸来对着属下叽叽咕咕不晓得在嘀咕什么，似乎想要开溜。常茂一个箭步向前，对着纳哈出一刀砍下去，纳哈出鲜血涌出，乖乖投降。

洪武二十一年（1388 年），明太祖惟恐北元死灰复燃，造成第二个成吉思汗，派蓝玉率军十五万远征，大军深入百眼井，却不见北元踪影。

蓝玉正准备班师回朝，定远侯王弼道："我辈率军十余万，深

明代平叛的军队，明人绘。

入漠北，一无所得，遽（jù）然班师，何以复命？”

这一句话，挑起了蓝玉的雄心壮志，他下令军士：“以后炊饭穴地而爨（cuàn），免得敌人见到烟火。”然后，蓝玉趁着大风扬沙一片濛濛，赶到了捕鱼儿海。

元军做梦也没料到明太祖军队会横渡沙漠，猝（cù）不及防，被打得落花流水。蓝玉生擒元朝宗室官吏三千人，男女七万七千人，马驼牛羊十五万匹，班师回朝，乐得明太祖夸他：“比卫青、李靖还要厉害！”

这话夸得蓝玉脸上飞金，益发猖狂，养了大批的奴隶、养子，曾有御史前来查问，他把御史给轰了出去。又有一次直扑喜峰关，守关的官吏早已下了城门，不准进入，蓝玉狂妄地说：“谁挡得了我蓝玉？”竟然把喜峰关给毁了，硬是冲了进去。

喜峰关吏上报朝廷，明太祖非常生气，把蓝玉叫来，结结实实骂了一顿，并且问他：“听说你看上了元主妃，并且羞辱了她，害得元妃上吊，有没有这件事？”

蓝玉不敢说没有，明太祖气呼呼地说：“我要把你的梁国公降为凉国公，而且把你的过失刻在铁券上。”

蓝玉谢恩退出，心里可不以为然，尤其他不满意明太祖任命他为太子太傅，他抱怨道：“我就不堪当太师吗？”牢骚传到明太祖耳中，太祖怏（yàng）怏不乐，以后，蓝玉奏事，太祖多半不睬。

因此，蓝玉决定趁明太祖在洪武二十六年（1393 年）二月十五日出外慰劳农夫时，发动政变，夺取皇位。

结果，消息走漏，蓝玉在二月初八上朝之时被捕，初十日被杀，明太祖借机大杀特杀，一共杀了一万五千人之多。

徐达被迫吃鹅肉

胡惟庸案加上蓝玉案，前后两狱，合计被杀者高达四万多人，功臣宿将死亡殆尽，真是可怕之至。

由于明太祖手段毒辣，因此有人传言，大将徐达也是被明太祖害死的。

徐达老早不止一次婉言劝告明太祖，小心防范胡惟庸，明太祖不理。胡惟庸谋反，证明徐达所言不诬，明太祖似乎应该更加信任徐达，却又不然。

洪武十七年（1384 年），星象显示，太阴犯上将，明太祖认为这是不吉利的预兆，内心充满了厌恶。

这时，徐达在北京背上生疽，十分痛苦，折腾了好长一阵子，整个背全是大大小小的痈（yōng）疮，翻个身都困难。

明太祖派徐达的儿子徐辉祖到北京慰问，又从各省调派名医前往医治，最后，派专人把徐达自北京接到了南京（明太祖定都南京）。

明太祖一番好意，徐达也不能够不领情。这一路上舟车劳顿，到了南京，背上伤口溃烂，病情惨重。

据说，明太祖听说徐达抵达，头一件事，就是差人送来一只蒸好的大肥鹅。

徐达的夫人见到鹅肉，先是双泪交流，继而掩面失声，身边的仆役也都个个绿了脸。

原来，中医对于身上有疔疮者，一律告诫，不许食用香蕉、鸭肉、鹅肉。因为这些东西，内含某种元素，会使病情复发恶化。

但是，皇帝送来的肥鹅，不吃还不行。徐达也只有和着眼泪，吞下了鹅肉。果然，没有多久，徐达病势转重，终于不治。

徐达死了以后，明太祖为之辍朝，亲自到徐家慰问吊唁（yàn），痛哭流涕，追封为中山王，并且写了一篇《中山王御制神道碑文》。

明太祖到底有没有赐徐达鹅肉，这是千古疑案。不过，明太祖的作为，倒真是应验了“飞鸟尽，良弓藏，狡兔死，走狗烹（pēng）”的老话。

洪武年间，幸免于难的功臣，算来算去，也只有汤和一个。

汤和与明太祖是同一个村子里长大的玩伴，小时候一块儿嬉戏，光着屁股，偷吃小牛。

汤和比明太祖长三岁，也早一步投奔红巾军，当了郭子兴的手下。后来，明太祖成了郭子兴的乘龙快婿，行情看涨，汤和也就识时务者为俊杰，乖乖喊明太祖老大。

起兵以后，明太祖的童年伙伴，总以为他还是当年嘻嘻哈哈的老样子，忍不住对明太祖仍然勾肩搭背，做出亲密的举动。

明太祖是穷和尚出身，最怕人家看他不起，更忌讳（huì）当面拉拉扯扯，他愈是摆出神圣不可侵犯的神气，当年同穿一条裤子的哥儿们愈想捉弄他。惟有汤和，看出这个小老弟心中的想法，所以永远规规矩矩，小心听话，不敢丝毫放肆。

又有一回，汤和守常州，多喝了两杯，忍不住酒后吐真言：“我真是倒楣，在这个鬼地方，就像坐在屋脊，往左边看，就从左边掉了下去，往右边看，就从右边滚了下去。”

这就么几句牢骚，传到明太祖耳朵里，明太祖大大不悦。汤和看着心凉，因此不久，他便赶紧要从屋脊上爬下来，还不待明太祖暗示，立刻交出了兵权，汤和对明太祖说：“臣犬马齿长，不复堪任驱策，想要回到故乡养老。”

汤和的话，让明太祖五脏六腑，有说不出的舒服，他立刻派人赴凤阳老家，为汤和盖一栋大房子，赏赐也格外优厚。

汤和一向沉默寡言，尤其是关于国家大事，口风特别地紧。他回到老家，把所得到的赏赐都分给家乡父老，见到旧时同伴，彼此亲热异常，完全不摆架子，过着轻松自在，愉快安乐的退休生活。

洪武二十三年（1390 年），汤和的喉头生了喑（yīn）哑病，渐渐不能出声，他为了积阴德，把家中一百多个媵（yìng）妾，统统给放了出来。明太祖召见时，汤和完全无法开口，只能不断地磕头再磕头。

明太祖见汤和如此乖顺，又成了一个哑巴，因此在清扫功臣时，特地放了他一马。

另外一个逃过一劫的人是郭德成，郭宁妃的哥哥。他是个聪明人，冷眼旁观，知道这年头的官儿不好做，因此尽量避开，他两个哥哥都封了侯，只有他还是小小的

汤和，选自《历代名臣像解》。

骁骑散人。

明太祖宠爱郭宁妃，有意提拔这个小舅子，郭德成不敢直接拒绝，他装疯卖傻道：“臣性嗜喝酒，庸庸碌碌，人生贵适意，只要多得金钱，多饮美酒，不亦快哉！”

明太祖最怕人觊觎（jì yú）皇位，外戚当然也在嫌犯之列，因此笑嘻嘻道：“你这想法也挺好的。”于是赐给郭德成百坛美酒。

有一天，郭德成陪明太祖在后苑喝酒，郭德成原本贪杯，又故意在太祖面前表演，喝了一杯又一杯，然后，脱下帽子，爬在地上磕头谢恩，嘴里讲着糊涂话，连舌头都大了起来。

明太祖忍俊不住，笑骂道：“你看你，醉疯汉，头发秃成这个模样，可不是喝多了？”

郭德成用力拔着头发：“这几根还嫌多哩，拔光了才痛快！”

明太祖忽地变了脸，认为郭德成不够庄重。

第二天，郭德成酒醒之后，惟恐明太祖怪罪，干脆剃光头发，穿了和尚衣服，成天唱佛。

明太祖不疑有他，告诉郭宁妃：“原以为你哥哥是说笑话，没有想到真是疯了。”

宁妃听了，心里总算安了。后来，党案大起，郭德成拜“疯子”之赐，倒成了漏网之鱼，也算是有先见之明。

詹徽落井下石

由于明太祖猜忌功臣，朝廷之上人人自危，个个提心吊胆，设法自保。但是，天威难测，往往有时弄巧反拙，搬了石头砸自己的脚，詹徽就是最好的例子。

詹徽是詹同的独生子。詹同乃安徽婺（wù）源著名的才子。明太祖攻下武昌以后，召为国子博士，他学问渊博，每次提笔为文，才思泉涌，明太祖经常赞美詹同文章明白显易，为人宽厚笃实。

詹徽和他父亲一般，颇有文才，洪武十五年（1382 年）举秀才，做到太子少保兼吏部尚书，头脑敏捷，勤于治事，很为明太祖欣赏。

不过，詹徽为人不及他父亲厚道，相当地阴险毒辣。李善长的死，詹徽颇出了点力，在他看来，这是表示忠心的好机会，也可以证明他与胡惟庸一党完全没有瓜葛。

明太祖也夸了詹徽，说他是耿耿忠心，不可多得，詹徽乐得脸上飞金。因此，在蓝玉案中，他又如法炮制。

蓝玉在洪武二十六年（1393 年）二月初八被捕，锦衣卫严刑伺候，下狱鞫（jū）讯，蓝玉原先嘴巴硬，怎么也不肯承认。

詹徽在一旁，捻着胡子冷笑道："我劝你还是赶快招了好，否则皮肉白白受苦，证据俱在，你赖也赖不掉的。"并且呵斥："赶快吐实，免得株连无辜。"

问案的狱吏也在一旁道："是啊，还有谁一块入伙，你一并招了吧。”

蓝玉一向心高气傲，他瞟着詹徽，怨他落井下石，恨不得跳起来咬掉詹徽一口肉，心忖，既然死罪难逃，不如多一个垫背的。

他心一横说道：“招就招了。”说着戟指对着詹徽，“他，就是同党！”

一听此话，詹徽脸色发青，勉强抑制怒气：“你不要血口喷人。”

“不只是詹徽，还有詹徽的儿子詹绂（fú）。”

蓝玉飞快地又附带一句。詹徽脸上豆大的汗珠缓缓滑下。

明眼人都看得出来，蓝玉是在栽赃，在报复。偏偏明太祖故意看不出来，下令审讯詹徽的儿子詹绂。

詹绂没有他爸爸的能耐，狱吏的刑具还没给戴上，他已吓得尿湿了裤子，自己编了一套犯案经过：“二月初二早上，凉国公（蓝玉）教我传话给父亲，本朝文官，哪一个有好下场？就是老太师（李善长），我亲家公靖宁侯（叶升）也完了，如今上位（明太祖）病得重了，殿下年纪又小，天下军马都是我在掌管，不如大家合起来干一场！”

詹徽听罢儿子的供词，心里头空空洞洞，有如槁木死灰，什么念头也没有，只怔怔地望着詹绂，直在后悔，原想为儿子铺设一个锦绣前程，怎料到父子同诛的惨剧。

朝廷大臣虽然平日不满詹徽阴险苛刻，却个个肚中雪亮，詹家父子是冤枉的，明太祖不是不知情，而是存心杀光功臣。

更有那熟读历史的，私下里悄悄议论：“还记得唐朝尉迟敬德自夸功劳的一段吗？”

贞观元年（627年），唐太宗即皇帝位，论功行赏，以房玄龄、杜如晦、尉迟敬德、侯君集为首，房玄龄排名第一，晋封为邢国公。

尉迟敬德不服气，“刷”的一下把衣服剥开，更卷起了裤管，露出一截毛毛腿，他鼓起铜铃般的眼睛，气咻咻（xiū）地抗议：“看到没有？我这里那里，全身都是伤痕，都是我为唐朝建立的汗马功劳。”

尉迟敬德指伤显功，选自《清刻历代画像传》。

唐太宗心里十分嫌恶，表面上仍然不动声色。若是换了明太祖，尉迟敬德有胆子摆出如此态度，脑袋怕不早就搬家了。

唐太宗对忠臣永远是容忍到底，明太祖却是去之而后快。难怪明朝大臣翻阅史书不胜唏嘘，恨自己生错了时代。

詹徽害人不成，反而被蓝玉咬了一口，也算是罪有应得，咎（jiù）由自取，最最倒楣的人该算是傅友德了。

明太祖能够争得天下，得力于几员不怕死的猛将，傅友德就是极骁勇善战的一位。

傅友德原是宿州人，自幼骑马射箭击槊（shuò）刺枪样样行。元末大乱，他先是投在李喜喜幕下，李喜喜败了以后，又跟过明玉珍、陈友谅，都没什么大发展。一直到明太祖讨伐江州，傅友德率部在小孤山归顺太祖，太祖慧眼识英雄，把傅友德安插在常遇春旗下，不一会儿工夫，便显现他不凡的身手。

明太祖亲征武昌之时，东南一座高冠山防守严密，明太祖回头问："谁敢出战？"

后面一将，纵马挺枪而出，正是傅友德。

"好，拨你一万人马，看你的表现！"明太祖甚为嘉许。

那高冠山上矢石如雨，傅友德却毫不畏惧，挺枪跃马杀入敌阵，左冲右突，如入无人之境。手起处，刺入敌将心窝，杀了一个，拍马舞刀，又劈了一个，有如虎入羊群，纵横莫当，简直比武侠电影中的高手还要厉害。

傅友德的部下见主帅如此勇猛，也抖擞精神，于是鼓声大振，喊声大举，如天摧地塌，岳撼山崩。敌兵个个惊慌，马不及鞍，人不及甲，四散奔走。傅友德颊上中一矢，脑后中一镞，血盈袍铠（kǎi），仍然向前冲杀追敌。

武昌战役以后，傅友德升为武卫指挥使，难得的是他一路升官，却永远还是一马当先，跑在部队最前面，把命完全豁了出去。明书中形容他是"身冒百孔，自偏裨（pí，副将）至大将，虽被创，战益力"，这么一个忠心耿耿的傅友德，怎么会被明太祖猜疑？

傅友德的悲剧

根据徐祯卿的《翦（jiǎn）野胜闻》中记载，有一回，明太祖微服私访，到了一座破庙，里面空空荡荡，半个影子都没有。

忽然间，明太祖瞥见墙上画了一个布袋和尚，旁边题着一首打油诗："大千世界浩茫茫，收拾都将一袋藏，毕竟有收还有放，放宽些子又何妨。"

明太祖伸手一摸墙，吓，竟然是湿的，墨还未干，可见得写诗讽刺他的人还在附近，他立刻下令："搜！"结果啥也没搜到。

这则故事不一定是真的。不过，倒是确切地表示了当时人的心情，埋怨明太祖把天下收得太紧了。

傅友德是明太祖手下一员猛将，为明朝立下了不少汗马功劳，蓝玉案之后，虽然他毫无瓜葛，心里也毛毛的。

当然，过去明太祖要仰仗傅友德时，对他是异常偏爱的。

洪武初年，傅友德生擒元大将李二，明太祖大悦，任命他为江淮行省参政，并且派中书参议李饮冰、杨希圣两个人，带着美丽的乐妓一块儿饮酒。

既然是皇上交办的，岂能不喝个痛快。于是，喝到最后，三个人放浪形骸，连衣服都脱光光，一丝不挂到天明。

这件荒唐的事，被明太祖知道了，气得在李饮冰、杨希圣的脸上黥（qíng，是古代的肉刑之一，在额脸上刺字，然后用墨涂上去。让囚犯一辈子见不得人，又称之为"墨刑"）面。

李饮冰、杨希圣二人都是有头有脸的中书参议，脸上刺了字，走到哪里都被人指指点点，真是恨不得一头撞死。

明太祖好言好语安慰傅友德：“卿振甲胄出百死，痛快喝一场也应该。他二人是士人，怎可如此放荡？”

傅友德一面叩头谢恩，一面心中直呼“好险”，脊梁上一阵一阵地发冷，算是领教了明太祖乍冷乍热捉摸不定的性格。

自此之后，傅友德打起仗来，更是不要命地往前冲，希望用彪炳的战功，换取明太祖对他的信任。

但是，这一会儿，明太祖为了保护太孙，不留情面地铲除功臣，傅友德又不免心惊胆战了。他会不会因为功高震主而遭殃呢？

定远侯王弼和傅友德有同样的忧虑，在下朝时，压低了声音道：“陛下春秋高，我辈不知会怎样？”

这话被多事的听到了，传入明太祖耳中，明太祖认为他二人拿他的死期当话题，非常非常不开心。

过了没多久，明太祖举行冬宴。朝臣们最不喜欢吃这个饭，气氛凝重，个个忐忑不安，却还要强扮笑脸，装作一副尽乐的模样。

傅友德听说明太祖对他不满，心里头十分紧张，演戏也

明代武将出征，明人绘。

演不出来了。

当他抬头，偷眼瞧明太祖，只见明太祖正以严峻的目光瞪着他，脸上板得一丝笑容也没有。

傅友德脸都吓青了，不由得打个寒噤，因此，十二道酒席端上来，撤下去，他一筷子也没动，怔怔地发愣。

明太祖一直注意观察着傅友德，傅友德原是带兵打仗的粗人，一顿非八大碗不饱，这会儿竟然甜汤也没喝一口，简直让明太祖难堪。

冬宴完毕，明太祖特别把傅友德留了下来，责问道："你刚才为什么不吃东西？是不是嫌菜色不好？"

傅友德跪在地上，不敢吭气儿。

"你这是大不敬的行为——"明太祖接着严厉地吩咐，"明天，带你两个儿子来！"

傅友德从筵席开始，就已经魂不守舍，被太祖一呵斥，只觉脑中一片嗡嗡之声，听不确切明太祖在说什么，又不敢再问一遍，加上疾驱入殿，起跪磕头，心情紧张，只觉得七上八下，就差没四脚朝天昏了过去。

他踉踉跄跄走出殿，小心翼翼地问卫士："对不起，方才陛下最后说什么？"

"皇上吩咐，要你明天把两个儿子的头带来。"卫士冷冷地说道。

傅友德只觉一颗心不断不断地往下沉，牙齿咯咯作响，额头上阵阵冒汗。他实在不明白，他恍惚记得明太祖是要他带两个儿子来，卫士为什么说明太祖要他儿子的脑袋，何况他长子傅忠还娶了寿春公主，是驸马爷啊。

但是，天威难测，又不能回头去问明太祖，傅友德失魂落魄地回到家里，心乱如麻，真希望方才一场冬宴，只不过是一场噩梦。

“哐哐”，窗外的更夫已打了四更，马上就要天亮了。傅友德终于下定决心，蹑手蹑脚潜入儿子的房间。傅忠好梦正酣，傅友德拿出削铁如泥的尖利匕首，对准儿子的喉咙一刺，傅忠要叫也来不及，一双眼睛瞪得好大，似乎在问：“爹，怎么回事？”

傅友德长叹一口气，用同样的手法结束了次子傅让的性命，把两个首级割下，放入匣子中，心中不断在滴血。

第二天一大早，傅友德用发抖的双手恭恭敬敬捧着匣子，直挺挺地跪在冰冰凉凉的青砖地上，心忖，虽然牺牲了儿子的命，断了傅家的后，到底完成了明太祖的使命，保住了一条老命。

不料，明太祖怒声问：“你儿子呢？”

傅友德把匣子打开，赫然出现两颗死不瞑目的人头。

“我要你把儿子带来，你干什么杀了儿子？虎毒不食子，你，好残忍！”

傅友德不敢分辩，退朝之后，当天晚上用同样的匕首自杀。他只是不明白，明太祖何苦要导演这一幕，让他临死之前成为杀儿子的凶手。

明太祖上朝打屁股

明太祖出身低微，为了隐藏自卑感，他努力地在臣民心目之中造成帝王威严不可侵犯的意识，把专制政权推展到达极致。“廷杖”就是他使用的方式之一。

所谓廷杖就是打屁股，指的是古代帝王在朝廷上，杖打直言犯谏或忤旨的大臣。

廷杖始于唐玄宗之时，御史蒋挺，在朝堂之上被玄宗下令打屁股。张廷珪曾经上奏：“御史可杀不可辱。”唐朝之时，廷杖是很少出现的事。

以后，金朝也有动用过廷杖，不过是偶一为之，其用意是侮辱大臣，予以难堪。

一直到明太祖，廷杖才“发扬光大”，而且是结结实实地打。虽然在明朝宪宗感化以前，凡是打屁股，总是先用厚厚的棉布，叠了一层一层，垫在屁股上，然后再开打。可是，重责四十大板下来，还是得要躺上几个月，抹上特制的金创草药才能够恢复。

到了明朝武宗正德年间（就是民间故事游龙戏凤的正德皇帝），开始把廷臣的裤子脱去打屁股，真是羞辱到家。

打屁股不但肉会疼更会心疼。中国古代一向“刑不上大夫”，保存士大夫的颜面。在汉朝，皇帝甚少责备廷臣，真要做了不容于法之事，皇帝赐一包毒药，一匹白绫，让廷臣服毒或是上吊，即使是死，也让廷臣死得有尊严。

明太祖因为浓厚的自卑感作祟，故意想要摧毁士大夫的尊严，因此，寻常人家就是打小孩，也要关起房门才来责打，他偏要在大庭广众的朝廷之上，公公开开打屁股，把读书人的尊严彻底践踏在脚底。

如果说臣子犯了错，皇帝打他屁股还有道理。可是，明太祖喜怒无常，臣子就算是做好事，也有屁股遭殃的可能，茹太素就是最好的一个例子。

茹太素是洪武三年（1370 年）的进士，旋即授监察御史。他是一个无书不读的饱学之士，在学问上面，大大地有成就。

但是，茹太素并不是把头栽入书本，不问世事的人。他也不满意某些学者，终日穷年兀兀，辩论朱熹与陆九渊的学说有什么不同。在他看来，“平时袖手谈心性，临危一死报君王”是放马后炮的行为。真正的读书人，要有勇气讲真话，这才是为民造福。

因此，他在担任监察御史、四川按察使、刑部侍郎之时，屡次上书，向明太祖提出应兴应革的意见，明太祖也往往会予以采纳。

明太祖天生疑心病重，他不放心亲手打下的江山，断送在因循苟且的官吏手中，因此，竭尽可能，把大大小小的事务，完全揽在自个儿身上。

他每天天还微曦就起来办公，一直到深夜，没有休息，没有假期，没有娱乐。而奏章打开，十之八九都是烦死人的头痛事。日积月累下来，明太祖真是厌腻到了极点，又不能不捺着性子细读，真是苦不堪言，因此，明太祖得了皇帝的“职业倦怠症”。

洪武八年（1375 年）某天，明太祖循往例揭开紫檀书案上的黄匣子，但见黄色丝带束着一大叠摺子，原来是茹太素用端楷写的《陈时务》，明太祖迅速一瞟，约莫估算，起码有万言以上，实在懒得一个字一个字看下去了。

他长长吁了一口气，用手指在太阳穴上按了按，朝后一靠，指着中书郎王敏道："你来念吧，我懒得看，眼睛发酸。这些摺子还不都是卖弄学问，冗（rǒng）长不中用，我看多了，真是烦！"

于是，王敏磕完了头，接过摺子，开始一字一字往下念。

明太祖听得直想打瞌睡，眼皮都垂下来了，忽然之间，王敏念道："才能之士，数年来侥幸存活者，百无一二，朝廷之上的都是迂儒俗吏！"

明太祖睡意全消，猛拍炕几道："不用念了，明天把茹太素给我找来！"

第二天茹太素来了，仍是一派潇潇洒洒，从容不迫，身长玉立，风仪极美，举止相当漂亮。

明太祖怒声斥责："你说朕用的全是迂儒俗吏？"

茹太素似乎不怕天威，侃侃直言，音吐洪亮："确实如此，长此下去。恐非国家之福。"

茹太素话还来不及往下说，明太祖已经恼羞成怒，站起身来，脸红脖子粗下令："打二十大板。"

差役狠狠打了二十板屁股后，明太祖沉着脸说："看你以后还敢不敢大发谬论。"

下朝以后，明太祖气消了，转念一想："这茹太素虽然出言不逊，腹中倒是颇有见地，也许摺子中还真有好的主张。"

于是，第二天上朝明太祖捺着性子，命王敏重新念一遍，发现其中有四款着实可以实行，不由得长叹一声："做皇帝难，做臣子也不容易，朕所以下诏求直言，就是要听老实话，但是文词啰嗦，摸不清要点。茹太素的要点，五百字足够了，何必写这么一大篇？"

明太祖下令中书省，以后规定奏对格式，文词太多，徒乱人意。从此以后，明太祖听奏章省了不少时间。

不过，从《明太祖实录》统计，单单洪武十七年（1384年）九月十四日到二十一日，八天之内，内外诸司奏札共有一千六百六十件，共有三千三百九十一件事，平均一天听上两百件报告，处理四百多件事，真够他烦的。

明太祖也知道茹太素一片丹心，所以茹太素经常出言顶撞，依明太祖的脾气应该论斩，到头来还是打打屁股，算是处罚。

有一回，明太祖赐宴，敬茹太素一杯酒道："金杯同汝饮，白刃不相饶。"茹太素磕了一个头对曰："丹诚图报国，不避圣心焦。"意思是说，即使明太祖白刃相向，为了报效国家，茹太素不怕圣上心焦，该讲的话还是非讲不可。

像茹太素这么一个赤胆忠心的好人，可惜也在詹徽案中牵连致死。

唐肃的筷子风波

中国人常说："礼多人不怪。"但是，碰到明太祖朱元璋，这句话却并不管用，才子唐肃就因为礼多反而遭了殃。

唐肃是越州山阴人，精通经史、阴阳、医卜，极有才气，与上虞县的谢肃齐名。由于两个人都有一个"肃"字，人称为"会稽二肃"。乡里的人均以他二人为荣。

张士诚起兵时，为尊重读书人，派他担任杭州黄冈书院山长，主持教育工作。因为他办学认真，又调为嘉兴路儒学正。

后来，张士诚兵败，唐肃又逢父丧，回到家乡，明太祖听说有这么一位学养兼具的读书人，下诏把他请到京城担任翰林。

明太祖为表示礼贤下士，特别请唐肃赴宴。唐肃早知道明太祖不好伺候，为吃这一顿饭，心里相当紧张。

唐肃一位会稽老乡对他说："此去若是谈得投机，兄台日后必然平步青云，仕途得意，到时候，别忘了扶持小弟一把。"

"当然，我一向最念旧的。"

"不过，你可得小心应付。今上脾气大得很，你可别学刘洎（jì）登床。"

唐肃苦笑道："我有几个脑袋？"

所谓刘洎登床，是个有名的典故。刘洎是唐太宗时代的臣子。

唐太宗一向喜好风雅之事，尤其擅长书法，唐太宗着迷王羲之的书法是历史上有名的事。其实，唐太宗本人的书法也是一绝，他写的是飞白体。（飞白体是书体的一种，东汉时蔡邕（yōng）所创，笔势飞举，而笔画之中丝丝露白，像是用枯笔写成的样子。）

有一次，唐太宗在玄武门举行宴会，请三品以上的官员喝酒，趁着几分薄醉，唐太宗突然宣布："我想写几幅字，送给各位留念。"

群臣都不约而同叫好，大家围拢来，观赏太宗濡笔写字。每写好一幅，个个都伸手来抢，太宗的真迹挂在家里，不但风光露脸，而且可以当成传家之宝，实在吸引人。

由于大伙挤成一团，抢得太热烈了，有那刘洎情急之下，竟然爬上皇帝的宝座（所谓御床，指的是座椅，非床铺），一只手伸得老长，像动物园里的长臂猿猴一般，越过唐太宗的肩膀，抢到了一张刚出炉的书法。

当刘洎拿到了字，酒也一下清醒了，吓得冒出一身冷汗。

旁边的臣子们一块跪下，都说："洎登御床，罪当死，请付法！"

唐太宗倒是全不当一回事，哈哈一笑道："今见刘洎登床，好玩！"

在唐太宗看来，他的书法如此抢手，还是挺得意的一桩事。若是换了其他君主，刘洎都得倒楣。假如是明太祖，那更是死路一条。

唐肃当然了解明太祖不比唐太宗豁达，因此与太祖同桌共食，尽管是山珍海味，吃得是战战兢兢，汗流浃（jiā）背，完全不知吃下去的是什么东西。

明太祖问唐肃："听说你名列北郭十才子之一？"

"不敢。"唐肃小心地回答。

"其他九位是哪些人？"

"高启、王行、徐贲（bēn）、高逊志、宋克、余尧臣、张羽、吕敏、陈则，连臣一共十位。”

“嗯，有才学之士应该多为朝廷效力。”

明太祖是个无趣之人，想不出什么话题，一张脸板得毫无笑容。唐肃伴君吃饭，苦不堪言，挨了又挨，终于结束了，唐肃顿时心头轻松不少，站起身来，潇潇洒洒拿着筷子打恭作揖，准备告辞。

明太祖没料到唐肃有这样的举动，脸色一变，厉声呵斥：“这算什么礼?”

唐肃一见皇帝发怒，连忙跪在地上讨饶：“这是臣小时候家乡的俗礼。”

明太祖更火了，用责备的语气大声说道：“俗礼可以用来对待天子吗?”

唐肃悚（sǒng）然心惊，不敢再开口，只是一个劲儿磕头再磕头。

明太祖暴躁地吩咐：“你回去吧！”

唐肃失魂落魄步出皇宫。回到家里，家人七嘴八舌地问东问西：“都吃了什么美味？”“皇帝说了些什么？”

唐肃一言不发，浑身发抖，两行热泪，滚滚而下，他忍不住哀声长号，但又赶紧掩住了嘴，只是喃喃自语：“坏了！”

待亲朋好友问明了前因后果，有那乐观的说：“这也没什么滔天大罪，不过是拿着筷子行个礼，俗话说得好，礼多人不怪。”

却也有人表示不同的看法：“你们不知道，皇上脾气拗得很，不小心惹毛了他，准会倒大楣。”

唐肃自己也是七上八下，不停地安慰自己：“没什么，过两天，皇帝的气消了，也就没事了。”

结果第二天，明太祖的诏令颁下，唐肃以“不敬”的罪名，被谪放到濠州。

唐肃自从被明太祖莫名其妙呵斥以后，想起来恍如一梦，脑中空空荡荡，反而不知道什么是悲伤了。

赴濠州之前，老乡前来送行，两人握别，想起来还曾经许诺要提拔朋友，如今好梦碎了，心也碎了。

唐肃到了濠州，自忖一代才子失官被逐，蛰居偏远他乡，落得穷愁潦倒，只为了拿着筷子打恭作揖。

以后，每日三餐，唐肃拿起筷子，想起当时情景，便自怨自艾，他也始终不明白，他究竟犯了什么“不敬”之罪，没过多久，死在濠州任上。

专制的可怕，正在于此。

李仕鲁效法韩愈

明太祖是小和尚出身，即位以后，一改元朝的喇嘛教，全力振兴佛教。他亲自撰（zhuàn）写《御制护法集》，并且特设“僧官”，管理天下的僧侣与寺庙。

明太祖曾经下诏东南戒德名僧，在蒋山举行法会，并和群臣顶礼膜拜。僧徒之中若有应对称意者，明太祖龙颜大悦，就会赐给一件金襕（lán）袈裟衣。

对于若干著名的大僧，明太祖不但把他们请到宫中，并且擢（zhuó）为高官，希望能当明太祖的耳目。

明太祖记得，当年他离开皇觉寺，捧着木鱼，赴各地化缘，东奔西走，餐风宿露，固然相当辛苦，却也打探到不少新鲜事。

如今他深居禁中，不容易了解民间发生的事。因此，他希望和尚能帮助他明察暗访。

结果有些僧人品德不佳，没有真正探访民隐，反而在朝廷之中制造不少是非，谗毁大臣，带来许多无谓的困扰。

其中，尤其以李仕鲁与陈汶（wèn）辉二人，对这批和尚最最不满。因为他们是孔孟的信徒。特别是李仕鲁，一辈子最崇拜的人是“文起八代之衰，道济天下之溺”的韩愈，而韩愈正是排佛最力的代表人物。

李仕鲁为了表明志向，字宗孔，意思是以孔老夫子为宗师。他自小用功好学，曾经整整三年，把自己关在书房里，眼睛从来不瞄一眼户外。自今天的眼光看来，当然有点不卫生，但也可见李仕鲁用功之勤了。

洪武年间，有人推荐李仕鲁给明太祖，夸赞李仕鲁是“朱熹的传人”。明太祖一见大喜，对李仕鲁说：“我找你找得好久，真是相见恨晚。”

“相见恨晚”这四个字，一直在李仕鲁胸中鼓荡。为了报答明太祖的知遇之恩，李仕鲁一直在琢磨该如何竭智尽忠。当他看到明太祖为僧侣所惑，深深觉得这是该讲话的时候了。为此，李仕鲁再翻开《唐书·韩愈传》，一遍又一遍的研读，其实他早可以倒背如流。

在唐宪宗之时，由于宪宗派遣使者，远赴凤翔把佛骨迎入宫中，祭拜三日。王公士人跟着起哄，甚且故意用火灼（zhuó）烧身体，表示虔诚。韩愈看在眼里，十二万分地不以为然，他写了一篇措词相当尖锐的奏章给唐宪宗。

韩愈直率地批评：“臣虽然至为愚笨，必然知道陛下不会为佛所惑。”宪宗明明崇佛，韩愈的话，等于拐弯骂皇帝愚蠢，宪宗一看，脸都绿了。

韩愈又继续发表高见：“佛，本是夷狄之人(印度人)，与中国言语不通，衣服不合。口不道先王之法言，身不着先王之法服，不知君臣之义，父子之情。

“倘若佛活到今天，陛下就是接见佛，也不过赐他一件衣服。何况佛死了这么久，不过是一堆凶秽的枯骨。我建议把佛骨放火烧掉，或者淹到水里，永绝根本，断天下之疑。”

宪宗气得牙齿咯咯作响，高呼宰相，要把韩愈处死。堂上堂下，空气一片僵硬。过了半天，裴度、崔群才鼓起勇气打圆场：“韩愈言语顶撞，固然是大不敬，却也是出于对陛下一片忠心。”

“哼，”宪宗气呼呼地说，“韩愈批评我信佛太过，犹可容忍。你们看看，他是如何诅咒我早日归天！”

裴度双手接过来一看，只见韩愈在为古代帝王统计寿命："黄帝在位一百年，年一百一十岁，尧年百一十八岁，舜、禹也都活了一百岁，都是人瑞。这时，天下太平，中国还没人信奉佛教。

"到汉明帝时才有佛法，明帝在位不过十八年。宋、齐、梁、陈以后，皇帝愈来愈信佛，寿命一天比一天短。只有梁武帝在位四十八年，算是最长的。但是，梁武帝三次舍身佛寺，最后被侯景所逼，在台城活活饿死，国家也灭亡了。拜佛求福，反而遭祸，由此看来，不信佛也罢！"

韩愈的话实在难听，裴度不敢再为韩愈力争。宪宗还算客气，没要韩愈的脑袋，只把他贬到潮州。

李仕鲁"风檐展书读，古道照颜色"，决心效法韩愈，他一连上了数十篇奏章，反复上谏："陛下方创业，凡是意旨所向，都指示子孙万世法程，奈何舍弃圣学，崇尚异端。"

李仕鲁的奏章却是石沉大海，毫无回应。他忍耐不住，没经明太祖同意，径自跑到明太祖面前，负气地说："陛下深溺佛教，难怪臣言听不入耳也，我现在还陛下笏，请陛下让我回乡养老。"

说着，李仕鲁竟然把笏往地上一扔。

李仕鲁的直言顶撞，明太祖早已怒不可遏，他气得眼睛睁得好大，形象可怖。

朝廷上下都被李仕鲁的刚毅所镇慑，也感受到山雨欲来风满楼的恐怖气氛。不知明太祖会采取怎样严厉的处置。

自从明太祖登基以来，还没人胆敢如此犯上，他大喝一声："武士来，把他给扔下去。"

于是一名武士向前动手，刚扯着李仕鲁的衣袖，他使劲将手往回一夺，虎着脸喝道："你要干什么？"话还没说完，武士用力地一捶，李仕鲁当场死在阶梯下。

王朴闹刑场

由于明太祖晚年脾气暴躁，动辄（zhé）当朝打大臣的屁股，甚且大开杀戒，丝毫不留情面。在这样恐怖的气氛之下，人人自危，大臣们每天早上去上早朝，仿佛去刑场似的。

当大臣们一早穿戴整齐，妻儿含泪相送，那个场面真是凄惨极了。个个鼻酸喉痒，只要稍稍不留神，豆大的泪珠就会滚滚而下。

但是，谁都不敢放声一哭，为了怕触霉头，忌讳特别多。依依不舍送到门外，还要走好长好长一段路。

直到时间紧迫，再不赶快就要迟到了，靠不住因此而惹来杀身之祸，当官的老爷这才低声吩咐："回去吧！"

然后，老爷勉强挤出一个比哭还难看的笑容，努力装出一脸坚毅，勇敢地踏步向前。

妻妾们眼看着老爷的车走远了，仍然忍不住引颈伫（zhù）望，低首合十，一遍又一遍地默祷："阿弥陀佛，菩萨保佑。"简直比亲人赴战场还要紧张万分。

文武百官到了宫廷，没有一个不是战战兢兢，汗流浃背。

朝廷里流行一种说法：明太祖上朝之时，他的龙袍前面的玉带，高高挂在胸前，大概脾气好，不会杀人。

若是他用力把玉带掀到大肚皮底下，那便是暴风雨来临的预兆，满朝文武百官个个吓得面无人色，瑟瑟发抖。

不过，以腰带为气候侦测站是不太准确的，有时，明太祖先是一派悠闲，没过多久，腰带愈拉愈低，仿佛台风天，气象局一连挂出几个风球。

总而言之，台风警报永远没有解除过，所差的，只是强烈台风、中级与轻度台风之别而已。

文武百官身处暴风圈之中，日子实在过得好辛苦好辛苦。

终于盼到下朝了。若是一切顺利，个个松一口气。若是有人或挨板子，或贬谪，甚且处死，其他人虽然暂时安全，也都有唇亡齿寒，兔死狐悲的感慨。

官老爷家中的妻儿，一直要待小厮奔走相告：“老爷回府了！”一颗忐忑不安的心才放下来。

夫妻相见，恍如隔世，相见的第一句话，竟然多半是：“感谢老天爷，又多活了一天。”明天如何？天知道！每天的晚餐也总有“最后一夜”的凄凉。

在这种风声鹤唳（lì）的气氛之下，若是有臣子想上谏，可得要有不怕死的勇气。明太祖可不比唐太宗，唐太宗夸奖喜欢谏诤的魏徵为“妩媚”。唐太宗不接受劝谏，王珪还敢回嘴：“这是陛下辜

明代文官，明墓出土。

负臣，而不是臣辜负陛下。”

但是，虽然明太祖有如凶神恶煞，仍然有不怕死的臣子，为了国家大局，拼着一死，直言上谏，王朴便是其中之一。

王朴是洪武十八年（1385年）的进士，本名王权，明太祖一看“权”字就敏感，除了他，旁人可不能有太多的权力。朴是一种落叶乔木，高五六丈，结小圆的肉果，味甜可吃，明太祖小时候当和尚之时，吃过不少，在他看来，“朴”比“权”好多了，御笔一挥，王权从此改名王朴。

王朴担任御史，他对待皇帝，也有几分“铁面御史”的味道，上书直陈时事，动辄千余言，完全就事论事，锐不可当。

他性情鲠直，经常与明太祖争辩是非，譬如说，他反对胡惟庸案牵连太广诛杀无辜。

“我有我的道理，你不必多说!”明太祖脸色一沉，知趣的都该闭嘴了。

王朴大不服气，非争不可。

“回皇帝的话，如果皇帝一意孤行，那，自己可就站不住脚了。”

这话形同顶撞，而且是针锋相对。明太祖气得用手不断放下腰带，表示怒气冲天，要杀人了！

王朴看到空袭警报，仍然若无其事，神闲气定讲他一番大道理。

明太祖捺不住了，大声呵斥：“绑去杀了！”

于是，立刻有差役向前，把王朴揿（qìn）在地上，横拖直拽拉出宫门，直奔刑场而去。

中国人一向爱看热闹，听说皇帝要斩御史，夹道围观的百姓已挤得水泄不通。

王朴倒也不害怕，完全视死如归。

到了法场，忽然传来御旨，刀下留人，召王朴回去。真是一场及时雨。

围观的人议论纷纷，都说王朴幸运，自鬼门关前兜了一圈又回去，这可是从未有过的事。

明太祖原以为王朴捡回一条命，应该不住叩头谢恩，感激涕零。不料仍是平常的神色，仿佛见了棺材仍然不掉泪。

明太祖冷笑道："这下你知道利害，应该悔过了吧？"

王朴却用郑重的语气回答："陛下不以臣为不肖，擢为御史，又何必如此摧残辱没臣？如果臣无罪，凭什么杀臣？如果臣有罪，又何必放了臣？"

一顿抢白，骇得明太祖哑口无言，气得说不出话来，好久才迸出一句："你不识好歹！"

王朴平静地说："臣今日愿意速死！"

"好，我就完成你的心愿！"明太祖咬着牙狞笑着。

听说刚放回的王朴又要绑赴法场，法场前人声鼎沸，都想看看这不屈的御史是何模样，个个踮起脚跟伸长了脖子。

王朴不愧为硬汉，不但毫无畏惧神色，当他的骡车经过史馆时，他竟然高喊："学士刘三吾请你记下来，某年某月某日，皇帝杀无罪御史王朴!"

王朴的临终遗言，传遍金陵，有人怪他死到临头还嘴硬，也有人暗暗翘起大拇指："到底是真正的读书人！"

议论之声仍在嗡嗡不停，忽然传来暴雷似的一阵呼啸，这不知是何时传下来的规矩，凡是在刑场观看刽子手一刀下去，必定跟着高喊，免得鬼魂附身。这一阵呼啸，让多少大臣心胆俱裂，浑身发抖，这也是明太祖的用意。

王朴临终向史官一喝，大伤皇帝颜面，因此明太祖亲自写大诰，批评王朴"诽谤"。王朴胆敢诽谤天子，无怪名留青史。

张士诚的姓名玄机

明太祖朱元璋在洪武二十八年（1395年），下了一道手令："朕自起兵到今天，已有四十余年，亲理天下庶务，人情善恶真伪，无不涉历，其中奸顽刁诈之徒，情节特别深重者，必将法外加刑，使人知所警惧，不敢轻易犯法。"

自以上这段话之中，可见尝遍人间险恶的明太祖，十分厌恶"奸顽刁诈之徒"。不过，被明太祖重重责罚的奸顽刁诈之徒，有些固然是刁民，却也不乏无辜被冤枉的，因为明太祖动不动就起了怀疑之心。

其实，明太祖原不是个小心眼的人，若非大方爽快，还真不能带兵打天下呢。严格推算起来，明太祖的疑心病是当上皇帝以后发作的。

明朝开国以后，明太祖自马背上跨下，坐上了天子的宝座，自然要找一些文人帮他制订朝仪制度、军卫、户籍等等典章规范，尤其像刘伯温之类的读书人，更是他咨商的对象。

久而久之，引起了武将们的不满，打翻了醋罐子，经常前来发牢骚："天下是我们出生入死打下来的，现在那些瘟生读书人一个一个爬到我们头顶上，真是岂有此理。"

明太祖总是安抚道："治理天下不比骑马打仗，当然必须借重读书人。"

武将们撒娇无果，改用下毒的方式，在明太祖面前挑拨离间：

“皇上相信读书人当然是好事，但是呢，也不能过于相信，否则会吃亏上当的。”

“噢？”明太祖抬了抬眉毛，露出不以为然的神态。

“真的，陛下要小心。”另一位请教了高明的武将接口，“文人喜好卖弄学问，骂人不带脏字。譬如张九四，他祖父九十四岁时他生下来的，这个名字虽然稍嫌土气一点，倒也相当吉利。后来，文人们一起哄，都说九四这个名字不够典雅，应该另外去取一个官名，就改名为张士诚。”

“张士诚这个名字很不错啊！”明太祖随口应道。

“听起来是不坏啦，事实上可不是如此。《孟子》上有一句话‘士，诚小人也。’连在一块念，不就是‘士诚，小人也’？可怜那张九四，礼遇文人一辈子，被骂了一辈子小人，自己还洋洋自得，而且到死还不知道哩。”

明太祖一听，眉心深锁。孟子主张“民为贵，社稷次之，君为轻”，一向是他最看不顺眼的古人。不过，“士”乃旧称读书、研究学问的人，

明代士人，明仇英绘。

孟老夫子怎么会骂读书人是小人呢?

明太祖最怕人家识破他肚子里没有学问，他若是开口发问，倒显得他《孟子》一书学得不精，背得不熟。因此，他闭口不言，晚上在书房里，抽出《孟子》一书，逐一翻阅，果然，在《孟子·公孙丑篇》，明太祖看到这一句怵目惊心的：“士，诚小人也。”

孟子倒并不是要骂士，这儿的士，是个齐国人，名叫尹士。其中还有一段故事：

孟子尚友古人，私淑孔子，受业于子思的门人，继承了儒家的传统。他最仰慕孔子，认为孔子是最伟大的圣人，当时的人，也把孟子视为孔门的传人。

孟子学成以后，与孔子一般，周游列国，希望能够找到一展长才的地方。但是，始终未能如愿。

齐宣王元年（前319年），新王即位，正是大力延揽人才的时候，孟子就离开梁国，远赴齐国。

由于孟子是个很有名气的人，当他到达齐都临淄（zī）时，也不晓得齐国好事之徒，把孟子宣传成什么一个模样。齐宣王真是好奇得很，竟然派了储子去偷看孟子的长相，看看有什么与众不同之处。

后来，储子把这件事告诉了孟子。孟子啼笑皆非，一摊手：“怎么会有什么不同呢？尧舜也是两个眼睛，一个鼻子，一张嘴巴。”

齐宣王发现孟子长相无奇特之处，虽不免有些失望，但是，为了虚荣心，还是礼聘孟子入朝。

孟子觉得齐宣王本性善良，因此多方面开导他，例如，有一天，齐宣王见到一只等着用来祭祀的牛，害怕得不断发抖，齐宣王觉得好残忍，下令：“用羊换了吧！”

孟子半开玩笑地对齐宣王说：“老百姓以为大王吝啬，舍不得用牛要用羊。而且牛如果可怜，羊莫非就不可怜？”

齐宣王扑哧一笑："对啊，我这是什么心理？"

孟子乘机教育齐宣王，这正是仁术，也是"君子远庖（páo）厨"的道理，因为听到动物哀鸣，就不忍吃它的肉。大王应该把仁术推广到天下。

但是，齐宣王虽然天真未泯，却是野心勃勃，有过不肯改。孟子前后两次赴齐，最后还是黯然离开。齐国人尹士感慨地说："孟子如果不明白齐王不可能成为商汤和周武王，就是糊涂不明。如果知道不可能，却还一心来到齐国，就是自己想求取富贵。跋涉千里前来，见到齐王，因为意见不合而去，却又住了三夜，方才离开，为什么如此拖拖拉拉不干脆，换了我尹士就不来这一套。"

孟子的学生高子把这番话告诉了孟子。孟子笑笑："那个尹士哪里知道我呢？走了迢迢千里来见齐王，是我愿意的，因为意见不合的缘故而离去，难道也是我愿意的吗？我实在是万不得已。我住了三夜才离开，是因为我一心期盼齐王能悔改，把我追回去。如果齐王肯用我，那么，岂止齐国能够安定，天下的人民都能够安定。莫非要我像一些器量狭小的人一样，劝谏国君而国君不能接受，立刻一脸忿忿不平的模样？"

尹士后来听到了这一段，惭愧地说："士，诚小人也。"意思是说："我尹士还真是个小人。"

"士，诚小人也。"是这么来的。帮张九四命名的读书人究竟真的是损人，暗暗骂张九四是小人，还是巧合而已，只有天知道。

无论如何，明太祖从此以后，开始在鸡蛋里挑骨头，闹出许多惨案。

明太祖大兴文字狱

自从有人“指点”明太祖，张士诚的名字是出自《孟子·公孙丑篇》“士，诚小人也”以后，明太祖经常捧着《孟子》一书，长吁短叹，然后，气呼呼地把书朝地上一扔，恨恨地说：“张士诚是个大老粗，糊里糊涂被人家骂了一辈子小人，我朱元璋可是读过书的，不会上这个当！”

于是，原本多疑的明太祖，时时刻刻把“防人之心不可无”，刻在心板上，果然，被他找到许多陷阱。

某天，明太祖因事赏赐一个和尚，和尚为了谢恩，铆（mǎo）足了劲儿拍马屁，写了一首肉麻恶心的诗，诚惶诚恐呈了上去。

明太祖眯着眼睛看了半天，起先相当得意，嘴角不自觉地浮起了笑意。可是，晚上临睡之前，把谢恩诗拿出来再欣赏一番，他逐字推敲，就像人们元宵节猜灯谜一般。

忽地，明太祖一拍脑袋，“该死，这个混账和尚拐弯抹角在骂我。”

原来，和尚诗中有“殊域”二字，明太祖心想：“殊字拆开来，便是歹朱二字，这不是存心骂我朱元璋吗？”

一心想巴结皇帝的和尚，马屁拍到马脚上，被斩首示众。

有强烈自卑感的明太祖，做过讨饭的和尚，杀人的盗贼，这是他胸口永远的伤痛，自从在文字中找陷阱、在鸡蛋中挑骨头以来，他还真的找到不少骨头。

例如，北平府学训导赵伯宁写的万寿表之中，有一句漂亮话：“垂子孙而作则。”明太祖在口中反复地念，“作则，作则，这不是嘲讽我做贼吗？”

明太祖真正是气坏了，他面有恨色地说：“好，让我查个清楚，看看谁故意用‘作则’暗示我当过贼。”

这一清查之下，浙江府学教授替海门卫作增俸表，其中有“作则垂宪”；福州府学训导林伯璟为按察使撰贺冬表中有“仪则天下”；桂林府学训导蒋质为布政使按察使作正旦贺表之中有“建中作则”；澄州学正孟清写贺冬表中有“圣德作则”。

“作则”，原本是中国人行文中常见的字眼，所谓“以身作则”，明太祖一口咬定作则者做贼也。谁也没法子辩白，一律处死。

文字狱一兴，原本忐忑不安的读书人更加不安了，写任何一个字，都要斟酌再斟酌、考虑再考虑。即使如此，欲加之罪，何患无辞？明太祖根本不讲道理嘛。

譬如当州府训导蒋镇为本府作正旦贺表，其中有四个字“睿性生知”，蒋镇左看右看，应该不会出问题，岂料明太祖认为“生”是“僧”的谐音，蒋镇这厮故意骂他和尚，非杀不可。

不但“生”与“僧”同音，必须斩首示众，更荒唐的是，详符县学教谕贾翥（zhù）作正旦贺表，其中有一句“取法象魏”。

明太祖一摸脑袋，想起当年光着头敲木鱼的情景，气急败坏道：“好哇！取法不是去发吗？这头发一去不就是个秃脑袋吗？你小子骂我秃脑袋，我让你脑袋搬家！”

明太祖对头发还真正是特别敏感，尉氏县尉教谕许元作万寿贺表：“体乾法坤，藻饰太平。”“法坤”被明太祖看成“发髡（kūn）”，“藻饰太平”则被他曲解为“早失太平”，这还用说，当然是死路一条。

杭州教授徐一夔（kuí）贺表中有一句：“光天之下，天生圣人，为世作则。”把个明太祖捧得天一般高。

可是明太祖把徐一夔骂个狗血喷头：“光天之下，光头是指剃了头发，‘生’者，僧也，意思是说，我是个光头和尚，而且还做了贼。”

明太祖的拆字功夫，把礼部官员都吓傻了，却又无从辩解。

总而言之，凡是歌功颂德的漂亮话，到了明太祖眼中，都可以找出毛病。德安县训导吴宪为本府作贺立太孙表：“永绍亿年，天下有道，望拜青门。”被伟大的明太祖一解释，“有道”变成“有盗”。“青门”，这还用得着说吗？当然是寺庙了，于是吴宪也问斩。

在文字狱之下受害者不计其数，除了自认倒楣以外，也真的没什么可说的。惟一的一条漏网之鱼，是一位翰林编修张老先生，大名不可考。

张老先生一向嫉恶如仇，性情刚直，因为得罪不少人，被贬为山西蒲州学正，依照惯例，由他负责撰写庆贺表。

明太祖眯起眼睛看了半天，果然又给他挑出问题，他气咻咻道：“天下有道，意思是天下有盗，这老头子竟然骂我强盗。”

于是，二话不说，把张老先生绑了来，瞪着眼睛教训道：“你还有什么话说吗？”

张老先生一派从容，也没惊慌，只是文绉绉地回答：“没什么可说的，只有一句话，陛下曾经指示表文不许杜撰，字字要出自经典，‘天下有道’是孔老夫子讲的，‘万寿无疆’是出自《诗经》，若一定要说臣是诽谤，臣也没有办法。”

明太祖见老先生一本正经，引经据典，完全一副老老实实、规规矩矩的憨样儿，一时之间，说不出话来，刚好那天心情不坏，顺口道：“他嘴硬，放了吧！”

这张老先生是惟一的一位幸运儿，其他，凡是被明太祖点了名的，都成了刀下鬼。

明太祖忌讳一箩筐

许多人都喜欢听对口相声，相声之中惹人发噱（xué）处总是讨口头上的便宜。经常是一个骗另一个喊自己爸爸，或是爷爷。吃亏的总是气得用扇子敲头，观众也乐得呵呵一笑。

中国人是非常在乎称谓，不允许随随便便开玩笑的。

类似相声中的口头讨便宜，在明太祖身上可是绝不可能发生。洪武三年（1370 年），明太祖正式下诏，禁止百姓用“天国君臣圣尧舜禹汤文武周汉唐晋”等字取名。

到了洪武二十六年（1393 年），明太祖嫌前道诏令不够周延，又下令禁止百姓取名“太祖、圣孙、龙孙、黄孙、王孙、太叔、太兄、太弟、太师、太保、太傅、大夫、待诏、博士、太医、太监、大官、郎中”等等。

甚且，今天备受尊重的医生，明太祖禁止人们称为“太医、大夫、郎中”，只能称为“医士、医人、医者”。

总而言之，明太祖的用意，就是要不遗余力地降低别人，抬高自己，掩饰强烈的自卑感。

明太祖既非将相之后，又不是书香门第。他父亲是佃农，外祖父是巫师，实在无甚夸耀之处。于是，明太祖就在“朱”姓上动脑筋，例如唐高祖李渊自称为老子李耳的后人，不是挺有光彩的吗？

明太祖绞尽脑汁想了半天，忽然猛拍大腿道：“对啦，朱熹朱夫子不是姓朱吗？”朱熹不但是姓朱，而且是安徽婺源人，明太祖是安徽凤阳人，勉强可以扯在一块。

朱熹是南宋时代大师级的学者，不论是生前死后都是响叮当的人物，他所著的《四书集注章句》更是元朝以后科举考试的标准答案。明太祖假如能与朱夫子攀上关系，那可就露脸了。

想到这儿，明太祖欣然色喜，忍俊不住，积极地想在修玉牒（家谱）之时，把朱夫子给加进去。

正在此时，有个姓朱的典史前来求见，他是安徽婺源人。婺源歙（shè）溪所产的砚石，称为婺源砚，是读书人梦寐以求的宝砚，朱熹恰恰是婺源人。

明太祖有意拉拢本家，故意问他："你是婺源人，一定是朱文公的后代了。"明太祖满脸堆着笑容，准备接着下一句："朕也与朱文公有点儿关系。"

明太祖朱元璋，选自《乾隆年制历代帝王像真迹》。

岂料这位朱典史是个老实人，他当然也想与朱夫子攀些关系。可是，实在凑不在一块。尤其明太祖的脾气一发，有如狂风暴雨，万一撒谎，极可能在俄顷之间，招来杀身之祸，转到这个念头，朱典史不由得打了个寒噤。

所以，这位

姓朱的典史惭愧地回答："朱文公是本县敬重的前代大师，臣与朱文公没有关系。"

这一表白，倒把明太祖愣住了。他知道，如果做皇帝的坚持，把朱熹列入玉牒，谁也不敢当面反对。

问题是，朱元璋与朱熹实在是前代毫无瓜葛，很难硬摆在一起。连区区一个小小的典史，尚且不会攀龙附凤，朱元璋堂堂一国之君，公然伪造文书，不晓得那些个缺德的文人，会在背后如何嚼舌根。

"罢！罢！"明太祖断然决定，干脆效法汉高祖刘邦，明明白白宣告自己是白手起家。

因此，我们翻阅明太祖留下来的诏命，左一个"朕本淮右布衣"，右一个"朕本江左布衣"，或者"起自田亩"、"出身寒微"，真是酸得可以。

明太祖这一套卖弄布衣的方式，完全仿效汉朝平民皇帝高祖刘邦。不过刘邦颇具流氓气质，当了皇帝以后，也是一派江湖大哥的作风，刘邦曾经一面让美女帮他洗臭脚，一面接见大臣，表现粗鲁不文的野蛮本色，也充分享受当天子的快乐。

明太祖朱元璋也是平民出身，当了皇帝以后，心里却是永远放不开，小里小器，疑神疑鬼，弄得自己不乐，旁人也鸡飞狗跳。

明太祖虽然自我标榜"布衣"，这话可是只有他能"自谦"，旁人若也照着说，除非是不要命了。

明太祖避讳多，不但见诸文字的，他要一一挑剔，就是口语，他也有许许多多的忌讳。

据说，有一回，明太祖微服出巡，偶然听到一个老婆婆在谈"老头儿"。起初，明太祖以为，老头儿是老婆婆家中的什么人。听到最后，方才发现，原来老头儿指的是明太祖。而且与老婆婆说话的小妇人，也口口声声老头儿。

明太祖气得听不下去了，他当场不能发作，忍着气，绕到徐达家，焦躁不耐地像转磨似的，在屋里转来转去，不停地抱怨：“张士诚不过是在东南一带割据，吴人到今天，都还恭恭敬敬称他一声张王。我当了皇帝，这里的老婆婆竟然称我为‘老头儿’，哼！”

因此，明太祖下令把老婆婆周围的人全杀了。其实，老婆婆称明太祖一声老头儿，不见得有恶意，但是明太祖心理作祟，看这个不顺眼，那个不顺眼，避讳一箩筐，人也愈来愈神经衰弱了。

明太祖的民间传说

明太祖朱元璋的故事，到这儿应该告一个段落了。打从《朱元璋偷吃小牛》开始，每一篇都是真真实实，有根有据。

以下我们要介绍一些朱元璋的民间故事，民间传说，有的是真的，有的不一定是真的，正史上没有记载，往往也因史料湮没，无法考证。但是，这代表民间对朱元璋的若干看法，颇能反映一般大众心理。同时，也是读者们感兴趣的传闻轶事。

在安徽省凤阳县龙兴寺中，贴着一副对联，直到今天，都还保存着：

生于沛学于泗长于濠凤郡昔钟天子气

始为僧继为王终为帝龙兴今仰圣人容

上联是对朱元璋生长的沛县、泗州、濠州、凤阳的吹嘘，中国人最喜欢标榜人杰地灵，“有天子气”。

下联则是叙述朱元璋自一个“小和尚念经，有口无心”，竟然创立明朝，当上皇帝。由于朱元璋的遭遇太过离奇，民间也就流传着许许多多有关朱元璋的故事。

所谓“刘伯温与朱洪武”一直是戏剧中百演不腻的好题材。刘伯温指的是刘基，朱洪武则是朱元璋，洪武是明朝开国第一个年号。杨丽花歌仔戏中曾经多次演出。

前不久，香港武打明星洪金宝，曾经主演一部《臭头小子》。描写朱元璋，朱元璋到底是不是癞痢（là lì）头，史料不可考。不过，他长得其貌不扬，十分丑怪倒是真的。

由于朱元璋出身贫困，不学无术，他初起之时，不但旁人没有抱希望，他自个儿也从不敢痴心妄想，有朝一日竟然登上天子宝座。

因此，当朱元璋攻克婺州，分兵取浙东诸地，先后占领诸暨（jì）、处州、衢州之时，他真是十二万分地得意，认为自己攀上了人生的巅峰。

民间传说，朱元璋曾经在诸暨与富阳之间的龙门山脚下，一个叫做三角街的地方扎营。

三角街是个小眉小眼小鼻子的小小地方。但是，地形险要，西连金华，东通杭州，风水甚佳，视野辽阔。

朱元璋信步走到三角街的高坡上，深深吸了一口新鲜空气，顿觉心旷神怡，精神为之一爽。

他拿起强弓，对部下宣布："各位听着，现在，以我脚下所站的地方为圆心，我这一箭射出去，射到的地方便是半径，在这个大圆圈之内便是我等日后退守浙江的大本营。"

众人一致屏息以待，静观朱元璋表演。朱元璋自小臂力惊人，面对庞大观众群，他更是存心露一露，显一显。

"咻！"一箭射出去，哇，居然飞了三千三百步之遥，众人拍红了手掌，朱元璋满脸飞金。

由于刚好是正月里，朱元璋还特别写了一副春联："六龙时遇千金觐（jìn），五虎功成上将封。"贴在大门上，有说不出的得意。

不过，原先三角街的居民可就叫苦连天了。一来，朱元璋要造城，少不得拉百姓服劳役；二来，居民势必被赶出山城；自个儿建一个城，把自个儿的家园毁弃，这种"自作自受"的差事，百姓是一千一万个不乐意。

朱元璋可不管这些。他一个人关在营房里，拿着笔东圈西画，这儿要建城墙，那儿要起个宅子，忙到三更夜半，他还舍不得入寝。

忽然之间，传来“隆！隆……”的怪声，一声比一声猛，朱元璋吓了一跳，将领们也面面相觑（qù），眼中流露着不安的神色。

“什么声音？”

部将们一摊手。

“快去找个当地人来问问！”朱元璋立刻下令。

没多久，卫士引来一位白发苍苍的老翁，原来是个打石的石匠。

“你住在这儿多久了？”

“老夫世世代代住在三角街。”

“好，那我问你，这是什么怪声？”朱元璋说着，用手把耳朵蒙了起来。

“这是龙的声音！”

“龙的声音？”朱元璋正在狐疑，忽地，传来一声比一声凄厉的“哇，哇”声，听得人毛骨悚然，仿佛是婴儿被人掐紧了脖子，在做垂死的挣扎。

“这、这又是什么怪声？”朱元璋有些支支吾吾了，身子也微微地发抖。

老石匠不慌不忙地回答：“到了晚上，鬼都出来了啊！”

一旁的部将，个个吓白了脸，“哇，哇”的鬼哭神嚎，扰得人心神不宁。

朱元璋镇定地说：“老石匠，你走！”接着吩咐：“快快有请军师。”

军师刘伯温来了，朱元璋赶紧拉着他的手：“你听，这是什么怪声音，白天都没有，老石匠说，是鬼叫龙吟。”

刘伯温不作声，双眼紧闭，倾听了好一会儿，缓缓地睁开眼睛，极有把握地回答：“没错，正是龙与鬼，此起彼落。”

“那，那这儿适合建立小京城吗？”

刘伯温用力地摇摇头：“不祥之兆也。”

第二天，公鸡尚未报晓，朱元璋已经迫不及待，把部队拉离这不祥的鬼地方。

后来，朱元璋统一天下，建立了明朝。有一年，回到浙江巡察，在三角街，又听到了不悦耳的龙吟鬼叫，朱元璋问刘伯温：“如今我是天子，灵气迫人，这些鬼也不晓得客气一点。”

刘伯温扑哧一笑，“其实，哪有什么龙，这不是龙而是砻（lóng），你仔细听听，不是村民磨臼的声音吗？”

朱元璋侧耳一听，果然是砻声，他不服气道：“那鬼呢？这鬼叫得多恐怖啊！”

“你没有听过子规夜啼吗？子规就是杜鹃，到了春天啼叫不已，声音凄恻，王维有一首诗：别后同明月，君应听子规。”

朱元璋勃然变色：“你与老石匠骗我！”

刘伯温笑道：“臣罪该万死，不过，倘非如此，陛下今天就不是陛下了。”

说的也是，若非刘伯温利用朱元璋的迷信心理，朱元璋顶多是个盘踞三角街的山大王。想到这儿，朱元璋便把三角街改名为“应惦街”，应该惦记刘伯温也，这条应惦街正是今天浙江诸暨的应店街。

刘伯温巧救小木匠

明太祖朱元璋事事师法汉高祖。因此，汉高祖大建长安城，明太祖也大建金陵城。

汉朝初年迁齐楚大族以充实关中，明太祖也从浙江、应天府等地搬来一万四千三百富户于南京。

根据民间传说，朱元璋原本是想在盱眙（xū yí，在安徽省）他老家附近建都的，他曾经指着盱眙十座山许愿：“假如，有朝一日，我能当上皇帝，我一定在这儿建都，回报乡亲。”

但是，朱元璋真的当上天子之时，想法又不一样了。盱眙是个不起眼的小地方，说什么也不适合作为建都之地。不如南京，据形势之地，长江天堑，龙蟠虎踞，可以立国。

但是，君无戏言，明太祖不能公然背信，出尔反尔。于是，他就想出一个耍赖的办法：

有一天，他把文武百官都找了来，坐在盱眙山一个山头上，故意装作不经意地瞄来瞄去。然后，忽然大惊失色道：“奇怪，这儿原本不是有十个山头吗？怎么竟然少了一个？”

众臣丈二金刚摸不着头脑，也跟着数了一数，没错啊，还是十座山头矗立。朱元璋漏数了自己脚下的这座山头。但是，谁也不敢贸贸然回一句：“陛下算错了！”

过了半晌，朱元璋仿佛发现新大陆似的，一拍大腿道：“看来，这儿不适合建都。”

敢情朱元璋在演戏。众臣连忙陪着演下去，一个个毫不留情地批评起盱眙，真仿佛当初不知哪个笨蛋会想到在这个鬼地方建都。

甚且，还有那擅长拍马屁者，作了一首顺口溜，贴在盱眙城外："盱眙十山九个头，一道淮水向东流；此地财主无三辈，要做清官不到头。"迎合朱元璋的朝令夕改。

南京城建于洪武二年（1369 年），一直到洪武六年（1373 年）竣工，其规模之大，全国第一；城垣（yuán）之长，世界第一，东连钟山，西据石头，南接长干，北带玄武湖，周长六十一里，城的高度平均在四十尺以上，以美丽的花岗石为基，宏伟壮观，

明初南京都城，《南都繁会图卷》（局部），明人绘。

迄今仍巍峨无恙。

盼了又盼，新殿终于落成了。朱元璋朝思暮想的美梦即将成真，他简直亢奋得不能自已。

于是，民间传说，一个夏日的午后，朱元璋实在按捺不住，决定先瞧瞧去。

到了金殿门口，他仰望高耸入云的红墙琉瓦，深深地吸了一口气，觉得有说不出的舒坦，迈开大步往前走。

入殿一看，顿时眼前一亮，尤其殿中央那象征集全国荣耀于一身的宝座，真是诱人。

朱元璋三步并为两步奔上前去，大摇大摆地坐上天子宝座，忍不住放声大笑：“哈哈，谁也料不到我朱某会有如此一天。”

说着，朱元璋把鞋子踢掉，两只臭脚丫盘坐在龙椅之上伸懒腰。

想那朱元璋，原本是个红巾军小头目，平日疏懒惯了，后来，地位愈爬愈高，也就不能不收拾起粗野的本性，到处都学读书人端起身份。

不过，端久了到底难受，这一会儿，朱元璋得意忘形，就在那龙椅之上掏掏耳朵，抠抠鼻孔，最后还“啐”的一声，朝地上吐了一口又浓又黄的痰，他自言自语：“这才舒服呢！”

朱元璋又惟恐把新铺的花岗石地板弄脏了，连忙站起来，用衣角擦拭浓痰。

正在龙心大悦爽快无比的时候，朱元璋忽然听到屋梁上有声音，心下一惊，抬头望去，只见一名小木匠，拿着凿子，在做最后的雕饰工作。

朱元璋不动声色，装作没看见人，信步往回走。他心中却暗暗下了决心，这名工人不能留，非杀不可。万一小木匠传话出去，他的脸可丢大了。

话说蹲在梁上的小木匠，飞来横祸，心中不断扑通地跳个不停。他早听说，朱元璋心狠手辣，他无意之间，看到新登基皇帝如此轻狂不雅的丑态，看来小命不保。“哎，”小木匠长叹一口气，“怎么这般倒楣！”

小木匠蹲在屋梁旁，正在懊恼之时，忽见刘伯温在金殿外走过。他立刻一跃而下，跪在刘伯温面前，哀声讨饶：“刘大人，请救小人一命！”

“怎么回事，起来慢慢说。”刘伯温慈蔼地扶起小木匠。

小木匠嗫嚅地说：“方才，我正在修理飞檐，皇上来了，他，他坐在龙椅上……”小木匠涨红了脸，说不下去。

“你不用说了，我知道。”刘伯温是何等厉害角色，朱元璋的粗鄙本色他见多了，心中暗想：朱元璋啊，中国人最重独处功夫，你既然当上了皇帝，得要收敛一些啊。

刘伯温正色对小木匠说：“你的困难，我可以帮忙。但是，方才的一幕，你可不能对人家说。”

小木匠满头大汗道：“小的有几个脑袋？”

于是，刘伯温吩咐小木匠：“如此这般。”

接着，刘伯温一步也不敢耽搁地找到了朱元璋：“皇上，新殿落成，何妨先去看看，有什么不妥之处，也好早日修改。”

朱元璋不好意思告诉刘伯温，方才去过了，还出了一个大洋相，只好再去巡查一回。

刘伯温与朱元璋在金殿内四下察看，忽地，听到“咳咳”的人声，刘伯温问道：“是谁？胆敢留在金殿？”

朱元璋一抬头，还是刚才那小子，正拿着斧凿，聚精会神地敲敲打打，完全充耳不闻。

“你是谁，怎不答话？”刘伯温大声地问了又问，小木匠还是不回答。最后，放下槌头，指手画脚，咿咿哑哑了半天，脸上挂着一脸傻笑。

刘伯温对朱元璋说：“原来是个哑巴，别理他，让他继续做活吧！”

朱元璋一见小木匠是个哑巴，暗呼：“好险！”

假装哑巴的小木匠见朱元璋、刘伯温走远以后，更是直拍胸口：“好险!”

刘伯温的急智，保存了朱元璋的颜面，也救了小木匠一命。

沈万三两种版本的故事

我们平日若是夸奖某人很有钱，往往会形容他像是“有了沈万三的聚宝盆”。

到底有没有沈万三这个人？

沈万三真的藏有聚宝盆吗？

今天，我们就来解这道谜。

先说真实的沈万三。沈万三（一作沈万山），明朝吴兴人，字仲荣，后来移居苏州。

沈万三原是秦淮河畔的渔户，后来，张三丰传授他烧炼黄白之术的方法，一跃而为江南巨富。

此张三丰不是电视上上演的张三丰，电视剧中的张三丰，是宋朝的技击家，又作张三峰，在武当山当道士，号为洞玄真人，以拳术名噪一时，称为内家拳，又称为武当派。

至于传授炼术的张三丰，则是明代道士，名全一，又名君宝，因为平日蓬头垢面，不修边幅，又称张邋遢（lā tā），据说他能数日不食，并能预知未来。

明太祖朱元璋定都南京以后，亲自召见沈万三，要求他每年捐献白金千锭，黄金百斤，用以充实国库。

沈万三乖乖地一一照办。但是，后来还是得罪了明太祖，被罚远戍云南（一说辽阳），然而子孙世代相袭，历代仍为著名的富户。

由于沈万三的富名不胫而走，因此，有好事者以讹传讹，成为民间故事中的聚宝盆。

民间传说，朱元璋建好南京城以后，不知道为了什么，南京的城墙总是今天这儿塌了一块，明天那儿缺一角，很让朱元璋伤脑筋。

明太祖找了智多星刘伯温出主意。刘伯温皱着眉头，盘算了半天，对朱元璋说："这南京城恰好造在后土神方位之上，后土神每过个半年，总要伸伸懒腰，活动一下筋骨，因此，城墙不免东歪西倒。"

"这该如何是好呢？"明太祖真是发愁。

"只有一个办法，那就是在城墙之下，垫一个太乙盆。"

"世上真的有太乙盆吗？"

"当然有，目前落入沈万三手中。"

"沈万三是怎么得到太乙盆的呢？"

朱元璋实在是好奇，而且又羡又妒。刘伯温坐下来，慢慢地说给朱元璋听。

原来，沈万三起初在浙江南浔，闯荡多年，没有混出什么名堂，年过三十，一贫如洗，还是个王老五穷光蛋一个。

有一天，沈万三忽然想起，听说刘伯温做得不错，刘伯温一向足智多谋，不如找他想想办法。

主意拿定，沈万三收拾些行李，连忙赶到码头，因为欠缺盘缠，只能雇一条最破的破船。船主蓝妈妈是个瘦瘦小小、黑黑干干的寡妇，一眼便知是个厉害角色。她的女儿梨午却出落得标致异常，白里透红的肌肤，仿佛掐得出水的水蜜桃，沈万三自上了船，眼睛就绕着梨午打转儿。

沈万三衣着单薄，冷得直打喷嚏，他向梨午打躬作揖："姑娘行行好，拜托借一个铁盆烤烤火。"

梨午把个破船整个翻遍了，终于在船尾找到一个缺了一角的生锈铁盆，递给沈万三："你将就着用吧。"

沈万三生起了火，把冻僵的手呵暖。然后，掏出几枚碎银子，盘算着该如何省吃俭用。忽然间，一块碎银子落入火盆，一刹那之间，整个火盆堆满了银子。

“天啊！”沈万三惊呼着，梨午与蓝妈妈赶过来，也都看呆了。沈万三把银子统统取出来，丢进一块随身辟邪的玉佩，一会儿工夫，火盆中竟然堆满了玉。

“好了，不能再试了，否则小船会撑不住重量了。”沈万三捧着宝盆道，“我老早听说，太乙真人有个炼丹的太乙盆，掉落在人间，只要一加热，放金金满，放银银满，不料今日竟落到我沈某手中。”

蓝妈妈看在眼里，直埋怨自个儿没有早发现，一副心有未甘要发作的神情。聪明的沈万三赶紧赔着笑脸：“一切好运都是梨午带来的，不如把她嫁给我。”

蓝妈妈乐得合不拢嘴：“船上没有媒人，不如以海湾为媒，你看如何?”

沈万三一步向前，鞠躬到底：“请受小婿一拜。”

沈万三打鱼，清代年画。这幅年画讲的是沈万三得聚宝盆的另一个版本：龙王赠送沈万三聚宝盆。

这个水湾，后人称之为媒人湾。

沈万三有了聚宝盆这个摇钱树，不多时，成为媒人湾一带最有钱的大富翁，并且建了一座占地辽阔、风景如画的沈家庄园。

后来，刘伯温帮助朱元璋，建立了明朝。沈万三穿金戴银去见刘伯温："我原本是要投靠你，现在有了聚宝盆，不得不夸一句，国在人手，财在我手，哈！"

刘伯温劝沈万三："你可不能像个财大气粗的暴发户，要稍微收敛一点儿。"

沈万三不听，到处招摇。

刘伯温心想，财富会使人疯狂，这个聚宝盆无论落入谁手，都会带来不测。因此，他把聚宝盆的事，禀报了朱元璋。

不出刘伯温所料，朱元璋不但想要聚宝盆，而且马上就要。于是，沈万三只好把聚宝盆捧进了宫。

朱元璋对沈万三说："朕要鉴赏一下，你现在是一更天送进来的，朕五更时便还你！"

沈万三没有讨价还价的余地，满头大汗出了宫，焦急万状地在宫门口等候。（古代计算夜间的时刻，一夜分为五更，一更二小时。）

"哆哆哆哆，哐！天干物燥，小心火烛。"更夫缓缓走过，沈万三心忖，天啊，好容易挨到四更，到了五更，就可以把宝贝拿回来了。

沈万三睁大眼睛，竖起耳朵，等着更夫打五更，可是，说也奇怪，居然没打五更就天亮了。他这一急非同小可，急忙冲入宫内理论。

朱元璋板起脸孔："朕不是说，敲五更时还你吗？"

沈万三吃了哑巴亏，心里不服气，急着要分辩，朱元璋先发制人，把沈万三罚到四川充军。

原来，朱元璋耍了一个阴谋，他降了一道旨令，规定南京城里不敲五更，把聚宝盆骗到手，埋在南京城墙下。

皇婆亭忆美食

以前小朋友若是吃饭不乖，挑三拣四，嫌菜色不合胃口，长辈经常会教训道："你忘了皇婆亭的故事吗？"

原来，这又是朱元璋一段脍炙人口的小故事。

民间传说：朱元璋初起的时候，有一回，经过南昌，真是惨透了。他原是个大胃王，每餐非五六碗不饱，这一回却整整三天三夜没有进食，肚子饿得"咕噜咕噜"直叫，而且叫得很大声。

朱元璋的部队，一心巴望到了南昌这个大地方，痛痛快快打场牙祭，慰劳一下饥肠辘辘的五脏庙。

岂料，南昌的老百姓，闻说大军压境，吓得收拾细软，纷纷躲到乡下去避难了。

朱元璋拖着疲惫的身子，按着凹下去的肚子，失魂落魄地在街上闲逛。

忽地，一阵热香灌入朱元璋的鼻子，他用力地吸一吸，只觉鼻孔翕（xī）张，舌头上的味蕾都在总动员。

朱元璋循着香气一路寻来，只见一个脸孔圆圆、面目慈蔼的老婆婆正在低头进食。

他凑近一看，原来是碗大麦碎饭，上面淋了一些酱油，撒了少许葱花，真是香啊。朱元璋的喉头，仿佛有无数的小虫子搔得他好痒，只好不断地猛咽口水。

一会儿，肚皮又"咕噜咕噜"开始抗议了，朱元璋羞红了脸。

老婆婆回头一望，发现一个大块头壮汉在一旁吞口水，她笑嘻嘻道："你也来一碗吧。"

"谢谢大娘。"朱元璋猛点头。

老婆婆蹒跚走入厨房，朱元璋亦步亦趋跟在后面。只见老婆婆打开瓦钵盖，一股热气直往上冒，她舀了一碗，朱元璋双手接过，尝了一口，热、浓、香、稠，简直美极了！

朱元璋在行伍之中，一向是狼吞虎咽，如今，美食当前，他可舍不得，小口小口地品尝，每一口都比前一口还要鲜美，忍不住转身对老婆婆说："大娘的手艺堪称天下第一。"

虽然朱元璋尽量的细嚼慢咽，到底只有一小碗，一会儿就吃光光了，他好想对老婆婆说："再来一碗吧！"可是老婆婆也是穷苦人家，怎好意思再开口。

朱元璋谢过老婆婆就上路了。以后，在餐风宿露，三餐不继的军旅生活中，夜阑人静之时，想起大麦碎饭的美味，他只好干咽唾沫，并且以"打下天下之后，痛痛快快吃他个过瘾"，砥砺自己奋发向前。

经过了多少忍耐，多少煎熬，朱元璋终于如愿以偿登上帝位，建立了明朝，他不必再挨饿了。

朱元璋虽以节俭著名，皇帝到底是皇帝，御厨里山珍海味，应有尽有，美味尝得多了，根据经济学原理，边际效用递减，他经常面对满桌子的佳肴美食，唉声叹气："根本无下箸（zhù）之处。"箸是筷子，表示没菜可供筷子夹。

有一天，朱元璋做梦，又梦到那个圆脸婆婆，还有她手上端的热气腾腾、诱惑力十足的大麦碎饭，睡梦之中，朱元璋贪吃的口水流满整个枕头。

第二天一早醒来，朱元璋立刻吩咐下去："朕吃腻了难吃的大鱼大肉，谁会做大麦碎饭？"

带头的首号御厨心中一愣，皇帝怎么要吃这种粗食，口里不敢说，只好讷讷地问："不知陛下的大麦碎饭，里面要放些什么？"

"什么都不要，只要淋些酱油，做得好的，那可是人间第一美味。"朱元璋想起南昌那一顿，可真是念念难忘，想着想着都发痴了。

御厨真是惶恐极了，他怎么也想象不出来，简简单单的大麦碎饭，能变出什么花样，又能好吃到哪里去。他偷偷地搁了一些鸡汤提味，诚惶诚恐把大麦碎饭捧了上去。

朱元璋兴奋得直搓手，心想："终于得偿宿愿了，今天我要吃多少碗就是多少碗！"

一尝之下，朱元璋"呸呸呸"把吃进去的全吐了出来，并且大发脾气："这是沙石，不是大麦碎饭，朕的话你听不懂是不是？"

这个倒楣的厨师，莫名其妙被关入大牢。

第二个厨师也尝试做大麦碎饭，这一回他偷偷用上好的海鲜熬成汁，与大麦碎饭拌匀，一面心中念"阿弥陀佛"地端了上去。

但是，显然菩萨还是没能保护他，朱元璋气得连饭带碗全给砸烂了。

第二个厨师又被关入牢中。

心地仁慈的马皇后，实在看不过去了。她想帮厨师的忙也帮不上，她同样不能理解，一瓢酱油一点葱花能够变出什么美味。

马皇后到底是个聪明人，她灵机一动，提醒朱元璋："不如把当年的老婆婆找了来，到宫里做给你吃！"

"这是好主意，我怎么没有想到？"朱元璋拍着大腿直叫好，他夸奖马皇后，"还是你好，我的馋瘾终于可以解了！"

由于朱元璋对大麦碎饭情有独钟，因此，他拿起笔，立刻画好了地图，差人连夜把老婆婆请入宫中。

老婆婆到了御厨房，大大小小的厨师都围拢过来，准备向"天下第一厨娘”讨教讨教。结果，什么秘诀也没有，老婆婆真的只是煮好了饭，撒些葱花，淋点酱油。

一旁的厨师都看傻了：“这么简单我也会，皇上就爱吃这个？”

朱元璋见老婆婆端来了朝思暮想的美味，不觉馋涎欲滴。迫不及待吃了一口，朱元璋发现，不但没有痴想时的香，而且平淡无味。

他正要开口抱怨，老婆婆说话了：“我们新昌有句老话，做是嬉好，吃是饥好，你当年饿得前胸贴后背，吃什么都好吃，现在当了皇帝，天天山珍海味，嘴都吃刁了，这种粗食进不得口了。其实，宫里大麦的品质，可比你当年吃的好太多了。”

朱元璋听得连连点头：“这就叫饥不择食，我该牢记当年的辛苦。”为了感念老婆婆的一饭之恩，一席之言，朱元璋特在新昌建了一座皇婆亭，被关入牢中的厨师也放了出来。

元妙观的招牌素面

上一回，我们说了《皇婆亭忆美食》的故事，许多读者反应“极为有趣”。中国人是个酷爱美食艺术的民族，我们再讲一则朱元璋与吃有关的民间传说。

据说，朱元璋当了皇帝以后，仍然经常微服出巡，东走走，西看看，探访民情。

有一天，他乔装为一个教书先生，信步走到南京西郊的元妙观，只见万头攒（cuán）动，人潮汹涌。

朱元璋好奇地拉住二位游客问：“前头发生了什么事？”

“没什么事啊。”行人不知问者是当今皇帝，没好气地给了朱元璋一个白眼。

“干吗大家都往前挤啊？”

“每天都是这样的啊，你不晓得啊，这元妙观的道士，手艺高超，他们卖的素面啊，远近驰名，要买得早，迟了就只好等明天了。”说着，行人着急地往前奔去。

朱元璋是穷和尚出身，庙里的素食，他吃多了，也吃怕了，一点油水也没有，怎么会可口呢？不过，元妙观前果然是人山人海，都挤着想吃一碗素面。

朱元璋也加入了排队的行列，等了几个时辰，腿也酸了，背也弯了，终于买到一碗素面，喷香喷香的，里面没有任何其他作料，只是干干净净的面条，浇上一大勺酱油麻油拌葱花，丝毫不油腻，却又如此清淡爽口。朱元璋意犹未尽，差点儿想暴露身份，告诉元妙观道士，赶快孝敬皇帝一大碗。

回到宫里，朱元璋赶紧把方才的情况告诉马皇后，对她说：“晚上还想再来一碗，有这么一碗好吃的素面，其他菜都可免了。”

皇帝点了菜，厨师们自然奉命照办，为了害怕汤头不够鲜，还特别熬了香菇做高汤。

可是，朱元璋一尝，立刻变了脸色，大发脾气：“这么难吃，简直与皇觉寺里的面条差不多嘛！”

“气死了，朕当了皇帝还要再受小和尚的罪！”朱元璋一怒之下，竟然把厨师给杀了。

擅长烹调的马皇后心忖，素面的变化有限，只能在豆干豆腐身上打转儿，了不起搁几朵冬菇，如何“清水变鸡汤”，此中必有奥妙。于是，马皇后派遣一名机灵的小太监，打扮成小流浪儿的模样儿，到元妙观里当小道士。

元妙观气魄雄伟，五步一楼，十步一阁，廊腰缦（màn）回，檐牙高啄。小太监到了元妙观心下一惊，直呼：“好气派！”接着，他发现，观里的道士还真不少，起码有数百人之多，单靠化缘的钱，可是绝对不够的。

没多久，小太监就发现了元妙观的秘密，原来，在元妙观后头一个隐秘的院落里，道士偷偷养了几百只鸡。

道士吃素，养鸡干啥？小太监疑云大起，莫非道士的素面是用鸡汤煨的？但是，不对啊，鸡汤有一层黄澄澄的油水，撇也撇不干净，很容易被识破的。

小太监不动声色，暗中又观察了几天，终于识破了机关。原来，道士每隔个几天，杀他几只肥嘟嘟的老母鸡，把鸡毛烫开之后拔光，剔骨，然后晒成鸡肉干，再磨成粉末，与面粉拌匀。虽是够费功夫，面条的滋味毕竟不同凡响。

道观，清陈卓绘。

查出秘密以后，小太监本想立刻开溜。继而一想，不对啊，就算是土鸡面，坊间也有不少鸡面，可就没有元妙观的素面可口，看来问题不只是在鸡汤之中。

小太监个儿小，身手灵活，走路没声音，偷偷跟在道士身后，不会被注意到。

过了几天，小太监发现，有些个道士，平日不诵经，一早便往山里跑，他也悄悄跟了去。

这一跟，跟出了端倪（ní）：道士居然猎杀野雀子，而且不捕杀其他动物，专门捕野雀，一袋一袋运回来。

元妙观的厨房，戒备森严。不过，道士们把一袋袋野雀往炊房里送，不问可知，是用野雀子熬成汤，难怪不油不腻，又格外地鲜美。

既然打探到了秘诀，小太监飞也似的溜回宫中，一五一十禀报马皇后。

马皇后就把厨师找了来，请厨师依样画葫芦。当天晚上，就端出了元妙观的招牌素面。

朱元璋本来已经放弃希望，没想到今日一尝，喔，真是好吃，清香可口，吃得他直巴达嘴，十二万分满足地解了馋瘾，比呆呆痴想时还要香。

朱元璋大快朵颐之后，把厨师唤了来，询问他如何突飞猛进。

厨师不敢隐瞒，老老实实地说了。换了旁人，哈哈一笑就过去了，朱元璋可不，他认为元妙观的道士欺骗了他。

当夜，朱元璋以元妙观道士“欺君欺民”为理由，杀个精光，连观里养的鸡也连带遭了殃。

后来，朱元璋把元妙观改为朝天宫，作为文武百官演习朝拜皇帝之处。宫门外边，立了一块牌子，上面刻着“文武百官到此下马”。

杀了道士以后，朱元璋自己反省，为了区区一碗不是素面的素面，如此大开杀戒，实在有欠仁厚。因此，他编了一首顺口溜，命人四处去唱：

观里道士不像样，鸡丝素面荤肉汤，
欺世欺民骗皇帝，马脚败露把命丧。

朱元璋的用意是昭示天下，欺世欺民无所谓，骗了我朱皇帝，下场便是如此。

凤阳花鼓《讨饭歌》

左手锣，右手鼓，手拿着锣鼓（来）唱歌，
别的歌儿我也不会唱，只会唱个凤阳歌。
凤啦凤阳歌儿来，得儿当当飘一飘，
得儿当当飘一飘，得儿飘，得儿飘，
得儿飘得儿飘得儿一得儿飘呀飘一飘。

这一首旋律优美，悦耳动听的凤阳花鼓是人人朗朗上口的好歌。可是，很少人知道，这首歌曲与朱元璋有关。

民间传说，朱元璋小时候，他家乡凤阳（即濠州），流行花鼓戏，又称为“凤阳花鼓”、“打花鼓”，或者“花鼓舞”。

花鼓戏表演的通常是两个人，一男一女，男的敲锣，女的打两头鼓，边唱边舞，多半是形容家破人亡的悲苦。

唱词极为浅白，多半用叠字，前二句各三个字，后二句各七个字，与西南地区的花鼓戏近似。

朱元璋小时候，是个成天在外顽皮的野孩子，他很喜欢跟在唱花鼓的后面，学着哼哼唱唱，觉得是贫困单调家居生活中的最好调剂。

那时谁也没想到，这个拖着两条鼻涕，打着光脚，模样不讨人喜的小鬼头，竟然有一天当了皇帝。

朱元璋登基的消息，传到了安徽凤阳，这个穷乡僻壤的小地方，乡亲们简直乐疯了，不晓得该如何表达心中欢喜，只在街上快乐地走来走去，彼此互贺：“想不到啊，咱们凤阳出了一个皇帝，真是乡里之光。”

凤阳城里有头有脸的乡绅们，尽管当年不把朱家瞧在眼里，现在可不一样了。一个说：“在皇上小时候，我就看出他不凡。”其实，朱元璋小时候放牛，经常挨打，谁也没有看出他有什么能耐。

另一个接口：“还不是咱们凤阳有天子之气。”

大伙儿七嘴八舌道：“反正，我们凤阳从今天起不一样啦，当今天子是大伙的老乡，我们应该推派代表，入京贺一贺。”

“对，对。”个个附和，谁都想趁这个机会入京，也许顺便可以讨个一官半职。于是，家有资产者固然想去，就是缺乏盘缠者，也都想跟去开开眼界。

可是，“该带什么礼物呢？”不知是谁提出了问题，众人陷入一片沉默之中，凤阳是个小地方，特产是灾荒不断，实在无啥可献宝的。

“咱们凑钱打金饰！”李老爹提议。

“开玩笑，做皇帝的，要金有金，要银有银，谁在乎你的小小金饰。”

“说的也是。”李老爹讪讪地笑起来，觉得怪不好意思的摸摸光头。

王大娘忽道：“不如带一些芝麻去！”在乡下人心目之中，芝麻可是名贵的好东西了。

王大娘这一开口，个个都笑弯了腰，王大娘老脸挂不住，生了气：“这也不行，那也不行，算来算去，咱们凤阳只有打花鼓算是特产了。”

王大娘一语提醒梦中人，凤阳乡亲们都频频点头：“对啊，想当今皇帝离家不少日子，一定很久没听过了。”

一旁有个自小与朱元璋闹着玩的小李忙接口：“我记得他自己

打花鼓，佚名绘。

还会唱哩！”

主意已定，大伙便积极排练花鼓歌，还新编了一些吉祥的曲调，浩浩荡荡开往京城。

俗话说得好，“衣锦还乡”是人生最得意之事。朱元璋没空回凤阳，能在亲朋好友之前露露脸，也是挺有光彩的。因此，朱元璋堆了一脸笑容道：“太好了，自我投效军旅以后，还没有听过打花鼓哩。”

朱元璋一乐，乡亲们更乐了，礼物送对了当然是件开心事，尤其是能博得皇帝一乐，以后的好处可说不完。

于是，乡亲们预备大显身手。

不料此时，太监前来跪报：“皇上万岁，万万岁，请皇上用膳。”

俗话说：“吃饭皇帝大。”一个普通百姓吃饭时也与皇帝一般重要，更何况是真正的皇帝呢。

凤阳乡亲们赶紧收拾鼓锣，准备等朱元璋用膳完毕再表演。

可是朱元璋正在兴头上，他吩咐道：“吃饭急什么，先唱花鼓再说。我们先唱后吃！”

既然朱元璋有令，凤阳老乡们便打起槌，擂起鼓，精神抖擞地舞了起来，“咚咚呛，咚咚呛，咚咚呛咚咚咚呛……”

一听到这熟悉得不能再熟悉的曲调，朱元璋整颗心都热了起来，不由自主地跟着旋律，用手在大腿上打着拍子。恍惚之中，仿佛回到了童年，他兴趣盎然地跟在花鼓队的后面，却总是遭人嫌恶，一再被驱赶，他又死皮赖脸地跟了上去。

想想当初的窘迫，再看看眼前乡绅巴结的惶恐模样，朱元璋情不自禁高喊："好，再来一个。"

就这样，一首接一首，乡亲们凤阳花鼓唱得不亦乐乎，朱元璋听得不亦乐乎。过了许久许久，朱元璋才想起来要吃饭，他兴致勃勃地说："各位乡亲父老，我今天有幸做了皇帝，不会忘记各位。以后，各位有福气的当官，没福气的替我看陵墓，一年到头，就这么哼哼唱唱，过着快乐逍遥的日子，现在，大家痛快地吃喝一顿吧！"

也许朱元璋错在先听花鼓后吃饭，日后，凤阳的饥荒一年比一年严重，凤阳人逼不得已，背着小花鼓，到处去讨饭，讨饭之前，照例先载歌载舞来一段儿，真正是"先唱后吃"。

后来，有人埋怨朱元璋不该"先唱后吃"，真的一年到头，哼哼唱唱，却不见得快乐逍遥。因此，编了一首花鼓歌唱道：

说凤阳，道凤阳，
凤阳本是个好地方。
自从出了个朱皇帝，
一年倒有九年荒！

朱元璋赐春联

在春节期间，许多人家的大门上，都会贴上一副春联，讨个吉利。最常见到的春联便是“天增岁月人增寿，春满乾坤福满门”。

春联到底是怎么来的呢？这是个有趣的话题。一般说来，大致有两种不同的起源。

一说春联是起于古代的桃符板。相传五代之时后蜀孟昶曾经题句“新年纳余庆，佳节号长春”于桃符板之上。后来人们模仿孟昶，以纸为板，写一些吉利的话，贴在大门两边，为农历新年带来欢乐的气息。又称之为“门对”、“春帖”。

另有一说，与朱元璋有关系。朱元璋肚里的墨水有限，却好舞文弄墨，他的字写得也不怎么样，却有表演的瘾头。

有一年，腊月二十八日，朱元璋心想，快过年了，回想小时候，虽然没好吃没好穿，到了过年，还是兴奋得不得了。当了皇帝以后天天鸡鸭鱼肉，吃得相当丰富，倒反而缺乏过年的兴致。不如微服出巡，看看老百姓过年的情形。

朱元璋正要出门，转念一想，不对啊，待会儿文武百官见不到皇帝，岂不是闹得天下大乱。

他灵机一动，找来一张红纸，濡笔写上“过年不朝回乡去，开春奏来民间情”，横批是“与民同乐”。贴在午朝门上，然后潇潇洒洒地带着随从出去逛去了。

一会儿工夫，百官照例上朝，等了又等，挨了又挨，就是不见皇帝，想朱元璋一向勤快，众臣们都有些担心，该不会是皇上病了吧?

忽地，有个大臣指着午朝门上的对子惊呼：“你们看！”众臣一致望去，相对而笑：“原来皇上放我们返乡假，太好了！”

于是，大臣们纷纷赶回去，收拾行囊带着礼物回老家。由于是朱元璋命令返乡，大臣们还不敢不回去，万一开春之后，皇上问起“民间情”，如果一问三不知，可不是闹着玩的。

有些个大臣回去之后，也效法朱元璋，弄一张红纸，写副对联，挂在墙上。中国读书人一向讲究书法，字写得好不好与考场分数大有关系。大臣们也正好露一露，表现黑大圆光或是坚挺俊俏的书法。

一时之间，贴春联成为时髦的玩意儿，一般小市民望着豪门巨宅的春联，真有十二万分地羡慕，却又不敢效尤。

朱元璋微服出行归来，听说自己无意之中带动流行风气，十分地开心，并且传令，无论贵贱，家家户户都可以贴春联，表示他“与民同乐”也。

到了第二年春节前夕，朱元璋再度微服出巡，他想去做个民意调查，确定春联流行的程度。

朱元璋挨家挨户地察看，发现名堂还真不少，大大小小的对联，有长有短，对句中有吉祥话，也有歌颂皇帝的，朱元璋最喜欢看这种，笑得眼睛都眯了起来。

一直到快吃年夜饭的时候，朱元璋还舍不得回宫。

一旁的侍从可紧张了，真是“皇帝不急，急死太监”，因为再往下走，就是贫穷偏僻之处，非但有碍观瞻，而且惟恐安全上有个闪失。

朱元璋正在兴头上，谁也拦他不住。他大踏步向前，发现一间破宅门上光秃秃的，没有贴春联。

朱元璋一张脸马上就垮下来了，他不悦地说：“奇怪，他

贴春联，清周慕桥绘。

为什么不贴春联？”说着，便唤侍从敲门。

“砰砰砰！”侍从敲了半天，出来一个阔脸方腮，眼暴耳大，貌丑形粗，胳膊上搭着一条脏兮兮油腻腻毛巾的壮汉，没好气地说：“你们敲什么敲？”敢情是个屠夫。

侍从正要开口，朱元璋先问了：“你为什么不贴门对子？”

壮汉用脏毛巾一抹满是臭汗的脸，从鼻孔哼了一声：“奇怪了，我为什么非要贴门对子？”

“不是皇上有旨吗？”朱元璋问道。

“不贴门对子就不能过年吗？”壮汉叫起来抗议。

朱元璋捺着性子解释：“不是这个意思，我是想知道，是不是地方官员，从中捣鬼，没把诏书发给大家。”

壮汉笑道：“有没有发通知，我可不晓得。不过，发了我也看不懂，我吗？嘻嘻嘻，每天是白刀子进、红刀子出，只管杀……”

壮汉“杀猪”二字尚未出口，侍从可是吓坏了，就担心他真说出“杀朱”，朱元璋又要杀人，赶紧大声呵斥：“大胆屠夫，万岁爷在此，还不赶快下跪？”

壮汉一听，毛巾一扔，连忙跪下来讨饶：“请饶小的一命，小的不识字，无法贴对子。”说着说着，竟呜呜哭了起来。

要是换了平常，朱元璋一火，这个杀猪的就没命了。可是今儿个是年三十，杀人晦气，而且壮汉又不晓得来人是皇上，不知者不罪。

所以，朱元璋反而好言好语安慰壮汉：“你不识字，不贴门对子，不能怪你，这样吧，朕赐你一副对子。”

“真的？”壮汉大喜过望，接着又叹气：“可是小的家中没纸没笔。”

“这个不用你发愁。”朱元璋笑着安慰。话还没有说完，侍从已经捧着纸砚走进来。

朱元璋为表现自己才高八斗，拿起笔来一挥而就：“双手劈开生死路，一刀割断是非根。”

屠夫也不知道朱元璋写些什么，急忙磕头谢恩，一旁的侍从当然拼命夸好，朱元璋自己是洋洋得意。

民间传说是否事实，不得而知。不过，朱元璋到底肚里的墨水有限，顶多只能胡诌打油诗倒是真的。

百猫坊破风水

在南京城的南彩霞街，过去有一座牌坊，十分的奇特，上面雕刻着一百只猫咪，每只猫咪姿态各异，栩栩如生，看过的人都啧啧称赞。原来，其中又有一段朱元璋的故事：

民间传说，这座大宅是朱元璋为着感谢俞家兄弟，特地为他们起的宅子。

朱元璋初起兵之时，随着老丈人郭子兴，占领了和州（安徽省和县），并且放出大批良家妇女，和州百姓都欢天喜地，朱元璋自己也相当得意。

但是，没过多久，朱元璋就开始伤脑筋了。原来和州是个小地方，被元军围攻几回以后，开始大闹粮荒。朱元璋经常一个人，对着长江浩浩荡荡的大水摇头兴叹。过了长江，对面的太平（安徽省当涂县）物产丰饶，是古来著名的鱼米之乡，奈何没船没人，如何能过去？

和州地方人氏建议朱元璋：“想过巢湖，还非得借重俞家父子不可。”俞家带头的是俞廷玉，他有三个彪形大汉儿子——通海、通源、通渊。一家都在巢湖大头目李扒头手下当差。

正巧俞家近日与左君弼起了冲突，一心一意想要报仇，派人来向朱元璋求救兵。朱元璋大喜过望，亲自到湖泊里去拜访俞家三兄弟，俞家兄弟觉得很够面子，宰了一头黄牛，大伙痛痛快快吃喝一顿。

俞通海喝得满脸通红，拍着胸脯道：“承蒙朱老大看得起，我等不怕天、不怕地，我们听你的吩咐，水里，水里去；火里，火里去；这腔热血本来是要卖给识货的！”说着，直用手拍脖颈：“我弟兄三人，保证舍命到底……”

果然，俞氏兄弟拼足全力，帮助朱元璋渡过巢湖，攻下太平，并且把李扒头灌得酩酊（mǐng dǐng）大醉，捆手绑脚，丢到江里喂鱼。朱元璋从此拥有海军。

俞家三兄弟之中，又以俞通海最为骁勇善战，尤其是在对张士诚一役之中，情况相当危急，诸将有意暂退，俞通海说什么也不肯，他说：“彼众我寡，愈退愈糟，不如力战。”

力战之下，张士诚矢如雨下，一不小心，伤了右眼，流血不止，俞通海成了独眼龙。

虽然一目失明，击溃陈友谅一役之中，俞通海仍是建功最多，真的是“水里，水里去；火里，火里去”。

后来，桃花坞之役中，俞通海又受了重伤，被抬回金陵。朱元璋亲自去看望他，轻声问道：“平章（俞通海官拜中书省平章政事），知道我来看你吗？”

俞通海此时已陷入昏迷，不能言语。朱元璋挥泪而出。第二天，俞通海就死了，只有三十八岁。朱元璋追封为豫国公，享太庙，洪武三年（1370 年）改封虢（guó）国公，谥忠烈。

由于俞家三杰为明朝都出了大力，朱元璋就决定为他们造一座特别的宅子。

宅子造好了，果然是雕梁画栋，花木扶疏，气派不凡。有心人看在眼中，十二万分的不是滋味。于是，有个小人跑到朱元璋面前进谗言：“陛下为俞家造这么好的宅子，固然是陛下仁厚，只不过，唉……”不肯说下去了。

“只不过什么？”

“只不过陛下没发现吗？俞宅上方，王气围绕，这不是好事，更何况，俞通海一家三杰，对部下宽厚，俞家后代又个个争气。”

“后代争气”这句话，打入朱元璋心坎之中，不自觉皱紧了眉头，因为他的子孙可不争气啊！想到这儿，朱元璋怒由心生，冒起火儿：“那么，拆掉它，拆掉房子就不愁有王气啦。”

刘伯温一听，心中暗暗发愁，俞宅若是拆了，朱元璋气也消了就罢，怕的是万一拆了屋，奸臣进一步落井下石，那么，俞家岂非是飞来横祸？

双猫窥鱼图，近代程璋绘。

刘伯温是个有急智的人，而且懂得如何保全皇上的颜面，他胸有成竹道：“俞宅的房子是高了一点，不免有人误会有王气，若是把刚刚建好的宅子拆掉，岂不太浪费，同时有伤皇上的仁德。最好是既不必拆屋，又可以破王气。”

朱元璋向来节俭，一向见不得浪费，因此这话颇为入耳，他极有兴趣道：“莫非军师又有什么高见？”

“其实倒也不难，”刘伯温献计，“鱼（俞）总要入海才能成龙。鱼最怕猫，我现在派猫把守，鱼只消一有蠢动，猫儿就把鱼吞入肚里。免得刚刚建屋又拆屋，弄得人心惶惶。”

朱元璋点头称：“妙！”

于是，刘伯温在俞宅周围摆起了八卦阵，俞家门前牌坊，足足刻了一百只猫，虎视眈（dān）眈监视着，对门挖一口井，表示鱼入了井，到不了大海。然后，后门建个堵门窗，东边设个钓鱼（俞）台，西屋再来一个竿（赶）鱼。

若是有一天，这条鱼不听话，那么一百只尖牙利爪的猫，看鱼儿往哪边逃。万一有幸逃出，后面堵，东边钓，西边赶，一层又一层，看鱼往哪儿逃。

刘伯温布置好以后，朱元璋亲来探访，确定鱼儿入不了海，成不了气候，心中大乐，也就放过俞宅了。

其实，古来建都之地，所谓的王气也不能维持多久，再说，朱元璋家境清寒，连个遮风蔽雨的地方都没有，妄论王气，他还不是当了皇帝?

可是，中国人对风水，一向是宁可信其有，不可信其无，因此，迄今民间传说，南京西门小巷弯弯曲曲，仿佛走迷魂阵，就是刘伯温摆的“八卦阵”，防堵鱼（俞）儿入海当大龙。

汪妈妈千里送鹅毛

民间传说，自从凤阳县乡亲入京见了朱元璋，表演了一段凤阳花鼓以后，回到家乡是不厌其烦，说了又说。由于凤阳老乡个个与有荣焉，因此也是听了又听，不厌其烦。

几乎每一位老乡，唠唠叨叨形容了一大段之后，总会加上一句："汪妈妈该去的，皇上还问起她呢。"

汪妈妈皱得如红枣般的脸儿，笑容一挤，皱纹更多了，却有说不出的慈祥，她喜滋滋地说："难得重八这个孩子还挺念旧的。"

"不是重八，是皇帝。"

一旁的老乡赶紧纠正。

朱元璋小时候，是个惹人讨厌的孩子，长相丑陋不打紧，既不懂得礼貌，又喜欢带头捣蛋，爹不疼娘不爱，左邻右舍见了他总摇头。

惟独汪妈妈心肠软，见这个孩子没人喜欢，怜他肚子饿，经常塞他一个馒头，几个番薯。朱元璋贪吃，有事没事老腻在汪妈妈身旁，有时，汪妈妈也让朱元璋帮忙做点粗活。

汪妈妈被左邻右舍这么一怂恿，心里头好乐，没想到活了一辈子，有如此风光的一天，当下决定了："好，我这就去！去看我的宝贝干儿子。"

可是，千里迢迢赶了去，总不能两手空空，但是家徒四壁，实在拣不出像样的东西，正在发愁之时，两只肥鹅"哦哦哦"拉着破嗓子一摇一摆走了进来。

汪妈妈忍不住扑哧笑了起来，她记得，朱元璋小时候天不怕、地不怕，最怕她家里几只鹅。这些鹅凶得很，每次都追着朱元璋跑，有一回还把朱元璋仅有的一条破裤子咬破。“也罢，就带这两只大白鹅去！”说着，又拎了一坛绍兴酒就出发了。

汪妈妈瘦瘦小小的身躯，带着两只鹅、一坛酒辛辛苦苦翻山越岭，两只大白鹅被绑得难受，一路上嘎嘎抗议不已，汪妈妈一连几天折腾下来，真是老眼昏花，头疼不已。

汪妈妈的小船渡过长江之时，两只大白鹅，多日未见水，兴奋地叫个不停，铆（mǎo）足全力想往下跳。

汪妈妈紧张得握紧麻绳，冷不防，白鹅奋力挣脱了绳索。汪妈妈伸手一抓，只抓到一撮（zuǒ）鹅毛，白鹅扑通一声跳入水中，快乐得猛拍翅膀，向前游去。

汪妈妈望着手中的鹅毛，忍不住嘤嘤地哭了起来，一个不留神，把身边的酒坛子给打翻了，这下子，汪妈妈更伤心了，又没钱买礼物，只好如此狼狈地入宫找朱元璋。

朱元璋见到汪妈妈，真是十二万分的高兴，他露出难得一见的孩子气笑容道：“没想到重八有这么一天吧。”

“只可惜……”

“可惜什么？”

汪妈妈把怎么丢了鹅，又打翻了酒坛子的事诉说了一遍。

朱元璋如今是“普天之下，莫非王土”，整个国家都是他的了，哪儿在乎两只鹅？

因此，他安慰汪妈妈：“别哭了，这叫千里送鹅毛，礼轻情意重。”

汪妈妈这才破涕为笑，从此，留在宫中享清福。

不过，“千里送鹅毛”的成语却不是这么来的，苏东坡的诗中早有“且同千里寄鹅毛，何用孜（zī）孜饫（yù）麋（mí）鹿。”（《扬州以土物寄少游诗》）。比喻物轻而情意重，多半用在远道赠送亲友礼物，自谦价值微薄。

除了汪妈妈是朱元璋的嘉宾以外，朱元璋小时候一同放牛的难兄难弟也成了贵客。

有一天，他六个结拜兄弟大模大样入宫找朱元璋，他们还是乡下人的淳朴热情，开口就是：“重八你发了，当皇帝。”也不顾皇帝的尊严，一巴掌就用力拍在朱元璋身上。

朱元璋很不开心，他不愿意让底下人看到，原来皇帝的结拜兄弟就如此没程度，但是，又不便发火，涨红了脸勉强憋着。

那六个兄弟可是毫无察觉，东摸摸，西坐坐，嘴巴张得大大的，露着一脸傻笑。

鹅，选自《吴友如画宝》。

忽地，有一个开了口："对啦，大哥当了皇帝，应该封官给咱们。"

"不行！你们又没有战功，凭什么封官？"

"凭咱们是结拜兄弟啊！"

朱元璋知道这些死老百姓，说也说不通，心生一智道："咱们不是当年拿了七块方木当信物吗？"

"对啊!"六个兄弟各自掏出一块脏兮兮的烂木头，当宝贝似的放在桌上。

"老二当了大将军，转战南北，封方木为'武威'；老三是七品小官，封方木为'惊堂木'，犯人不招，就'啪'地拍一下，吓唬吓唬；老四是药铺郎中，方木压药方，封为'压方'；老五当了和尚，敲着方木，云游四海，就封方木为'云板'；老六在街头说书，怕观众听着瞌睡，用方木敲醒，封为'醒方'；最后老七是染布师傅，不妨封方木为'染牌'。

"至于我这一块嘛，我是万岁爷，就称为'震山河'吧！"

乡下人都很老实，虽然没得到实惠，方木得了个封号，也就欢天喜地回家了。

不过，以上是民间传说，事实上，例如县官审案用的小木头，称为惊堂木，可是由来已久的说法，旧小说中经常有这么一段："大尹把惊堂木在桌上一连七八拍，大声喝道：'你这奴才！'"

许多行业喜欢把自己与朱元璋扯上关系，也算是一种往自己脸上贴金吧!

朱元璋两幅不同的画像

乍看刘建志先生画的插图，一英挺一丑陋，完全是截然不同的两个人。其实，这都是他根据流传下来的历史文献改绘而成的。

先看这幅丑陋的画像，五岳朝天，整张脸全是凹凹洞洞，仿佛月球表面，实在不怎么好看，与民间一般传说相同。

也有一说，朱元璋疑神疑鬼，就怕被人暗杀。因此，故意找人画了一幅难看的像，用来混淆（xiáo）视听，借以自保。

不过，后面这一种说法，比较缺乏说服力。天子深居禁中，防备甚严，一般人不可能混入。再说，中国历代帝王之中，从来也没有听说过谁出此下策，故意弄一幅“望之不似人君”的丑陋画像避人耳目的。

那么，另外一幅相貌堂堂，魁伟英俊的画像又是怎么来的呢?

民间有一种传说：由于朱元璋尊容甚丑，因而演出一段“独赏活笔”的故事。

中国古代没有照相技术，历代帝王即位之后，一定要找位画工，郑重其事画幅像，昭示天下，传之后世。

朱元璋即位以后，自全国各地找来一批的画工，画了一张又一张的像，他全都不满意，每回看了，总是面色铁青，语气不悦：“你们说，这像我吗？”

既然画了半天，害得皇帝连屁股都坐疼了，还是画不像，这批倒楣的画工都一一被处死刑。然后，又在全国各地急征画工。

当时，在江南地区，有师徒四人，均以擅长绘画而著名，江南人尊师父为神笔，大徒弟、二徒弟、三徒弟依次为仙笔、宝笔与活笔，四人都有巧夺天工的画笔。

尤其是师父神笔，他曾经画过一幅斗雀画在墙壁上，访客看了，都以为是真的，用手挥逐，挥了半天，斗雀不去，才知道原是一幅画，可见他写实功夫是如何高深。

由于他四人有这身本领，因此，当朝廷使臣命令他等进京，倒也不慌不怕，不忧不惧，还抱有存心露一露脸的心理。

师父神笔是第一个被唤入宫的。朱元璋对他说：“听说你外号是神笔。”

“不敢。”神笔心中受用，表面不形于色。

“以前的画工画的都不像，这一回看你的了。”朱元璋长吁一口气，调整一下衣冠，坐下来当模特儿。

神笔悄悄地打量一下朱元璋。乖乖，长得还真怪，鼻孔朝天，两耳如扇，下颌往前伸，颧骨高耸，长了一脸黑黑的麻子。凭他多年作画功夫，如此有特征的人应该最好画，只要把特征突出放大便可。

心中有了腹案，神笔就飞快地在画布上打草稿，接着，洗砚研墨，不一会儿工夫，已经大功告成。

其他画工纷纷围拢过来，无不啧啧称奇：“哇！跟真的一模一样。”不但抓住了朱元璋的特征，而且神情简直是朱元璋的翻版。

神笔心中好得意，他暗忖：“这叫养兵千日，用于一时，我也是经过一番苦练，才有如此的绝活。”神笔并且想到，领赏之后，如何以师父的榜样，教训三个徒弟，回到江南老家之后，该算得上是衣锦荣归了吧。

不料，朱元璋兴冲冲走过来，一见画像，立刻破口大骂：“你们说，这像我吗？”

旁边的人都想说："像极了！"却是谁也不敢开口。

朱元璋疾言厉色道："把这画工推出去斩了！"

神笔做梦也没想到，会以这种方式"回老家"。

消息传来，仙笔、宝笔、活笔都吓呆了，而且极为困惑，凭师父的本领，应该不会有问题啊，莫不是临阵失常？

第二天就要进宫的仙笔转念到此，忽然腹痛如绞，一个晚上都在闹肚子，第二天，仙笔果然也追随师父去了。

见此光景，宝笔、活笔心胆俱寒，真想打道回府，不干总可以吧，可惜在专制制度之下，却也没有说不的权利。

朱元璋，佚名绘。

第三天，宝笔同样没有回来。一连走了师父与两位师兄，活笔真有说不出的难过，而且相当纳闷。

到了第四天，活笔上了朝，他一瞥见朱元璋，倒吸了一口气，马上知道为何任谁也"画不像”。朱元璋不但丑陋，而且模样凶狠，小孩子看了，都会给吓哭的。想来朱元璋希望画工把他画得漂亮些，最好不像他，又不便说破，只好杀掉画工泄忿了。

活笔揣摩到朱元璋爱美的心理，干脆看也不看朱元璋，自顾自画想象画，画了一张人们心目之中皇帝的模样——相貌堂堂，慈眉善目，很有福气的样子。

朱元璋端坐在龙椅之上，等得不耐烦，跳起来看，一看之下，大为满意，连连称赞：“终于有好画工画得像了。”

明明是不像，但是既然皇帝说像，一旁的人也附和着：“像极了像极了，尤其是那股神韵再像不过了。”

据说，这就是流传下来体面、好看的朱元璋画像的由来。

民间传说总归是传说，朱元璋到底长相如何，始终是个谜。正如同朱元璋的画相有两种，后代对朱元璋的看法也南辕北辙。

以朱元璋对待大臣的刻薄寡恩，翻脸无情，他应该被列入反派角色，为什么民间提起朱元璋，却又相当亲切，甚且可以说他是中国历代帝王之中，最为人们所熟稔（rěn）的皇帝。

这是因为朱元璋对待大臣，手段毒辣，但是他对百姓，还算是比较宽大的。同时，他来自民间，再加上明朝距离今天比较近，自然而然的，有关朱元璋的种种传说也就格外丰富了。

明太祖的二十六个儿子

自从明太祖朱元璋的长子朱标，在洪武二十五年（1392年）病死之后。朱元璋老年丧子，悲痛万分。加上太孙允炆（wén）个性懦弱，让他放心不下。

允炆与他的父亲朱标一般，都是性情温和，颖慧好学的人。允炆十四岁的时候，父亲生病，他伺候汤药，昼夜不离床榻边。

后来，朱标过世，允炆伤心逾恒，眼睛都快哭瞎了，整个人剩下一把骨头，瘦伶伶的，明太祖看了好不忍心道："你这孩子既纯洁又孝顺，你顾着你父亲，怎不顾着祖父，再哭下去怎办？你可是明朝未来的天子啊。"

太祖内心深处，既不满意朱标，更不满意允炆。在他看来，仁义道德都是表面说说好听，可当不得真。做皇帝的，如果没有手段，拿什么统治天下。

每回明太祖见到十来岁的允炆，涉世未深，一脸天真无邪，他就忍不住发愁。他辛辛苦苦打下来的江山，可别断送在这个傻小子身上啊。

朱元璋清清楚楚地知道，这些个与他一块打天下的功臣都是豺狼虎豹，从刀上舔血的岁月走过来，个个全是老狐狸，可怜那小小弱弱的允炆，如何是他爷爷辈的敌手。于是，明太祖这个祖父晚年尽在忙着砍杀功臣。

由于天天设计谋，想手段，明太祖晚年过得相当累，精神大量亏损，到了洪武三十一年（1398年），他实在撑不下去，终于病倒了，没过多久，在西宫崩逝，享年七十一岁。

明太祖在遗诏中说："朕膺（yīng）天命三十一年，当了三十一年的皇帝，忧危积心，日勤不怠，一心一意希望有益于民。奈何出身寒微，缺乏古人广博的智慧。今日病亡，原是万物自然之理，又有什么值得悲哀悼念的呢?

"皇太孙允炆仁明孝友，宜登皇帝大位，内外文武臣僚应该同心辅政，安定民心。丧葬仪物，毋用金玉。天下臣民，哭临三日便可，不用妨碍嫁娶。诸王临国中，毋至京师。"

人之将死，其言也善。明太祖的遗诏倒是十分诚恳谦虚，他一辈子勤俭，要死之前，还规定丧礼俭约，不要用金，不要用玉，免得到了黄泉仍然心疼。

明太祖最后一句遗言："诸王临国中，毋至京师。"意思是说，二十四个皇子啊，你们都乖乖地留在自己封国之中，用不着赶到京城来奔丧。

明太祖一共生了二十六个儿子。除了太子朱标早死，以及朱楠没有封地以外，其他二十四个儿子都封王。

朱元璋，明宫廷画师绘，台北故宫博物院藏。

在明太祖的想法之中，宋朝、元朝因

为宗室单薄，朝廷一旦有事，岌岌可危，所以他要生养许多许多的儿子。

明太祖一共有二十六个儿子，十六个女儿。后宫的妃嫔无数，除了汉人还有蒙古妃子与高丽（lí）妃子，据传说，明成祖的母亲便是蒙古妃子。

明太祖妃嫔多，并不完全是因为好色，而是保障明朝的家业，他不相信旁人，只相信自己的儿子。

在洪武十一年（1378 年），明太祖正式定都南京以后，他开始分封各个儿子到封国去。

诸王在各自封地建立亲王府，地位之高，不在话下。表面上看来，亲王不许干预地方行政。但是，亲王拥有指挥军事的特权，不仅亲王护卫兵由亲王直接调派，必要之时，亲王辖区之内一切军队，都在亲王掌握之中。

地方上的守卫军官，必须同时收到皇帝的御宝文书，以及亲王手令，否则，不准擅自调动部队。

明太祖对自己这套办法，真是有说不出的得意。他一方面自个儿在京城磨刀霍霍杀功臣，一方面借着儿子们掐住地方军的咽喉，真可以说是万无一失了。

明太祖想得很美，一般朝臣看在眼中，却不免忧心忡忡。

其中有一名叶伯巨的宁海人，上书明太祖“分封不可太奢侈”，他并且举出汉朝七国之乱，晋朝八王之乱为例子，提醒太祖小心日后演变成“尾大不掉”，“愿陛下趁诸王尚未分封之前，节其都邑，减其卫兵，限其疆里。”

明太祖正在兴头上，看到上书，简直气坏了，他猛拍桌案，怒声斥责：“这个混账小子，存心挑拨离间，破坏我的骨肉团结。还不赶快把他捉来，我要亲手把他射个穿心过。”

后来，叶伯巨果然死在狱中，自此以后，百官当然噤若寒蝉，谁也不想拿自己的脑袋开玩笑。

明太祖又认为，元朝就是不设太子，以致引起一连串的政变。因此，远在担任吴王之时，明太祖便立长子为世子，即皇帝位以后，又立为太子。太子早逝，则是他意料之外的变数。

操劳的老皇帝，终于咽下最后的一口气。他遗言之中所提到的“诸王临国中，毋至京师”，为的是惟恐国丧期间，地方上发生变乱。

可是，这二十四个儿子却不这么想，并且对不能前来奔丧耿耿于怀。中国人最重孝道，一般平民百姓若是接到父母噩耗，都必须摒（bìng）弃一切，回乡奔丧，堂堂皇子岂可当做没事一般。

明太祖满心以为，骨肉之情、手足之情，可以确保明朝安定，却不知一场大乱正在酝酿之中。

皇太孙允炆半边月儿脸

明太祖对太孙允炆的不满意，其实，打从允炆呱呱坠地那一天便注定了。

当太子朱标欢天喜地前来报讯“生了，生了，是个小男孩”之时，做祖父的，内心有无限欣慰。

可是，明太祖一见到小孙子，头颅一边竟然是凹陷下去的，脸色为之大变。

他双手接过软软的小婴儿，搂在怀中细细端详，瘦瘦小小，显得很虚弱的模样。他用手轻轻抚摩，碰触到凹下去的脑袋，颇为不悦地批评：“这叫半边月儿。”

半边月儿长大以后，倒是十分用功，努力向学。爱读书总是好事，消息传到明太祖耳中，这位严峻的祖父，稍稍觉得宽慰一些。

明太祖特地找了一天，专程来考考这位长孙。他望着允炆扁下去的脑袋瓜子，皱着眉头道：“也罢，就用新月为题写副对子吧。”

允炆稍加思索，朗声应道：“谁将玉指甲，抓破碧天痕？影落江湖上，蛟龙不敢吞。”文如其人，格局甚小。

明太祖听了，心中不胜懊恼，怎么太孙与太子一个模样，都是过分仁弱，没学到老子一点儿气魄。

由于太子心地善良，过分老实，他的二弟秦王、三弟晋王总是找机会欺负太子，存心挑衅。太祖看在眼里，急在心里，想尽办法处罚秦王晋王，不料太子朱标反倒过来，跪在地上帮弟弟们求情。

明太祖“知子莫若父”，他心知肚明自己的长子是怎么样的一块料，曾经有意废储，换一个儿子当太子。

事情被老臣刘三吾知道了，期期以为不可。这个刘三吾，也是奇特之士，值得另外介绍。

刘三吾算是老年才俊，当他被明太祖延揽之时，已是七十三岁的高寿。刘三吾的文章极好，下笔飞快。明朝初建，许多典章制度都是出自刘三吾之手。

明太祖自认也有几分诗才，所以每回诗兴大发，总要表演一下，然后，再命刘三吾和一首助兴。明太祖肚子里墨水有限，他写的诗多半是“百花花发我不发，我若发时都骇杀”之类霸气十足的打油诗。若是哪一天，明太祖端出一首雅驯得体，有几分诗的味道的诗，大家都会偷笑：“八成又是刘三吾给润饰过了。”

明太祖对功臣一向不客气，刘三吾不是与他打天下的伙伴，反倒因此享有殊遇。明太祖常挂在口边的是：“爱卿多写些好文章，以称朕的心意。”

朝鲜进贡的名贵玳瑁（dài mào）笔，明太祖赐给刘三吾；每天上朝之时，刘三吾排在侍卫前面；宴会时，刘三吾也是排在第一桌的位置。刘三吾与汪浚、朱喜合称“三老”，普遍受到尊敬。

刘三吾老来才入仕途，没学会官员们口是心非，说的是一套，做的又是一套。他胸无城府，服膺孔老夫子所说：“君子坦荡荡。”因此，自称为“坦坦翁”。

明太祖对太子朱标的仁弱，愈来愈不能忍受了。他心目中的王储，应该是像老四燕王朱棣（dì）一般。朱棣抚平蒙古一事，常让明太祖觉得“只有老四比较像我”。

元朝灭亡之后，蒙古人在中原的政权虽然瓦解，但是在蒙古老家的政权仍然存在。顺帝逃回老家之后，元朝的后代仍在蒙古建国，对明朝而言，是挥不去的噩梦。

洪武二十三年（1390 年），明太祖命三子晋王、四子燕王一起出征，讨伐蒙古。晋王平时喜欢闹事，真正要上战场之时，却又临阵胆怯，拖拖拉拉赖着不动。

燕王可不一样，他率领傅友德大军，出古北口，进军伊都山，击败蒙古，俘虏部众及牛马骆驼等，高奏凯歌而还。

明太祖对燕王十分满意，旁边的人也夸燕王“颇有乃父之风”。自此而后，燕王负责边境守卫，声名直窜。

明太祖很想让燕王代替朱标为太子，反正朱标庸庸碌碌，对当皇帝也没兴趣，视为痛苦的负担。

但是，刘三吾一旁提醒明太祖：“若是四皇子接帝位，那么如何向二皇子秦王、三皇子晋王交代？”

说的也是，想那秦王野心勃勃，再三向老大挑衅（xìn），晋王相貌堂堂，文采风流都比太子强，若是舍老大而就老四，明太祖身亡之后，一场骨肉之争，马上开打。

太祖只有长叹一口气，让朱标将就着当太子。

岂料天不从人愿，朱标已经够差了，竟然又早死，害明太祖白发人葬黑发人。太祖肝肠寸断，在东阁门召见群臣之时，忍不住嚎啕痛哭。群臣面面相觑（qù），个个都呆住了。

太祖哭了好一会儿，哭声暂歇，没多久，刚低下去的哭声，突然又高拔起来。想想创建王业的艰辛，想想明朝的未来，万千感叹，一齐化为热泪。

此时，刘三吾沉稳地走了出来，平静地说：“皇孙世嫡，承统，礼也。”

明太祖想到半边月儿要承大统，忍不住一阵昏眩，却也只有点头称是。他心忖，太子朱标面对叔伯辈已是招架不住了，现在换了一个比朱标还朱标的太孙当太子，又晚了一辈，忍不住又悲从中来，老泪纵横。

燕王崭露头角

上一回我们说到，燕王善于谋略，能征善战，颇有乃父朱元璋的风范。

朝廷内外许多人都发现了这一点，根据明朝人尹守衡所写的《史窃》中有一段故事：

当初大将蓝玉想要结识燕王，北征归来，想带塞外名马面谒（yè）燕王，表示好感，谁知燕王态度冷冷淡淡，不怎么热络，并且对他说："名马你还是带回去吧！"

蓝玉碰了一鼻子的灰，心中无限懊恼。回到家，遇到太子妃，太子妃是开平王常遇春的掌上明珠，蓝玉正好是常遇春的小舅子，蓝玉对太子妃说："我想找个机会，见一见太子。"

"舅舅的吩咐还有问题吗?"太子妃含笑答应。没多久，蓝玉与太子密谈。

蓝玉压低了声音，故作玄虚问道："殿下啊，根据你的观察，皇上在这么多的儿子之中，他最喜欢谁啊？"

此话当然有明显的挑拨离间的用意。太子标是个迂夫子，他摇摇头，掉了一句书袋："鸤（lú）鸠之爱，焉有轩轾（zhì）？"（鸤鸠，是布谷鸟，《诗经·曹风》有："鸤鸠在，桑有子七兮。"轩是车上的篷顶，轾是车后低的部分。）

太子标这句话的意思是："父母对子女的爱，仿佛桑树上布谷鸟对子女的爱，岂有高低之别？"

蓝玉见朱标如此不开窍，干脆明讲："臣见那燕王英明神武，甚得人心，威名日隆，且为皇上所钟爱。又听江湖术士说，燕地有天子气。"

一向对弟弟仁爱的太子标听不进去，轻描淡写地回答："没有的事，你不要瞎猜。"

蓝玉发急了，他结结巴巴道："臣是肺腑之言。愿殿下自爱！"

没多久，蓝玉因为叛变被捕，这件事就不了了之。

太子朱标病逝，太孙允炆成为皇位继承人。明太祖为了训练这个"半边月儿"，偶尔命太孙帮忙处理公文，太孙与他父亲一个样儿，总是宽大为怀，很能赢得民心。

然而，太孙的仁弱，愈发让他的一群叔叔们不把这小侄儿放在眼中。太孙每次接触到叔叔们不屑的眼神，心里头就紧张，额头猛冒汗。

有一回，太祖与太孙在御书房聊天。太祖提到：最近，"辽、宁、燕、谷、代、晋、秦、庆、肃九国边境之地，都在加强军事防御。"

说着，太祖用手一指太孙："朕把防御边境之事交给诸王，可以确保边境安宁，协助你维护国家安全。"

太孙忍不住把心中的隐忧告诉爷爷："边区不靖（jìng），诸王可以抵御，万一诸王不靖，谁又能抵御？"

这番话，重重敲在太祖心坎上。这也是他最最不愿意碰触的敏感问题。每回一想到此，只好以应该会顾念到骨肉之情安慰自己。

如今，太孙既然挑起了话题，太祖沉默了好一会儿，扬一扬眉反问："你的看法如何呢？"

太孙沉着地回答："以德怀之，以理制之，再不然，就削他的地，再不然，就派兵攻打。"

"看来，也只有这个办法了。"

祖孙二人互相对视，隐隐然对未来有不祥的预感。

做父亲的，总认为自己的儿子应该向着自己，所以，在明太祖看来，诸王看在他这个老父亲的面子上，一定会同心帮助侄儿，共建明朝大业。他比较担心的是一些打天下的功臣，到底功臣不姓“朱”，不值得信赖，中国人的家族观念是相当浓厚的。

因此，当明太祖咽下最后一口气之前，他的遗言是：“诸王临国中，毋至京师。”他担心边境蠢动，有人会乘机造反，诸王分散各地，可以镇压，可见他至死相信儿子可靠。

洪武三十一年（1398年）闰五月，明太祖崩于西宫，年七十一。太孙允炆即位，大赦天下，以明年为建文元年（1399年），是为惠帝。明清两代，常以年号来称呼皇帝，所以惠帝又被称为建文帝。太祖葬于南京孝陵，谥为高皇帝，庙号太祖。

在太祖弥留之际，燕王在北平，接到父皇垂危的消息，立刻马不停蹄一路赶来，盼着见太祖最后一面。

赶到一半，听说太祖崩逝，更急着前往奔丧，想象之中，诸王都要换上麻衣麻冠，轮番入殿，瞻仰遗体，呼天抢地，号哭不已。

谁知，忽然听说太祖遗诏，要儿子们都留在藩国，别去京师。

燕王气得顿脚：“可恶，这一定是齐泰编的假遗诏，故意不让我见父皇最后一面。”

燕王心中有恨，却不能不乖乖转回北平，设灵堂哀悼（dào）。燕王失声长号，俯伏在地，痛哭不已。这一半是父子天性，一半是自己觉得委屈，越想越伤心，眼泪就一发不可收拾。

按照规矩，皇帝大殓的第二天，文武百官“哭临”，在午门外五拜三叩，住在衙门里，不得饮酒食肉，一共要哭临十天。麻衣二十七天，素服二十七个月，方始“除服”。所谓除服，指的是丧期届满，脱除丧服，也称除丧。

由于明太祖一向勤俭，惟恐大家耽误工作，遗诏之中规定“天下臣民，哭临三日，皆释服”。

太祖得病已久，一切后事，早有准备，进行十分顺利，诸王稳住了边境，但是谁能稳住诸王，成为新上任小皇帝最大的隐忧。

齐泰、黄子澄脱颖而出

燕王怀疑惠帝利用齐泰矫诏，故意不准他这个叔父奔丧，朝廷内外气氛很僵。

其中有一个叫卓敬的，眼见明太祖大树已倾，建文帝新枝犹嫩，便上了一个密摺给新皇帝："燕王智虑绝伦，雄才大略，酷似高帝（明太祖）。北平形势险要，士马精强，金朝元朝均在此奠都。臣建议将燕王自北平改封南昌，万一有变，亦易控制。"

卓敬这个人，建文帝记忆鲜明。

卓敬是洪武二十一年（1388 年）的进士，他自幼是个天才儿童，聪明过人，读起书来，一目十行。古人读的是没有标点符号的文言文，不比现在易懂易读的白话文，一目十行可不简单。

洪武二十年（1387 年），制度尚未完备，诸王的服饰乘车都准备仿照太子的式样。

卓敬急着上谏："诸王服饰乘车万万不可与太子相同。否则，嫡庶相乱，尊卑无序，何以号令天下？"

明太祖深以为然，夸奖卓敬："你这么一说，倒是提醒了我。"

惠帝见到卓敬的奏章，心中明白卓敬的好意，表面上却不能不演戏，责怪卓敬："燕王，朕的骨肉至亲，爱卿怎会有如此古怪的念头？"

卓敬重重磕了一个响头："臣所言，乃安天下最佳之计，愿陛下察之。"

前回我们说过，燕王（其实还包括其他诸王）心里怀疑，不准诸王前往京师吊丧，是齐泰的意思。

事实上，惠帝虽然表面上斥责卓敬，私下里，的确与齐泰、黄子澄日夜商讨太祖崩逝之后的变局。

太祖刚下葬，建文帝颁布的头一道人事命令就是："以齐泰为兵部尚书，黄子澄为太常卿兼翰林院学士，同参军国事。"

齐泰、黄子澄一下子成为新贵，真是一朝天子一朝臣，无怪燕王误以为齐泰矫诏，发布假的遗命。

齐泰，原名齐德，洪武十八年（1385 年）进士，历任礼、兵二部主事。

有一回，太祖在谨身殿主持郊祭，选择历官九年，而且从来没有犯过错误的官员陪祭，齐德正是其中之一。因为这个缘故，齐德被赐了一个新姓名——齐泰。

洪武二十八年（1395 年），齐泰以兵部郎中被擢拔为左侍郎。曾经有一次，太祖偶尔提及："目前边将情形不知如何？"

太祖只是随口问问，齐泰竟然立刻回答各地驻防的将领，让人觉得他对边将了若指掌。

太祖又问到边境情形，齐泰顺手一掏，取出一本小册子，里头记载的边境情形，简明扼要。

太祖忍不住点头夸赞："嗯，很好，你很用心。"因为太祖询问齐泰，原是临时起意，齐泰不可能临时抱佛脚，可见齐泰平日就认真而用心。

从此以后，太祖对齐泰另眼相看。

惠帝是个读书人，重视品德，所以觉得齐泰忠于国事，格外敬重齐泰。

至于另一位红人黄子澄，原是惠帝的伴读。所谓伴读是官名，在宋朝有南北院伴读，侍教宗室子弟，明朝为亲王府官。黄子澄担任东宫伴读，等于是惠帝的老师。

明太祖朱元璋是草莽出身，没受过良好的教育，以后靠自修，读得相当辛苦。因此，他对诸子的教育，非常注重。在宫中建大本堂，贮藏古今图书，四方延请最有学问的人担任伴读。

太祖对伴读儒臣十分礼遇，经常告诉他们："若有一块精金，得找最好的工匠打造，若有一方美玉，得找最好的玉匠琢磨。我的孩子们不比寻常，将来要治理国家大事的，你们必得好好管教。"

由于太祖注重教育，他的二十六个儿子当中，秦王、晋王、燕王都能治理边疆；周王是植物学专家；宁王著作尤丰，写了《通鉴博论》等数十本书；湘王尤其允文允武，常常开夜车读书读到半夜，然后再练刀弄枪。

黄子澄，选自《吴郡名贤图传赞》。

总之，太祖的儿子几乎个个有一套。结果，因为顺应制度，避免引起纷争，只好先后以太子太孙为皇储，两人都是懦弱无用的人，怎不让太祖懊恼？

话说回头，黄子澄出身是洪武十八年（1385年）的状元，被明太祖选为太孙的侍读，同时担任太常寺卿。

由于过去的朝

代，太子官僚经常自成一个系统，与廷臣容易闹意见，甚至演成对立的局面。明太祖特选用朝廷重要大臣兼任东宫官僚，宋濂是如此，黄子澄亦复如此。

有一回，黄子澄讲课告一个段落，与惠帝散步来到东角门，惠帝坐了下来，师生二人闲闲地聊了起来。

先是谈一些不着边际的起居生活。接着，惠帝长长吁了一口气，转过脸来，对黄子澄诉苦："诸王各拥重兵，多做不法之事，怎么办呢？"

黄子澄这个做老师的，不慌不忙安慰惠帝："诸王护卫兵，仅足以保护自己。倘若一旦有变，朝廷以六师之兵予以讨伐，谁又能抵抗？汉朝七国并非不强，结果还不是一一被灭？大小强弱不同也。"

惠帝听了，不住地点头，忐忑不安的心稍微安定下来。

由于有这段往事，同时，惠帝身边牢靠的人不多，所以，惠帝即位第一件事，就是同时发表齐泰与黄子澄的任命。

惠帝的抉择

由于惠帝的老师黄子澄，曾经安慰惠帝，诸王虽然跋扈（hù），汉朝七国之乱例子在前，不愁不能平定天下。

汉朝大封子弟为王，诸王坐大。汉景帝即位不久，削夺各个王侯的封地，引起吴楚等七国的叛乱。幸亏靠着周亚夫，才平定了一场乱事。

当太祖崩逝之时，惠帝心中七上八下，虽然明知是早晚要来到的事，仍然紧张极了。

他默默看着宫里开始更换摆设，窗帘、椅垫一律改用素色，磁器由五彩换为青花。妃嫔宫女个个摘下亮晶晶的金玉珠宝，改佩白银象牙。里里外外，白蒙蒙的一片，哭声此起彼落，哭得惠帝的心中更加混乱。

惠帝勉勉强强抑制起伏不定的心情，在心中对自己说："师父啊，我若是汉景帝，你可要当我的周亚夫啊。"

明太祖规定，为尊师重道，诸子们都恭恭敬敬尊老师一声"师父"。

惠帝除了任命齐泰、黄子澄以外，并且擢拔方孝孺担任翰林侍讲。侍讲也是老师，地位比伴读更高一层。方孝孺是中国历史上的名人，他的故事，我们以后会详细叙述。

诸王都在猜疑，太祖遗诏是齐泰搞的鬼，并且对这个侄儿皇帝大为不满。惠帝想解释也解释不清。

然后，不断地有消息传来，说是燕王、周王、齐王、湘王、岷

（mín）王互通声息，相互煽动，似乎一场大祸正在酝酿之中。

有一天，退朝以后，惠帝秘密召见黄子澄，忧急地问道："先生还记得当年在东角门所说的话吗？"

黄子澄用力地点点头："臣不敢忘。"

接着，黄子澄就去找齐泰，三更半夜，促膝密谈。

黄子澄先开口："事情危矣。"

"先得自燕王下手。"齐泰马上接口。

"不然，燕王虽然士马精壮，没有犯过，何以服天下？"

"依你之见呢？"

"依我的看法，周、齐、湘、代、岷诸王，在先帝时多为不法，先削他们的藩，比较说得过去。"

周王是燕王的同母弟，削周，正是削燕王之手足也。

齐泰考虑了半晌点点头说："也有道理。"尤其黄子澄当过惠帝的老师，交情不一样，齐泰也乐于接受黄子澄的意见。

周王朱橚（sù）是明太祖第五个儿子，他颇为好学，擅长词赋，而且对植物极有研究。

就在齐泰与黄子澄密谈的第二天，周王的次子密报周王图谋不轨，惠帝正好利用这个机会，把周王从开封绑到了南京。

惠帝一向心肠软。周王绑来以后，他总觉得自己对不起周王。事实上，虽然周王的儿子密报，或许是父子不合存心诬赖，到底也没有证据啊。

惠帝天天心里想这件事，想得觉也睡不好，他忍耐了一个月，终于忍不住了，他想要把周王放回去。

黄子澄着急地说："陛下，切切不可！"

齐泰也忧急地阻止："万万不可！"

惠帝原本是个优柔寡断的人，他嗫嚅（niè rú）着说："那么，再研究看看吧，朕是想放他回去的。"惠帝的脸上，一片茫然，似乎很拿不定主意的样子。

退了朝，齐泰与黄子澄找了个隐僻地方密谈，彼此先交换一个苦笑，齐泰不以为然地表示："今上妇人之仁，怕要误事。"

黄子澄也有同感："事到如今，非得快刀斩乱麻不可。"

第二天上朝，黄子澄提出建议，要把周王废为庶人，就是普通的老百姓。

要是依惠帝前一天的主张，把周王放回去，那么，惠帝应该反对，到底他是皇帝，有权决定一切。

但是，惠帝想想，又觉得老师的话没错，新皇上任，总得立立威，他实在举棋不定。

然而，这是不容迟疑的事。齐泰见皇帝没有表示反对，接着，又跪下来，高声地说："周王谋反，涉及齐王、代王、岷王，请一并逮捕。"

惠帝又疑惑又困窘，他真不知该如何裁决，心里惴惴然，茫茫然，着实发慌。他抬起头来看齐泰、黄子澄一脸诚恳的模样，终于咬着牙，下了决心，赞成他们的做法。

消息传出，朝廷里对削藩有不同的意见，其中一位老臣高巍有独到的看法，他上了一个摺子："高皇帝分封诸王过当，诸王又多为不法。若是削藩，伤了骨肉亲情，不削则纲纪不立。最好的方法，是把北边的换封南边，南边的换封北边，逢年过节，使人查问，凡是贤能者，下诏予以褒赏，不贤能者，先加以劝告，屡次不改，再削藩。"

其实，依惠帝的力量，不如先采用高巍稳扎稳打的政策。不过，齐泰、黄子澄一心一意效法汉朝平七国之乱，箭在弦上，不能不发。

于是，齐王被绑到京师，岷王废为庶人，代王被幽禁在大同，湘王在宫中自焚。惠帝又下诏亲王不得再节制地方官，这一连串的措施，在在都冲击着野心最大的亲王——燕王，使得燕王不得不有所行动了。

鬼才和尚姚广孝

在明太祖二十六个儿子之中，他最中意的是四子朱棣（dì），也就是封在北平的燕王。因此蓝玉曾经挑拨离间，故意问太子朱标：“你想想，你父皇最爱谁啊？”

平心而论，燕王得宠，的确有他的道理。他能征善战，勇气十足，而且具有锲（qiè）而不舍的毅力。洪武二十三年（1390年），他与晋王一起出征，晋王走了一半，吓得不敢向前，燕王却坚持到底，带回大批俘虏与战利品。这是他与当老子的明太祖相同的地方。

燕王与太祖不一样的地方，则是他相貌奇伟，英俊挺拔，留着一把漂亮的胡子，而且风度翩翩，加上饱读诗书，颇有几分儒将的感觉。宫中上下，谁见了，总忍不住多瞧两眼。

燕王自知仪表不俗，喜欢有意无意地卖弄。每回见到太祖，潇潇洒洒，一甩衣袖，抢着向前请安，步履轻快，衣幅不动，仿佛唱戏的亮身段似的，漂亮极了。把个站在一旁，体弱多病，毫不起眼的太子标，硬是给狠狠地比了下去。

燕王原本出色，自从他身边多了一个鬼才和尚姚广孝之后，更是如虎添翼，益发不得了。

姚广孝的经历十分奇特。他的父亲是医生，但他却对瓶瓶罐罐的丸散膏丹没兴趣，也不想悬壶济世，继承父业。

十四岁那一年，姚广孝到了庙里，剃度当和尚，取了一个法号叫道衍，字斯道。后来，拜道士席应真为师，学习阴阳术数之学。姚广孝出了家，仍然不改其流里流气，嘻皮笑脸不正经的习性。

有一回，姚广孝游嵩山寺，正巧碰到一位相士袁珙（gǒng）。

袁珙看了姚广孝一眼，揉揉眼睛，又仔细端详一番，然后，长长吁口气："天啊，这是怎么样奇怪的和尚，眼睛是三角形的，白多黑少，样子像一只生病的老虎，依照相书看来，性必嗜（shì）杀，与杀人魔王刘秉忠一般。"

旁观的人一齐对姚广孝行注目礼，都以为他会翻脸，甚且掀起桌子抡起拳头揍人。

姚广孝睁大了眼睛问袁珙："相士的话当真？"

"当真。"袁珙说着，连连倒退两步，提防姚广孝动手打人。

不料姚广孝却笑逐颜开，双手抱拳，长长一揖："谢了！"快乐得像澳洲袋鼠一般，蹦蹦跳跳走远了。

袁珙望着姚广孝的背影，长长叹一口气："若是此人将来专权用事，天下事还有可为吗？莫非我看走了眼？不可能的，莫非气数如此？"

袁珙自己跟自己生气，精光四射地环视左右，仿佛谁触怒了他，他要把谁抓来痛打一顿才甘心似的。

姚广孝回到客栈，对着镜子发愣，回想方才相士之言，又惊，又喜，又疑惑，然后痴痴迷迷地笑了起来。

想这姚广孝，自小不安分，很想闯出一点名堂，他自知心狠手辣，但是外表伪装得很好，没想到今天，被相士一眼看穿，不晓得这袁珙相得准不准，将来能否有"嗜杀"的机会。

吃罢午饭，姚广孝又溜到嵩山寺附近，远远望见袁珙的布招"命相合参，袁珙候教"八个大字，在风中摇晃。

嵩山寺前三教九流，什么人都有。姚广孝眼尖，找到一位看来像本地人的老翁打听："前面那看相的袁珙，不知灵不灵？"

袁珙，佚名绘。

老翁偏过头来，打量姚广孝道："灵，怎么不灵？这方圆数十里，没有人不知晓袁珙。"老翁嘿嘿地干笑两声，仿佛见到罕见的土包子。

姚广孝逮住机会，邀请老翁："不如你我到前面小店喝上两盅，你慢慢说给我听听，也好增广见闻，一饱耳福。"

"也好。"老翁闲着也是闲着，便跟着姚广孝前去聊聊天。

姚广孝点了几色精美的小菜，老翁见这年轻人可喜，几杯老酒下肚，话匣子也打开了："你想知道这袁珙吗？他啊，生有异禀，好学能诗，曾经远赴海外洛伽山，遇到一位怪和尚别古崖，别古崖见袁珙孺子可教，也就倾囊相授。"

"不过，"老翁顿了一口气道，"袁珙也吃足了苦头，别古崖每天中午，命袁珙对着大太阳直视，呆呆罚站半天，弄得头昏目眩，眼冒金星。然后，进入一间暗室，要他分辨一大把豆子之中，哪一粒是红豆，哪一粒是黑豆，一粒一粒给捡出来。"

袁珙拣了一阵子的赤豆黑豆，终于一粒都没错了。接着到了晚上，别古崖悬挂五色长条布在窗外，命令袁珙逐一说出正确的颜色。你想，晚上不点蜡烛，就靠着一点点微弱的月光，又隔着一层纸窗，能够分辨小小布条的颜色，还真不容易啊，袁珙也真行，竟然也过了这第二道关。

接下来，别古崖才教袁珙识人。在半夜里，燃起两根大火炬，观察人的形状气色，再参考生辰八字。

讲到这儿，老翁一拍大腿："袁珙今天的这双眼睛，谁也骗不了他！"

老翁这番话，姚广孝真是喜不自胜，他心忖，我这和尚，纵然比不得朱元璋，也要闹个天翻地覆才甘心啊。

道衍怂恿燕王起事

自从道衍（yǎn）（姚广孝）找袁珙算了命，袁珙铁口直断：“形如病虎，性必嗜杀。”道衍倒是乐得很，每日照镜子，观赏自己的三角眼，都有说不出的得意。

洪武年中，道衍参加礼部举办的通儒书僧试。朱元璋是和尚出身，因此，对和尚特别礼遇，姚广孝考完了试，获得朝廷赐给的僧服回来。

走到半途，经过北固山，不免赋诗怀古，在诗中，道衍不经意地透露了野心勃勃的杀机，一块游山的宗泐（lè）忍不住摇头批评：“你看你，这哪儿像出家人写的东西？”

道衍心中别有所思，只是笑笑而不作答。

宗泐是个极够意思的朋友，因此，虽然他不满意道衍的言行，当马皇后崩逝，朱元璋寻找高僧诵经，他还是推荐了道衍。

道衍趁着为马皇后做法事的机会，刻意地接近燕王。道衍人聪明，能说善道，懂音律书画，能勉强写几首过得去的诗词，很快就博得了燕王的好感。

道衍自知，凭他的鬼里鬼气，正经呆板的太子标，绝不会欣赏他这个调调儿，倒是燕王颇能赏识这块料。

一场诵经荐福的法会之后，燕王已经舍不得离开道衍，他诚挚地邀请：“你我既然投缘，不妨随我去北平。”

道衍正中下怀，立刻称谢。

就这样，道衍到了北平，担任庆寿寺住持，成为不折不扣的政治和尚。他经常出入燕王府中，形迹诡秘，时时避开众人，讲一些其他人听不到的悄悄话。

道衍自从遇到燕王，真是心花怒放，他时常对着镜子，自言自语："瞧，我现在紫气凌云，鸿运当头，正有贵人扶持。"这贵人当然就是燕王了，一想到此，他不自觉浮现出一丝诡秘得意的微笑。

既然道衍的锦绣前程都寄托在燕王身上，当太祖崩逝，惠帝次第削夺诸王，相继降罪周、湘、代、齐、岷诸王，道衍不止一次奉劝燕王早日起兵。

燕王每次都是双手一摊，无可奈何地叹气："民心掌握在小皇帝手中，我又能怎么样？"

道衍总是自信十足地拍胸脯，极有权威地表示："讵（jù）知天道，何论民心。"

为了说服燕王，道衍很自然地，把脑筋转到了袁珙身上，他差人把袁珙自大老远的嵩山请到北平。

袁珙认出道衍就是那个"三角眼的病老虎"，没好气地问："有何见示？"

道衍堆了一脸的笑："有副八字，烦请袁先生仔仔细细推算一番。"

"好吧。"

袁珙接过写了八字的纸，把干支推算了出来，勾勾抹抹，突然之间，他搁下了笔，惊恐异常地抬起头："请问，这是什么人的八字？"

"噢，我家中一个亲戚。"

"足下是何身份？令亲又是何种身份？为何十万火急把我找了来？既然来了，又何必欺人？你要知道，我这一双眼睛，可不是好骗的。"

这番话讲得可让道衍大为佩服。但是，他也不开口，一个劲儿诡谲（jué）地说笑着，逼急了，他只推托："怎能告诉你，告诉了你，还用得着算吗？"

袁珙低下头来，又重新排八字，足足排了半个时辰之久，然后，突然一跃而起，指着道衍的鼻子叫道："快说，这到底是什么人的八字？"一副要上前揍人的猴急样。

道衍不悦地甩甩袖子，做出要走的姿态，袁珙一个箭步向前，不准道衍离开，嘴里嚷嚷着："你非得告诉我，这是谁的八字不可。"

"为什么？"道衍追问。

"好！"袁珙定定神，"我跟你说吧，这八字，生于金屋为天子，失于茅檐为庶人，你非得告诉我这是谁不可。"

道衍大喜，见四下无人，压低了声音："那么，我也实话实说，这是燕王的八字。"

袁珙一拍脑袋："难怪！"

喜不自胜的道衍，迫不及待把这个大好消息禀报燕王，燕王只当是道衍瞎编的，没放在心上。

道衍不死心，一再地游说，最后，燕王被缠得没办法，想了一个法子："你不是说，袁珙（gǒng）是活神仙，有一双能穿透人的利眼吗？"

"没错。"

"那么，明天，请他到府外的酒店一叙。"

第二天，道衍带着袁珙来到燕王府外的一间小酒店，燕王打扮成普通卫士与其他九个卫士一块喝酒嬉闹，口吐秽言。

袁珙趋前对着燕王磕了一个响头道："殿下何以如此轻身？"

燕王与九位卫士一起大笑："他不是殿下，是卫士。"

袁珙固执地又磕了一个头，庄重地再三叨念："珍重。"

燕王回到宫中，换下卫士的衣服，连忙把袁珙找来问话，这一回袁珙仔仔细细瞧了半天，铁口直断："龙行虎步，日角插天，太平天子也，年四十，须过脐，即登大宝也。"所谓日角，指人的面相显贵，额骨中央隆起如日，古代相术家认为是帝王之相。

燕王听得又惊又喜，道衍更是得意非凡。

离开了燕王府，道衍捉着袁珙的手道："你这话传了出去，一旦捉入宫里，轻则牢狱之灾，重则脑袋不保。"

袁珙点头："我知道轻重。"

道衍包了一袋银子给袁珙："你目前暂时不方便再算命了，找个地方躲起来，闭铺歇业，静候佳音，但愿燕王正如你所说，一过四十，潜龙起蛰（zhé）。"

自从袁珙算了命，燕王内心欢喜得发狂，表面却努力装得若无其事。

燕王府中鸭鹅成群

袁珙替燕王算了命，铁口直断他是：“龙行虎步，日角插天，太平天子也。”燕王不禁又惊又喜，又爱又怕。

袁珙又献上一计：“燕王不妨再找金忠卜一卜卦，互相参酌，他卜的卦比我算的命还灵。”

在燕王与道衍看来，袁珙已经是活神仙了，这金忠比他还要高一筹，当然是快快有请了。

金忠自幼读书，就对《易经》极感兴趣。《易经》即《周易》，是书名，为十三经之一，简称为《易》，原是古代卜筮之书。孔子用《易经》来教化子弟，说明自然界变易现象与人事的变化，作为个人修养处世的原则，成为儒家的经典。

不过一般人读《易经》，可不像孔老夫子般“子不语怪力乱神”。相反的，对怪力乱神特别有兴趣。民间钻研《易经》者，多半用来卜算吉凶，金忠就是其中的佼佼者。

金忠的哥哥在通州（河北省通县）当守边的兵，不幸去世了。

依照刘伯温为明朝设计的卫所兵制，军民分籍，军人另外有军籍，有军籍的军人是世袭的，国家配有屯田。

金忠的境况一向不佳，经常是有了上一顿，缺了下一顿的。如今可以补老哥的缺，至少解决了吃饭问题，愁的是连去通州的盘缠也没着落。

金忠无可奈何，只好厚着脸皮去找袁珙商量，他与袁珙是宁波小同乡。袁珙二话不说，只捞起沉甸甸的袖子，探手取出一个桑皮纸包，揭开封皮，紫光灿烂，是五十两上等金子。

金忠不敢伸手，只讷讷脸红：“这怎么好意思？”

“你以后再还我也就是了。”

金忠想要再推，怕显得小气，况且也真需要钱，也就拱手一揖，谢过袁珙。

其实，袁珙的相人术在元朝已大大的有名，所相过的士大夫数以百计，无论死生祸福，无不奇中。

元朝曾经有位南台大夫，普化帖木儿，特由海道不远千里而来，请袁珙相上一相。袁珙仔仔细细看了半天：“公神气严肃，举动风生，大福大贵之相。但是，印堂司空有赤气，到官一百十四日

术士看相，选自《吴友如画宝》。

当夺印。但是公守正秉忠，名垂后世，愿自勉。”

所谓印堂，人体穴位名，在额部两道眉毛中间，相面术士以印堂的形状颜色，附会人事，作为判断吉凶的预兆。

后来，普化帖木儿果然被张士诚夺走印绶（shòu），抗节而死。（绶是丝带，印绶是绑了丝带的印信。今天我们在电视上看到新旧长官交接典礼，新长官从旧长官手中，接过来一大包的印鉴，上头还绑了条丝带的，便是印绶。在中国古代，不同丝带的颜色，表示官吏不同的身份与等级。现代当然没有如此考究，只是个形式罢了。）

袁珙又曾经铁口直断江西宪副程徐，“冷笑无情，非忠节相也”。果然，过不了两年，程徐投降明朝，当了吏部侍郎。

由于袁珙声名远播，看相收入不少，自然手头比较宽绰，能够资助金忠赴通州。

金忠到了通州，顺利地补了老哥的缺，收编入军队。由于四方安靖，没有乱事，日子过得清闲自在。

因此，一方面为了兴趣，一方面也想赚几个钱还债，偶尔金忠便到北平市，为人卜上一卦。

一连算了几个人都相当准，金忠的名气就传开了。人类天生具有多事的毛病，喜欢加油添醋地传播市井流言，可供谈笑助兴，亦无伤大雅，不一会儿，金忠博得一个金半仙的美名。当然，他当初欠袁珙的盘缠费不但早就还清，而且加上一份厚礼。

袁珙与金忠惺惺相惜，也为了拉小同乡一把，于是，金忠也被延请到了燕王府，当场卜了一个铸印乘轩之卦。

金忠拊掌大笑：“此象贵不可言。”

在道衍的一手安排之下，袁珙、金忠的打边鼓，把燕王的心扰搅得热热的，再加上周、湘、代、齐、岷诸王的相继获罪，燕王为了自保，横着心决定：“干他一场吧。”

燕王府原是元朝北平故宫，宽大深邃，正好让道衍用来练兵以及铸造军器。

制造军器，免不了敲敲打打，比盖房子还要吵闹，路过的人，都非得把耳朵捂住不可。

燕王也觉得铸造军器太吵了，就对道衍说："停，如此一来，非吵得天下皆知不可。"

道衍暂时停止了铸造军器。但是，他是个不死心的人。

第二天，道衍差人到菜市场，带来一篓篓的鸭和鹅，让它们自由自在地在后苑中行动，一只鸭子的声音已经够难听的，几百只鸭鸭鹅鹅，一起扯开嗓子哑哑地叫，真是既聒（guō）噪又刺耳。

道衍满脸飞金去见燕王："够吵了吧！"

燕王皱着眉头："你在搞什么鬼，把燕王府变成了动物园。"

"正好用来掩盖铸军器的声音啊。"

于是，铸军器的声音被盖住了，不过，燕王府没事养这许多恶臭的鸭鹅，又是为哪桩？好事之徒更有兴趣了。

燕王上演疯剧

道衍为了替燕王策划起事，收揽才勇，储备军器，招兵买马。又因为铸造兵器，敲敲打打的噪音响彻云霄，道衍养了几百只鸭鹅，希望用鸭鹅的破锣嗓子，能够遮盖铿铿锵锵的捶打声音。

几百只鸭鹅扯起嗓子一块喊，还真是够瞧的，也实在太难听了。同时，鸭鹅乃乌合之众，不懂规矩，到处乱跑，随地排泄，害得燕王府里的整洁完全被破坏了，走到哪儿，不是一脚鸭屎就是一滩鹅粪。

燕王府变成了“养鸭人家”，如此奇怪的一件奇闻，立刻就有人传到了南京。当然，燕王心中也有数，迟早是纸包不住火的。

在此之前，惠帝又做错了一件事。

明太祖去世之前，遗命规定儿子们不许前来南京奔丧，以防边境蠢动。于是，只好让孙子辈代表，并且预定让孙子们守孝三年，再回到儿子身边。

这一会儿，燕王准备起事，担心惠帝会把他儿子当做人质。所以，借口生了重病，乞求惠帝让儿子赶回北平。

燕王这三个儿子的舅舅徐辉祖第一个不赞成，他上了一个密奏给惠帝：“我三个外甥都非等闲之辈，高煦（xù）尤其勇猛慓悍，非但不忠，而且叛父，简直是无赖。今日放虎归山，明日必成大患。”

可是，黄子澄有不同的看法。他自作聪明向惠帝建议：“依我之见，不如放他们三个回去，让燕王误以为朝廷对他没有怀疑，然后，再趁其不备，偷偷袭取。”

惠帝原本是个软心肠的人，接受了黄子澄的意见，让燕王三个心肝宝贝回北平去。

燕王原先举棋不定，就是担心这三个儿子。他虽然向惠帝提出了要求，将心比心，原以为惠帝一定不肯答应。

因此，当燕王府内，下人通报，三兄弟平安归来，燕王欣然色喜，拉着大的手，拍拍小的背，笑嘻嘻道：“我们父子复得团聚，这真是老天帮忙。”

惠帝一面释回燕王三个儿子，一面又悄悄地削减燕王的力量。譬如：以充实边疆为名，征调燕王的护卫兵远赴塞外。譬如，派遣工部侍郎张昺（bǐng）为北平布政史，以谢贵、张信为北平都指挥使司，伺察燕王的动静。

燕王当然了解，惠帝对他起了怀疑，为了自保，不被惠帝杀掉，在道衍等人的献计下，便排了一出“装疯”闹剧。

有一天，燕王和群臣们正在谈论事情，谈到皇帝的不信任，燕王似乎是满怀郁怒，脸色发白，全身颤抖，不自觉地往后直直倒下来，竟然昏厥过去了。

群臣们大惊失色，有人连忙扶住燕王，有人忙着去厨房取现成的热鸡汤，舀了一碗，递给道衍。

道衍指挥众人把燕王扶到高背椅上，接着，把燕王的下巴一捏，嘴便张开了，道衍拿着小汤匙，一瓢一瓢地往燕王口中灌，灌到第四匙，听得燕王喉头一声响，一口痰下去，气回来了。

道衍把燕王抱了起来，放在虎皮上，气息微弱的燕王，悠悠地睁开了眼，眼神呆滞，望一望周遭的人，摇摇头，闭上了眼。

过了不久，燕王又睁开眼，对着众人，吃吃地笑了起来。

道衍着急道：“看来情况不妙，怕不是疯了？”

“疯了？”众人面面相觑，全没了主意。

燕王在府中表演了一场“装疯”的序幕，把大家都蒙过去了，自觉演技甚佳，信心大增，决定继续演出。

第二天，燕王披头散发，蓬头垢（gòu）面，独自闯入了一间酒店，酒保原是认识燕王的，不过，燕王这副德行，可就认不出来了。

酒保一边摆下几碟小菜，一边问道：“官人，吃甚下饭？”

“先打酒来！”燕王眼睛一瞪，酒保这才认出，那可不是燕王吗？心下一惊，拉着另一个店小二在旁边指指点点。

燕王的原意，就是要大家以为他疯了，既然是疯子，总该有点疯狂的举动才像啊。

他站起身来，把桌上的碟儿盏儿一一地丢在楼板上，碎了一地。接着，又走到邻桌，把盛了菜的碟子，一股脑地掷向楼板。

座上的客人，吓得纷纷走避，顾不得吃了一半的佳肴美酒。

酒保可吓坏了，连连摇手：“大王息怒。”

旁边一位书生模样的客人对大家说：“我看，大王不是生气，他分明是疯了。”

一听这话，旁边看热闹的人，更有兴趣了，连忙往后倒退，免得误中燕王投射的盘盘碗碗。燕王看到大伙儿“中计”。于是把碗盘当成飞镖，往墙上砸，一边又笑又跳，跑来跑去。

店小二心想，燕王府有的是钱，不愁他们不会赔，也就操着手，安安静静地欣赏燕王的发疯。

“燕王疯了”这个消息，经过酒店客人一传十，十传百，再加上加油添酱，一会儿工夫，整个北平城，全都传开了，有人叹息，有人幸灾乐祸，也有人半信半疑。

为了让大家相信，燕王的疯剧还要演下去。

过了几天，燕王穿着一身脏衣服，一摇一摆地去逛街，有时对着柱子痴痴地笑，有时会靠着墙边大哭，忽然，看到一堆烂泥，燕王一脚踏了进去，然后，竟然躺了下来，稀稀的烂泥覆满了一身。

围观的人，看到燕王的疯相，议论纷纷，有些好心的人，跑到燕王身边，想叫燕王起来，低头一看，才发现燕王在烂泥里睡着了。

大伙儿七嘴八舌叫嚷着，但是装疯的燕王就是不醒，一直睡到傍晚。

有人叹息："想燕王是何等风度翩翩，顶爱漂亮的美男子，如果不是疯了，才不会这般邋（lā）邋遢（tā）遢。"

看来，燕王的疯剧演出十分成功，让所有的观众都信以为真。不过，演戏的不是疯子，看戏的倒是傻子。

当然，燕王装疯的目的是希望惠帝不要杀他。

张信夜探燕王府

一个寒风料峭，黑漆漆，阴森森，没有月亮的晚上，巍峨的燕王府前面，赫然出现了一条黑色的身影，蹑手蹑脚地走向大门的守卫。

他轻声地对守卫说："听说王爷病了，我想拜见王爷。"

"对不起，王爷遵照医师嘱咐，不能见客。"

侍卫客气地回答。

黑影躬一躬身，迅速地离开了燕王府的大门。

这黑影不是别人，就是北平都司张信。

张信是临淮人，父亲张兴，原是永宁卫指挥佥事，张兴过世以后，张信就继承了父亲的官位，以后，移守普定、平越，积功都指挥佥事。

惠帝即位，不放心在北平的燕王，担心燕王谋反，要派几个人到北平去卧底，监视燕王的举动。

有位大臣推荐张信，夸他"有勇有谋"。于是，张信被惠帝调往北平，担任北平都司。

张信初见燕王，就对燕王的神采大为倾倒。尤其他是见过惠帝的，相形之下，燕王真是威仪天成，气度非凡，远非惠帝的文弱柔嫩可比。

燕王也欣赏张信的豪迈，几次交谈，都很投机，两人的感情逐渐建立起来。久而久之，张信几乎忘记自己是来卧底的。

但是，惠帝的智囊——齐泰和黄子澄可没忘记，随时有指令传下。

话说燕王为了自保，发起疯来，确实也瞒过了不少人。但是，齐泰与黄子澄可不容易上当。恰好，燕王派了护卫百户邓庸到南京奏事。齐泰一声令下："拿下来问话。"邓庸立刻吓软了手脚。

为了保命，邓庸一五一十地把燕王府中的情形全盘托出。

"燕王到底是真疯，还是装疯？"齐泰问道。

"臣也不清楚，不过，燕王府中铸造兵器可没停止，不但没停，并且夜以继日在赶工。"

齐泰、黄子澄听了邓庸的话，互相商量了一阵子，他们认为燕王是装疯，早晚一定会谋反，所以作了一个结论——先下手为强。

于是，齐泰以惠帝的名义，下了一道密诏给张爵、谢贵与张信，要他们："速谋燕王。"

张信接到了密诏，脸色一变，既忧且急，简直不知道该怎么办。

回到家里，一个人呆呆坐在书桌前猛搔头皮。张信的母亲是个聪敏的妇人，眼见张信的神情，就知道儿子心里一定有疑难。

吃饭的时候，张信魂不守舍，伸出筷子，两眼发直，不知道要夹哪一样菜，愣在半空中。

张老太太柔声地问："儿啊，你是不是有什么心事？"

张信自小就十分佩服母亲是个有智慧的人，听母亲一问，心想不如把事情说出来，和母亲作个商量。

于是，张信拉了母亲，躲进内室，小声地附在母亲耳朵边，把惠帝密诏的事，讲给母亲听。

张老太太一听之下，脸色全变了，她着急地说："万万不可，你父亲在世时，经常告诉我，燕王有天子气，算命先生也都说，燕王有帝王之相。最重要的是，你现在在北平做官，是燕王管辖之下，燕王也是你的君，岂可不忠于燕王？依我看来，燕王发疯只是避人耳目。再说，要谋害燕王，究竟是皇上的本意，还是齐泰、黄子澄假借天子之名，发出的密诏？个中真假，谁又知道呢？”

张信听了母亲的分析，心里佩服得不得了，不停地点头。

“信儿啊，”母亲用低沉的声音告诫道，“你要小心，别把整个张家逼上死路啊。”

张信惶恐极了，惴惴然问道：“事到如今，孩儿又该怎么办呢？”

“立刻向燕王表白心迹。”张老太太的语气显得十分果断。

张信立刻换过衣服，趁着天黑，急奔燕王府，不料，却扑了个空，垂头丧气回到家。

站在门口等候的张老太太，一见张信的神色，就猜到张信吃了个闭门羹，她拍拍张信的肩膀：“孩子，明晚再去，告诉守卫，你有要事禀报。”

第二天晚上，张信又到了燕王府，他正色地对守卫说：“我有要事求见王爷，你们一定要替我通报。”

守卫怔怔地望着张信，见他一脸严肃，不像是开玩笑的样子，思虑半晌道：“张大人，我会禀告王爷，你明天再来试试看。”

第三天晚上，张信果然见到了燕王，燕王表情呆滞，一语不发，直直望着天花板，看不出来是不是真的发疯。

张信领了母亲的耳提面命而来，决定把燕王当成没病的普通人看待。

张信重重地磕了一个响头：“臣罪该万死，请殿下恕臣死罪。”他偷偷地瞄了一眼燕王，毫无动静，决定继续讲下去，“臣是皇上派来卧底，监视殿下行动的。”

说到这儿，燕王还是表情木然，张信想了好一会儿，膝行向前，双手捧上密诏，轻声地说：“臣不敢欺骗殿下，不过臣有肺腑之言，冒死上陈，这是臣刚刚接到的密诏，命臣尽速谋害殿下，密诏在此，请殿下过目。”

燕王突地自床上一跃而起，抢过密诏，来到烛台前细看，他身手灵敏，目光炯炯，英气逼人，那呆滞（zhì）、疯癫的神态一扫而光。

燕王看过密诏，转身望着张信，双膝落地，执着张信的手说道："我们全家大小，全是你救的。"

张信吓得赶紧伏在地上猛磕头，口里直说："臣不敢当，臣不敢当。"

燕王站了起来，同时拉起了张信，和蔼地说："谢谢你，我会报答你的。"

张昺谢贵围攻燕王府

话说张信夜探燕王府，交出惠帝命他速谋燕王的密诏，并且诚恳地向燕王表白心迹。

燕王握紧了拳头，自言自语：“如今是箭在弦上，不得不发。”他立刻急传道衍入宫，共商大局。

正当燕王传令召见道衍，忽然之间，阴风怒号，乌云密布，紧接着哗啦哗啦下起了大雨。自燕王有记忆以来，从未见过如此的风大雨急。

雨点像炮弹一般，重重地打在屋顶上，窗外仿佛有虎啸猿啼。燕王府里，用来遮盖铸造武器声音的鸭鹅们也被吓着了，拍着翅膀，咿哑地叫闹着，“哐”的一声巨响，原来是檐瓦坠地，真是惊心动魄。

突如其来的狂风暴雨，把燕王的脸吓得惨白，他想起了民间传说，“凡是不孝之子，必遭天打雷劈。”莫非，他想要叛君，老天爷不容，想到这儿，燕王全身发抖。

此时，道衍匆匆步入，他看过了密诏，面有喜色道：“有了这密诏，可以向天下人表示，不顾叔侄之谊的，不是王爷，而是当今天子啊。王爷，你还有什么好犹疑不定的？”

燕王吞吞吐吐才说出：“天地变色，莫非是不祥之兆？”

道衍用手挥除了脸上的雨滴，开怀笑道：“王爷错了，这正是大吉大利，飞龙在天，从以风雨。屋顶瓦坠，表示将易黄也，天下要换皇帝了。”

道衍这张嘴，真能把死的给说成活的，事到如今，燕王也别无选择，惠帝派了一个张信不成，可以再派一个，再来的一个，未必会向燕王输诚啊。

一会儿，布政司吏李有直紧急求见，他惊恐万状地向燕王报告：“张昺已将卫卒与屯田军士，布列在整个北平城中，并且飞章奏闻皇上，臣冒着危险，把奏章给偷来了，王爷请过目。”

燕王接过，匆匆一瞥，立刻急呼：“命张玉、朱能率领八百卫士，入府中护卫。”

七月初，惠帝下了一道诏令：“逮捕燕府官属。”于是，张昺、谢贵率领卫士，一圈又一圈，把燕王府层层密密地围绕着，并且展开了飞箭攻势。

箭矢如飞蝗雪片般飞入燕王府，府内乱成一团，急忙搭起牛皮，那些箭矢，虽然来得猛密，粘着软皮，也就不能动弹了。但是，一时之间，燕王府内，找不出太多张牛皮，着实伤脑筋。

张玉、朱能等人，站在墙上，往外一看，哇，旌旗蔽日，金鼓喧天。而且，火铳、火炮、火箭、乌嘴喷筒等武器，全部一一架设起来，大小将官，腰挎宝剑，排列在城墙外，似乎准备大干一场了。

燕王这时已毫无疯样，他沉着地询问燕王府外部署的情形，皱眉道：“事出匆促，府内兵力有限，我担心寡不敌众。”

朱能想了一会，一语中的：“擒贼先擒王，若是能够把张昺、谢贵抓了来，其他人就没有什么办法了。”

“说得好，问题是，我们困坐府中，怎么方便去外面找人。更何况，谁晓得张昺、谢贵这两个小子藏在哪儿。”燕王皱着眉说。

众人又陷入一片沉默之中。

忽地，道衍向燕王挤挤眼睛，贼光闪闪，燕王知道道衍有主意了，又不愿意当面说，免得走漏了风声。

于是燕王清一清喉咙，下了逐客令：“各位分头去想想主意吧。”

等到“闲杂人等”都清场了，道衍这才弯下脖子，在燕王耳边轻声道："朝廷不是下令，要捉拿王府里的官属吗？那么，王爷就把人交给他们吧！"

燕王睁大了眼睛，狐疑地看着道衍："尚未交手，我们就认输了？"

"不然。"道衍露出一丝诡秘的笑容，"诏命中有谁，王爷就交谁出来。只不过，王爷可命令谢贵、张昺二人亲自到王府拿人。他们一来，找个大力士上前一扑，问题不就解决了。"

"高招！"燕王大乐，重重拍击道衍的肩膀，"到底还是你行。"

原来，惠帝虽然下令，只是要逮捕燕王官属，但是明摆着是冲着燕王来的，毕竟，燕王仍然是堂堂北平封国之王，张昺是北平布政使，谢贵是北平都指挥使司，都归燕王节制。于是，燕王戏剧化地宣称："身体康复。"召见张昺、谢贵。当然，张昺、谢贵二人知其有蹊跷，不肯来。

燕王派了中使（燕王府内的宦官）拿出逮捕名册，命张谢二人到燕王府来拘捕人犯。这下子，张昺和谢贵不得不硬着头皮进了燕王府。

到了燕王府，燕王扶着拐杖，脸上似乎还有病容，赐宴行酒，安排了一场极为丰盛的菜肴，菜色之精美，让在场宾客赞不绝口。大伙摸着圆滚滚的肚皮，频呼："菜太好了，吃得太饱了。"

"那么，吃点水果帮助消化。"侍卫推出一车瓜果，燕王拣了一个，敲一敲，掏出一把利刃，一刀切了下去，突然，他脸色一变，"今日老百姓还知道兄弟家族之间要彼此体恤，互相照顾，身为天子亲属，旦夕之间，倒可能丢了性命，天下什么事做不得？"

说着，把瓜丢到地上，鲜红的瓜汁溅满了一地，两旁的大力士一拥向前，揪住张昺、谢贵的脖子，绑了下去。

燕王愤愤地把拐杖一扔："我哪有什么病，发什么疯，还不是全被这批奸臣给逼出来的？"

张昺、谢贵被绑入大牢，还巴望着惠帝能来搭救，不料燕王立刻下令，即时处死，免留后患。

靖难之变

燕王杀了张昺、谢贵以后，走上了不归路，非叛不可了。

于是，燕王在道衍一手导演之下，正式举兵。他一面上书向朝廷诉冤，一面誓师起兵，理由是冠冕堂皇的——“清君侧”。“清君侧”的意思是说君王旁边有奸佞之臣，必须清除干净。

燕王并且引用明太祖朱元璋留下来的祖训：“朝无正臣，内有奸恶，则亲王训兵待命，为天子讨平之。”他还是帮惠帝的忙哩！

燕王自署官职，不用惠帝建文年号，仍称洪武三十二年（这时是建文元年七月，1399 年），他把自己的部队称为“靖（jìng）难之师”。靖是使之安定，靖难就是平定灾难。

燕王起兵之后，先攻通州，再下蓟（jì）州，都督指挥马宣被俘不屈，大骂而死。燕王并且轻易地拿下居庸关。

居庸关是天险，扼北平的咽喉，是古来兵家必争之地。退守怀来的都督宋忠，为了想把居庸关自燕王手中夺回来，他想了一条毒计。

宋忠手下的部队，多半原本是燕王府中的护卫壮士，一共有三万名，惠帝为了削弱燕王力量，下令调给宋忠。

宋忠故意用悲痛的语气，对大家宣布：“燕王素行残忍，把诸位留在北平的大小，全给杀了。”

话还没说完，底下已经有人嘤嘤地哭了起来，举起拳头，高声嚷叫：“我们是奉命调往开平，燕王太过分了，我们要报仇！”

“对！我们要报仇！”

“好，咱们把居庸关给抢回来。”

宋忠见计奏效，浮起了志得意满的微笑。

另一方面，燕王也得到了消息，他捻须而笑：“咱们来个将计就计。”

当宋忠人马，含着悲愤，往前直冲。到了居庸关口，只见燕军队伍最前面的，有八十老翁，有十二三岁的小男生。原来全是宋忠部下的家人。

彼此见了面，非但不开打，而且忙着认亲叙旧：“张伯伯，您见着我父亲吗？”一个小男孩开口问道，他的年纪小，个子矮，穿上军装还真滑稽。

“哪，你父亲不在前面吗？”

父子相见，紧紧搂在一块，场面感人。

也有那八十老翁，在队伍之中，见到了儿子，儿子放声痛哭：“我还以为，还以为您被杀了。”

“呸！谁咒我，你媳妇上个月还生了一个胖儿子呢。”

“真的？这个宋都督真是乱讲话，害死人。”

“还不赶快回家，见你的胖儿子。”

“好。”说着，放下武器，欢天喜地叫道，“回家啰！”

“对，回家啰！”一呼百诺，个个都拉着亲人，带着“劫后余生”的喜悦，回到北平老家。

宋忠原先预料的一场敌忾（kài）同仇的搏命厮杀，竟然演变成为甜美温馨的认亲大会。这场仗也就不必打了。紧接着，遵化、永平等地，纷纷归附燕王，一时之间，燕王聚众数万人，声势大振。

这时候，惠帝也接到了燕王的上书，惠帝急着找齐泰、黄子澄商量。

他二人异口同声道：“如今燕王不用建文年号，摆明了是叛乱造反，第一件事，当然是削他的官爵，宣布他的罪状，公开讨伐。”

惠帝是软心肠的皇帝，面有难色道：“这样，不太好吧。”

“什么不好，必须明明白白的告示天下，让天下人都知道燕王现在不是什么燕王了，他是乱臣贼子，人人得而诛之。”齐泰愈说愈激动，一张脸涨得通红。

黄子澄在一旁，同样是怒不可遏。

他二人自认为一心一意为明太祖保存江山，竟然被燕王斥责“朝无正臣，内有奸恶”，也就是指他们是奸臣，是可忍，孰不可忍也。

在这个危险万状的节骨眼上，惠帝最有兴趣的，竟然是与方孝孺讨论周官法度，对这些打打杀杀的事，他听着便心烦，总是对齐泰、黄子澄说：“一切偏劳二位爱卿。”

齐、黄二人也是一个头两个大，他们原本也是文弱书生，不晓军事，尤其糟糕的是，明太祖为了保护惠帝，把所有会打仗的功臣，几乎全给杀光了。太祖是天天忧虑功臣谋反，如今是儿子燕王谋反，孙子惠帝倒反而孤立无援了。

拣来选去，找不到合适可用的大将，最后，齐泰一横心道：“不如起用耿炳文。”

“耿炳文成吗？他已经六十五岁了，而且听说最近身体也不太健朗，八月酷暑天，要他老人家再效命沙场，实在残忍。”黄子澄不表同意。

“那么，依你之见呢？”齐泰虚心地请教。

黄子澄想了一会，黯然摇头：“也只有廖化作先锋了。”

耿炳文宝刀已老，但是，临危受命，也不敢推辞，领了三十万大军，浩浩荡荡要出发。临行之前，拜别惠帝。

按理说来，惠帝应该说几句鼓励的话，祝福他们旗开得胜，马到成功。

但是，惠帝是个饱读诗书的仁厚君子，他竟然对耿炳文说：“昔日萧绎举兵入京，曾对部下说：‘自家人用兵，互相打杀，是最不祥的事。’现在你们与燕王对垒，千万记住，不可以加害燕王，毋使朕有杀叔之名。”

由于惠帝这一番“毋使朕有杀叔之名”的话，遂使得耿炳文打仗的时候，不敢放手一搏。

耿炳文老将出马

燕王发动靖难，正式用兵。惠帝这方面也在京城内发出诏书，公告天下："削燕属籍（把燕王从宗室的名册中删除），降为庶人（老百姓），派耿炳文为征虏大将军，声罪致讨。"

于是，六十五岁的耿炳文，领了三十万大军，再上沙场。想当年，耿炳文少年时代，替朱元璋守浙江，长达十年之久，与张士诚的大军对垒，大小数十战，无不大胜，真是威风八面。如今，精神体力大不如前。可是，毕竟是硕果仅存的老将军，不得不拼了老命向前冲。

耿炳文遣将用兵，命潘忠驻守鄚（mào）州，杨松守雄县。

燕王派人去耿炳文营中探听军情，探听的结果是："军队杂乱无章，毫无纪律，潘忠、杨松有勇无谋，不妨先取潘杨二人。"

燕王得到这份情报，决定先攻雄县，再取鄚州。于是下令燕军南下。当部队渡过白沟河之后，燕王宣布："今晚是八月十五中秋夜，他们一定在饮酒作乐赏月，让我们突袭雄县。"

当天夜晚，杨松的军士们，果然喝得醉醺醺的，七歪八倒，只想睡个舒舒服服的好觉。不料，燕军竟放弃中秋节的享受，前来偷袭，而燕军的前锋竟是燕王本人。燕王仗着惠帝下令，不准伤及燕王的诏令，亲自迎敌，一马当先，勇往直前。

杨松眼见燕军蜂拥而来，自己连阵势都还没摆开，就结结实实吃了一个大败仗，九千人在醉态中送了命。

燕王很是得意，他捋着胡须笑眯眼道："中秋夜，我们还可大大痛宰一番，如果我猜得没错，这会儿在鄚州的潘忠，一定率了大军前来援救，我们就静静地等候吧！"

于是，燕王选了一千多名壮士，躲在月漾桥的水中，每人拿着一束稻草，盖在头上，蒙住鼻子，噤不出声。远远望去，月漾桥下一片静谧，一轮皎月高挂天空，真是诗情画意的中秋月，月漾桥不愧为月漾桥，值得诗人歌咏。

潘忠的军队也是酒醉饭饱，打了牙祭，吃过月饼，趁着凉风习习，正想休息。忽地，接到紧急命令，半夜行军，一肚子恼怒，竟然有人半闭着眼睛，迷迷糊糊跟着队伍赶路，实在是困死了。

就在半梦半醒之间，潘忠的军队，经过月漾桥，神志尚未清楚。忽然，埋伏在桥下水中的燕军，一跃而起，丢掉头上的稻草，挥舞着长刀，呼啸而至，像切西瓜一般，砍掉了许多潘忠部众的脑袋。

等到潘忠的其他部队发现月漾桥下有水军，吓得大叫："妈呀！"争相逃命。可是，因为吃得太撑，跑也跑不快，自相践踏，尸上叠尸，血流成河。燕王旗开得胜，生擒了潘忠和杨松。

这时，耿炳文手下大将张保，看准耿炳文年老体衰，恐怕会继续打败仗，心想，不如及早投效燕王，或许可以得到好处。于是悄悄地溜出军营，来到燕军大营，求见燕王，向燕王密报："耿将军目前手下有三十万大军，分别驻守在滹（hū）沱河南北。"

燕王亲切地对张保说："你能前来，我当然欢迎。你现在先回去，就说是被俘虏了，然后找机会逃脱，并且把潘忠、杨松吃了败仗的情形，详详细细报告给耿炳文听，你明白了吗？"

"是！"张保叩了头，领了赏，欢天喜地，骑上快马回去了。

燕王手下的将领，对于燕王命张保回去，个个不以为然。他们猜想，燕王该不是中秋大捷给冲糊涂了吧，于是，有位将领向燕王进言："王爷，我们现在快要到达耿将军驻扎的真定，不去突袭，反而让张保通消息，让耿炳文早做准备，天下哪有如此用兵之道？”

“不然。”燕王胸有成竹地分析，“他们的军队，一半在滹沱河之南，一半在北。听说我来了，原来在南营的必须移到北边。再加上他们若是知道鄚（mào）州、雄县打了大败仗，心理上受到影响，咱们可以一举歼灭，这才是兵法上所说的‘先声而后实’也！”

“高明，高明！”诸将异口同声回答，“此所谓先声夺人。”

“对。”燕王接着分析，“如果不是这样，我们即便打赢了滹沱河北营，南营趁着我们累得人仰马翻之际反攻，我们岂不惨哉？”

果然，不出燕王所料。张保回去，加油添酱一番以后，耿炳文年纪大了，做事小心，不敢莽撞，真的把南岸的部队拉到北岸。

接下来，双方可要打一场硬仗，燕王手下有几个能征善战的拼命三郎，张玉、谭渊、朱能，像敢死队一样，冲锋陷阵，勇猛无比，把耿炳文打得大败，一路逃向滹沱河东边。

朱能大叫一声：“追啊！”他奋然上马，直冲耿军阵营，顷刻之间，耿军被朱能的气势震慑，阵势如巨浪般散裂开来。

只见朱能精神抖擞，眼如铜铃，拍马冲刺，手起刀落，左右翻腾，连劈十余人下马，真是有如虎入羊群，纵横莫当。

耿军大败，四下溃散，后面的队伍见前面掉头逃命，情不自禁也拨马转身而逃。耿炳文另一员大将李坚也被俘。

李坚被绑来见燕王，燕王立刻亲自为李坚松绑，并且拉着李坚的手，恳切地说：“一定是托皇考之灵，把你送给我。”李坚原也是朱元璋的部将，被燕王这么一劝，心头一软，马上屈膝投降。

耿炳文气喘吁吁，拖着老命，跑到了真定，把城门紧紧关闭，保存了十万的兵力。

听说吃了大败仗，惠帝忧心忡忡地问黄子澄：“怎么办呢？”

黄子澄心里也很着急，表面上不能不强自镇定道：“别急，胜败乃兵家常事，请陛下不要太过忧虑。”

李景隆披挂上阵

耿炳文老将披挂上阵，连连吃败仗，惠帝不得已，把耿炳文召回京师。耿炳文已是六十五岁高龄，面色羸（léi）瘦，本已不适合在沙场冲锋陷阵。惠帝与齐泰、黄子澄商量的结果是：“下回再找，得选个年轻的才行。”但是，到哪儿寻找青年才俊呢？

黄子澄忽然想到：“有了，曹国公李景隆不是现成的人选吗？”

“他怎么行？”齐泰抗议。

“怎么不行，先帝在世时，也很欣赏他。”

“哎，那是欣赏他的外表。”

黄子澄负气道：“没给他机会，又怎知他不行？”

李景隆可是一个大有来头的人物，他的父亲是李文忠，李文忠乃明太祖朱元璋姐姐的宝贝儿子。

明太祖小时候，家里贫穷，死的死，散的散，太祖投奔红巾军以后，他的姐夫李真带着十四岁的保儿前来依靠，这才知道姐姐已在两年前去世了。

太祖对保儿十分疼爱，在他的身上，仿佛看到姐姐的影子。因此，收保儿为义子，派人教他读书，练兵法。

保儿就是李文忠的小名。以后，李文忠带兵打仗，立下了不少汗马功劳。李文忠不但会作战，而且通晓经义，擅长诗歌，《明史》中形容他是“恂（xún）恂若儒者”。

相形之下，李文忠的儿子李景隆就差多了，真所谓一代不如一代。也许中国人一向惯爱儿子，自己吃过苦就舍不得儿子吃苦。

李景隆个儿很高，眉目清秀，外表看来，温文又潇洒，而他的潇洒，又不至于轻佻（tiāo），显得成熟又沉着。

这样的白马王子，不要说女性会着迷，连明太祖朱元璋每回上朝，见李景隆的雍容举止，忍不住用眼光瞟了又瞟。李景隆发现太祖在偷看他，心中暗喜，表面上故意装作没发现，只是把背脊挺得更直，愈发衬出玉树临风的潇洒。

不过，除了外表吸引人之外，李景隆长处不多，因为能言善道，惠帝对这个表兄弟，倒是十分喜欢，所以，黄子澄的提议，惠帝满口答应。

李景隆虽是将门之后，却是十足的纨袴（kù）子弟，将领们听说是这位公子爷要来，个个都拉垮了脸，心怀怏怏。

李景隆走马上任的第一件事，就是忙着四处征兵，他的目标是五十万。其实，打仗贵在神勇，善于调度，不是光光靠人多。耿炳文三十万大军不是说败就败吗?

听说惠帝起用李景隆，最高兴的莫过于燕王了，他笑嘻嘻对诸将们说："九江，纨袴少年耳，从来未习兵事，色厉而中馁，现在给他五十万兵，是重演赵括事件。"

九江是李景隆的小名，燕王认为他外貌严厉内心软弱。赵括是战国时代赵国大将赵奢之子，是个公子哥儿，赵王换掉老将廉颇，改用赵括上任，在长平之战中，赵国死了四十万大军。

由于惠帝换掉了老将耿炳文，改用李景隆代替，所以燕王胸有成竹道："各位看吧，历史会重演的。"

他说："我想一个计谋，耍耍这个小子。"于是，燕王决定离开北平，前往永平，对付辽东军。

将领们不放心，纷纷提出了疑问："如此一来，北平守势太弱，岂不危险? "

“不然。”燕王分析道，“北平战则不足，守则有余。李景隆胆子小，我留在北平，他一定不敢来，等他来了，我再回攻他不迟，你们发现没有？李景隆犯了五大错误，凡是兵法上的忌讳，他几乎全犯了。第一，政令不修，上下异心；第二，北平早寒，冬天来得早，他还让兵士着布衣，不能披冒霜雪，而且，军无余粮，马无足草；第三，不自量力，深入危险；第四，威令不行，仁勇俱无；第五，部队喧哗，喜欢阿谀（yú）奉承之辈，专任小人。”

燕王一口气举出李景隆五大缺点，真是把李景隆给看扁了。

燕王离开北平，先解了高平之围。然后赴大宁，找他的弟弟朱权。朱权是明太祖朱元璋第十七个儿子。人人都说，朱元璋二十六个儿子之中，燕王善战，宁王善谋，两人在边境并肩作战，合作无间。

燕王军队到了大宁城外，燕王一个人单枪匹马入城，抓着宁王的手，开始大哭特哭，宁王受到感染，也频频用手背拭眼泪。

燕王抽抽噎噎地说：“我是被齐泰、黄子澄逼迫，铤（tǐng）而走险，如今十分后悔，恐怕难逃一死。”

宁王非常同情四哥燕王，很够义气地表示：“我帮你写信给皇上求求情。”说着，宁王便提笔写了一封信给惠帝，请他赦免燕王一死。

接下来这几天，兄弟俩谈心饮酒，快快乐乐地叙旧，叨扰数天之后，燕王告别，宁王亲自送到城门外。

宁王握着燕王的手，殷殷话别：“你多珍重。”忽然之间，燕王的伏兵一拥而上，俘虏了宁王，逼着宁王、宁妃与燕王大军同行。

宁王善诈，却被燕王给诈骗了，他原本不想蹚（tāng）入惠帝与燕王之间的浑水，惠帝向宁王求兵，他曾经搁置不予理会。

如今，他被燕王胁迫，没有选择的余地，只有被迫加入反惠帝行列。燕王收编了宁王八万剽悍的部队，更是如虎添翼。

南军撞到冰墙

燕王离开北平，援救高平，同时计诱宁王加入。他希望在离开的这段日子里，李景隆会进攻北平。

李景隆果然上钩。他听说燕王离开北平，喜不自胜，大军围攻北平，安然渡过卢沟桥，卢沟桥是扼守北平的要道。李景隆心中窃喜，大声地说："燕王不能守此桥，我看他也没有什么本事。"殊不知，这是燕王预先做好的安排，目的在诱敌深入。

李景隆的大军开到北平城外，燕王世子朱高炽谨守燕王的命令："只宜坚守，不能出战。"李景隆军队虽多，但是，他不会调度，面对坚城，也是无可奈何。

不过，南军之中有一位瞿（qú）能，腰细肩宽，身强力猛，手执长枪，带着儿子，率领千余骑兵，杀入张掖门。守卫用乱箭夹射瞿能，瞿能用枪轻轻一拨，箭矢纷纷落地。双方厮杀十多回之后，瞿能占领了张掖门，准备继续向城内进攻。

捷报传到了李景隆耳中，他面无表情道："喔，好。"

传令兵急得挥汗："弟兄们在张掖门等候援兵。"

李景隆没好气道："是你作主，还是我作主？"

一直到最后，李景隆终究没有派遣援兵。因为他器小量浅，还酸酸地自言自语："可不能让瞿能父子抢了首功。"

守在张掖门的士兵，久候援兵不至，心中的恼怒可以想见。北平冬天来得早，南军穿着布衣，缩着颈子，又冷又饿，个个心中都在埋怨，朝廷怎么派来李景隆这个纨袴子弟率领大军。既然后援不来，又何必死守张掖门。于是，翟能率领将士们退出城外。

当天晚上，道衍出了个主意，派人在城墙上浇水，浇了一桶又一桶。水从墙面上向下流，由于气温很低，水一面流一面结冰。不久，城墙外已结了厚厚的一层冰，整个城墙像是一面冰墙。

到了第二天的清晨，李景隆下令用云梯攻城。可是，一片冰墙，又冷又滑，云梯很难稳固地架上去。士兵好不容易从云梯爬上城墙，却被墙头的燕军轻轻一拨，就像溜滑梯一般从冰墙上滚下来，一不小心，碰到了冰墙上突出的冰块，刮破了手脚，鲜血淋漓，涂在雪白的冰墙上，格外地触目惊心。

南军的一轮云梯进攻，其结果倒像是滑冰墙游戏，竟然无法登上墙头。

李景隆自己换上了皮衣重裘，军士们却仍然继续穿着布衣军服，南方人又不习惯北方的冷冽，一个晚上的卫兵站下来，雪地上直挺挺地躺下好多尸体。

南军的士气就像当地的气温一样，愈来愈低。

这个时候，燕王大军回返北平，北平守军也鼓噪而出，内外两下夹攻，李景隆连连打了七次败仗，只好退守德州。

李景隆的失败，正应了当初燕王所说的："想当年，汉高祖也不过只能领军十万，李景隆有什么能力，竟然能够带五十万大军！他带兵愈多，指挥愈不灵活，对我们反而愈为有利。"

由于李景隆是黄子澄力保的，李景隆失败的消息，黄子澄为了自己的面子，没有报告惠帝，惠帝反而嘉勉李景隆，升他的官为太子太师，有知道内情的文武百官都在摇头叹息。

第二年，燕王准备进攻大同，他预测，李景隆必定会去援救大同，大同苦寒，南军脆弱，可以不战而胜。

燕王的预测果然正确，当燕军围攻大同之时，李景隆派了大军急奔大同来救援。其实燕王并非真要攻下大同，等到李景隆的大军快到大同之时，燕军却绕道从居庸关回到北平。李景隆劳师动众，连燕王的影子都没有瞧见。可是，南军不适合北方严寒的气候，在往返的行军途中，许多士兵因不耐低温而冻死了。

李景隆一再被燕王戏耍，身为主帅，真是快要气疯了。他不能再受辱，决定倾全力与燕军决一死战，于是发生了白沟河之役。

李景隆召集了六十万大军，在白沟河南岸扎下军营，摆出的阵势长达数十里，声威鼎盛。

燕王亲率燕军也来到白沟河，双方展开了激烈的战斗。

第一天的战斗，南军占了优势，燕军吃了几次败仗。

第二天，燕王亲自跃马上阵以激励军心士气。

燕王神勇过人，前冲后突，杀得南军左逃右躲。但是，燕王也成为南军攻击的目标。

一支飞箭射中了燕王所骑的骏马，骏马痛得长嘶一声，前脚腾起，燕王被弹下马背，幸好燕王身手矫捷，一个翻身，平安落地，燕军士兵立刻送上一匹马，燕王飞身跃上，继续厮杀。

不久燕王的坐骑又被一支飞箭射中，马儿倒了下去，燕王赶快再换一匹马。

这次燕王也取出了一袋弓箭，一支一支地对南军射去，把三袋箭都射完了。忽然坐骑又被南军的弓箭射中，燕王赶紧换骑另一匹马。

箭袋都空了，燕王拔出宝剑，再度冲入南军之中，和南军搏斗起来。也不知打了多久，忽然，“当”的一声，燕王的宝剑断了。

手里没有了武器，燕王心里一慌，立刻后退，南军却在身后紧追不舍。

燕王正在着急，忽然发现前面的河堤高高突起，于是赶紧策马飞奔上堤。到了堤上，燕王故意高举马鞭，向堤的另一面招手。

李景隆见状，以为堤外有燕王的伏兵，深恐燕王上堤又是一个诡计，立刻下令停止南军进攻。于是李景隆失去了一次活捉燕王的机会。

正巧这时燕王的儿子高煦（xù）带领一队燕军前来援救，和南军又展开了一场激烈的搏杀。白沟河之役，燕军初败后胜，南军阵亡十几万人，燕军乘胜攻占了李景隆的基地——德州，李景隆逃奔到济南。

这一回大败，黄子澄可不能再瞒了，他请求惠帝将李景隆处死。

惠帝一向仁厚，也以自己的仁厚自得，他坚持不肯诛李景隆。御史大夫练子宁看不下去，揪着李景隆在殿前跪下，边哭边说："坏陛下大事者，就是这个贼。臣担任御史大夫，不能为国去奸，死有余罪，如果陛下非赦景隆不可，就不要赦臣，请求赐臣一死。"

惠帝不肯杀李景隆，当然更没有杀练子宁的道理，他干脆宣布退朝。

黄子澄懊悔极了，捶胸顿足哭道："大事去矣，我推荐景隆误国，万死不足以赎罪也。"

薛岩参观军事演习

李景隆失败以后，惠帝这方面，冒出两位英勇的战将，一是铁铉（xuàn），一是盛庸。

铁铉在洪武年间，原以断狱著称，明太祖朱元璋很欣赏，曾经赐他一个字——鼎石。

建文初年，铁铉担任山东参政，他眼见李景隆无能，心中十分发急，决心死守济南。

燕兵来势汹汹，日夜猛击，并且用大水灌城。

铁铉心生一计，先命守卫嚎啕大哭，然后，派出一千多人，高举白旗，出城诈降。一千多人跪在地上讨饶，并且推出代表，低声下气地恳求燕王：

“奸臣不忠，使大王冒着霜露，为社稷（jì）忧心。谁不是高皇帝（明太祖）的儿子？谁不是高皇帝的臣民？我们东海人民，不懂得军事，听说大军压境，将要大肆杀戮，这哪儿是大王安定天下的本意？请求大王退师十里，单骑入城，臣等将壶浆以迎王师。”

这一番话，把燕王哄得心花怒放。在他看来，济南城民，既然把燕军视为仁义之师，那又何必劳师动众非打不可，而且，他痛宰李景隆的威名，想来早已天下风闻了吧。想到这儿，燕王不自觉满面笑容。

于是，燕王下令退军。第二天中午，他骑着一匹骏马，意态从容地进入济南城，仿佛凯旋的英雄一般，接受民众热热烈烈的欢迎。

正当燕王飘飘然，滴答滴答骑着马刚过城门，“哐”的一声，城墙上面预先布置的铁板下坠，直直落在马首，差一点就击中燕王的脑袋。燕王吓得立刻换了一匹马，头也不回地往后奔驰，又差点撞上铁铉设的断桥。

也许铁铉姓铁，他才想到用铁板对付燕王，燕王差点丢了老命。为了报仇，全力围攻济南，攻了三个月，还打不下，燕王颇为气馁。他的智囊道衍说：“军队也疲乏了，先回北平吧。”铁铉又乘胜克复德州。

接着，燕王又被盛庸追得窘迫，曾经有一度，燕王一个人骑着马殿后，后头有数百追兵，他们不敢与铁铉一般，不理会惠帝“不得杀害燕王”的诏命，因此，明知燕王在前，却不敢加害。

燕王起兵以来，转战两年，历经辛苦，有时不免灰心丧志，却在道衍鼓励之下，拿出勇气，再度起兵，在天河之役，打败盛庸。

惠帝听说盛庸失败，十二万分地恐慌。他知道，燕王对齐泰、黄子澄两个人恨之入骨。因此，下诏贬窜齐、黄，并且派遣官员抄他们的家。却在暗中，命令他二人出外募兵。

燕王当然不敢轻信。惠帝接受方孝孺的建议，表面上，赦免燕王的罪名，恢复王爵，但私底下却计划派兵攻北平。

大理少卿薛岩到了燕军之中，宣读了圣旨。燕王脸色沉重，气得牙齿咯咯作响，怒声责问薛岩：“我问你，你临行之前，圣上作何言语？”

薛岩道：“圣上说，殿下一旦脱去盔甲，谒（yè）见孝陵（明太祖的陵墓），晚上即可回北平。”

燕王哼哼冷笑两声：“喔，是这样的吗？这个话不足以欺骗三尺高的小孩。”说着，燕王举起手臂，指着左右将士道，“不要忘了，此间尚有大丈夫。”

诸将们听了这话，抬头挺胸，举起刀剑，齐声要求：“把薛岩给杀了吧。”

燕王在将领们心目中是相当具有分量的。虽然说，惠帝有诏，不准杀害燕王，毕竟刀枪可没长眼睛，稍一闪失，燕王还是会去见阎王爷的。可是，每一场战役，燕王总是出现在最危险的地方，让士兵们非常佩服。

同时，燕王对士兵相当的爱护。有一回，行军途中，一个士兵体力不支，昏倒在地，他立刻吩咐左右：“用我的备用马载他。”又长长叹了一口气：“壮士的病，都是因为我而起的，惭愧之至。”

这番话，让士兵听了，觉得好温暖，好有人性，王爷真是懂得体恤底下人。

燕王也总舍不得让兵士们过劳。南军的军队，每到一处，立刻挖堑筑垒，总要忙个通宵，整夜不能休息。长途行军，加上体力透支，实在累惨了。第二天一大早，又得出发。

燕王则不然，他行营只搭帐篷，却不挖堑（qiàn）筑垒，而用分布队伍列阵为门，轮番站哨，防止敌人偷营。这样子就能养精蓄锐，保持旺盛的战斗力量。

每次战斗之中，获得的战利品，燕王也是当场分赏给将士们，因此，燕王手下的死士不少。

听到薛岩转达惠帝没诚意的诏书，将士们露出吃人的眼光，想为燕王出一口气。

燕王就是要薛岩瞧瞧手下们的忠心，倒也不是真的准备杀薛岩。他大声阻止：“朝中奸臣不过数人，薛岩是天子的使者，各位不可轻举妄动。”

燕王吓唬薛岩之后，带领他参观军营。

只见三通鼓罢，燕王金盔金甲，锦袍玉带，立马阵前，真是威风极了，左右排列诸将，旌旗节钺（yuè），甚是严整。接着，表演战技，一个挥刀纵马，一个挺枪接住，彼此捉对厮杀，非常精彩。

薛岩眼见军容严整，士气如虹，暗暗称奇。

燕王留薛岩逗留数日，再放薛岩回京。临行之前，燕王用哽咽的语调对薛岩说：“你回去为老臣谢天子，天子与臣是至亲，臣的父亲是天子的祖父，天子的父亲是臣的长兄，臣为藩王，富贵都到达了极致，尚复何求？臣一向知道天子厚爱臣，一定是被奸臣所谗。如今奸臣尚在，大军未还，臣的将士心存狐疑。若是天子诛杀奸臣，解散召集来的军队，老臣父子一定骑着马，赴京接受天子的命令。”

薛岩回到南京，据实报告，一向软心肠的惠帝长叹：“真如岩所言，错在朝廷，齐泰、黄子澄误了我。”

方孝孺则不以为然，他撇撇嘴道：“这是薛岩为燕王游说。”

惠帝离奇失踪

自从燕王发动靖难，正式起兵，春去秋来，已经三年。

这三年之中，燕王身先士卒，亲冒矢石，虽然屡战屡胜，毕竟兵力不足，所攻下来的城镇，往往不久之后，又被南军收复。最后清点之下，除了燕王的老家北平以外，不过只有永平、大宁、保定几个据点，因此，燕王十分沮丧。

他曾经举杯消愁，仰天叹息："连年用兵，到底要拖到哪一天，干脆决一死战也痛快。"

正在这个时候，燕王的机会来了。原来，惠帝深受儒家思想的影响，再加上明太祖朱元璋对宦官防范严密，因此，惠帝虽然为人仁厚，却独对宦官管得极紧。

当时，朝中一些宦官犯法，惠帝下诏："严如侦办。"有些犯了法的宦官心里害怕，就悄悄溜出南京，逃往北平，依附燕王，乘机向燕王报告说："南军都派到各地去作战了。如今，南京城一片空虚，大王何妨奇袭。"

燕王正在进退维谷，一筹莫展，听了宦官的情报，大喜过望，急忙找道衍商量。道衍估算的结果，也认为消息应该可靠，于是订下了长驱深入直捣南京的大计。

建文三年（1401 年）十二月，燕王大军发兵，这次的战略，与往常不一样，燕王并不攻占城池，沿途的州县只要不阻拦，就不会发生战事，燕军的目的地是南京城。

燕军声威鼎盛，一路南行，沿途也有南军抵抗，却都不是敌手，纷纷溃败，燕军很快就攻到了长江北岸。

惠帝十分惊恐，一听说燕王大军已临江北，一个人在殿里徘徊，他皱着眉问方孝孺："你说，事到如今，如何是好？"

"城中尚有劲兵二十万，城高池深，粮食充足，应该可以抵抗到底。"方孝孺语气沉重地说，"即使无济于事，陛下也该为此牺牲。"

不久，燕王督师进攻南京城金川门，两军尚未开打，那个曾经吃过败仗的李景隆与谷王穗竟然开门投降。诸王与文武百官先后投降，燕王终于如愿以偿，进入南京城。

一向机敏的燕王立刻下令："迅速包围皇宫。"正在此时，皇宫突然起火，烈焰冲天，阵阵的浓烟，呛得人咳嗽不已，熏得人眼睛都睁不开。

燕王一看情势不对，立刻再下令："守住每一个宫门。"

于是，手执刀枪的士兵，严守各个宫门，外面的人不得入宫，宫里逃出的人一律逮捕。同时，燕王又派了大批士兵进宫去救火。好不容易火熄了，却不见惠帝的踪影。

惠帝在火窟中自杀了吗？可是燕王派人把宫里整个翻过来，也不见惠帝尸首。

惠帝逃走了吗？这倒是有可能的，虽然当时士兵们守住宫门，但情势太乱，惠帝乘机溜走，实有可能。燕王登上皇位以后，派遣郑和赴南洋，宣扬大明国威，据说郑和另有一个重要的任务，就是奉明成祖（燕王）之密令，寻访惠帝的下落。

由于惠帝下落成谜，因此，民间流传各式各样的说法，其中最为普遍的一说是，当金川门失守以后，惠帝原先准备自杀，这时，翰林院编修磕了一个头道："还是快逃吧。"

"怎么逃得走呢？"惠帝忧急地问。

这时，一个老宦官王钺忽地冲了出来，在地上磕一个头说：

“记得先皇帝在世时，曾经留下一个匣子，藏在奉光殿的左边，嘱咐在遇到大难时可以打开。”

“还不快取！”惠帝急着说。

王钺匆匆忙忙拿出一个红匣子，打开一看，里面有白银十锭，以及僧衣僧帽等，并且留下字条，说明宫中有一个秘密通道，可以直通外面。

另一个宦官迅速为惠帝剃发，换上僧衣。然后，惠帝带着几个身手矫健的宦官，从地道逃出了宫。自此与祖父朱元璋当年一样，做了和尚，云游云南巴蜀之间。据说，晚年之时，惠帝嗟叹一生遭遇，曾经在一座寺庙的墙上，题上一首诗：

> 阅罢《楞严》（佛经书名）声懒敲，笑看黄屋寄团瓢（团瓢指草舍）。
> 南来瘴岭千层回，北望天门万里遥。
> 款段久忘飞凤辇，袈裟新换衮（gǔn）龙袍。
> 百官此日知何处？惟有群鸟早晚朝。

写尽了他见不着文武百官，只有与群鸟相伴无边的寂寞。

另外还有一个故事，据说惠帝逃亡在外，年纪大了，十分思念祖父，很希望死了以后，可以与祖父埋葬在一块儿。此时，成祖已经去世，英宗即位，惠帝鼓起勇气，向广西思恩知州讲穿了自己真实的身份。

州官可是吓了一大跳。但是，此事非比寻常，不敢擅自作主，派人把惠帝送往北京。

英宗也没有见过惠帝，不知其真假。于是，把老太监吴亮请出来鉴别。

吴亮见到满面风霜的惠帝，实在也看不出来到底是不是真的，中间相隔四十年，其间的变化太大了。

惠帝倒是一眼认出了吴亮，并且对他说："吴亮，你不记得了吗？有一天我在吃鹅肉，有一小片鹅肉掉在地上，你学着小狗的样子，一边汪汪地叫着，一边把肉给舔了。"

"对，我记得。"吴亮忍不住哭了起来，并且说，"我还记得，皇帝左脚脚趾上有一颗黑痣。"

惠帝伸出了脚，吴亮脱去惠帝的鞋袜，发现脚趾上果然有一颗又圆又大的黑痣。吴亮抱着老主人惠帝的脚，嚎啕大哭起来。于是，惠帝在宫中，度过平静的晚年，死后，被埋葬在西山。

当然，这也是一段传说的故事。

总之，靖难之变，惠帝失踪，究竟下落如何，始终是明史上一大疑案。

清乾隆元年（1736 年），惠帝才被追谥为恭闵惠皇帝。

明惠帝下落的最新说法

明惠帝的下落是千古疑案，也是历史学家一直深感兴趣的谜团。近来，内地的历史学者，有一种新的看法。

根据他们的研究，惠帝神秘失踪，并没有远走云贵高原，浪迹天涯，而是躲在近在咫尺的苏州吴县普济寺。

据说，情况危急，千钧一发之际，惠帝剃光头发，换上僧衣，他很自然地，第一个念头就想到："不如投奔溥洽（qià）大师。"

溥洽可不是寻常和尚，他是明朝初年著名的高僧，精通佛典，德高望重。在洪武年间，曾经被召为僧录司右讲经，后来，升为左善世，又担任惠帝的主录僧。

惠帝原本是个清心寡欲之人，喜欢读佛书，讲禅理，甚且也爱茹素。因此，惠帝与溥洽相处甚欢。

"投奔普济寺，会不会给他添麻烦？"

一向为人设想的惠帝，又不免踌躇（chóu chú）。

情况紧迫，也不容惠帝优柔寡断。几个身手矫健的宦官，护卫着惠帝，昼伏夜行，来到了苏州吴县山明水秀的普济寺。

普济寺是过去惠帝来过的地方，他极为欣赏此地的山明水秀。但是，此时此刻，性命垂危，心乱如麻，缺乏赏玩山水的兴致。

惠帝一行，进入熟悉的山门，绕过大殿，曲径通幽，到了最后一进禅房，一丛修竹，数曲回栏，这是溥洽居住之地，也是普济寺中最好的住处。溥洽已经交代，请惠帝暂时在此落脚。

溥洽招呼小和尚，捧来一碗热茶，一碟寺中自制的盐渍（zì）燻（xūn）豆，对惠帝说："皇上莫惊慌，这儿很安全。"眼神中尽是关怀。

早已被吓坏的惠帝，觉得一股暖流缓缓地自心中漾开，总算可以舒一口气了。

普济寺中突地来了一群身份不明的人，而且处处显得十分神秘，马上有人联想到，该不会是惠帝落难此处。

明成祖接到密报，立刻派出大批人马，把普济寺层层包围。但是，搜查了半天，却找不到惠帝的踪迹，他气在心里，找了一个不相干的理由，把溥洽软禁起来。

普济寺待不下去了，惠帝又到哪儿了呢？据说，竟然是道衍（姚广孝）伸出了援手。

明成祖当初之所以毅然起兵，得力于道衍。以后三年，成祖转战山东、河北，道衍虽未亲临战场，但是，一切机密几乎取决于道衍。所以，成祖得有天下，道衍出力最多，论功行赏，以为第一。

永乐二年（1404 年），道衍授官资善大夫，太子少师，恢复了他的原姓——姚，并且赠道衍祖父官职。成祖平常称呼他，总是客客气气尊一声："少师。"

成祖不止一次劝道衍："你也不要再当和尚了，把头发蓄起来，朕赠给你豪华宅第，美艳宫人，你与我共享天下富贵。"

道衍就是不肯，他拱拱手道："我当和尚习惯了。"

道衍过着一种奇怪的生活，他上朝时，穿着官吏的朝服。退朝之后，又换上袈裟。他还是习惯于住在他的庆寿寺。

道衍听说惠帝惶惶然若丧家之犬，便写了一首诗《病猫》，表示愿意收容惠帝：

衔蝉踏雪世难寻，爪敛毛摧苦病侵；
既倦终宵迎氅（chǎng）下，惟思长日卧花阴。

欲急快啖非无意，纵鼠横行岂有心；
谁念前功能保受？夜寒收汝入重裘。

惠帝走投无路，也就只好投靠在道衍怀抱，收入他的重裘之中。

道衍是成祖最信赖的人，因此，庆寿寺也是全国最安全的地方，惠帝在这儿，过了十多年平静无波的生活。

转眼之间，道衍垂垂老矣，不能上朝，在庆寿寺中养病。

成祖很关心道衍的病，亲自前来探望，他握着道衍的手，想起亲密战友时代的往事，觉得十分怅惘，赐给道衍一个金子打造的金唾壶，并且询问道衍："告诉朕，有没有任何事，朕可以替你办到的？"

道衍思索了一会儿道："溥洽被关得太久了，希望能够放他出来。"又说，"他实在是冤枉的，请皇上赦免他的罪。"

念在道衍的功劳上，成祖马上就答应了，说到做到，立刻把软禁十多年的溥洽放了出来。

过了没多久，道衍过世，年八十四岁，葬礼备极哀荣。成祖亲制神道碑记载他的功劳。道衍是和尚，没有后代，成祖赐官道衍养子姚继为尚宝少卿。

道衍过世之后，庆寿寺不再是戒备森严之处，成祖派了胡濙（yíng）："有人说，他藏在庆寿寺，你瞧瞧去。"

胡濙探听回来，向成祖禀报："没错，惠帝是藏在庆寿寺，人老了，也病了，恐怕拖不了好久，恳求陛下让他在庆寿寺，走完人生最后一段路吧。"

成祖一直害怕，有人簇拥惠帝，东山再起，威胁他的帝位，倒不是担心个性懦弱的惠帝。成祖考虑了一会儿，对胡濙说："好吧，不过，你要派人日夜严密监视，不可予野心家可乘之机。"

“是的。”胡濙重重叩了一个响头。

永乐二十一年（1423 年），一天夜晚，成祖已经入睡了，胡濙急禀，说有要事相告。

成祖披衣而起，胡濙满面愁容，悲痛地说：“他去了。”他是指惠帝，年方四十五岁。

成祖指示：“用天子的格局安葬，但不能让世人觉察。”

就这样，一生饱历忧患的惠帝，长眠于庆寿寺。墓顶上置正方形大青石一块，暗指“天圆地方”的帝王陵寝之意。

按溥洽被软禁，道衍死前搭救溥洽一段，都是《明史》中有记载的事。不过，若是说，惠帝被道衍搭救，似乎不太合理，道衍一手导演惠帝败亡，他应该是最恐惧惠帝尚在人间的人。

当然，人性复杂，世事难料，谁也不能说，绝对没有这件事，只不过，因为缺乏强而有力的证据，我们只能姑妄听之。

方克勤方孝孺父慈子孝

燕王进入南京城以后，立刻下令，逮捕齐泰、黄子澄等五十余人，到处贴出告示，捉拿“奸臣”。

当初，燕王起兵的理由是“朝无正臣，内有奸恶，则亲王训兵待命，为天子讨平之”。

现在，他要动手办“奸臣”了。

燕兵围攻南京时，齐泰在外郡奔走想办法，听说燕军重金悬赏他，齐泰心中发急，准备逃跑。

他有一匹快马，白亮似雪，状甚雄伟，可以日行千里。齐泰跳上马，转念一想：“不对，我这张面孔，识得的人不多，倒是有不少人，知道我有这匹白色宝马。”

齐泰慌慌张张下了马，跑入书房，捧来笔砚，用大号毛笔，沾上黑墨，在马匹身上大片大片刷去。齐泰喃喃自语：“宝马，对不起，这回委屈你了。”顷刻之间，白马变成了黑马。

齐泰左手牵缰，右手的马鞭不断“刷刷”地往马腰上抽，一路向前奔去。因为天气太热，齐泰累得满头大汗，宝马也汗如雨下。马这一出汗可不得了，不停的滴滴答答有黑色的墨水往下掉，引起路人的啧啧称奇。

不一会儿，经过汗水的洗礼，黑马又变为原来的白马了，有人指着惊呼：“咦，这不是齐尚书的白马吗？”

这下子，齐泰想赖也赖不掉，只好垂头丧气被押解到南京。他与黄子澄二人，都被处以“磔（zhé）死”（磔是分裂肢体的死刑）。

除了齐泰与黄子澄，还有一个人，燕王想起来，就气得牙齿咯咯作响，那便是方孝孺。

方孝孺，是中国历史上大大有名的人物，许多人都听过他的名字，却不甚了解他的事迹。

方孝孺（有的书籍写作方孝儒），字希直，一字希古，明朝宁海人。他的父亲方克勤，也是《明史》中列为“循吏”的好官。

方克勤在洪武四年（1371 年），参加吏部考试，得了第二名，授为济宁知府。

当时，国家遭逢大乱，经济上凋敝不堪，满目疮痍，朱元璋认识“初飞的小鸟，不能够拔它羽毛”的道理，鼓励农民开垦荒地，并且规定，垦出的土地，承认是垦荒者的产业，同时，免征三年田赋。

但是，地方官吏可等不及，早早就急着前来催税。老实的农民受了骗，心里很生气，一个个嘟嘟囔囔：“既然皇帝的诏命不可信，我们干什么当傻瓜。”于是，田地又荒芜了。

方克勤则不一样，他与人民定了约，不该缴税时绝不征税，又把田分为九等，到了该抽税时，一切依规定办理。济宁的荒田，就这样一片片开发出来。

方克勤又到处建学校，修孔子庙，教化百姓。在盛暑之时，军队将领拉人民去筑城，方克勤好生不忍，他代替老百姓向都督求情：“大家耕田都来不及了，哪有时间去筑城？”

都督认为方克勤是存心不给他面子，气咻（xiū）咻道：“你若有本事，就请中书省下一道命令，这城，也就不必筑了。”

方克勤也就真的上书中书省，让民众免去了劳役。

济宁人民很感激方克勤，作了一首歌谣歌颂他：“孰罢我役？使君之力。孰活我黍？使君之力。使君勿去，我民父母。”意思是说："谁免除了我们的劳役？都是知府老爷的力量。谁救活了我们的田？都是知府老爷的力量。知府老爷千万别走，你是我们的父母。"

方克勤像苦行僧一般，把物质需求降到了最低点，他的布袍一穿就是十年，一日三餐多半吃素。

方克勤的儿子方孝孺，在年幼时，母亲就过世了，他完全继承了父亲这种理学家的风范，以追求道德学问为己任，不在乎生活简陋。

方孝孺自幼聪明机智，双目炯炯有神，他每天读书十分用功，乡里的人都称他为"小韩子"（小韩愈之意），予以另眼相看。

长大以后，方孝孺跟着宋濂读书，宋濂是协助明太祖朱元璋打天下的功臣，学问极佳，方孝孺的成绩优异，很快的就赶上他的学长。如胡翰、苏伯衡等人。

在方孝孺心目之中，他是看不起舞文弄墨的文艺之事，他认为读书的目的便是"明王道，致太平"。

因为过于专注用功，方孝孺曾经疲惫地病倒了。家里的人忧急地告诉他："怎么办呢？一粒米都没有了，你又生了病。"

方孝孺极有颜回精神地笑笑："这有什么关系？古人三十天才吃九顿饭，难道古今只有我一个人贫穷吗？"

十九岁那年，方孝孺又遭到巨变。

朱元璋即位以后，为了惩治贪官污吏，爆发了所谓空印案。依照惯例，每一年，地方长官到户部缴纳钱粮等，总先携带盖了空印的公文纸，以备于万一报销之时，有户部删剔的项目，可以在京城里随时补文申报或者缴款赔亏。以免一来一往，路途遥远，耗费时间。

但是，一向有疑心病的朱元璋，直觉以为，其中有诈，定是集体舞弊，把案内有姓名的主印的地方官，一律斩首示众。

方克勤虽然是好官，但是，专制时代是没有道理可讲的。十九岁的方孝孺，扶丧归葬，因为过于伤心，脸色灰败，两颊与双眼就深深陷了下去。

方克勤父子二人，一向得到乡里的敬爱，遭此巨变，众人同声叹息。一路上，都有人忍不住陪着方孝孺痛哭流涕。

方孝孺宁死不屈

方孝孺守完孝，继续跟着宋濂求学，前前后后，他拜在宋濂门下，长达六年之久。

洪武十五年（1382 年），由于吴澄、揭枢的引见，明太祖特别予以召见。方孝孺清癯（qú）秀逸，气度高华，特别是那一双眼睛，神采奕奕，目光十分正直。

明太祖非常欣赏方孝孺的端庄大方，他对皇太子说："此人乃良士也，应该进一步磨炼他的才华。"予以相当礼遇，然后遣返。

后来，他因为受叔父的官司的连累，阖（hé）家被地方官逮捕到京师。明太祖如此一个杀人如麻的君主，竟也起了爱才之心，见到方孝孺的名字，马上予以开释特赦，让他得以"奉祖母及妻子"归还乡里。

洪武二十五年（1392 年），又经人推荐，方孝孺再蒙太祖召见。距离明太祖第一回见他，已经整整过了十年，方孝孺举止更见沉稳内敛，谈起话来，学问更为渊博精进，明太祖为之喜上眉梢，却表示："现在，还不是用方孝孺的时候。"聘他为汉中教授，每日与学生讲论学问。

蜀献王听说方孝孺的贤能，经常前来聆听他讲述道理，特别聘他为世子的老师，他自己也一块儿听课，对方孝孺陈述的义理，觉得万分佩服，特别把方孝孺的书庐取名为"正学"。从此以后，学者都恭称他为"正学先生"。

正学先生真正获得重用，是在惠帝时代。惠帝喜欢儒学，也有学问根基，两人一见如故。建文元年（1399 年），惠帝召方孝孺为翰林侍读，颁发给他一面“朝参牌”（随时可以出入京城，朝参皇帝的牌子）。

惠帝喜欢研究学问，每次有读不通、看不懂的地方，就请方孝孺来讲解，互切互磋，深觉乐在其中。每日上朝，官员奏事，惠帝也常叫方孝孺在屏风之前马上作答，君臣关系水乳交融。

靖难之变发生，当时的诏檄公文，都是出自方孝孺这支快笔之手。

基本上，惠帝很不情愿与亲叔开打，他又是个听到兵事就皱眉头的人。因此，在战况吃紧之时，他把一切委托给齐泰、黄子澄，自己与方孝孺谈论周官礼仪制度，这才是惠帝的最爱。

由于方孝孺道德学问，天下风闻，所以当燕王发兵北平之前，道衍曾经劝过燕王：“大王，请务必听我一句，攻下南京的那一天，方孝孺必定不会投降，请千万千万不要杀他，如果杀了他，天下读书人的种子就从此断绝了。”

燕王自起事以来，得力于道衍之处甚多，因此他点点头道：“好，我答应你。”

南京金川门破，皇宫大火，惠帝下落成谜，方孝孺如丧考妣（bǐ），披麻戴孝，哭得热泪滚滚，浑身发抖。

燕王屡次下诏召见，方孝孺总是相应不理，燕王派了方孝孺的门人廖庸去请，被方孝孺骂了一个狗血淋头：“你的诗书都念到哪儿去了？”

后来，燕王正式准备即位，想找一个文笔好的人，为他起草诏书，大家都说方孝孺是当今天下第一才子。燕王命令把方孝孺押到殿上。

方孝孺依然还是穿着孝服，一入殿便如长江大河开了口，一泻千里般哭个不停，围观者面面相觑（qù），不知如何是好。

在燕王看来，马上要登基，是喜事一件，方孝孺穿着丧服，哭个不停，真是触霉头，脸色也不自觉地阴沉下来。

燕王勉强忍住气，走下座位，安慰他道："你用不着太悲痛，我不过是效法周公，辅佐成王。"

"喔，是吗？"方孝孺一泡泪水在眼眶里打转，"成王在哪里？"

"他自焚而死。"

"为什么不立成王的儿子？"方孝孺用手背擦拭着眼泪，含恨地追问。

"国赖长君。"燕王昂一昂头。

方孝孺，选自《历代名臣像解》。

"那么，为什么不立成王的弟弟？"方孝孺用相当固执的声音再逼问。

燕王抬起头，两人四目相视，眼中都喷着怒火，呈现出一种剑拔弩张的情况。方孝孺一脸不屈的神态，眼中且有不屑与乱臣贼子多言的骄傲。

燕王受不了，气愤地回答："这是我家的事，你别啰嗦。"

说着，燕王命左右把纸笔递给方

孝孺："这诏告天下的文章，非请先生草拟不可。"

"好！"善写书法的方孝孺，立刻写上了"燕贼篡位"四个大字。气得燕王脸上一阵惨白。

方孝孺重重把笔往地上一摔，倨傲地说："死就死吧，诏书，我绝不会写的。"

燕王愤然跺脚："你不怕我诛你九族？"

"诛十族我都不怕！"

"好！"燕王勃然变色，"押入大牢，我偏偏不让你马上死。"

（根据明律，所谓九族，直系亲以本身上推而父、祖、曾祖、高祖，再自本身下推而子、孙、曾孙、玄孙为止。旁系亲以自身横推而兄弟、堂兄弟，再从兄弟、族兄弟为止。）

据说，燕王每抓一人，就把他带到狱中让方孝孺看一回，让方孝孺心痛一次，但是，方孝孺始终不为所动。最后，才把方孝孺处以磔（zhé）刑。然后，又把方孝孺的门生朋友列为一族，也给杀了。

方孝孺慷慨就义之前，曾经写了一首绝命词：

天降乱离兮，孰知其由？
奸臣得计兮，谋国用犹；
忠臣发愤兮，血泪交流。
以此殉君兮，抑又何求？
呜呼哀哉兮，庶不我尤。

意思是说，生逢乱世，谁知道老天为何如此安排？奸臣篡位谋国，诡计得逞，忠臣发愤图强，血泪交流，我能为国君殉难，别无所求。

方孝孺就义之时，正值四十六岁壮年，他哥哥孝闻，先他自杀，弟弟孝友与他同时就义，妻子郑氏与两个儿子自缢，两个女儿投入秦淮河殉国，真是一门英烈。

瓜蔓抄

当燕王攻下南京城，正式成为明朝皇帝以后，他第一件事，就是想看看铁铉（xuàn）是怎么样一副惨败的脸色……

想起铁铉，燕王，不，现在是明成祖，可就是一肚皮的恼怒。铁铉曾经诈降，骗成祖单枪匹马，志得意满，徐徐进入济南城。

岂料，刚一进门，有人高喊“千岁”，陡地，一块吊起来的铁闸板，直直往下落。若不是“千岁”这句暗号，喊得早了一点，铁闸板就不是落在马头上，而是成祖的脑袋开花。

想到这儿，成祖摸一摸头，暗呼：“好险，差一点就当不成皇帝，而成为铁板下的冤鬼了。”

更叫成祖生气的是，当成祖发动反攻时，铁铉自知不敌，竟然命人削木头，制成几百块大大的木牌，召集济南城中的读书人，集体赶工，在木牌上工工整整地写上“太祖高皇帝神牌”。趁着半夜，挂满了城墙外头。

到了第二天一大早，成祖准备了数十斤重的石炮，要把济南城给攻破。

忽然，燕兵发现一面二面三面……数不清的神牌，谁也不敢开炮，这一炮轰过去，就直接打在明太祖的神牌上了。中国人最重孝道，见到先人神牌，理该下跪，岂可以炮轰？

成祖知道了，气得顺手拿起一个茶碗，在地上狠狠一摔：“哼，铁铉，真有你的！”

脾气发过了之后，非但不敢开炮，并且遥遥向神牌行大礼。铁铉乘机追杀，收复德州。

当然，成祖对铁铉，真是恨不得剥了他的皮，才能消除心头之恨。

因此，当成祖正式即位以后，他左盼右盼的日子终于到了，他要看看铁铉如何向他讨饶。

没想到，铁铉到底是一条铁铮铮的汉子，他被押到殿堂，铁青着脸，一语不发，默然地转个身，屁股对着皇帝，表示不屑一顾。

按古人是极重礼节的，书香世家，儿女绝不能以背对父母，告退之后，要离开父母视线以后，才能转身。铁铉这一个举动，明显地表示对成祖的不屑，也存心让成祖在其他大臣面前难堪。

成祖忍下这口气，对铁铉说："其实，朕可以饶你一死。"

铁铉不领情，倨傲地回答："一死何足以道哉，大丈夫宁死不屈！"

"好，有你的！"

成祖血液里，同样流窜着明太祖残忍的因子，他要让大家瞧瞧，不听命于他是怎样的下场。尤其他篡（cuàn）了侄儿的位，天下人未必心服，非立威不可。

于是，成祖就命令手下："把铁铉的耳朵、鼻子割下来！"

鲜血淋漓的肉割下以后，成祖更进一步，当场烤熟，命人把肉硬塞到铁铉口中。肉烤焦的刺鼻味，充塞在空气之中。

成祖残酷地下令："吃啊，味道香不香？"

铁铉也真不愧为一条硬汉，他真的吃将起来，左咀右嚼，仿佛在品尝山珍海味。

咕嘟一声吞下肚子以后，铁铉扬声笑道："这是天下忠臣孝子之肉，焉得不美味？"

言下之意，你成祖乃不忠不孝之人，连肉都是臭的，送给我

明成祖，选自《乾隆年制历代帝王像真迹》。

吃，我还嫌腥哩。

在场之人，脸上都露出惊怖又尊敬的神色。成祖看在眼里，气在心里。他下令，把铁铉的肉，一小片一小片割下来，看看谁还敢效法铁铉，如此挖苦皇上？

铁铉断气之后，成祖余怒未消，又把他的尸体扔到油锅里去炸。奇怪的是，尸体仍是背往上，似乎是铁铉死了以后，还是不屑于正视成祖。

成祖气得如油锅般猛烈，他命人拿铁棍把尸体翻个身，非让铁铉正面朝上不可。岂料沸腾的油溅起一丈多高，险些烫着成祖，成祖只好作罢，停止了虐待性的行为。

另有一个叫景清的人，也让成祖气得七窍生烟，怒不可遏。

景清本姓耿，真宁人氏。建文初年，曾任北平参议，派去试探燕王（成祖）虚实。

景清是个博学之人，与成祖谈得极为投机，成祖始终不疑有他。后来，没待成祖起事，景清又被调回，担任左都御史。

景清与方孝孺是无话不谈的知己，曾经与方孝孺一同发誓，如果有一天，惠帝失败，他二人必将殉国。

方孝孺不屈而死之后，景清前往归附成祖。成祖见到景清，真有见到老朋友般的欢喜，他拉着景清，到处向人介绍：“这是故人，快快恢复原职。”

这一方面是故人之情，一方面成祖也存心做给天下人看，毕竟还是有不少有识之士支持成祖。

景清来归之后，君臣二人相处甚欢。一晃之下，过了两三个月。

有一天早上，相士警告成祖：“异星赤色犯帝座急。”

等到上朝之时，独独景清一人穿了红色衣服，成祖心忖：“莫非，他就是赤色异星。”一声令下：“搜！”

果然，从景清身上搜出一把锐利的短刃。

景清见事迹败露，功亏一篑（kuì），又恼又气，开始破口大骂，什么“不忠不孝、不仁不义的东西”，一切难听的话全都脱口而出。

成祖又惊又恨，命人赏景清的耳光，景清仍旧骂个不休；又命人敲掉景清的牙齿，牙齿一颗一颗迸落到地，他还是在数成祖的罪状，并且把打落牙齿的鲜血，“咻”的一声，喷到成祖簇新的龙袍上，含糊不清地反复诉说：“我恨我没能为故主报仇。”

成祖气得血脉偾（fèn）张，赶紧叫人把景清给醢了（醢，hǎi，剁成肉酱）。

事情过了不久，某日中午，成祖睡午觉，梦到景清绕着殿内柱子追杀自己，成祖没命地逃，景清苦苦地追。最后，快追到了，成祖大叫一声，从噩梦中醒来，汗出如浆，恨恨地说：“景清成了厉鬼了吗？”

为了报仇，成祖下令，诛景清九族，把景清先人的冢（zhǒng）墓挖光，甚且将景清家乡夷为平地，村里成为废墟，这样悲惨的情形，当时人称之为“瓜蔓抄”。

胡濙寻访仙人张三丰

明成祖夺得天下以后，对付异己的恐怖惨烈，可以说超过中国历史上任何一幕亡国的祸难。除了铁铉与景清之外，我们再根据清朝人谷应泰所著的《明史纪事本末》中的《壬午殉难》，举出两个例子。

练子宁是惠帝手下的忠臣，当李景隆失败，练子宁曾经慷慨激昂地要求朝廷诛李景隆。

练子宁十分愤慨，叩首大哭："臣身为御史大夫，不能为朝廷除卖国奸，死有余罪，如果陛下赦免李景隆，请赐臣一死。"

结果，仁弱的惠帝赦了李景隆，当然，也没有赐练子宁一死。

这么一位烈性汉子的练子宁，在成祖即位以后，被绑到成祖朝堂，仍然不屈服地破口大骂不止。

成祖听着心烦，下令："把他的舌头给割了。"并且宣谕："我是要仿效周公辅佐成王。"按周公是中国政治上最伟大的政治家，他是周文王的儿子，武王的弟弟，成王的叔叔。

武王去世之前，想把王位让给周公，周公却愿意辅佐侄儿幼主成王，任劳任怨，为周朝立下千年不拔的基业与制度。

因为惠帝也是成祖的侄儿，所以，成祖才有此一比，当然，情况并不相同。

已经被拔舌的练子宁，看到成祖如此为自己贴金，实在看不过去。他冷笑一声，用食指伸到嘴里，以鲜血在地上书写四个大字：

“成王安在？”

成祖一见，恼羞成怒，不但把练子宁给杀了，还把他宗族一百五十一人陪葬。

另有一名司中者，惹怒了成祖，也是不肯屈服，成祖竟然残忍地发明一种铁扫帚，把司中的皮肤和肌肉用铁扫帚扫烂。

除了成祖亲自下手的，其他惨烈殉难或是阖家自杀者不计其数。

例如，有一位叫王艮（gěn）的人，是建文二年（1400年）的进士，对策考了第一，但是，实在长相丑陋，就被第二名胡靖（也就是胡广）顶替。

王艮、胡广与第三名的李贯，恰好是同里的小同乡，第一甲三名都是同乡，真是邻里之光，巧的是三人都在文史馆工作，修《明太祖实录》。

燕兵进攻京城时，王艮已做了殉难的打算，他与妻子诀别道：“食人之禄者，死人之事，我不能复生矣。”

当天晚上，王艮、胡广与吴溥、解缙（jìn）等一干好友在吴溥（pǔ）家里聊天，大家平日都是邻居好友，谈得慷慨激昂，胡广尤其悲愤到了极点，王艮倒是少开口，只是一个人默默地掉眼泪。

等到客人走光了，吴溥的小儿子对吴溥说：“爹，胡叔叔能为国殉难，倒是一件佳事。”

吴溥摇摇头道：“不然，只有王叔叔会死。”

吴溥的儿子正要开口问：“为什么？”

话还没说完，隔壁传来胡广的吆喝声：“外头吵得很，小心猪栏里的小猪。”

吴溥拍拍儿子的小脑袋：“你瞧，胡叔叔连一只小猪都舍不得，怎么会舍弃生命呢？”

不一会儿，左邻传来哭声，原来，王艮已服毒自杀。

后来，胡广倒是为明朝做过不少事，是明代著名的学者。由此看来，舍不得小猪，舍不得牺牲性命者，并不见得是坏人。不过，那些受了宋元理学影响的士大夫，舍生赴义，上刀山，下油锅，始终不畏不惧，仍然是值得佩服的。

正因为有这么一批不怕死的忠臣烈士，始终对惠帝尽忠，而惠帝又不知所向，让明成祖夜夜不得安眠。

成祖又不方便明目张胆，像捉拿逃犯一般，开出赏金缉拿惠帝，他只有偷偷摸摸私下里找人搜索，负起这个重责大任的人，便是胡濙。

胡濙生下来，很奇怪，满头白发，像个老先生，过了一个月，才逐渐转成黑发。他是建文二年（1400 年）的进士。

成祖交给胡濙表面上的任务，是寻访仙人张邋遢（张三丰）。

张邋遢，名全一，又名君宝，因为不饰边幅，邋邋遢遢，所以又号张邋遢，长得是龟形鹤背，大耳圆目，须髯如戟（戟是有小叉的兵器）。不论寒暑，只着一衲一蓑，一顿能食一升，也可以数日一食，或数月不食，能日行千里，当时人把他当神仙。

明太祖朱元璋久闻其名，到处寻张三丰，却总也寻不着。后来，张三丰到了宝鸡的金台观，有一天，自己说："该死了！"没多久，果然死了，乡人把他入了棺，正要家葬，忽然听到棺木内有声音，拔开钉子，他又活蹦乱跳走了出来。

因为有这段玄妙的故事，成祖便借寻张三丰之名，找惠帝下落。

胡濙为了完成这一项任务，真是万分辛苦。他曾经在外十四年，不知寻遍多少名山大川，穷乡僻壤，奔奔忙忙，寻寻觅觅，却无所获。

甚且，在这一段时间，他遭到母丧，请求丁忧回籍，成祖都不准，非逼他继续找下去。

在中国古代，以孝治天下，父母之丧是一件天大之事，凡是孝子都得回家守孝三年。明代尤其认真，就算是入阁拜相，也要辞官回家守墓三年，这便是丁忧。

只有一种例外，在前线正在打仗的将军，不得已，移孝作忠，称之为“夺情”——以国事为重，夺去其亲子之情。

胡濙不过是去“找一个张邋遢”，何必“夺情”，其中自然大有文章。

细说从头话宦官

明成祖派遣胡濙上天下海，到处寻访惠帝，连胡濙母亲过世，都不准他回乡里奔丧。

后来，听人家说起，惠帝逃亡海外，并且在海外建立了强大的势力。于是，成祖派遣宦官郑和出使，这便是历史上鼎鼎有名的“三保太监下西洋”。

明朝官员，人才济（jǐ）济，成祖为何要挑一个太监（即宦官）扛大旗？说穿了，倒也不奇怪，他派遣胡濙寻访惠帝，不也是打着搜寻张三丰的名义吗？追捕惠帝，可不是什么光彩之事，难怪成祖舍官吏而求郑和。

事实上，远在唐朝，皇帝经常派遣宦官担任使者办事。在唐代史料之中，宦官奉皇帝差遣外出办事（称为中使）的记载不可胜数，任务亦甚为庞杂。

借这个机会，让我们对“宦官”细说从头，相信也是读者们愿意了解的。

所谓宦官，指的是割除了男性生殖器官，在宫中侍奉帝后等的阉人。

中国的宦官，到底起自何时，已经不可考。不过，最早的文献书籍，则是出自《周礼》。在《周礼》一书之中，宦官被称之为阉、寺、竖。后来，宦官又名内监、中官、太监、阉寺等等。

宦官最初的职责大概是守门。“阉（yān）”这个字，在《说文》

一书中的解释是“竖也，宫中阍阍（hūn）闭门者”。寺也是监察出入之意。在汉朝时，宦官常被任命为黄门令，黄门即宫门，宦官便是看门的人。

最早期，宦官不过是守门而已，而且那个时代，宫室不大，门也不多，所以人数如《周礼》所说，不超过百人。后来，因为宦官要做的事太多，宦官人数不断明显地增加，到了明朝、清朝，宦官人数多达成千上万，真是吓人。

为什么要有宦官？为什么要有这么残忍的措施？这与中国古代家天下大有关系。在中国古代专制政治之下，一个王朝的延续，就表示由皇帝一姓相承，例如唐朝姓李，明朝姓朱，如果换了一个姓，那就表示改朝换代了。

在这种情况之下，皇宫内的男性工作人员必须慎加防备，以免皇子的血缘发生疑问，这便是宦官的由来。

除了中国之外，埃及、阿拉伯也有宦官，尤其阿拉伯国家最多，甚且有人说，1991 年海湾战争爆发，美国国内不少民众反对出兵援救科威特，理由就是科威特国王贾柏是个荒淫之君，宫内还有宦官。

那么，宦官到底是打哪儿来的呢？又没有人生下来就愿意当宦官，一辈子抬不起头来。

在中国，宦官最早的来源有二，一是在战争期间掳掠的俘虏，一是罪人的家属。把罪人家属没收当奴隶，向来是宦官重要的来源，例如秦朝著名的宦官赵高，便是年幼时被阉割，送入宫中。

后来，还有一些宦官，则是在宫里头已经混出局面的宦官，为了增添势力，坐大羽翼，回到家乡招兵买马，搜购一些贫困的幼童，带入宫中，阉割之后，做了小宦官。

幼童的父母，为了贪图钱财，便把孩子卖掉。从某个角度而言，这与狠心父母卖女儿当雏妓也差不多。

还有一种宦官，则是年岁已大，走投无路，干脆一狠心，自己自愿走上这一条路。例如明朝大宦官魏忠贤，原是市井无赖，游手好闲，欠了一屁股的赌债，被人追杀，这才躲入皇宫，赖掉赌债。

中国人一向最重视传宗接代，所谓是“不孝有三，无后为大”。宦官丧失了这方面的功能，为社会所瞧不起。

尤其宦官不长胡须，嗓音尖窄刺耳，男不男、女不女，一般人总投以厌恶鄙视的眼光。宦官普遍具有强烈的自卑感，便会要求“过度补偿”，使自己超越他人。因此，造成宦官往往不顾法纪争夺权势，以扩张政治上的地位，敢于不顾道德标准贪赃枉法，显耀财富。

宦官总是仗势欺人，狐假虎威，却也有其可怜之处。宦官的职责是伺候诸王公主，后妃嫔御，这些人都是天之骄子，呼来叱去、拳打脚踢可说是家常便饭。稍一不小心，很可能就遭来横祸。宫闱斗争，既卑鄙又阴险，宦官自小在这种阴暗的环境中长大，近墨者黑，当然也学会了许多狡诈的本事。

另处，宦官人数众多，想要在这其中出人头地，也是一门厚黑学。好不容易熬出头了，可以奉派出外办事了，无论是自己搜括财物，求取心理上的补偿，或者是替主子罗掘财物，都想狠狠捞上一票，也就更增加人民的恶感了。

再加上宦官书读得少，没有受过传统学术的熏陶，即便虐民害国，心里也没有罪恶感，他既不能求名，不能求家庭温暖，也就只能尽全力追逐个人私利。

宦官最怕的是政治清明，井然有序，如此一来，他们就没有混水摸鱼的机会了。所以，从中国历史上看来，凡是朝代末年，也正是宦官最为活跃起劲的年代，东汉外戚宦官斗争惨烈，唐朝宦官立君弑（shì）君如同儿戏，甚且由于宦官掌权，皇帝居宫中等于是广义之模范监狱。

明太祖贬抑宦官

上一篇，我们说了宦官的始末。明太祖朱元璋起自民间，所以，他原也与一般民众相同，提起宦官的作威作福，就忍不住咬牙切齿骂上一通。

明太祖即位之初，每次谈到宦官，总是满脸不屑道："这批人千百个之中选不出一个好的，如用他们为耳目，则耳目蔽障；如用他们为心腹，则心腹生病。驾驭宦官的办法，在于使他们畏法，不可以让他们有功劳。"

明太祖并且常常以《周礼》一书为例子，他挂在口边的口头禅是："朕观《周礼》一书，阉寺不及百人，后世常超过几千人，真是不必要。"

话虽如此，事实上，在朱元璋还是吴王时代，便用了不少宦官，人数已超过一千，等到了洪武初年，更发展出二十四衙门、十二监、四司、八局，宦官的人数也就愈来愈膨胀。

甚且，有一回李文忠（太祖侄子）建议朱元璋："内臣（宦官）太多，应该稍微减少一些。"

朱元璋勃然变色："你想要削弱我的羽翼是什么用意？这一定是你门客出的坏主意。"

为了泄愤，朱元璋竟然把李文忠的门客全给杀了。李文忠惊吓过度，暴卒而亡。

皇帝为什么需要这许多宦官呢？这是有理由的，譬如"尚衣监”是管理御用冠冕、袍服、鞋袜等，“糖醋局”是管理宫内食用糖醋、糖酱等。每监局的宦官人数就不少，而且又不断增加，加上各监局可以随时招收工匠。到了明朝末年，宫里宫外加起来的宦官竟达十万之多。

同时，洪武十三年（1380年），明太祖受到胡惟庸造反的刺激，罢丞相，废中书省，集大权于一身，不论他如何能干，总要找人帮忙，无可避免的，宦官的责任也加重了。

明太祖眼看着宦官一天比一天增加，他天生的疑心病又犯了，于是，订出许多规范。例如：内臣与外官不得互通消息，内臣不得用外臣冠服，官阶不得高过四品等。

另外，为了釜底抽薪，他还立了这么两条：“内臣不得识字”，“内臣不得干预政事”。

在《太祖实录》之中，也有记载“内官不得干预外事”一条。

据说，有一回，某个服侍他多年的老太监，偶尔提起“最近朝廷上”如何如何。

话还没说完，明太祖眼睛一瞪，老太监马上知道自己大嘴巴，噤口不敢言。

太祖烦躁地挥挥手：“你回老家去吧，这儿不能留了。”

太孙允炆自幼在太祖身边长大，常听到太祖对他说：“为政必须谨守内外之防。前代人君不小心，纵容宦寺与外臣交通，假窃威权，危乱国家，汉朝、唐朝的教训，不可不牢记在心。”

等到允炆即位，是为惠帝。他深受儒家思想熏陶，在他看来，宦官都是小人。因此惠帝虽然以宽柔著称，对于宦官，却是向来不稍假辞色，甚且比太祖还要加倍严厉。

例如，惠帝曾经下谕地方官吏，若是内侍外出办事，凡有违法之处，地方官吏可以治罪。这样一来，宦官出使，就不敢狐假虎威了。

对于宫内太监，惠帝素来严加管教，稍微犯错，立刻大刑伺

明成祖朱棣，佚名绘。

候。宦官们都受不了，甚且有悄悄逃出宫者。

另一方面，燕王则借重宦官，替他搜集宫内情报，对宦官十分的礼遇，相形之下，宦官们自然倾向于燕王。

燕王起兵以后，战事开展不如预期之顺利，正在沮丧之时，又有惠帝的宦官来奔，密报“南京空虚可取”。

燕王大喜，下了重大决定：“频年用兵，没完没了，今日临江一决，不再北返。”放手大干一场。

这回出师，不过半年，打到南京，一路之上都有惠帝的宦官跑来泄露南京虚实，让燕王顺顺利利当上了明成祖。

明成祖好不容易坐上了皇帝的宝座，回顾来时路，深深觉得，受到许多宦官的帮助，尤其在临危之时，只有身边的宦官，如同亲人一般熟悉可靠。

因此，成祖登基，一反太祖作风，开始重用宦官。他派遣许多宦官到各地镇军，成祖的帝位得来不名誉，特别不放心各地将领。

于是，这些曾经被惠帝压得惨兮兮，仿佛小媳妇般的宦官，现在可抖起来了。

当然，少不得有人批评成祖，责备他“违背祖训”。成祖可是不承认，他反驳道：“朕完全遵守太祖遗训，若是没有御宝文书，凡一军一民，中官不能擅自命令。”

成祖的辩白，其实是没道理的，他父亲太祖挂在嘴边的话是：

“此辈只能扫扫地、洒洒水……”

历史是不断重演着，明太祖看到了宦官的危害，想尽了各种办法，压制宦官。明太祖死了不久，明成祖又开始重用宦官，所谓“一朝天子一朝臣”。在中国古代封建社会，一切制度都因人而异。

由于成祖开始重用宦官，又为明朝历史写下不寻常的一页。

明太祖开始下西洋

谈到“三保太监下西洋”，人们都以为郑和是明朝下西洋第一人，从明成祖时代开始。

其实，远在明太祖时，就曾经派遣多人出使南洋，例如：吴用、颜宗鲁出使爪哇；刘叔勉出使西洋琐里；赵述出使三佛齐；沈秩出使浡（bó）尼……

所谓下西洋，此西洋并不是我们今天所称之欧美，而是东南亚到印度洋一带。

明太祖为何要遣使下西洋?

这是由于他统一中国之后，急于让南洋诸国知道，中国已经改朝换代，属于朱家的天下了，赶快向明太祖表示臣服的仪节，缴回元朝政府颁授的印绶册诰，表明与元朝正式脱离关系。然后，接受明朝政府重新颁给的印绶册诰，成为新的藩属。最后，明朝颁赐大统历，表示奉明朝正朔，世世代代永为藩臣。

在明成祖时代，郑和也不是第一个出海的使臣。早在永乐元年（1403 年），明成祖就已经派尹庆出使满剌加、古里等国。

不过，以前的出使都是人数很少的使节团，郑和奉命下西洋才是真正的大规模出使海外。郑和雀屏中选，担任出使的负责人，据说是成祖在召集大臣议政之时，道教国师张天师推荐郑和：“小臣看郑和这个人，有胆量，有智谋，实在是下西洋最适当的人才。”

事实上，郑和早是成祖心目中第一人选，既然有人推荐，恰好正中下怀。

明成祖为何要劳师动众，出使南洋？一般说来，共有六种原因。

第一，惠帝失踪，下落不明，成祖始终忐忑不安。有些史家认为，惠帝在当皇帝之时，仁弱无用，才被成祖打败，成祖当上皇帝之后，何必再畏惧惠帝？

成祖畏惧的，并不是惠帝本人，而是如铁铉一般铁铮铮誓死卫护惠帝的汉子，以及想要利用惠帝名义，乘机而起的野心家。

自从听到谣言，说是惠帝远走海外，准备东山再起，成祖就寝食难安，做梦都梦到惠帝自海上杀过来报仇。

成祖的担忧，并不是没有道理的。宋朝灭亡以后，即有宋帝后裔逃到九龙一带，许多旧臣都纷纷跟随而去，建屋而居，后来，当地改名为宋王台，一直到今天，还留下遗迹。因此，寻访惠帝踪迹，斩草除根，防止春风吹又生，是郑和下西洋最重要的理由。

第二，元朝灭亡之后，元代后裔，情势十分紊乱，其中有一个名叫帖木儿者，怀有雄心大志，自称为成吉思汗的后裔，并且在永乐三年（1405 年）撒马儿罕大会之中，公开宣称："对明朝宣战。"

成吉思汗的英勇神武，世人皆知，万一果真出现第二个成吉思汗，明朝可要大受威胁。

所以，成祖急欲缔结海外军事同盟，联合对抗帖木儿，万万不能让帖木儿坐大。

第三个原因，明成祖要扫清张士诚留下来的水师，以免与倭寇（即日本）相结合。

第四个原因，是倭寇常常跑到中国沿海来骚扰，杀人放火、抢夺财物，明朝政府不堪其扰，却又无可奈何。

由于中国的海岸线极长，想要剿平倭寇并不容易。即使是雷厉风行，倭寇见苗头不对，就暂时躲到南洋群岛一带，就像是警察抓地摊，摊贩见警察来了，暂时躲在一旁，一会儿，警察走了，摊贩又大肆活动一般。

成祖命郑和出海，原因之一，也是让倭寇见识一下大明朝天朝上国的神威，避免对沿岸的骚扰。

第五个原因是为了经济上的理由。

明朝自太祖建国之后，连年战争频繁，北伐南讨，军费庞大。成祖发动靖难以后，转战四载，处处民不聊生。成祖即位之后，为发展国内经济，想到对南洋的海外贸易，希望用明朝的锦绮瓷漆，换取南洋的香药宝货，用以充实国库。

榜葛剌进麒麟图，明沈度绘，清陈璋临摩。榜葛剌即今东印度地区，是郑和远航必经之地，与明朝往来密切。榜葛剌分别于永乐十二年（1414 年）、正统三年（1438 年）两次遣使进献长颈鹿。时人称长颈鹿为麒麟，故此图名为“进麒麟图”。

南洋进口的货物，多半是难得一见的奢侈品，正如同黄省曾在《西洋朝贡典录》中所说的：“明月之珠，鸦鹘之石，沉南龙速之香，麟狮孔翠之奇，梅脑薇露之珍，珊瑚瑶琨（kūn）之美……”

这些奢侈的舶来品，一如今天一般，

是有钱人喜欢购买的。而中国所产的锦绮瓷漆又是南洋群岛人民所喜欢的，如此一来一往，中间商人可以致富，国家的府库也得以充实。

相反的，如果明朝政府断然实行太祖遗训："片板不得入海。"沿海居民，因为生活的压迫，照样会私自出海，往往变成海盗。

最后一个原因，郑和下西洋的目的是"耀兵异地，示中国富强"，使"诸国尽来朝贡"。

古代中国历朝历代，都充满着"天朝上国"的思想。中国对待藩属，只要求他们称臣进贡，并不准备征服藩属。事实上，皇帝颁赐给藩属的，往往超过他们的进贡，藩属国内若是发生内战，中国还代为平乱，并没有与西方帝国主义一般，非纳为殖民地，剥削榨干才满足。

以上是郑和出海的六大原因。事实上，成祖之所以倾全国之力，支持郑和下西洋，必然是有多方面的理由。

郑和下西洋是中国历史上的一件大事，也可以说是世界上最早、最重要，而且规模最大、活动范围最广的一次航海壮举。哥伦布发现新大陆是 1492 年，达·伽马取道好望角，到达印度是 1498 年，郑和下西洋是 1405 年，永乐三年开始，所以，在世界航海史上，郑和也是值得大书特书的英雄。

郑和原来姓马

意大利人哥伦布，在公元 1492 年，接受西班牙国王斐（fěi）迪南及皇后伊萨伯拉的帮助，渡过大西洋，发现美洲新大陆，这是西洋史上重大的事件。哥伦布航海的点点滴滴，也是西方人所熟悉，并且多次被拍成电影。

哥伦布生于 1451 年，卒于 1506 年，明朝的郑和生于明太祖洪武四年（1371 年），卒于明宣宗宣德十年（1435 年），早于哥伦布数十年，同样是航海史上的英雄。郑和七次出海，远达印度、阿拉伯与东非沿海地区。如果中国与西方人一般，郑和所到之处，都可以建立起殖民地的话，那么，明朝已经是世界性的大帝国了。可是，明朝人没有这么大的野心，他们没有在所到之地建立殖民地政府，只要诸国朝贡中国，他们仍然承认当地原有的政府，不加以任何干预。

西方人对哥伦布十分了解，中国人对郑和却所知有限。《明史》中的《郑和传》，只草草记载了七百五十七个字，对于他伟大的航海事业，并没有详细的记载。中国人对于郑和的认识，多半来自明朝人罗懋（mào）登所写的《西洋记》，这本书之中，描写的都是神魔鬼怪，反而忽略了郑和实际的丰功伟业。

今人徐玉虎先生、陈存仁先生对郑和极有研究，尤其陈存仁先生，原是香港有名的中医，因为郑和把中国药物大量传到外国，又带回不少外国药物，从而对郑和产生极大的兴趣，凡郑和足迹所到之处，陈存仁都去走了一遭，记载当地流传的故事，拍下许多珍贵的照片。

笔者为了介绍郑和，参考了许多资料，也向许多马来西亚、泰国侨胞打听郑和流传下来的轶闻，希望能让读者看到一个鲜活的郑和的故事。

闲话就此打住，我们来看郑和。

郑和原不姓郑，而是姓马，他是云南人，和许多云南人一样，笃信回教。

郑和的一世祖是苦鲁马丁，二世祖是马速忽，三世祖姓名不可考，四世祖叫马祥颜，他的祖父叫马哈只，父亲也叫马哈只。

为什么郑和的祖父与父亲都叫马哈只？这样不会弄混吗？

原来，在回教世界之中，哈只是一种尊号。回教徒认为，一个人一生中，若是能到穆罕默德出生的地方麦加朝圣，那是最为虔

圣地麦加，佚名绘。

诚，也是最可以光宗耀祖之事，朝圣归来者，便能称为“哈只”。

一直到今天，回教徒皆以朝圣为最光荣之事。然而，远在明朝时代，交通不便，沙漠中的高温足以要人命。而且到麦加朝圣之后，惯例还要到耶路撒冷的大教堂去念《可兰经》，并且奉献宝物，参观耶路撒冷哭墙等名胜。

“哈只”的尊号不能世袭，郑和的祖父、父亲都是哈只，似乎都去朝过圣，这代表两个意义：

一、郑和家必是富豪大族，才有雄厚的经济力量前往中东朝圣。

二、郑和的祖先一定身强力壮，才能在风沙蔽日的沙漠之中长途跋涉，郑和继承了这等好体魄，足以应付航海的大风大浪。

郑和的父亲马哈只，据说是相貌奇伟之人，神色凛凛可畏，长相极为气派，为人亦是豪迈爽朗。

如果马哈只见他人犯了错，总是出面谆谆劝诫，而不是背后议论长短。因为马哈只为人正直，乡里之人，都十分敬重他。

马哈只的夫人姓温，是位大家闺秀，为人善良，相夫教子，勤俭持家，她一共生了六个孩子，两个男的，四个女的，郑和有一个哥哥，名叫文铭，郑和家中兄弟姐妹感情十分融洽。

郑和生于明太祖洪武四年（1370 年），他的相貌十分奇特，据说身长七尺，腰大十围，相当魁梧，脸庞很大，鼻子极小，眉清目秀，齿如编贝，耳长过面。

中国史书总喜欢形容一个人两耳垂肩，也许认为耳垂大，表示福气好，真要有一个人耳长过面，直垂到肩，一定是十分恐怖。就像是形容双手过膝一般，岂不成了人猿?

郑和行如虎步，声音洪亮，据说他小时候，最喜欢是折小纸船，折了以后，投入水中，他一个人目不转睛，望着小纸船渐行渐远，觉得有趣极了，后来又用木块做小木船，乐此不疲。

如郑和一般显赫的家世，又是云南昆阳回教家庭中的望族，按理说来，应该不会把郑和送去当太监的。

郑和之所以会被阉割入宫，那是在他十岁左右，傅友德征伐云南，阉割幼童俘虏，郑和也在其中。被阉割后的郑和，就随着明军回到南京，接着，被送入宫中，分发到燕王身边办事。

郑和既然原来姓马，为什么又姓郑?

原来郑和入宫以后，由于活泼伶俐，很会办事，深得燕王的喜爱。以后燕王发动靖难，郑和跟在身边，南征北讨，凡是燕王交代的事，他都办得妥妥帖帖，而且神情愉快，燕王对他愈看愈喜欢。

后来，靖难成功，燕王当了皇帝，因为感念郑和的功绩，在永乐二年（1404 年）元月元日亲自御书，写了一个“郑”字送给他，并且提拔为内宫太监，也就是太监之中的太监。从此以后，郑和就成为他的姓名。

至于郑和为什么又名“三保”呢?

一说是郑和排行老三，中国人传统有些地方老大是大宝，郑和排行第三，所以称为三宝，后来有人把三宝写成“三保”。

一说是郑和的小名叫三保。

一说是当时内宫的太监多称三保，例如有某一出使太监称为“杨三保”。

还有一说，三保指的是，郑和、王景弘、侯显三个人合称为三保。

不过，一般史家认为，三保极可能是小名，他自幼在宫中被人三保来、三保去的呼唤，所以郑和航海，就成为人们口中的“三保太监下西洋”。

郑和建宝船

中国船王董浩云先生，对于在海上有杰出表现的郑和，有一份惺惺相惜、英雄识英雄之意。据说，他曾经有意把郑和搬上银幕，片名就叫《郑和下西洋》，还特别找来工程师，设计一艘模型船。

董浩云与香港邵氏公司总裁邵逸夫洽谈，邵逸夫算盘一拨，摇头拒绝："不行，单单建几艘宝船，预算就过高，收不回成本。"此事便作罢。

电影中的道具，其实多半粗制滥造，灯光一打，在影片中便显得美轮美奂，又不是真正打造宝船下海。

不过，仅仅建造充当场面的道具船，就让富可敌国的董浩云歇手。可想而知，当年郑和的船，该是如何宏伟。后人考证，每一艘船约可载七百到一千人，平均每次出航大小船只，浩浩荡荡达一千四百艘，其中宝船（即主力舰）约三十六艘。

郑和出海，每次人数不一。其中第一次，做过统计，共有二万七千五百多人，真是为数可观。

郑和的宝船，到底有多大？是如何兴建而成的？始终是个谜。这是因为中国人历来不主张冒险，也不提倡"奇技淫巧"。所以这方面的记载，留下来的很少。

郑和本人，显然对造船极有研究。据说，他小的时候，最喜欢玩的游戏，是用硬纸板折成船的形状，放在水中，用口吹气，跟着纸船跑，直到看不见为止。

长大一点，郑和改用木块，制成小木船，放在水里，载沉载浮，郑和看在眼中，拍手叫好，觉得有趣极了。

后来，郑和当了燕王的小跟班，有机会多接触外界，尤其是燕王发动靖难，逢山开路，逢水造船。郑和对造船，有了进一步的认识。

明朝人罗懋（mào）登所写的《西洋记》，关于建造宝船之事，倒有一段记载：

明成祖日日夜夜、心心念念郑和早日能够出海，因此下诏宣碧峰长老商谈建造宝船。

长老回答："造船可不是一件简单的事，必须由户部动支全国各省的钱粮。工部委派专人采办材料，然后，还得顺应天时，选择地利，挑一个黄道吉日，盖一所宝船官厂，精选工匠，才能克日完工。"

成祖想了好一会儿，皱着眉头闭目沉思，然后，张开眼睛，愁容一扫："朕有个处分，目前为了建造皇宫，钱财木料，俱已齐备。

郑和下西洋的宝船，想象图。

朕决定暂时停建，全部移到宝船厂来，如此不至于劳民伤财。”

碧峰长老一听，合起双掌，念了一声“阿弥陀佛”，欣喜于色道：“圣上如此顾念下民，实乃国家之福。圣上有这份体恤之心，此次下西洋，必然旗开得胜，凯旋来归。”

成祖被长老这么一夸，高兴得满脸飞金，赶紧吩咐写旨，宫内一切工程暂停，全部挪用到造船厂。

厂址设于南京城龙江阁下新河三叉口草鞋夹（这地址可真长），该地地势辽阔，一望无际。

由于万岁爷盯得紧，他天天催，日日盼，不到八个月的工夫，竟造好一千四百五十六条船，可见当时中国科学相当进步，工匠手艺精良，这些宝船的名称，多为“清和”、“惠康”、“长宁”、“安济”、“清远”等。

船造好了还不够。碧峰长老启禀圣上：“船只已经齐备，但是，船上还需要铁锚。”

“铁锚是做什么用的？”

“铁锚是用来稳定船舶停住的重要工具，万一遇着大风大浪，可以靠近沿岸地带，抛锚暂驻。”

既然铁锚是如此重要，一时之间，城里城外，打熟铁的，铸生铁的，打熟铜的，铸生铜的，全体动员前往铁锚厂报到。同时，官府发下了几十面的虎头牌，送到各省直府、州县道，召集铁匠火速赴铁锚厂。

其中，还穿插着一段故事。

据说，一大群人马，敲敲打打、磨磨蹭蹭一个多月，半个锚也没有打造出来。

有一天，郑和到厂里巡查，只见大伙儿围着一位老工匠，老工匠顺手拿了一把碎片，这么左转转，右弄弄，像变戏法似的，转眼间完成一只漂亮细致的碗。众人都拍手喝彩，还有人吆喝：“再来一个。”

郑和趋前，客气地请教老工匠："你锔（jū）碗的功夫不坏，不晓得你可会铸锚？"

老工匠瞟了一眼郑和，端起架子说："锚我是会铸的，不过，要建一座台，拜我为师，赐我一口尚方宝剑，工作时间由我支配。"

郑和回答："前两样没问题，时间可不能拖，圣旨的限期是一百天，现在已经过了四十多天了。"

"还有六十天，绝对没问题。"老工匠拍拍胸脯，自信满满地一口答应。

第二天，来了三位总督，包括郑和、王尚书与马尚书，三人一字排开，把老工匠请到台上，恭恭敬敬拜他为师，又送上一口尚方宝剑。

典礼完成以后，老工匠跑到外头，东看看，西瞧瞧，回来大吃大喝一顿，倒头便睡。

第二天一大早，他吩咐工匠搭起席篷，四周围起一匝又一匝，一层又一层，他一个人端坐在里头，不知道在搞什么名堂。

日子一天天过去，老工匠还是在席篷里坐关。有人说："莫非他在作法？"也有人说："或者已经开溜了。"

有一天，老工匠忽然掀开席篷，跑了出来，原来他做了一个磨盘心，共有四十九个圈圈，他命令工匠们："快在每一个圈圈上建炉灶。"

炉灶建好了，就往上头加煤加铁，然后一举火把，烧了十四天以后，老工匠把磨盘心掀开，原来地下已堆满了铁锚，还有一口尚方宝剑。老工匠笑眯眯道："铁锚刚好够用，但是，不能点数。"

"为什么？"郑和转头要问，老工匠已消失得无影无踪了。

原来，老工匠是神仙下凡来帮忙啊！

中国古代一定工艺水准不凡，才能打造一流铁锚，可惜，中国人不注重科学，视为"奇技淫巧"，而把一切成果归之于神仙。

礼炮、桐油、药材

郑和出海的宝船，究竟有多大，始终是个谜。《明史·郑和传》中记载的：“造大船，修四十四丈，广十八丈。”却是个笑话。

按造船的长与宽比例，一般而言是九比一，照《明史》中的记载是七比三。如此胖嘟嘟的“中广”身材，根本无法下海。中国人的数字观念一向模模糊糊，所以，史官也就随随便便乱写一通了。

海洋风大浪猛，郑和下西洋，浩浩荡荡，二万七千多人平安往返，造船技术必须十分精良。可惜，中国人素来重视人文，轻视科学。因此，古代也有如宝船一般闪亮的科学光点，却终究不能成为一片灿烂辉煌的科学面，这是十分遗憾之事。

郑和除了懂得造好船，也懂得如何维修船只。除了出海的每一艘船，船身都用桐油抹遍，并且在船上携带大量桐油。桐油具有防虫防蛀的功用，随着郑和的宝船，桐油也逐渐为欧美国家所知，开始向中国进口桐油，后来，欧美国家也开始种植桐树。现在我们所使用的油漆，其中就含有桐油的成分。

除了造船厂、铁锚厂，郑和另外还设立了专门制造枪炮的工厂。尤其是炮厂的规模最大。这个炮，主要并不是用来攻击敌人，而是作为发射礼炮之用。

目前的国际惯例，在几种情形之下，会放礼炮。一是国庆日与重要纪念日；二是元首就职；三是国内外元首与高级军政长官到达或离开部队驻地或军舰之时；四是本国或外国军舰停泊外国或国内港湾，遇到驻在国或该舰所属国的庆典时。施放礼炮均须按照规定之数，典礼愈是隆重，礼炮数愈多，如向元首致敬而鸣放的礼炮为二十一响，是最高数。

聪明的郑和，很早就发现大炮的妙用。他预计每到一地，就先瞄准一块空旷无人之处，然后，拉动炮闩（shuān），一声巨响，炮弹破空而起，“轰”的一声，吸引了许多群众飞奔而来看热闹，也先声夺人让群众敬畏三分。果然，后来郑和出发以后，每次都是如此“一炮而红”，许多地方的领袖，甚且闻炮声即匍匐下跪，郑和不费吹灰之力，就轻易地完成任务。在今天印尼三宝垅，还有一尊郑和使用的大炮，供游客凭吊。

除了制炮，其他刀枪、弓箭与矛盾也是必须重新打造。笔挺的新军服，佩带亮闪闪的新武器，这才能达到“宣扬国威”的效果啊。

郑和的宝船之上，还有两项极为重要的仪器，一是日晷（guǐ），一是罗盘。日晷主要是依据太阳光，由光起光落，用来推算时间，并且能够推断经纬线。

到了夜晚，日晷自然无法派上用场，郑和便改用观察星斗位置，用来航行，称之为“过洋牵星”。

至于罗盘，主要是利用上面的指南针，用来确定方向。中国最早记录用指南针来航海，是宋朝朱彧（yù）在《萍州可谈》中的记载，而他是根据沈括的研究而写的。

关于沈括的故事，在本书的《沈括十项全能》之中，曾经介绍。

指南针是中国四大发明之一，在这儿，我们再补充一段沈括改进指南针的小故事。

指南针在中国，虽然流传久矣，也是世界上一件大事，但是，指南针经常不是十分准确，尤其是放到水面之上时，水面摇摇晃晃，指南针也就跟着摇头摆尾，方向不准。

因此，沈括开始做实验，他发现，若是把指南针放置在指甲边，或者饭碗旁，指南针十分灵敏，转动极快，不过，十分容易滑落下来。

经过一次又一次的实验，沈括一再比较，结果是把指南针悬挂在丝线上面，非常准确，所以，沈括改良了指南针，从茧中抽出一条长长的单股丝线，然后，用一块如芥果子般大小的蜡，把丝线粘在针腰上，如此，指南针既敏锐又正确。

中国是礼仪之邦，郑和远道而来，当然要携带大批礼物。为了表示天朝上国的威仪，明成祖出手阔绰，他送给各国领袖的礼物，多半是丝绸绫罗，以及瓷器。中国因为盛产瓷器，洋人遂称瓷器 CHINA 为中国的洋名。

郑和携带出海的瓷器，可都是一等一的上好货色，包括定窑（河北曲阳县）、钧窑（河南省禹县）的最佳产品。

另外，郑和又携带大量上好的绫、罗、绸、缎、丝、麻，甚且带了纺纱机，有人说，印度圣雄甘地，为了反抗英国人，拒用洋机器，走到哪儿便带到哪儿的手摇纺纱机，就是郑和下西洋时带去的。

郑和出海，一去就是来回两三年，万一航海中途，有人生病了，怎么办？因此，郑和每回出海，无不携带大批药物，根据陈存仁先生珍藏的上海回教领袖马亦祥所藏的“三保太监出海所备药物单”，其中包括：黄连一百六十斤，大黄两担，黄芩（qín）八十五斤，龙胆草一担，巴豆十斤……惊风散五百瓶，黄土丸二千瓶，麻黄十斤……举凡伤风感冒，惊风晕浪，跌打刀伤……一切航海所需的药物都囊括其中。

他还带了一部手抄本的药方，要是船员发生肠胃炎、喉痛、伤寒等病痛，就当蒙古大夫按方抓药，竟然也治愈了不少人。

今天东南亚一带，中医盛行，中药铺子处处可见，也算是郑和留下的遗泽。

郑和主持国际联姻

《郑和航海志》中有记载说，船队中有木材匠、舍人、通事、买办、书算手、医官、医士等几十种。医官医士达一百八十多名，平均每一百五十人之中，有一名医务人员。

郑和对医务人员之重视，可见得其为人之体贴。

除此之外，郑和的宝船上，还载有许多人才：舌人就是其中重要的一项。

什么是舌人呢？舌人者，是专靠口舌吃饭的人，用现代的话说，就是从事翻译工作的人。

郑和对舌人，挑得很严格，除了精通当地语言，还要仪态大方，进退有节。因为舌人要代表皇帝宣读圣旨，若是其貌不扬，举止猥琐，岂不丢了大明朝的脸？

郑和也深谙（ān）礼贤下士之道。例如，他听说西安大清真寺掌教哈三，不但精通回语，而且学问渊博，德高望重，是回教界的名人。于是，郑和就亲自拜访，哈三也含笑答应。如此一来，郑和下西洋之时，遇到信奉回教者，不仅能够语言沟通，同时不致误触回教禁忌，这都是郑和缜密之处。

舌人之中除了包括精通各国语言者，还包括能讲闽南话、闽北语、潮州语、客家语的人。因为东南亚一带，原先即有这几种籍贯的人，移民到当地。

舌人之外，还有农人，不但有农人，还带有农具。郑和带去的农人，可说是中国最早的“农耕示范队”。每到一地，开井汲水，播种耕作，教导当地人民插秧种田。

当郑和翩然离去之时，就把这些农业成果，留给当地居民。完全是大家长的姿态，与西方人对待殖民地的苛刻剥削，完全大异其趣。这也是南洋一带，迄今流传郑和事迹的缘故。人们只有对喜爱的历史人物，才会代代相传，津津有味传颂他的故事。

郑和带了舌人、农人都不希奇，妙的是他还带去不少女人，并且规定是年老色衰的妇女，这就很有趣了。

依中国旧规矩，船上是不许载妇女的，当时民间流传的一句话是：“有女同行，航行不利。”表面上看来，这是歧视女性，认为女人不吉利。

其实，真正的道理是航行寂寞，若有女子在船上，异性相吸，船员很容易因为争风吃醋，惹起不必要的纠纷，你争我夺，酿出事端。所以，历来不准女子上船。

那么郑和为什么要载老妪一块走呢？原来是要老妪帮忙缝衣制鞋。尤其中国过去穿的是布鞋，虽然轻软舒适，但用不到一个月，鞋底就已经破孔了。郑和一出海，便是两万多人，该要准备多少双鞋才够呢？

船员们听说有女偕行，起先都很兴奋，等到发现全是可以当祖母、母亲的老人家，自然也不会表错情了。这些老妪因为十分“安全”，也不至于造成“航行不利”的现象。

郑和虽然不希望船员在船上谈恋爱，惹风波，当船靠岸之后，若是船员与当地女子滋生爱苗，他不但不禁止，而且还主婚，甚且教导接生。

说来教人不敢相信，郑和随行，竟然还有两位稳婆。

稳婆就是接生婆，也就是三姑六婆之一。三姑是道姑、尼姑、卦姑。六婆是牙婆（掮客）、媒婆、师婆（巫婆）、虔婆（女流氓）、药婆、稳婆。中国旧家庭，稍微有些地位者，向来不许三姑六婆上门，嫌她们没有知识，喜爱搬弄是非。

话又说回来，稳婆可是相当重要的。郑和带去的稳婆，不但协助中国女婿与当地女子婚后生子，并且指导当地落后地区女子接生。原来，许多落后地区，孩子生下后，随便捡一块脏石头，用来割断脐带，小宝宝往往因而感染破伤风，生下来即夭折。

破伤风是一种由破伤风细菌侵入伤口引起的疾病。患者最初觉得头颈僵硬，继而四肢不能动弹，全身紧张痉挛（jìng luán），呼吸急促，心脏麻痹，体热升高，终于不治。（破伤风一词，在唐朝的医书中即可见到，并不是外来语。）

郑和船员的后代，因为血统优良，具有好的遗传，往往在当地，很容易冒出头来，成为一方领袖。泰国有一位郑王，即为中国人的后代。

在今天南洋，许多人自称为郑和的后人，且引以为傲。事实上，郑和是太监，怎会有子孙？那只是郑和主持国际通婚之下的后裔罢了。

由此可见，郑和不但思想开通，并且极具人情味，他自己无法结婚生子，却有成人之美的好心肠，与一般太监大不相同。

郑和的思虑周密，尚不止此，他的宝船之中尚有和尚、道士、算命先生，让船员各取所需。

航海期间漫长而单调，船员会想念家小，会闹情绪。中途大浪，会惊惶失措，会忐忑不安。郑和都一一为他们设想到了。

譬如一位船员，晚上做梦，梦到不祥之事，疑神疑鬼，担心家中出了意外，郑和就命道士作法驱魔。其实是驱赶船员心中的魔。因此，郑和的船上有道观、有佛堂、有算命摊子，一应俱全。

郑和原是信仰回教，他也是虔诚的回教徒。不过，一般船员都信天后娘娘，开船之前必烧香膜拜，郑和也鞠躬如仪，讨个吉利，安定军心。

郑和下西洋，竟然船上有这么多各色人等，真让人想不到，也不能不佩服郑和的思虑周详，事前准备功夫完备。一个人能成功真是有他独到之处。

交趾的农耕示范队

从郑和开始，中国的航海事业，才真正有计划地开展。它的目的，不在武力征服异域，也不是从事经济上的剥削，更不是武装移民。除了寻访惠帝下落以外，它是一支真正的和平十字军，一方面宣扬文化，一方面维护保障整个东南亚地区的和平秩序。

为求达到保障和平的目的，郑和虽然是担任巡回外交特使，同时也统率海军随行，他历次所率领的访问团中，人数最多时，超过两万七千名，最少时也在五千人之上。在郑和的随行人员之中，最著名的是费信与马欢，分别著有《星槎胜览》与《瀛涯胜览》，都是研究郑和的重要资料。

郑和的航行共有七次，大多自福建起航，经南中国海，至中南半岛南端，转暹（xiān）罗东岸，南下新加坡，绕苏门答腊、爪哇，再西行至孟加拉湾，经安达曼群岛，赴印度，绕锡兰，沿阿拉伯海经红海至麦加，然后经北非回航。

以下我们分地区介绍郑和航行途中，所发生的一些有趣故事。

郑和的第一站，通常都是交趾。交趾在明初称为安南，永乐五年（1407 年）改称交趾，英宗正统元年（1436 年）又改为安南，也就是现在的越南。

越南与中国最早的接触，通常以周成王六年（前 1037 年）越裳氏来朝为准。

据说，当时越裳国中德高望重的耆（qí）老认为：“最近风调

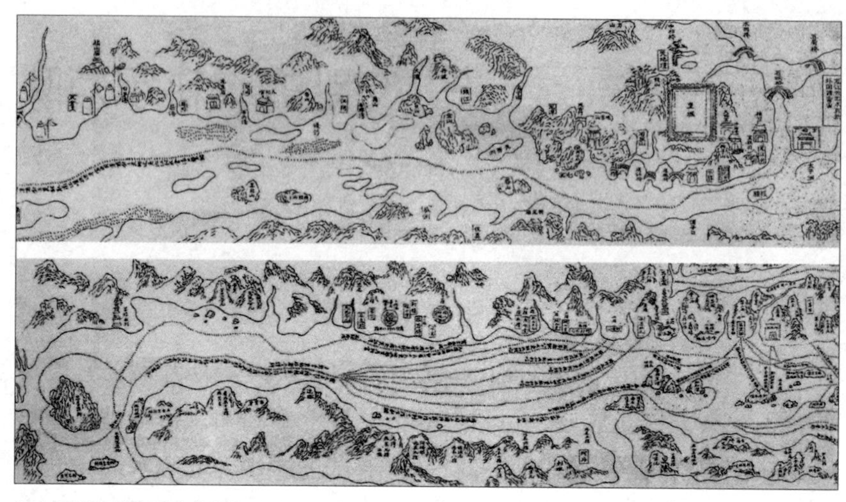

郑和下西洋航海图（局部）。

雨顺，久无烈风雷雨，想必是中国出了圣人。”

于是，越裳国派遣使者，带着白雉向成王朝贡，周成王要使者带着礼物去见周公，周公很高兴，客气地说：“这都是先王之神德所赐。”

这段记载，出自《后汉书》。

在郑和下西洋之时，交趾还有一个名称，那就是占城。交趾为何称为交趾，有两个说法，一说是当地人睡觉之时，头外向，足在内而相交，还有一种说法是新郎新娘结婚同床，脚趾并在一块儿。

根据费信在《星槎胜览》中的记载：永乐七年（1409 年）十二月，郑和于福建五虎门出洋，张十二帆，顺风十昼夜到达交趾。

交趾国王听说郑和船队到来，兴奋得不得了。这个国王打扮得土里土气，他头上戴着三山金冠长，身上披着五颜六色的锦花长袍，足穿玳瑁，腰束八宝方带。尤其令人瞩目的是，国王两手两脚，都戴着黄澄澄的金镯子，在阳光下闪闪发光。

国王骑在象上，率领五百勇士，眉开眼笑前来迎接，排成一列长队，威风极了。

郑和缓缓步出，在大船上，清一清嗓子，大声发号施令，率领五百人排成一列长队，新做的制服簇新整齐。

接着，郑和领头，沿着红色地毯，不疾不徐走上礼坛，代表明成祖宣读圣旨，交趾国王神情肃穆，跪在地上听旨。原来当时交趾通行中国文字，虽然腔调有些不同，还是能够听懂。

交趾国王一身金光闪烁，交趾民众却是一片白衣白衫，原来当地人尚白，白色是正统礼服的颜色，一直到今天，越南人民还是喜欢白色，我们在美国人拍的越战影片之中，常可见到身着白衣的越南人民。

典礼完毕之后，一群青春娇艳的交趾美女，头顶礼盒，匍匐下跪，礼盒里盛放当地特产：椰子、柠檬、玉桂、槟榔。

郑和笑嘻嘻地接下了土产，接着，他一挥手，几名壮士抬来丝绸、瓷器、茶叶、铜器，甚且还有耕田工具，场面浩大，气派不凡。交趾国王及人民眼睛都看花了，啧啧称奇，连连赞叹："不愧为上国大手笔。"

交趾国王为要表示当地亦有文风，竟然排出大队文士，身着上黑下白标准明服式样，向郑和请安，郑和大乐。

交趾美女热情大方，主动向前，挽着将士们的手饮酒作乐，郑和也挺通人情，准许大伙开怀享乐。

交趾人民喝酒不用酒杯，而是直接用竹管插入酒坛之中啜吸。于是，美女伴着将士，三三两两，各自手执竹管，边谈边笑边饮酒，个个都乐不可支！

郑和在将士们玩乐之后，马上交代任务。

第一件事，就是教导交趾人民农事。交趾气候温湿，终年不见霜雪，属于亚热带气候，不论梅、橘、甘蔗、香蕉、椰子，都长得特别好。交趾也种稻，米粒细长，不过，一年只一熟。

郑和的农耕示范队可不一样，他们教导交趾人民开辟梯田，汲取井水，采用插秧长大之后予以分植的方法，一年可达三熟。郑和对交趾农民说："中国字的'富'就是下面有个田，意思是有田就能带来富有，你们好好学习，以后这片田就能为你们带来大批财富。"

郑和的预言成真，一直到今天，越南都是世界著名的产米国家。

郑和在越南建立了鱼米之乡，又帮助当地成为中医药材的重要产地。

当地盛产犀（xī）牛，犀牛鼻骨中有由纤维性角蛋白构成的角，强而有力，是犀牛作战的工具，把犀牛鼻角研磨成粉，具有降火退热的功能，是一味名贵的中药。

郑和到了原始森林，指着地下随处可见的犀牛鼻角道："这些都是黄金哪。"

交趾人民不晓犀牛角的可贵，郑和大可以骗到底，但是，郑和非但好心告诉他们犀牛角的效用，并且协助当地人种植中药药材。

从此，交趾出产的中国药材，不但合于"道"（古代不用经纬，而用道），又合于地，真正是道地良药。

郑和的德泽，对越南人民而言，一直绵延至今。

郑和生擒陈祖义

郑和在交趾，人到哪儿，轰动到哪儿。他也的的确确倾囊相授。据说，越南人今天流行食用豆腐，也是当年郑和船舰上大师傅传授的绝活。中国美食文化，深深地影响东南亚一带。

位于交趾旁边的暹（xiān）罗（泰国）人，早已风闻郑和的点点滴滴，一心巴望三保太监也能前往暹罗。他们这种心情，倒是很像《孟子·梁惠王篇》所形容的“箪（dān）食壶浆以迎王师”（用竹器装着食物，水壶盛着米浆迎接齐人的军队）。

二十多年前的美国《国家地理》杂志，曾经刊载过一幅“郑和入暹罗图”，可神气着呢！暹罗国王与王子骑在大象身上开道，郑和的座驾由八名赤足彪形大汉抬行。上有罗伞张盖，仿佛是个土皇帝。

相传古代暹罗分为暹与罗斛两国，后合为暹罗。在郑和抵达之时，有一些明朝的盗匪正在暹罗附近流窜。盗匪心想，郑和的宝船之上，一定携带大量宝贝，官员多半都是颟顸（mān hān）无用的，不如前去抢劫一番。

于是，一个名叫陈祖义的土匪头目便拍着胸脯说：“常言道，美不美，乡中水，亲不亲，故乡人，我是中原广东人，我去诈降，三保太监一定会上当。”

陈祖义拜见郑和，献上投降书、降表，还递上一张进贡草单，包括：“神鹿一对，鹤顶鸟一对，火鸡一对，珊瑚树一对，蔷薇水二坛，金银香二箱。”

虽说是诈降，陈祖义这人，强盗当久了，满脸横肉，一双贼眼到处乱瞟，就想要动手抢的模样，郑和看在眼里，真是又好气又好笑。

陈祖义自认为已摸清门路，当下指挥一帮土匪前来攻击。郑和早有准备，他一挥手，火炮、火箭、火弹齐飞，一起落到陈祖义的船队中，由于船中载满了火药，所以，火箭一射，船队开始猛烈地燃烧起来。

陈祖义一看苗头不对，潜逃上岸，正想拨马逃命。郑和早料到他有此一着，派了人在等，于是，手到擒来。

郑和见了陈祖义，心中十分恼怒，他呵斥道：“我们在这儿宣扬大明国威，你却在此丢尽国家的颜面，竟然还想劫宝船，真是好大的胆子。”

这场战役，郑和杀匪党五千余人，陈祖义等三名首领，斩首示众。郑和在暹罗漂漂亮亮露了一手。

随郑和出海的马欢，后来在《瀛（yíng）涯胜览》中记载，当时的暹罗，“外山崎岖，内地潮湿，土地贫瘠，甚少耕种”。郑和到达以后，教导当地居民，开辟山坡，成为梯田。暹罗气候，适于种稻，日后的暹罗，成为世界重要的稻米出产地。

郑和并且教导暹罗人民制造海盐。在此之前，暹罗人都是食用岩盐。岩盐缺乏碘质，容易罹（lí）患甲状腺肿，所以，暹罗不少民众都长了一个大脖子。

暹罗的海岸线极长，正适合制造海盐，盐且是最佳的清洁剂、解毒剂，特别是暹罗气候炎热，容易生流火丹毒，皮肤发炎。自从郑和授以制盐之法，暹罗人民深受其惠。

马欢还记载了当时暹罗一些有趣的事，暹罗人当和尚当尼姑的都很多，僧尼穿的服装与中国人相同。上至国王，下至一般平民百姓，到了成年以后，都要到庙里当一段时间的和尚尼姑，不过，由于女权高张，女子不一定非当尼姑不可。

马欢并且记述，暹罗妇人志气度量都远胜于男子，家中之事不论大小都由女子掌权。如果妻子被中国男子看上，暹罗男子非但不以为怪，反而得意洋洋道："我的妻子果然漂亮，难怪中国男子会喜欢。"并且端出上好的酒菜，招待中国男子。

释迦牟尼佛首，泰国17世纪青铜雕像。

马欢记载的只是当时他所见到的一部分情形，不能代表普遍现象，尤其不能误以为今天泰国还是如此，到底那是十五世纪暹罗未开化之前的情形。

《瀛涯胜览》之中也提到暹罗人的结婚礼俗，如果双方答应成亲，先由和尚伴同新郎到女方家成亲，洞房三天之后，再请和尚把槟榔等礼物分赠亲友，迎接夫妇回到男方家中，摆酒待客。

至于葬礼，若是富贵人家，用水银灌满肚皮，然后下葬。一般低贱平民死了以后，家人把尸体抬到郊外的沙滩，自有空中飞翔的金色大鸟，成群结队扑下来啄食死尸，不一会儿工夫，只剩下一堆尸骨。家人把尸骨丢到海中，称之为鸟葬。在中国边疆地区，也有类似的风俗习惯。

暹罗人受中国人的影响，认为国王就是龙，因此，国王穿的长袍，称为龙袍；国王坐的船只，称为龙船。龙船亦仿效中国，雕刻成一条龙的形状，金光闪闪，划船的船夫一律着红色衣服，国王每年坐着龙船，四处巡视，十分威风。

暹罗人黑干瘦小，好勇斗狠，喜欢练拳，尤其擅长腿功，又快又猛，变化万千。许多武侠电影之中都有暹罗高手表演跆拳。厉害的跆（tái）拳，飞毛腿一踢，数十片瓦同声而碎。

据说，跆拳属于中国武术的一种，在郑和时传入，暹罗人爱不释“腿”，不但人人喜欢，同时暹罗每一所庙宇之中，都刻有表演腿功的石刻，称之为跆拳石，也是十分有趣的景物。

暹罗米和红头船

郑和在暹罗，教导当地居民晒盐、制陶、开井、织渔网。同时，他也在暹罗，带了不少宝物回中国。

例如暹罗森林里有许多凶猛的老虎，正是制作虎骨木瓜酒的好材料，对于治疗风湿，功效卓著。郑和带领士兵，射杀老虎，取下虎皮虎骨，带回中国，并且也为暹罗奠定了中医的基础，一直到今天，泰国人仍然非常相信中医，市面上也到处看得到中药。

暹罗大片原始森林之中，更有极其珍贵的紫檀木，一称红木。红木，桃金娘科，胺（àn）树属，乔木，茎深红色，小枝有角棱，嫩叶带赤红色，花六到十二朵，成伞形花序。

郑和因为船舵需要上好木材，一见红木，色红带紫，坚硬异常，乐不可支。红木因为材质好，重量也非比寻常，难以搬运。聪明的郑和立刻想到大象，经过训练的大象，能够轻松地驮起红木，乖乖地排成一队，鱼贯走出森林。然后，象鼻子一卷一抛，把木材丢入河中，红木便随着河水，顺流而下。

郑和跟暹罗国王商量：“我们用黄金来交换木材可好？”

暹罗国王大喜过望：“这真是再好不过了。”

由于红木色泽高雅、坚固耐用，传到中国以后，成为中国人最欣赏的木料。举凡家具、桌椅、书桌、床炕，若是用红木制成，代表一分尊贵，且成为传家之宝，富豪之家，无不用红木为家具。一直到今天，红木家具仍然是家具中的翘楚，当然，售价也居高不下，让人咋舌。

暹罗用红木换黄金，换来的黄金首先用在佛寺，今日赴泰国观光的游客，常会发现许多佛像，全身都用黄金打造，富贵人家，也往往在墙壁上贴金箔，到处金光耀眼。想不到泰国人尚金，与郑和也有关系。

由于郑和功在暹罗，因此，暹罗人在暹罗建了不少三保公庙，另有两座正庙，一在旧都大城，一在曼谷对岸网銮地方，庙宇宏敞，神像庄严，尤其是一座卧像，比其他神像大好几倍，可见郑和的分量之重。

由于郑和已经被神化，所以，暹罗的水上人家，多采用“郑和缸”来贮存清水。所谓“郑和缸”，非瓦非陶亦非瓷，而是一种黄黄黑黑的泥巴，再掺少许釉质制作而成，据说是郑和教当地人民制作的，当地人相信，用郑和缸贮清水，干净清澈。一直到今天，泰国的水上人家，仍然使用郑和缸。

郑和缸的水何时注入，亦有一番讲究。每年九月十日，中国云南洪水倾泄而来，此时，江河皆涨，水味清淡，尤其以十月十五日为最佳，人称为“圣日”，都说：“每年十月十五日，三保公（郑和）一定在湄南河下药，若在这一天贮水，则清水可以久藏不坏。”因此，家家户户，在十月十五日夜晚，必定汲水贮存之，成为一种习尚。

凡是去过泰国水上市场的观光客都知道，由于水上人家吃喝拉撒都在水中，水要保持清洁，实在不是一件容易的事，即使有郑和在天之灵庇佑，恐怕也只能求取心理安慰罢了。

根据《瀛涯胜览》与《星槎胜览》二书所记载，当时中国自暹（xiān）罗输入的货品计有：黄连香、罗褐连香、降真香、沉香、花梨木、白豆蔻、大风子、血竭、藤结、苏木、花锡、象牙、翠毛、白象、狮子、猫、白鼠、罗斛（hú）香、犀角、象牙、葽（yāo）蜡。

至于中国输往暹罗的，则包括：青白花瓷器、印花布、色绢、缎匹、金银铜钱、烧珠、水银、雨伞。

这些东西名称都很有趣，其中的暹罗猫，眼睛如湖水般湛蓝，炯炯有神，宛若宝石，很早就成为中国家庭的宠物。

瀛涯勝覽

稽山馬觀

占城

國在大海南南距真臘西距交趾東北際海自閩之長樂縣五虎門發舟西南行順風約十日可抵其國國東北百里許有海口曰新洲港者港岸立石塔爲標船至是繫焉有寨曰設比奈主以二酋領卒五六十輩專戍守焉西南百里至王城曰占城名池城方有四門門有守者王乃瑣里人祗崇尚釋教頭戴金

瀛涯勝覽

《瀛涯胜览》，明刊本。

自从郑和到暹罗之后，中国与暹罗的关系一直保持密切，就是在十七、十八世纪，华人对南洋一带少有所闻之时，中国与暹罗依然往来频繁。

十八世纪，欧洲人被迫离开暹罗，暹罗国王柏巴寒通当权，他认为华侨是最为熟练的水手，只有他们可以到达中国各个港口，他赞许华人“是公认最好的经纪商、贸易商和水手”，因此，他愿意给予华人种种商业的特权。

1720 年，暹罗华人以廉价的暹罗米，取得中国的市场。自康熙末年，经雍正到乾隆，暹罗米一直供应中国市场的需要。尤其在华南地区饥荒之时，康熙曾言：“暹罗国米甚丰裕，银二华钱，可买稻米一石。”

此外，暹罗王也把其他天然资源让华人掌理，例如木材，华人蓬蓬勃勃建立了造船工业，他们造的都是中国式的船，外国人称之为“红头船”。在1820年以前，几乎暹罗的贸易都由中国式的大红船包办，从二十吨到三百吨都有，完全控制了暹罗的海岸。这些红头船，有的是国王或贵族所有，有的是潮州人所有，却都由潮州人驾驶。

无论是暹罗米也罢，红头船也罢，追本溯源，不能不感谢郑和，这是郑和的光荣，也是中国人的光荣。

榴莲、三保井、三保公鱼

郑和离开暹罗以后，来到满剌加（马来西亚），我们介绍几则流传在马六甲城一带好玩的故事。

——先说榴莲。榴莲是盛产于南洋一带的水果，凡是赴南洋观光者，总要尝尝看，初试者往往受不了那股恶臭，就像腐败的牛肉。敲开外壳，其味却似冰淇淋一般绵细可口。马来半岛有句俚语："当了裤子，也要吃榴莲。"可见，在他们心目之中，榴莲地位之一斑。

当地流传着一则不雅的故事，榴莲原先是香的，有次郑和在榴莲树下拉了大便，从此榴莲就变臭啦，这当然是无稽之谈。不过，当地人连吃水果，都想到郑和，简直是把郑和当神仙了。

——马六甲一带盛产类似比目鱼的鱼，一边颜色深，一边颜色浅，传说这是鱼儿跃到郑和甲板上，沾了船上的灰尘，从此变成阴阳对比的鱼。

——另有一鱼，也是跃到甲板上，郑和抓起鱼，起了爱生意念，把鱼又放回水中。这条鱼身上有了郑和五个手指的印子，当地人称之为三保公鱼。三保公鱼是马六甲一带最脍炙人口的鲜鱼。

——在槟榔屿（位于马来半岛东岸，是马来西亚最大港及工业城）海边，有一凹下处，当地人常以香烛膜拜，据说，这是郑和上岸时留下的脚印，相当灵验。

——马六甲最有名的是"三保圣井"。井的范围极大，居民们认为，井里的水是圣水，可以延年益寿，促进健康。

三保圣井旁边且有大石，石上有郑和的足迹，同样受人膜拜。当然，三保井、三保石都不止一处。

——三保公庙则是最著名的郑和遗迹，庙中的碑文尊郑和为“护城之神”。由于十分灵验，不仅当地人膜拜，观光客烧香，就是生了病的，也来此求取“仙方”，庙中的井边，有一段文字记载：“十五世纪初，明朝永乐皇帝派三保太监郑和下西洋，一连七次，郑和把马六甲作为远征根据地，建造仓库，驻兵留守，舰队在此聚散。他驻军的地点，据说就在此山之下，所以，华人称它为三保山，山下有井，相传为郑和所凿，迄今仍存。”

从以上的点点滴滴，可知在马六甲，郑和可是绝不简单的人物。

我们来看一看满剌加的历史。

在明朝初年之时，满剌加还是一片蛮荒地带，当地的土人称为巫人，又称为马来人，完全没有开化。男子头上包着方帕遮暑，女子则把头发编成一个一个小结，他们的皮肤是暗褐色。因为天气炎热，大伙都是懒洋洋的，反正天然长成的甘蔗、西瓜、香蕉、波罗蜜不少，饿了就随手摘来吃，累了就躺在类似牛棚的简陋房舍之中，偶尔捕鱼打鸟，倒也悠闲自在。

造物者是很神奇的，由于满剌加气候湿热，居民容易上火，当地盛产清凉退火的椰子。只见土人打着赤膊，懒洋洋地躲在椰子树树阴下，一面纳凉，一面敲破椰子壳，吸取椰汁。

天气实在太热了，夏日炎炎正好眠，谁愿意多工作呢？又有什么工作可做呢？

勤奋的郑和，带领勤奋的中国人，为满剌加带来新希望，开拓新局面。

在郑和未到之前，满剌加是很可怜的，饱受暹罗欺负，暹罗老大哥对满剌加态度蛮横，要收“保护费”。不过，满剌加实在太穷，榨不出油水，一年只缴四十两黄金意思意思。

满剌加被暹罗欺负，其中还有一段历史：原来苏丹爱上了满者伯夷王室的公主，并且娶了公主，卷入王朝之争。他逃到今天的新加坡（当时称为单马锡），杀了当地将领，统治新加坡，不过，并没有像童话故事形容的：“从此与公主过着幸福愉快的生活。”

当时新加坡在暹罗保护之下，暹罗王大怒，苏丹夹着尾巴，逃到马来半岛小渔村，接受暹罗的宰制。

郑和初抵满剌加，马上发现这个地方，地势实在太险要了，地扼马六甲海峡，位于马来半岛与苏门答腊之间，可以成为太平洋与印度洋的枢纽。

于是，郑和试探地请问满剌加的苏丹：“可否借用贵宝地为基地？”

苏丹巴不得可用明朝力量对抗暹罗，立刻满怀欣喜地答应：“好啊，有何不可？”

郑和下西洋的船队，佚名绘。

从此以后，满剌加便成为郑和下西洋的基地，他七次下西洋，竟有六次经过满剌加。

郑和停驻马六甲，还有一个最重要的原因——风向。

在船只完全受风向支配的时代里，当西风吹起时，船只可以很容易地渡过印度洋；东北季风开始时，它可以向西回航。同样地，来自遥远中国的船只，可以利用东北季风来到满剌加，待西南风之时回到故乡。

在等待西南风的这段日子里，货物必须在马六甲卸下，保存数月，然后再回航，这也是郑和必须驻留在马六甲的理由。

永乐三年（1405 年），郑和代表明成祖，正式封苏丹为“满剌加国王”，并且赐名为“拜里迷苏拉”，赐袍服、印带，并且以黄伞为统治标记。

自此以后，满剌加与暹罗一般，平起平坐，不再受暹罗欺负，这也是满剌加建国的开始。

满剌加国王谒见明成祖

永乐三年（1405 年），郑和代表明成祖，正式封满剌加苏丹为国王，并且赐名为“拜里迷苏拉”。

拜里迷苏拉好开心，从此脱离暹罗的魔掌，再也不怕被欺负了。他决心带着心爱的王后，也就是当年历尽艰险娶回的公主，一块到中国去开开眼界，见识见识天朝上国的神威。

明成祖派郑和下西洋，原因之一就是宣扬国威。现在番国国王既然亲自来参观，当然要好好招待，炫耀一番。

永乐九年（1411 年），拜里迷苏拉偕同王后、五百四十余陪臣，浩浩荡荡前来。先抵南京，接待人员陪同参观南京城。他等一行，看到南京城的巍峨壮观，无不啧啧称奇。

接待大员清一清喉咙，透过舌人（翻译员），向满剌加一行夸耀：“咱们南京城，建于洪武二年（1368 年），历时四年，方才完工，东连紫金山，西据石头城，南阻长干里，北带玄武湖，城墙厚三丈之多，这个还不算稀奇，稀奇的是，建筑材料，用的是最好的花岗石，堆砌而成。然后，用糯米煮成稠浆，趁热滚滚之时，赶紧黏合，一冷风干，天生整体，用什么方法也不能分离。等到城墙砌好，再用糯米羼（chàn）石灰，涂遍整个墙面，风雨不侵，固若金汤。”

拜里迷苏拉听得入神，他疑惑地问：“糯米不是用来吃的吗？”

舌人回答：“正是，你说妙不妙？”

拜里迷苏拉一行，个个举起手，在城墙上东摸摸、西摸摸，感觉到城墙的厚实，露出惊奇的笑容。

接着，满剌加国王继续北上，到达北京城。明成祖得位以后，迁都北京。一来，北平是他的龙兴之地，一直是他的地盘，有一份熟悉感，而且惠帝失踪，下落成谜，他担心南京附近，始终还有反对势力蠢蠢欲动。所以，他要迁都北京。二来，由于北京地势险要，明朝的主要外患是北方的蒙古，明成祖故意把国都摆在靠近敌人的地方，正如同汉朝建都关中抵御匈奴，同样具有巩固边陲的国防意义，也代表大无畏的气魄。

明朝的北京城，也就是我们今天看到的北京城，因袭了元朝大都旧址，只是更为壮阔雄伟。

拜里迷苏拉如同刘姥姥进了大观园，见什么都新奇。成祖本是好大喜功之人，在番王面前，更要一显大明朝的威仪，他吩咐礼部郎中黄裳、中官海寿："务必殷勤接待，此乃怀柔远人之道。"

为了表现热忱，明成祖特别在奉天殿亲自设宴款待嘉宾，席间山珍海味，不在话下，拜里迷苏拉等吃得眉开眼笑。

成祖接过了拜里迷苏拉献上的礼物，立刻恩赐宝物，狠狠把小

明清时期北京城墙，西洋版画。

国国王的土产给压了下去，计有：金绣龙衣二袭、麒麟衣一袭、金器、银器、帷幔……凡是妃嫔以下，个个有赏，皆大欢喜。

拜里迷苏拉一行在京里，痛痛快快玩了几天以后，临走之时，成祖又在奉天门举行大规模的国宴款待，再赐玉带、仪仗、鞍马、金钞四十万贯，钱二千六百贯，锦绮纱罗三百匹。想当初，满剌加一年输暹罗，也不过四十两金子，两相对照之下，满剌加真是发了横财。

中国与满剌加交往，可以说是互蒙其利，满剌加国王固然是欢喜异常，郑和也觉得，有了满剌加这个基地，方便不少。

根据马欢的记载，中国宝船到达满剌加，竖立排栅、城垣、鼓楼，到了晚上则拉铃示警。

城墙之内，再设重栅、小城、庞大的仓库，日夜有士兵严密地防守。每一次远洋航行，舰队在此会合，然后，分头航行各地，任务完成之后，再在满剌加集合，等候南风，于五月中旬顺风回国。

由于郑和停留在满剌加的时间特别长，他与当地居民的感情也格外浓厚，协助当地开发与建设。

满剌加人民原先住的是极其简陋的草棚，用椰子树劈成片条，搁几匹破布，再用草藤固定，这就算床了。若是晚上下雨，则苦不堪言，尤其遇到夏天洪水暴涨时，往往下半身浸在烂泥里，容易生病。

郑和教满剌加人民盖简单的房子，屋下用硬木做成四个脚，距离地面约一丈，以木梯上下，屋顶用茅草铺成。从此无水淹之苦，无潮湿之弊。当地人纷纷仿效，称之为“郑和屋”，东南亚一带的乡下，迄今仍可见到这种房舍。

郑和也让满剌加人民，认识锡矿的可贵，产锡的山称为锡场，工人把锡矿铸成斗形的锡块，每十块用藤子绑在一起，作为买卖交易之用。

满剌加还盛产鳄鱼，鳄鱼体长约三公尺，全身被覆鳞片及粗硬的表皮，生长在热带沼泽与河溪之中，性情凶残，属肉食性，能要人性命。

郑和看到鳄鱼，倒也不怕，他阻止当地人捕杀鳄鱼，反而劝他们："不妨筑成池塘，大规模饲养鳄鱼。"

"鳄鱼会吃人的，养它干什么？"

"鳄鱼的皮是宝贝，大有用途也。"郑和解释道。

一直到今天，鳄鱼皮箱、皮带都是最珍贵的皮件，也是南洋地区出口的大宗。

有人说，若要帮助朋友，送他一尾鱼，不如教他捕鱼的方法。

郑和就是如此，他让马六甲一带人民，懂得捉鱼的方法，认识他们拥有的天然资源，无怪乎郑和的故事，在马六甲一带，代代相传，绵延不绝。

郑和的大厨师

除了满剌加以外，郑和到过最多的地方，应该算是爪哇了。爪哇是一个岛，与婆罗洲、新几内亚、西里伯与苏门答腊同属于印尼。

我们先说一个流行在爪哇岛的小故事。

由于郑和本领高超，爪哇人把郑和当做神，凡是郑和说的话，他们一律无条件地相信。

有一回，不知道为了什么原因，郑和郑重其事告诫大家："你们千万要记住，在过新年前的一个月要挨饿，什么都不许吃。这样到了阴间以后，才会有饭吃。"

爪哇人用力地点点头，表示"一定照办"。

于是，他们开始挨饿，饿得前胸贴后背，想吃又不敢吃。

某天晚上，爪哇人偶然看见，郑和竟然在大吃特吃，不免狐疑地问："你自己怎么偷吃东西？你不怕死后到阴间饿饭吗？"

郑和一下子被问住了，愣了一会儿，若无其事地回答："白天当然不可以吃，晚上就没关系了。"

土人都是头脑简单，也不会反问郑和："你怎么不早一点告诉我们，害得大家都饿惨啦。"

这种习俗一直流传到今天，许多爪哇人在过新年前一个月，白天禁食，晚上开伙，可见得郑和威望之隆。

还有一件有趣的事，郑和生日不可考，但是爪哇人却以每年六

爪哇人劳作图，佚名绘。

月三十日为郑和的诞辰（可能是郑和登陆爪哇的日子），在三保垄及三保洞大大庆祝一番，并且还有舞龙舞狮的队伍，沿街游行，很是热闹。在华侨心目之中，郑和简直是护侨神。

郑和在爪哇，因为建树多，当地华侨又多，因此，把郑和驻留之处称之为“三保垄”。三保垄附近有多处三保井、三保亭，还有一个“三保墩”，据说是郑和宝船之中，曾有一艘船沉没海中，只留下光秃秃一截长桅，后来，华侨便建“三保墩”，用以纪念。

在印尼首都雅加达的公园里，仍然保存着当年郑和送给当地人的四尊大炮，在每年旧历六月三十日，所谓的郑和诞辰纪念日，同样要敲锣打鼓庆祝一番。

三保垄还有一个极为著名的“三保洞”，据说这个洞，原来是毒蛇洞，谁也不敢靠近。

但是，郑和不怕，他不但昂然进洞，还在里面挂起蚊帐，备好榻子，舒舒服服地睡觉，蛇也不敢干扰郑和。久而久之，毒蛇自动远离，所以，当地人认为郑和是神仙。

现今三保洞门口，挂了一副对联，上联是“受命皇朝临海国”，下联是“留踪石洞庇人家”，凡是想要入洞的人，必须先敬香膜拜，方可入洞。若是遇到六月三十日，更是万头攒动，人人都想要入洞，沾一些喜气。

由于三保洞是一个没有窗户的山洞，进去的人若是太多，里面空气不流通，可能会窒息。因此，大家都有节制，一批进入参观出来以后，另一批再涌入。同时，当地人认为摄影是亵渎（xiè dú）神明，不许照相机随便“咔嚓咔嚓”乱按。

距离三保洞不远之处，有一片空旷地带，建立了古色古香的亭台、长廊，善男信女且可在厢房寄宿，希望在半夜，郑和可以托梦给他，指点迷津。革命志士、国学大师章太炎并且题了一副对联凭吊郑和，上联是“识君千载后”，下联是“而我一无能”。

郑和入庙成为神仙不奇怪，奇妙的是连他宝船上的大师傅，也入了庙，成为膜拜的对象，这倒是一件新鲜事。

据说，在郑和下西洋之时，船队驶入雅加达，在金星（即今天的安卒）靠岸。

当时安卒杂草丛生，一片荒芜，还是野蛮地带，只有巴刹市场附近地势高亢。

夜幕低垂之时，当地人喜欢聚集在巴刹市场，看舞蹈表演，郑和带去的水手，也跟着去凑热闹。

在这一群歌舞女郎之中，有一位最为出色，她貌美如花，身材婀娜，舞姿曼妙，大家的眼睛都跟着她转。

郑和的大厨师，深深被歌舞女郎所吸引，定定地望着她，整个人都被迷住了。

歌舞散了，大厨师的心也乱了，当天晚上，无法成眠，脑子里全是她的倩影，恨不得第二天晚上赶快到来，可以再去看表演。

第二天晚上，大厨师果然又来了，这次到得早，挑了一个前面的好位置，能够看得更清楚一些。他也益发地意乱情迷。

在郑和停留爪哇期间，大厨师天天晚上来报到，痴痴地欣赏表演。

到了最后一夜，船要开拔，同伴都走光了，大厨师还在依恋："再看一会儿吧。"

最后，郑和的宝船开拔了，大厨师走不成了，只好被迫留在爪哇。

大厨师每晚来报到，他的痴情也感动了歌舞女郎，尤其是大厨师因此被迫留在爪哇，歌舞女郎也觉得不忍，终于答应嫁给他，不过，她有一个条件："我是虔诚的回教徒，你以后不许吃猪肉。"

大厨师心想，凭我的手艺，什么肉都能烹调得可口，不吃猪肉没问题，他满口答应。

"不过，"大厨师嗫嚅道，"我可不可以也相对提一个小小的要求？"

"你说。"

"拜托你以后不要吃臭豆，那股臭味真受不了。"大厨师捏着鼻子夸张地说，把歌舞女郎逗得哈哈大笑："臭豆是我们拿来与辣椒合煮的妙品，既然你不能忍受，我只有舍弃口福啦。"

就这样，两人恩恩爱爱过了一辈子，男的不吃猪肉，女的不尝臭豆，互相容忍，彼此体谅。死后，这对贤伉俪被后人膜拜，尊为"大伯公神位"，大伯公者，就是郑和的大厨师。

为了表示对大伯公的尊敬，凡入庙者，一律不准携带猪肉与臭豆，这也是郑和下西洋留下的一段佳话。

爪哇的比武大赛

爪哇，在中国古代，被称之为阇（shé）婆，又名诃陵、社婆。远在唐朝贞观十四年（640 年），就曾经遣使来朝，《新唐书》有记载。

不过，一直到郑和下西洋之时，爪哇仍然相当落后，许多风俗习惯既野蛮又恐怖。

根据马欢的报导文学《瀛涯胜览》“爪哇国”条，我们可以大概了解那里当时的社会状况。

当地的习俗是男子披头散发，女子则把长发挽起，束在脑袋后面，不论男女，上身穿衣，下身则围手巾。

凡是男子，为了表示英雄气概，从三岁小儿到百岁老翁，腰间都佩一把“不刺头”。所谓“不刺头”是用上等铁打造而成的利刀，锐利无比。柄则是用金或犀牛角或象牙雕刻而成。雕饰的花纹很奇特，都是人形鬼面，狰狞凶狠。

爪哇男男女女都认为，头是人体之中最尊贵之处。若是有人不小心碰触到头，没有第二句话，非掏出“不刺头”来拼一个你死我活。

由于民性剽悍，不论酒醉发疯，或是买卖之间言语不合，经常把随身携带，夜晚不离身旁的“不刺头”取出来较量一番。

若是不慎把对方刺死，倒也没关系，只要谁有办法躲上三天三夜，算你本事大，用不着偿命。当然，杀了人以后，马上会被对方人马还以颜色，当做陪葬的却也不在少数。

爪哇处罚犯人的方式也堪称一绝，案情不论轻重，先用细藤把犯人双手绑在身后，让犯人绕着走几圈，再迅速以“不剌头”刺入犯人的腰眼或软肋之间，当场毙命，简单利落。每天都要处死不少人，让郑和一行人，看得是目瞪口呆，啧啧称恐怖。

爪哇国中分为三等人：回国人、唐人与土人。

土人面貌丑陋，皮肤是暗褐色，猱头赤脚（猱，náo，是长臂猿），笃信鬼教。

土人吃的东西很可怕，把蛇、蚂蚁，各种小虫，放在火上烤一烤，就咕噜吞下肚子。而且吃东西的时候，与猫狗牲畜一块共食，且共用一个器皿，晚上也共睡一处，相当恶心。

相传爪哇古代有一个鬼子魔王，青面红身赤发，他与一头象结合，生下了一百多个怪物，怪物喜欢吃人肉、喝人血。

爪哇人生活图，佚名绘。

有一天，雷声隆隆，石头迸裂，石头中跳出一名勇士，赶走大象、鬼子魔王及怪物，众人拥勇士为国王。土人就是国王的后裔，血液中流窜着好斗的本性。

每年十月，爪哇国举行竹枪大会。国王与王后分乘塔车到达会场，塔车高一丈，四面有窗，下有转轴，很是神气。

比赛的武器是竹枪。所谓竹枪，是把竹子削得尖尖的，虽无实心，但是对准心窝刺去，照样会要人命。

比赛开始，以鼓声快慢为信号，每一场由两位勇士对决，双方执枪挺进，目露凶光，旁观者摇旗呐喊，场面亢奋，双方的妻子则手持木棍，充当啦啦队。

每一场比赛，固定是三回合，三回合之后，双方妻子手举木棍，高呼“那拉那拉”，就表示结束，通常总有一方倒地而亡，大家会为胜利一方喝彩。

国王命令胜利一方给失败一方一个金钱，表示慰问。然后，胜利一方就得意洋洋带着辉煌的战利品——对方妻子凯旋而归。这真是标标准准的弱肉强食的世界。

爪哇国中的华人，属于比较高级的人，多半来自广东、泉州、漳州一带，聚集在杜板之地，该地有一个小池塘，池水甘淡可口，人称之为“圣水”。

传说在元朝之时，元命大将史弼征伐阇（shé）婆，经历了一场苦战，仍然不得登岸，而船中的饮水已经用完了，大家都惊惶失措，不晓得该如何是好。

这时，史弼走下船来，跪在沙滩上对上天祈祷：“弼奉命讨伐蛮夷之邦，老天若是垂怜，我们就得救了。否则，只有葬生异域。”说着，史弼举起长枪，奋力插入海滩，说来也奇怪，枪插入沙滩之处，咕噜咕噜涌出许多清水，仿佛喷泉一般。

史弼等人欣喜若狂，一起扑了上来，用双手掬起清凉的水，滋润干渴的喉咙，觉得是世界上最最甜美的甘泉。史弼率领士兵，集体在海滩跪下，同声感谢。

日后，这个池塘的水，就被称之为“圣水”。

在爪哇，不论哪一等人，都喜欢嚼槟榔，从早到晚嚼个不停，只有在吃饭之时，才把槟榔暂时吐出来，吃完饭后再继续嚼。

当地虽然落后、不开化，人们却过得颇为快乐。每月十五、十六日，月圆清明之夜，总是二三十名妇女，由一位女子率领，组织成小小合唱团，踏着月色，手牵手徒步而行。总有带头的唱一句，其他人和一句。若是合唱团步行到富贵之家门口，主人往往会多少赏赐一些些。

当时爪哇人心目之中，世上最尊贵的东西，该算是中国的青花瓷器，谁若是有一样，可是稀罕得不得了。

以上所述，多半是郑和随行人员的行军记录。我们可以想象，当时的中国人见到这样的记载，更加强了优越感。在中原人心目之中，无论是北方的蒙古、西藏，南方的海上诸国，无不是文化落后的蛮夷之地，中国人当然是天朝上国。中国人从来没有见识过真正的西方文明，所以，到了清朝，门户洞开，鸦片战争之后，才会败得如此凄惨。

花面王大战苏门答腊

除了爪哇之外，苏门答腊也是郑和下西洋必经之地，他七次下西洋，竟然就有六次到了苏门答腊。

郑和第一回到苏门答腊，发生了一件有趣的事，值得一记。

他透过舌人，亲切地问一位当地居民："告诉我，你叫什么名字？"

"阿咕啦。"

"是的，阿咕啦你好。"

走了不远，郑和遇到另一位当地人，问他的名字，竟然又是阿咕啦，以后，一路之上，每一个居民都说自己是阿咕啦，让郑和一行人丈二金刚，完全摸不着头脑。

后来，到了城里，一打听之下，乖乖，阿咕啦乃国王是也，原来这个小地方，人人以国王自居，还真是了不起。

这些众多国王们，不论男女老少，个个赤身露体，不着一物，只在腰间绑上一块方巾。

在苏门答腊，郑和还帮助该地平定了一场乱事。事情是这样的：

苏门答腊的邻邦，有一个那孤国，那孤国的国王非常阴狠，脸上刺了花，被称为花面王。

花面王几度三番攻打苏门答腊，在一次激烈的战争之中，花面王用毒箭射中了苏门答腊国王的心脏，当场毙命。

王后跪在国王身旁，哀哀痛哭，柔肠寸断，她手中牵着稚龄的小王子，缓缓地站了起来，抹干眼泪，向众人宣布："如果，谁能帮助我，把该死的花面王杀掉，为亡夫报仇雪耻，我愿意嫁给他，并且，在小王子长大之前与他共同掌理国事。"

所谓重赏之下必有勇夫，王后年轻貌美，楚楚动人，又有掌理国事为诱饵，许多人都为之心动。但是，花面王武功高强，心狠手辣，也不是容易对付的角色。所以，许多苏门答腊男子，仔细思虑，仍不敢冒这个险。

在苏门答腊海边，有一老渔翁，一向是天不怕地不怕，倒是他那一身横肉，胸脯下露出一截黑肚皮，随时找人比武的凶模样，让旁人见着害怕。他决定去找花面王拼个高下。

于是，老渔翁吆喝了一批人，怒气腾腾去找花面王。花面王没有心理准备，当场就愣住了。老渔翁不由分说，把花面王劈胸揪住，大喝道："今天我来报仇。"一刀了结了花面王。

王后虽然不喜欢老渔翁的可怖面孔，但是，不能不遵守诺言，嫁给老渔翁，且让他掌理国家大事。老渔翁被国人称之为老王。老王得到了美人，又手握大权，万分得意。

小王子渐渐长大，也了解了许多事，他对老王极为不满。老王显然也没有把小王子看在眼中，更不准备把王位还给小王子。王后虽然心疼儿子，却根本不敢开口，她若是有办法，当初也不会借重老王。

小王子联络了一批老臣，以迅雷不及掩耳的方式，出其不意，把老王给暗杀了，顺利登上了王位，成为新国王。

老王的弟弟苏干剌溜得快，逃到深山里，组成一支游击队，经常骚扰新国王。新国王头痛万分，却又没有消灭苏干剌的能力，直到永乐十三年（1415 年）。

永乐十三年（1415 年），郑和奉命到达苏门答腊，带来大批宝物，以及明成祖的诏书彩币等等。苏干剌听到消息，十分眼红，他不以为然道：“这一对可恶的母子，利用我哥哥，消灭了心头大患花面王，然后，又把我哥哥给杀害了，这批宝物，原该归我兄弟们所享有。”

于是，苏干剌带了几万人，气汹汹地杀向苏门答腊。

苏门答腊犀角雕麒麟蝠纹牌，清代。

新国王慌了阵脚，向郑和求援。郑和当年跟在成祖身边，大小战役经历得多了，因此，相当镇静，他对新国王道：“别慌，我派左先锋张计、右先锋刘荫来协助你，他们都极有本事。”

新国王便把指挥权交给两位先锋。刘张二人带领苏门答腊的兵队，三两下便把苏干剌给掳回来了。

国王好乐，不停地道谢：“多劳元帅麾下两位先锋前来助阵，小国得以转危为安。”

一直到今天，苏门答腊人仍然怀念郑和的大力帮助。在苏门答腊最大的城市——亚济，还有一个郑和当年带来的铜铸大钟。华侨们且合资建立了一个钟亭，用来纪念郑和。可以遥想，当年郑和的钟击一响，该是如何地振奋了国王及其子民。

苏门答腊有一个中外驰名的地方——旧港，又名巨港，在明朝时期，称之为“三佛齐国”，又称“佛林邦”，因为郑和需要在此添加食水，连带使得该地区繁荣富庶起来。

该地最著名之处，在于盛产各种各样的香料，如金银香、降香、沉香，香气扑鼻，后来，经常输入中国。

郑和还顺便教当地人下围棋，以及玩皮影戏，甚且，当地的一切交易，干脆使用明朝的铜钱。旧港，可以说完全是郑和一手带起来的兴盛。

郑和在东南亚地区的作为，真是彻底实践了中国人理想之中的“王道精神”。因此之故，连郑和足迹未到的菲律宾，竟然也有菲律宾人传说，郑和在菲律宾去世，甚至以郑和墓为证。事实上，郑和是在南京病逝的，与菲律宾毫不相干，只能说是菲律宾人对郑和的一片仰慕之情。

郑和大战锡兰王

郑和下西洋，并非一帆风顺，无往不利，有时，也会遭遇挫折。譬如在锡兰，锡兰国王亚烈苦奈儿就极为不友善。

锡兰王性格暴戾（lì），喜怒无常，附近的邻国，个个都吃过他的亏。郑和心想，犯不着与他为敌，所以，每一回经过，总是绕道而行，避免正面接触。

锡兰王见郑和不来，以为是自己厉害，郑和怕了他。因此，三番两次加害郑和宝船派出的使节，让郑和忍无可忍。

后来，锡兰王更进一步，他想把郑和给骗了来，再加以杀害。以郑和在南洋一带声望之隆，如果竟败在锡兰王手下，那么，亚烈苦奈儿等于坐上第一把交椅。锡兰王愈想愈兴奋，用了个办法，诱郑和赴锡兰。

郑和一路之上，抱着“不入虎穴，焉得虎子”的心情南下，他不主动开战，可是，事到临头，也从不躲避。郑和猜也猜得着，锡兰王心怀鬼胎，但是，他还是直往锡兰。

当宝船靠近锡兰之时，远远地见到水面漂浮着许多泡沫，阅历丰富的郑和指着泡沫道：“这水底下一定有问题。”

一旁的水军都督解（xiè）应彪，顺手掏出八支“赛犀飞”，“咻咻咻”射入水中，顷刻之间，水面一片鲜红，没多久，漂起了八具血淋淋的尸体。原来“赛犀飞”一如武侠小说中形容的利器，专门用来对付水底下埋伏的奸细。

郑和沉着道："恐怕不止八个水鬼，快下去搜。"于是，身旁矫健的水手一跃入海，在水底捉出了一百多个番兵，抓入宝船问话。

"你们是哪里来的？"郑和问道。

"我等是本国的军队，奉国王之命，埋伏在水中，等到宝船驶过，用钻子破坏船底。"番兵回答道。

郑和转念一想，看来岸上定有另外的埋伏，可不能中了计。所以，他故意绕个道，不自码头上岸，从一旁森林靠边，亲自带了两千名健卒，从小道悄悄入了城，机智地生擒了锡兰王。锡兰王完全没料到郑和有这一着。他正好整以暇，等着五万大军活捉郑和哩。

锡兰早期佛像。

郑和逮住了锡兰王及其妻子，送回朝廷，让明成祖发落。

群臣议论纷纷，个个都以为该斩。

成祖却有不同的意见，他说："朕哀悯番人无知，将他与妻子无罪开释，且供给衣食。不过，他杀害我朝使节，不能再当国王，在他们族人之中，再选一个贤者担任国王吧。”

在一干锡兰俘虏之中，大家都称赞一个叫“邪把乃那”的最为贤能。

成祖裁示：“好，邪把乃那，朕赐你为国王。”

所有的俘虏一块磕头，个个都是惊喜交迸的表情，他们原来以为，来到中国就是处死，没想到，不但没死，还换了个新的好国王，成祖还恩赐许多宝物，让他等衣锦还乡。

明成祖怀柔远人，争取人心，的确是有一套。这件事，一传十,十传百，海外诸国更加心悦诚服，以当中国的藩属为荣。

锡兰俘虏“衣锦还乡”，还真是的确如此。他们原先是不着衣服，只以树叶蔽体，又称为“裸形国”，其中还有一段故事。

当地人流传一则古老的传说：从前，释迦牟尼曾经来到锡兰。因为天气燠热，他就脱光了衣服，跳入水中痛痛快快洗一个舒服澡。

土人看到释迦牟尼挂在树上的袈裟，一时兴起，拿起来玩。

释迦牟尼浴罢，走上岸边，发现袈裟不见了，急得要命，却见土人藏在树后，对他扮鬼脸，释迦牟尼赶紧去抢，土人顺手把袈裟交给另一个土人，一会儿隐入森林之中，众土人开了个玩笑，个个拍手笑弯了腰。

释迦牟尼又羞又气，他指着土人诅咒：“你们把我的袈裟拿走了，没关系。我罚你们一辈子不能穿衣服，否则，全身长满烂疮。”

土人反正对穿衣服没兴趣，嫌衣服闷热，干脆，从此以后，赤身露体，倒也自在愉快。

这则故事，不但对释迦牟尼没有不敬之意，反而代表佛法无边，佛祖具有无上权威，如同当地山中盛产的红雅姑、青雅姑、黄雅姑及青米蓝石，鲜艳而美丽。这些宝石都是大雨过后，大量泥沙冲积而下，在沙中拣拾出来的。当地人认为，宝石是佛祖释迦牟尼的眼泪凝结而成，送给当地人当礼物的。

从锡兰国码头别罗里上岸，海边山脚光石上，有一道长二尺的足迹，锡兰人认为这是释迦牟尼从翠蓝山登岸处。足迹上有浅浅的一滩水，当地人把它视为圣水，凡是经过的人，都用手蘸（zhàn）一点水，揉洗眼睛。

据当地人的说法："佛水清净圣洁，用佛水洗过眼睛，一辈子都不会害眼病。"

从科学观点而言，每个人用脏手沾脏水，似乎更容易传布细菌，让眼睛发炎。

离佛祖足迹不远之处，有一座僧寺，寺中有一雕像，雕的是佛祖侧身卧在床上，旁边有佛牙及舍利子，相传这是佛祖去世之所在。整个寝座是用上好的檀香木制造的，四周镶满了各种颜色的名贵珠宝，表示对佛祖的敬重。

锡兰人笃信佛教，又敬重牛。因此，拜佛最虔诚的方式，就是每日用牛粪烧成灰，涂满身体，再把灰调成牛粪水抹遍地上，然后，以手足伸长，小腹贴地的方式，向佛祖表示敬意。

既然牛是如此尊贵，牛肉当然不可以吃，牛乳倒是可以喝的，谁若宰牛，得判死罪，牛死了，必予以厚葬。

古里圣牛黄金粪

郑和下西洋影响东南亚一带，这是许多人都知道的。但是，郑和足迹所至，包括了印度、阿拉伯与非洲则是很多人所不知道的。我们先来谈印度。

印度，古称天竺，中国与印度的交通，历史极为悠久。只看佛教传入中国，梁武帝对佛教如此虔诚的信仰，便可推知其年代之远。《西游记》之中，唐三藏赴天竺取经，就是走陆路到今天的印度。

在《旧唐书》一九八卷《天竺传》中有一段记载：贞观十五年（641 年），尸罗逸多（就是玄奘所著《大唐西域记》的戒日王）自称为摩伽陀王，遣使朝贡。唐太宗很开心，特降玺书表示慰问。

尸罗逸多看到玺书大吃一惊，他问国家中的其他人："自古以来，可曾有摩诃震旦（指唐朝）派人到我们国家来吗？"

"从来没有啊。"众人异口同声地回答。

尸罗逸多接受了诏书，并且，派遣使者入贡。

唐太宗鉴于天竺地遥，尸罗逸多不远千里派使者前来，诚意可感，让天朝上国感到面子十足。所以，回赠了更多更丰盛的礼物送给天竺王。

由于唐朝没有种族歧视，外国人只要有才华，常能入朝为官。因此，唐朝朝廷番官之多，成为历代罕见的奇异现象。

唐朝常用天竺人参与修历工作。唐高宗之后，瞿昙罗担任司天台太史长达三十多年，为著名的天文学家，武后时，瞿昙罗奉诏撰光宅历，实为印度历法。瞿昙罗就是不折不扣的天竺人。

唐朝流行幻术（魔术），许多幻术就是自天竺传来，由天竺人表演的。有的幻术如以剑刺肚、以刀割舌等，甚为可怖，唐高宗时，曾经下令禁止。

印度幅员广大，交通不便，各成一区，语言亦不统一，史地学家曾经统计，言语竟达三千种之多，所以，郑和到印度，也不过是蜻蜓点水，不算深入；我们介绍其中两个小国，古里国与柯枝国。

永乐五年（1407 年），成祖派郑和赐古里国国王诰命，各个头目冠带，并且在古里国建立了一块碑，碑文上刻着："其国距离中国十万多里……刻石于此，永示万世。"

古里人与锡兰人一般，把牛当成神一般膜拜，其中还有一段极为有趣的故事。

据说，古代有一个圣人叫某些，立定教化，教育世人，非常受到当地人民爱戴。

某些的弟弟撒波黎，却是一个混混。他为了建立声誉，打击亲哥哥，竟然想出一个荒诞的办法。

撒波黎制作了一个金柜，金柜中间放了一头金牛，他对人们宣布：金牛是圣牛，有求必应，谁最虔诚，就能得到金牛拉的金粪便。

这一下可不得了，所有的人为之疯狂，每天什么事也不做了，一心一意讨好金牛，希望得到黄金粪便。

古里原是一个很穷的地方，当地人民多半是一贫如洗。现在，竟然拜一拜金牛，金牛每日所拉的金粪，足以让人们发一笔小小的横财，怎不令人欣喜若狂。

于是，当地人改奉金牛为真主，虔诚膜拜，暗中比赛谁信得最深，期望得到金粪，也在无形之中，被撒波黎所牢牢控制。

这一段期间，恰好圣人某些因事远离。待他返回古里，眼见淳朴善良的人民，个个财迷心窍，对金粪的贪婪痴迷，简直到达疯狂的地步。

某些调查的结果，发现是自己亲弟弟一手导演，怒不可遏，立刻动手拆掉了金牛。当他在拆时，古里人都暗暗落泪，心中大不以为然，又不敢公然违抗圣人的旨意。

某些把金牛给毁了，金牛当然再也不能生产金粪了，古里人怅然若有所失，仿佛生命不再有意义，人人垮着一张脸，没精打采，失魂落魄。

某些把弟弟撒波黎捉来，责问他：“看看你做的孽吧！”

撒波黎害怕哥哥会进一步处罚他，于是趁着夜晚，偷偷骑了一

印度牛，选自《吴友如画宝》。

头象，三十六计走为上策。

古里国的人听说撒波黎走了，意味着金牛再也不会回来了，心中真是万般依恋。所以，就把这一份浓浓的情怀，寄托在活生生的牛与大象身上，尤其是牛，拜金牛之赐，一霎之间，似乎都镀了一层金。古里人相信，牛会带来好运，牛粪更是吉祥如意，隐含有黄金万两的象征。

自此以后，从国王到一般百姓，每天早晨起来的第一件事，就是用牛粪调水，涂满墙壁，又烧成灰，往身上到处撒，仿佛像撒爽身粉一般，即使牛粪有一股恶臭，在他们嗅来，也是十分芳香。

既然牛被奉为神明，神明当然不用再劳苦工作。古里的牛在路上自由自在，却有人诚惶诚恐奉上食粮。

一直到今天，牛在印度仍然是神圣不可侵犯。即使它闯入民宅，破坏财物，民众仍是含笑接受。虐待牛的后果，将是不堪设想。

所以，如果有一只牛，心血来潮，兴致大发，站在街心，所有车辆都得让路，可神气威风了！

郑和的印度见闻

郑和一行人到了古里（印度一小国），除了对于当地牛只享有极高声誉，实在难以置信以外，对于古里的司法审判，同样大开眼界。

古里没有鞭笞（chī）的刑罚，轻则截手断足，重则罚金诛戮（lù），甚且抄门灭族。古里还有一种独门的测谎术：

凡是犯了罪的，拘捕入官，若是认罪，当然没有话说，该怎么罚，就怎么罚。万一高声喊冤枉，也有办法！

执法者把嫌犯带到国王或是大头目面前，摆一口大铁锅，盛满热滚滚的油，下面搁了炭，等到火愈烧愈旺，先丢几片树叶进去，假使发出炮弹般的溅油之声，表示油够热了。

接着，嫌犯伸出右手两个手指，放入油锅之中煎炸，一直到炸焦为止，用布把两个手指包裹起来，上面还盖一个封记，用来证明回家之后，嫌犯不会把包扎的伤口打开来。

然后，嫌犯就用左手捂着右手的伤口，哀哀叫痛地回去。

过了两三天，嫌犯再让亲朋好友簇拥着，回到大头目或国王跟前，公开把伤口打开。这一刹那，可是紧张到了极点，倘若手指溃烂，（炸焦炸熟的手指，又没敷药，怎会不发炎？）表示嫌犯是在说谎，立刻行刑，没有二话。

倘若奇迹出现，两根炸焦的手指，竟然完好如初，可见这人是没做过坏事。头目为表示歉意，以鼓乐相送。

这一下子，无罪开释的犯人，可就成了英雄。回到家中，亲戚邻居朋友个个前来相贺，又是喝酒又是跳舞，热闹非凡。

古里国旁边的柯枝国，情况与古里国相同，也是举国上下，把牛当神膜拜。郑和等人看惯了中国牛，还真不适应当地风俗，深恐一下不小心，冒犯了牛，也就触犯了当地人，惹来不必要的纷争。

柯枝国有一样东西，颇引起来访中国人的乐趣，那就是家家户户都用砖泥砌一个土库。放眼望去，到处都是大小不等的土库。

柯枝人解释道："土库可以防火防盗，凡是比较贵重的东西，我们都放在土库之中保全。"原来，土库就是保险箱。

柯枝人分五等：南昆、回回、哲地、革令与木瓜。木瓜是最低贱的一种人，为了确保其低贱起见，木瓜人只准住在海滨落后地区，房檐不准超过三尺，若是超过三尺，表示有罪。连木瓜人穿的衣服都有规定：上不过肚脐，下不过膝盖，真是怪模怪样。

木瓜人很可怜，若在路上遇到南昆、哲地这些高贵的人，必须伏在地面，等到高贵的人通过，他们才能站起来，继续往前走。

还有一种化外之人，称为浊肌，也就是道人。道人能娶妻，外貌极易辨认，他们的头发极长，自出娘胎，即不剃发，自长胡须，也不剃须，更怪的是，亦不整理，只是用酥油把头发搓成十余条，披曳在脑后。虽然不修边幅，每日却不忘用牛粪烧成灰，遍擦整个身体。

不论是古里人、柯枝人，都有一个习惯，很让郑和一行为难，那就是他们一律以右手五指抓饭，左手五指洗抹肛门粪便。

郑和觉得十分奇怪，他透过翻译请问："这恐怕不卫生吧！"

印度人的答复是："没有比这个更清洁的了，天生五指，随处可用，岂不方便？饭前饭后，自己洗净，一点也不脏。"

正因为左手抹粪，右手进食，印度人左手右手可是分得清清楚楚的。所以，用左手敬礼，或者用左手接受礼物，都是不礼貌的失礼行为。郑和因为不习惯，每做一件事，都得先停下来，想一想，用左手还是用右手。

印度人老式的吃法，是每人一盆饭，一杯冷水，用右手撮点菜放入饭盒，调和一下，送入嘴中，几乎每一餐、每一样东西都少不了咖喱（gā lí），让中国水手真吃不消，他们印度人却乐在其中，郑和笑叹："这儿如此之热，大概也非得用辣劲十足的咖喱，才能够以毒攻毒。"

当时尚无寒暑表，也不清楚到底热到什么程度，只知虽然炎热，竟没有汗，因为，汗水初出毛孔，就化为蒸气挥发了，只在皮肤上留着一层盐巴。到了晚上，大家就露天而睡，不怕露水，因为，空气之中早已没有一点儿水分。

印度不论男子穿的布裤，女子穿的纱笼，都是一整段的布，不用针，不用线，不用剪裁，有些薄纱相当轻柔鲜艳，她们巧妙地在身上一裹，立刻显得婀娜（ē nuó）多姿，亭亭玉立。

年轻的印度妇女。

她们洗衣服的方式，倒也别致，在水里漂一漂，然后，用不着晒衣服，两个人各执纱笼的一端，在空中这么飘一飘，仿佛放风筝一般，飘个十几二十下，一条纱笼便干了，省事又方便。

永乐六年（1408 年）和永乐九年（1411 年）、十年（1412 年），郑和曾经三度前往柯枝国，带来明成祖的诏书，并且在山上石头刻文纪念："柯枝国远在西南，慕中华教化，鼓舞归顺，仰天而拜，何幸中国圣人之教，沾及我邦……"这当然是出自中国人的手笔。

总而言之，郑和在印度，虽然不及在东南亚，带来重大的影响，但是，毕竟郑和到过印度，甚且，今日印度亦有郑和的石刻像，可惜，当时留下来的记载不够完整，我们无法更进一步地了解。

郑和遨游阿拉伯

郑和下西洋，到过南洋一带，这是大家都知道的。但是，郑和足迹远至阿拉伯与东非，一般人则不甚清楚。

接下来，我们根据马欢的《瀛涯胜览》，费信的《星槎（chá）胜览》，谈一些郑和赴阿拉伯的趣事。马、费二人并不谙当地语言，对当地传闻，也是道听途说，因此，有些地方，我们也就只有姑妄听之，不能详加考证。

郑和先到达一个叫祖法儿国的地方，位于阿拉伯海南岸。根据梁启超先生的考证，应该就是著名的巴加达港。

郑和一抵达，就发现当地人民个个高头大马，虎背熊腰，长相都相当威猛，头上缠着白布，头顶箍一个圈。

贵族的打扮十分考究，头上依旧缠绕白布，披上金色的缎袍，搭着一条手工极为精细的青花披肩，出门之时，骑在漂亮的马上，后面紧跟着象队、骆驼队、马队、手刀队、乐队……壮观宏伟。

祖法儿国的人民非常虔诚。每到星期五上午，也就是回教的礼拜日，全国一律停止工作。男女老幼如办喜事一般，先是彻底沐浴，整理清洁，再用蔷薇露、沉香末洒遍全身。洋人一般而言，体味甚重，常有狐臭，喷点香水以后，果然气味好多了。

于是，男男女女，神情肃穆，穿过街道，到达回教的礼拜寺，脱下鞋子，恭谨地前去祭拜。

郑和等人发现，祖法儿国的女子外出，总是用布从头包到脚，根本分不清谁是谁。不过，很奇怪，她们头上包的巾，有的缠成三个角，有的缠成五个角，各个不同，这是什么道理呢？

透过舌人的翻译，当地人解释道："三个角表示她有三个丈夫，五个角表示她有五个丈夫。"

"那么，十个角就代表她有十个丈夫了？"郑和的部下，指着一个头上绑着一、二……到十个角的妇人，万分讶异地问道。

"是的，因为我们祖法儿国，男多女少，所以一个女人常常有许多丈夫。"

按回教国家，一向是一夫多妻，怎么会有这等一个女子有十个丈夫的怪事，不晓得是否随郑和而去的马欢、费信记载错误。

郑和到了祖法儿国，当地国王很高兴，大摆筵席，其中有一道菜"驼鸡"，甚为味美，据说这种驼鸡"瘦瘦的两只脚，高三四尺，身扁颈长，供人民骑坐，鲜美可口，齿颊留香"。

所谓的驼鸡，想来就是鸵鸟，可能是肉质与鸡一般可口，因此称之为驼鸡。

祖法儿国国王好客，除了宴请郑和一行，又献上乳香、地毯、檀香、胡椒等，同时，国王听说中国没有驼鸡，还带来几只，送上郑和的宝船，让郑和带回中国，让明成祖瞧一瞧。只是不晓得驼鸡最后是否祭了明成祖的五脏庙。

郑和离开祖法儿国，到达阿丹国，一称阿丁国。阿丹国国王昌吉利听说郑和要来，老早就在海边恭迎。

阿丹国王为表示热忱欢迎，特地打造两条镶满了珍珠宝贝的腰带，献给郑和，郑和含笑收下，当然，也回赠了不少宝物。

郑和在阿丹国待了几日之后，有一天，一个阿丹国的将领前来，他客气地对郑和报告："我是阿丹国的总兵官，名叫摩珂，奉我们阿丹国国王的命令，请大元帅在此留宴二日二夜。"

"好啊，你先在这儿用过饭再走。"

“不了，我要赶回去，谢谢大元帅。”说着，摩珂便匆匆告辞了。

心思细密的郑和，立即找王尚书前来商量，双方一致认为事有蹊跷（qī qiāo），郑和分析道：“第一，为什么不是国王亲自前来？第二，为什么没有携带礼物？第三，为什么连一顿饭也不肯留下来？莫非想劫取宝船？”

不过，猜归猜，谁也不知道阿丹国王究竟葫芦里卖什么药。郑和考虑了一会儿，明快地下令：“今晚我们慰劳大家，把船队分为四队，包围整个阿丹国，三队开怀畅饮，唱歌跳舞，一队则小心警卫。”

由于阿丹国幅员不大，整个晚上被郑和的联欢晚会，吵得震耳欲聋，无法休息。阿丹国王眼见郑和军容壮大，声势显赫，唱唱歌，跳跳舞就有如此威力，自然而然打消了劫宝的念头，这也是郑和聪明之处。

离开了阿丹国，郑和到了忽鲁谟（mó）斯（今天伊朗的班达亚巴斯）。这儿的人与阿拉伯人又不一样，比较白净，也比较斯文，这儿的女子不用布缠身体，但是耳朵、臂上、腕上、脚上，都挂满了珠宝，

阿拉伯人，12 世纪阿拉伯作家哈里里作品《马卡马特》书中插图。

走起路来，叮叮当当十分有趣。

郑和一行还看了一场羊玩把戏，有六个人，各拿一根木杆，第一根有一丈长，第二根有二丈长……第六个人拿的第六根，有六丈长。

音乐响起，这六个人，拿着六根杆子，边唱边跳，一会儿紧锣密鼓，来了一只白羊，白羊一跃而上，跳到第六根杆子的顶端，用两只后脚踏着杆子顶，“咻”的一下跳到第五根杆子……这么一级一级地跳下来，姿态曼妙，动作利落，众人都拍手叫好。

忽鲁谟（mó）斯国王亲自迎接郑和，他的坐骑后面，跟着二百卫队，骑在两百匹骏马上面。军容壮观，态度谦和大方，郑和笑嘻嘻道：“仿佛来到了君子国。”

忽鲁谟斯国王递上降表，又送上礼单，计有：“狮子一对、麒麟一对、草上飞一对、名马十匹……大珍珠五十颗、珊瑚树十棵。”

郑和接过礼单，客气地说：“诚意可感，只是礼物太贵重了。”

国王诚恳道：“不成敬意。”

当然，郑和回赠的，永远比收到的礼物更多。

郑和此去，带了不少回教徒，他们正好乘机赴麦加朝圣，有一些干脆留在红海，一待就是十八年，直到郑和第七次下西洋时才把他们带回来，还有一些，就留在当地娶妻生子。

阿拉伯人会学中医把脉，也有用阿拉伯文写成中医书。英国人兰夫著有《世界医学史》，指出医药直接由中国传入阿拉伯，这一切，都要感谢郑和的壮举。

郑和远征非洲大陆

郑和的舰队，曾经远征东非，并且留驻长达三年，如此的壮举，却是一般国人所陌生的，实在是一件可惜的事。

葡萄牙人逖亚士在1486年前往印度探险，遇到风暴，偶尔发现了好望角。意大利人哥伦布，由于得到马可·波罗从中国带回的指南针，抵达美洲，发现新大陆。

这两件航海大事，都在郑和之后，所以外国著名史家如伯希和、费朗·曼耶斯对郑和都有极高的评价，日本学者山本达郎、北村松之助等研究郑和的著作亦多。反倒是中国史学界对郑和的兴趣不大，中国人一向不赞成冒险行为，所以，郑和也不是中国父母鼓励小孩模仿的榜样。

郑和到东非，航程经过木骨都束等五个国家，包括了今天的索马里东岸、巴拉雅，以及莫桑比克沿海、肯尼亚一带。

这是一片黑暗大陆，不但人种是黝（yǒu）黑的，而且根据费信的记载：“山连地广，黄赤土石，不生草木，田瘠少收。”又说：“村店寥落，地僻西方，山荒多广，而多无霖。”

所谓无霖，就是不下雨，在木骨都束，地广人稀，经常几年不下雨，当然，偶尔一年下雨，他们又不晓得如何贮存雨水。

因此，木骨都束人最宝贝的东西，就是用羊皮制成的水袋，水袋中的水，可是救命用的。

因为过于干热，不但人受不了，连鲸鱼都会烤干在沙滩上，所以，当地出产一种著名的龙涎香，所谓龙涎香，就是抹香鲸的胆，其香无与伦比，可用来作为香料。

郑和到达之后头一件事，就是掘井，一部分的水，供船上使用，一部分的水，则供当地人使用。一开始，郑和就伸出了友谊之手。

接着，郑和在船上，大规模地宴请木骨都束国王大臣，并且在席间，赐给国王许多珍奇宝物，国王一点也不客气，照单全收。

收完了礼物，国王透过舌人对郑和说："我今天接受贵国的招待，十分开心，明天该轮到我来作东请客。"

"好啊。"郑和一口答应，"我一定来。"

"但是，"国王停了一会儿，继续说，"我们国家没有请客用的器皿、桌椅，也没有漂亮的屏风。"

"那也没有关系。"郑和接口。

"不！"国王摇摇头，"我请你们出席宴会，你们把这些个设备全部送给我。"

郑和左右的人面面相觑（qù），都怀疑自己耳朵出了毛病，这个黑国王也未免太贪心了，借用借用也就是了，一开口就要，脸皮可真是厚。

郑和倒也大方，他不但满口答应，并且说："不如这些盘碗、桌巾一并送给你。"

国王笑眯眯地说："那样最好，还有你的厨师要来帮我做好吃的菜。"

国王告辞之后，众人议论纷纷："明天是宴无好宴，看这个国王贪婪的嘴脸，小心明天别成了鸿门宴。"

"不会的，你们大可以放心。"郑和一拍胸脯道，"就算是鸿门宴，我等还是得去，不去更危险，何况这一路之上，我们什么危险没碰过。"

第二天，郑和从容赴宴，从桌椅到盘碟，一切都自宝船上搬来，天下还有这种霸王请客的方式。国王起先确实是见钱眼开，颇想打劫，不过，昨日见到了郑和的威仪及大度，早已打消了这个不自量力的念头。双方吃吃喝喝，相处十分融洽。

郑和与木骨都束国王建立了交情之后，又开始教导土人种稻子，稻子收成以后，又好人做到底，教大家如何把谷放在石臼之中捣去谷皮。

据说，郑和还教了他们一种别开生面的食米方法，就是把米用树叶包起来，像包粽子一般，淋一些椰子油，用火烤熟，风味绝佳。

此外，郑和还教非洲人晒盐，例如卜剌（là）哇国傍海而居，应该是取盐最方便之地，他们却不懂得晒盐，只晓得用树枝浸入盐池之中，不久，把树枝捞起来，一会儿工夫，树枝上有白色的盐粒，作为调味之用。

郑和同时教导当地人民，如何利用树藤缀结成桥，连接两个山头，可以节省不少时间与精力。这种藤桥迄今仍留有遗迹。

13、14 世纪非洲人所建的雄伟石制建筑，佚名绘。

郑和为什么有兴趣赴非洲，且接连去两次呢？可能是因为非洲有象牙、鹿茸、虎骨、豹皮，在中国得之不易，又是最为名贵的献给皇帝的厚礼。

明朝时代，还没有所谓“保护野生动物”的观念。因此，非洲黑人见郑和猎杀大量的野兽，既可以除害，又能大啖（dàn）兽肉，欢迎惟恐来不及。

非洲人不论男女，都是一头卷发，因为很少有机会洗头发，卷卷的头发之中容易生虱，常常互相理毛捉虱子。他们喜欢用银子铸成环，一圈又一圈地套在颈子上，把颈子愈拉愈长，他们认为这是美观，不同的文化，必然会产生不同的审美标准。

非洲国家在受惠之余，酋长们也“感慕恩赐，效礼进贡方物”，如“千里骆驼”、“花福鹿”、“狮子”、“麒麟”、“天马”、“犀象”等。例如现在非洲桑给巴博物馆，存有清嘉庆年间中国瓷器多件，原是清朝皇帝赐给巴土王西乙隆的，中非关系的促进，郑和的确功不可没，也开了中国对非洲地区农耕示范队的先河，代表了中国人的王道精神。

根据非洲华侨指出，东非某一个国家的国旗就是郑和所戴帽子的模样，也许是巧合，也许正是当地人纪念郑和。可惜郑和未带史官随行，也可惜当时非洲落后，缺乏可靠的资料记载。

以航海节纪念郑和

近代海运国家为了提倡海国思想，发展航运，每每选择其历史上某一伟大的航海成就，作为自己国家的航海节。

美国的航海节在五月二十二日。因为公元 1819 年，美国有一艘“萨凡那”帆船，自纽约出发，经英国，到达今天俄国的圣彼得堡。

日本的航海节在每一年的七月二十日。起因是明治天皇在 1876 年七月二十日，由函馆搭乘轮船作第一次的航海。

台湾则在 1955 年，以明成祖永乐三年（1405 年）七月十一日，郑和第一次率领六十二艘大船，率领二万七千八百多位航海专家，由刘家港浩浩荡荡出发的日子，作为我们的航海节。

郑和航行的点点滴滴，我们在前面已经叙述得很详尽，也深受读者们喜爱。郑和济弱扶倾的表现，彰显了中国人的王道精神，因此也产生了种种不同的附会。

例如今天台湾出口的嫩姜，称为“三保姜”，传说是郑和在台湾种植的。但是，经过考证，郑和并没有到过台湾，当然，也不可能在台湾种植嫩姜。

另有一说，则是郑和最早发现今日的澳洲。清光绪二年（1876 年），澳洲学者在达尔文港郊外一棵老榕树的下面，挖出一个中国寿星石像。英国学者费吉罗认为，这是郑和上岸修船之时，把石像留了下来。

还有一种说法，郑和率领部下赴苏门答腊之时，曾经遇到海上大风暴，有一部分士兵曾经飘流到澳洲西部，比荷兰人简松在公元1606年发现澳洲要早两百年。

郑和部下修好了船，环航澳洲一周，并且印了一幅澳洲地图在瓷砖上，献给中国皇帝，可惜中国皇帝对这件事没多大兴趣。

郑和七次航行，远达印度、阿拉伯、东非沿海地区，若抱的是侵略政策，那么到处都是殖民地，在西方人未来之前，老早捷足先登了。但是，中国人没这个野心，也看不上这些化外之地。无论如何，郑和把国家的政治势力，拓展到了南洋，使旧港与满剌加成为藩属，满剌加且成为海上基地。

永乐时期，北自中南半岛至马来半岛、南洋群岛，西达印度洋上诸海港，直抵忽鲁谟斯与木骨都束都遣使朝贡，尤其以占城、暹罗、爪哇、苏门答腊的贡使来往更为频繁，也使得明朝初年，国家声威可以媲（pì）美汉武帝、元世祖，真是威风凛凛，不可一世。

在经济与文化方面，郑和得到许多海外的特产珍宝，促进了海上的通商事业，并且间接地加强了华侨在海外贸易的发展。

郑和除了带给当地许多贡献之外，也带回许多有趣的东西，譬如，在食的方面，南洋一带今天是世界的米仓，当初可是郑和教导他们耕种的，由于气候适宜，收成极佳。在江南宜兴一带，有一种尖尖长长细细小小的米，当地人称之为“洋暹（xiān）米”，米粒虽小，香味特佳，就是郑和输入的品种。

其他如番茄、糖霜、胡椒都是郑和大量带回中国的洋食物。

郑和还带来了“西洋布”，“每匹阔四丈五尺，长二丈五尺”，根据方豪教授的统计，当时进口的布类有五十一种之多。

在住的方面，永乐年间静海寺用作基石的沉香木，就是郑和用宝船载运回国的。郑和也带回大量的紫檀木，就是红木。

再论“行”，永乐年间，郑和带回的“天马”不计其数，“天方国马高八尺，谓之天马”。好一个天马行空。

由于郑和到的地方多，走得远，他带回的珍奇异兽也不少，例如忽鲁谟（mó）斯国的狮子、金钱豹，阿丹国的麒麟，木骨都束国的花鹿、狮子，卜剌哇国的千里骆驼与驼鸡，爪哇国的糜黑羔兽，几乎把整个动物园搬入了中国。

除了动物，还有植物，郑和对树木花卉的移植颇有一套。南京城里弘济寺外的两棵婆缺树，就是郑和带回来的。在郑和墓地旁边、永宁寺外的名花异草，也是郑和自己带回来的。

郑和甚且带回了工匠。明朝人张自烈在《正字通载》中说：“自从明朝三保太监自西洋带来玻璃工人，中国玻璃顿贱。”

郑和下西洋，贡献极大，但是，在当时明朝士大夫眼中，却认为下西洋耗费了太多人力物力，成为国家财政上的重大负担，实在无此必要。

成祖驾崩，仁宗即位，立刻有人反对：“三保太监下西洋，动辄（zhé）耗费钱粮数千万，军民死以万计，纵得奇宝而归，于国

江苏太仓郑和公园航海节上的宝船，郑和公园摄。

家何益？此一国家弊政，大臣所当切谏者也。”

大臣们竟把郑和下西洋，视为一种弊政，因此，仁宗即位，立刻下诏：“下西洋诸番国宝船完全停止，如已在福建太仓安泊者，俱回南京。”

不料，郑和停止下番，各国的贡使也就为之中辍（chuò），为了维持国家的威信，宣宗不得不大修宝船（仁宗在位一年即去世，宣宗即位），大规模地发动了郑和第七次下西洋，但也成为最后一次。

美日两国的航海节，所纪念的航海事迹，与郑和相比，简直不堪相提并论。可是他们后来居上，在航运、国力上都超出中国，原因之一，即在于他们具有冒险进取的观念。

也许中国人历来不主张冒险，也许因为郑和是太监，总而言之，郑和下西洋，如此轰轰烈烈的大事，不但在中国史学界没有得到史家的重视，一般国人，也没有太大的感觉，实在是一件相当遗憾的事。

目　录

名　家　荐　言

全神贯注，努力以赴

吴俊才（吴姐姐之父，已故台湾“中央日报”社长、政大教授）

《吴姐姐讲历史故事》出版之前，涵碧希望我在这一集的卷首写几句话，我满心愉快的立刻答应了。

据我所知，像这样性质的专栏，能够在长达整整十年之久的时间里，每周一次，从不间断，在报上连续刊出，实不多见。单凭这一份竭诚为读者服务的敬业精神与耐力，已足令人激赏。何况万千读者的回应，又是如何的持久而普遍。专集一集比一集畅销，因而使本书早已成为家喻户晓，不只是儿童而且也是成人所喜爱阅读的优良读物。

其次，我也想透露一个小小的秘密。当涵碧准备撰写此一专栏前，曾在一次越洋电话中，征询我的意见，可否为专栏取一个名字。她说打算为读者每期讲一次故事，而取材运笔，尽可能求实求真，至少做到“正史为凭”，绝不杜撰。涵碧在大学先修历史，后学新闻，既然有此决心，我相信她一定办得到：以治史的精神来写故事，所以就顺口建议她的专栏为《吴姐姐讲历史故事》。她欣然接受了，也实行了，而且这十年来我也是每篇必读的读者，当然应该写点读后感。

尤其在讲述有关南宋岳飞的故事。提起“尽忠报国”的岳飞，凡是南宋以后的中国人，真可以说是无人不知，无人不晓。岳飞在三十二岁时，感怀世局，写的一首脍炙人口的《满江红》，一腔忠愤，壮怀激烈，不只使人追思景仰，更不知曾激起多少后代中华儿女，匡时报国奉献牺牲的壮志豪情。记得涵碧小时，最喜爱听我讲岳飞的故事，而我所讲的则是根据《岳全传》这部通俗小说。如今《吴姐姐讲历史故事》，以现代易懂流利文字，重写这许多可歌可泣的史实，又做了不少考证的功夫。例如原说岳家在岳飞襁褓中即系一门孤寡，实则岳飞所受教忠教孝长大成人，得力于他父亲岳和的一手栽培之处甚多，并非完全为母亲之调教。姚氏夫人曾为岳飞在背上用绣花针刺上“精忠报国”四字，其实，刺的是“尽忠”而非“精忠”二字。

涵碧为小读者讲故事而能如此谨慎将事，绝不是信手拈来随意渲染，使得一些上了年纪的读者，也能获益不浅，其负责认真的态度与用功之勤，也是本书十年来深受各方重视的主要原因。

我的确知道涵碧在这十年之中，为了写作历史故事，真是全神贯注，努力以赴。她要从浩瀚的历代史料中，去发掘引人入胜的题材，从许多交代不清、一团疑云的民间传说之中，勾画出每一个故事的来龙去脉，而以娓娓动人的笔触表达出来。她必须不停地阅读史书寻找资料，不断地拜访名师，请教专家，所以没有假期与休闲。有一次因为从公车走下来跌伤了脚踝和右手，她还是忍痛写作，不停地工作，因为每周到了截稿时限，是绝不能拖延的。我想涵碧已是整个沉浸到了她所投入的写作中，她笔下的那些历史人物，似乎也都在鼓舞她，帮助她奋笔前行，而她又觉得有义务要将自身的感受忠实地、真切地传递给她所服务的读者，哪怕在行家看来似乎微不足道的心得。

作为一个读者，而又是涵碧的父亲，我有时看到她在深夜灯影下依旧抖擞着精神在写作，心中多次“叫停”，话到嘴边，却变成了慈爱的鼓励。因为这正是她“并无所求，但望能有所奉献于社会”的快乐时刻。十年来，现在已写到了南宋末年，尚有许多历史故事要继续地写下去。我也像一般的读者一样，只希望她在大家的指导之下，能以更开阔愉快的心情，为我们讲更多好听的历史故事。

读《吴姐姐讲历史故事》

琦君（已故著名作家）

《吴姐姐讲历史故事》，作者吴涵碧的初衷，原打算是写给小学五、六年级与国中的小朋友们看的，所以用的是平易浅白的文笔。她的目的是给小朋友们灌输点历史知识，以期引起他们对我国民族固有文化的兴趣。但连载以来，社会各阶层的反应热烈，认为这不仅是儿童们的知识宝库，学校沉重课业下最亲切的良伴，也是成人增长学识以至于为人处世、修养身心不可不读的好书。真是人手一卷，老少咸宜。我就是对此书欲罢不能的一个。

作者因受到老老少少读者的欢迎与鼓励，兴趣与信心倍增，因而笔走龙蛇，愈写愈精采。结集成书，一集又一集的，近又将问世，索我写几句卷头语，我这个长期的老读者，当然愿意说说我读本书的心得感想。

讲“历史故事”不同于写“历史小说”。因为历史小说究竟是“小说”，作者只要对某一个时代、某一个人物的某些故事有兴趣，认为有演绎的意义，就可以运用小说家的技巧，塑造人物，编织故事，渲染背景。为了加强吸引力，可以制造高潮，穿插情节增删人物。只要不距离史实太远，不颠倒黑白，忠奸莫辨，就可写出动人的历史小说来。但讲历史故事就不然了。人物不容面壁虚构，事迹不由任意篡改，时代不得丝毫差错。在种种限制下，要把故事说得跟小说一般生动，可真不是一件容易的事，而吴涵碧做到了，而且做得非常成功。

现在将《吴姐姐讲历史故事》的特色，介绍如下：

一、组织严密

她用抽丝剥茧的方式，自黄帝以下，以人物为经，以史实为纬，生动地娓娓道来。任何盘根错节的朝代，都写得有条不紊。遇有人物事迹与他篇有关联之处，必于括弧中注明："请参阅某某篇。"在每篇开头，必将前篇故事简略交代，使读时不致有不连贯的割裂感。因此全部历史故事，表面上虽以人物的单元故事分篇，实际上却是草蛇灰线，脉络相连。横的方面像网子似的，扣结得紧紧的，纵的方面，像珠练似的，串得牢牢的。俗语说："编筐编篓，重在收口。"涵碧编织筐篓的功夫，着实不凡。

二、长短合度

为了配合儿童版版面并顾及读者兴趣，她在篇幅长短上把握得非常好。无论人物多少，故事繁简，她都能缩蛇成寸，长短合度。大人物常插趣味性轶事，写来从容不迫，游刃有余，绝无到篇末给人戛然而止的匆促感。即使在篇末出现"欲知后事，且看下篇"的字样，也只是为下一个故事人物做引子，而不是像演义小说那样的"卖关子"。

这份功力，实由于作者是攻读新闻的，有训练的记者之笔，自能敛放自如，繁简有度。今日的历史，原是当年的新闻。涵碧以写新闻之笔，把历史还原为新闻，把相距千百年的人物，拉到我们眼前，使我们如见其人，如闻其声。也使我们领会到"观今以鉴古，无古不成今"的道理。

三、忠于史实

前文说过，讲历史故事，不同于写历史小说，必须处处忠于史实，这点原则，涵碧是严于遵守的。例如三国里的吕布貂蝉故事，尽管风光旖旎，但因貂蝉只是罗贯中笔下人物，正史中并无此人，她就只好割爱。又如杨贵妃与唐明皇故事，她采用杜甫的《丽人行》，而不根据白居易的《长恨歌》。因为杜甫是写他们的穷奢极恶祸国殃民，而白居易是极力渲染他们的爱情，内中临邛道士招魂魄的故事尤属诗人的想象了。可见她的取舍资料之严格。

这使我想起我国现代写历史小说的第一支笔高阳。他写荆轲传，为了增加悲剧气氛，他创造了正史上所没有的人物燕太子丹的妹妹，与荆轲一段生死恋情，写得荡气回肠。因为他写的是“小说”，不是讲历史故事。涵碧根据正史，旁及演义小说、传记、笔记，广为涉猎后，反复求证，以还古人本来面貌。例如她写《周瑜绝对不小气》，他原是个气度大之人，并非被诸葛亮三气而死，而是为国辛劳而早丧，使被罗贯中冤枉了一辈子的周瑜得以平反。

她细读了《七侠五义》与《杨家将》，写下《〈宋史〉中的包拯》与《正史中的杨家将》以正视听。我在读了《韩延徽探母》一篇后，才知道杨业并没有一个儿子叫延辉，《四郎探母》故事完全脱胎于韩延徽。今天坐在戏院里闭目凝神欣赏《坐宫》里的四郎唱“我好比，笼中鸟……”的戏迷们，有几个知道“眼泪还没擦干”的木易驸马，原来并无其人呢！又谁知道叱咤千军万马的萧太后，她的小名叫“燕燕”呢？

她为了宋江这个传奇性人物，特地写了《正史中的宋江》与《〈水浒传〉中的宋江》，要读者做个比较。她的才识，她的治史精神，实在令人赞佩。记得我童年时看机关布景戏《洛阳桥》，舞台上紫红帘幕一拉开，洛阳桥上灯火辉煌。百姓扶老携幼夹道欢呼，看得我眼花缭乱，母亲连声赞洛阳桥好热闹，洛阳老百姓好福气，连父亲都以为洛阳桥是在洛阳呢。今天读了《蔡襄修建洛阳桥》，才知道洛阳桥原是在福建晋江市。也知道了宋朝四大书法家，最后一个原当是蔡京，因他无行，才换上了蔡襄。

四、笔调变化多姿

写现成的历史事实，心理上一受限制，下笔就容易呆滞。而涵碧才高，旧瓶新酒，回味无穷。写什么人物，就是什么笔调。气氛的烘托，口吻的描绘，都恰如其分。例如关云长的义薄云天，李白的癫狂，司马温公的宰相风范，写得既传真又传神。最难得的是报道诗人词人的事迹，就用诗词宛转之笔，连题目都用诗词原句。例如《相逢何必曾相识》是写白居易，《十年一觉扬州梦》是写杜牧，《别是一番滋味在心头》是写李后主，《波上寒烟翠》是写范仲淹。都使人发思古之幽情，足见作者对诗词等修养至深。

五、解释详尽

她遇到特殊名词，都加解释。例如《宣和画院》中说到“配鱼”，她解释是唐朝五品以上官员出入禁宫时的通行符。解释“孔雀升高必先举左足”，讲出宋徽宗精于艺术的故事；读《宣和画院》如读有趣的艺术史。

六、篇末感言，甚具见地

作者常在一篇终了时，以古证今，抒发她个人感慨，真犹之于《史记》中的“太史公曰”。司马迁是借他人酒杯，浇自己块垒，涵碧则是满腔对国家、社会的关怀。

史家赞太史公具备“史才、史识、史学”，以此语赞涵碧，亦不为过。因为她的确具有高超的才识，驾驭重要史实，以文学之笔，金针密缝，虽分篇而一气呵成。《吴姐姐讲历史故事》是“历史的、社会的、文学的”一部书，此所以受广大读者的欢迎吧！

七、世系表脉络分明

历史文学是一门专门学问，我国古典历史文学如《左传》《史记》《国策》《通鉴》等，都是不朽的巨著。但因是古典文言，忙碌的现代人，除非是专攻史学的，很少有工夫细读且予以欣赏。即使读了，脑海里也很难得一个系统的概念。涵碧除了以人物、史事贯穿年代以外，她连杨家将的家谱都给附上，表示对一代忠烈的重视。她治学态度之严谨，由此可见。

八、命题醒目

定题目是一种艺术匠心，涵碧深谙此理。她定的题目，有的是一篇故事的重心，有的是人物性格的表现，有的鲜活具象，有的诗情画意，都有吸引人非读不可的力量。例如《范雎死而复生》写他的妙计脱身。《树枝上的缎带花》写隋炀帝的穷奢。《唐太宗吃蝗虫》写一代明君的爱民如子。正符合了写大人物用小故事的诀窍。像《真假张觉》《太学生打破鼓》《宋徽宗吃桑椹》等篇，无不有画龙点睛之妙。

真佩服涵碧年纪轻轻的，怎会有这一肚子的学问。我与她真正开始交往是在她撰写《吴姐姐讲历史故事》以后很久。她常向我逼稿，我常读她文章，我们遂成了年纪相差一大截的"忘年"之交。

记得许多年前，我们曾一度是近邻。我去拜访她母亲——老友马均权女士，只记得她长长头发上扎着蝴蝶结，在院子里和弟弟拍皮球的小女孩。我们大人聊天，也没注意她，只知道她从小是个读书虫，儿童故事一本接一本的猛看。转瞬间，她已卒业大学，继而主编儿童刊物，撰写历史故事书，斐然成章了。

前几年，她才告诉我，她和她弟弟小时候看国语日报从国外翻译的一套童话集。她们对其中一篇《傻鹅比多尼》的故事，印象很深刻。我虽然年纪一大把，也爱读儿童书。我还记得傻鹅翅膀底下夹着一本厚厚的书，昂着脖子，高视阔步，又傻又神气的样子。但傻鹅起初只会装样子，不知道书要读到肚子里才是真正有学问。

涵碧这些年来，专心从事文化教育工作，心无旁骛。她的成就，她对社会的服务精神，是有目共睹的。可惜的是她的慈母不幸已于数年前逝世，想她在天之灵，对爱女今日的成就与努力不懈，一定会感到万分欣慰吧！

冷眼观史　热眼观人

刘墉（著名作家）

小时候，我代表台北市，参加全省演讲比赛，得了一大堆奖品。

奖杯进了学校的橱柜，锦旗早已不知去向，只有两本教育厅编的《十八史略选注》，一直存到今天。

我常想：为什么后来读的许多书，虽然都是传世巨著，在我心中，反不如童年的那本来得清晰。

或许因为童年的记忆力强，也可能由于那本书从“唐尧之治”到“元杀文天祥”，编得有组织，写得够生动，只可惜《十八史略》是文言，即使加了注解，还是较难读的，要是能有人，写一本既完整、又浅近而引人兴味的历史书该多好！

这理想最近终于实现了。

看到文友吴涵碧小姐的《吴姐姐讲历史故事》，真是让我惊喜。读史令人聪明，说史可并不是件易事，吴涵碧小姐居然能以她生动的笔和灵慧的心，把历史中的人物，活生生地带到眼前。

由于对中国历史通盘深入的了解，使她能举重若轻，飒飒沓沓地写来，所涉的人物题材虽广，却保持着同一个统调。

也可能因为她写小说的功力深厚，使故事中的画面鲜活，将色彩、音响、动作和对白，做最精采的呈现。

尤其重要的，是她笔下的“关怀”。那种对人生的体谅、对历史的宽容，使她既能以冷眼观史，又能以热眼观人。

这样的一部书，当然使读者能兴味无穷，又在读后余味不尽。

吴姐姐的故事，像是一棵大树，以中国的历史为干，引出许多枝叶。神话传说、科学发明、文学典故、名人轶事，都能如行云流水般，随着正史，被一一引带出来。

我把这套书带回了美国，打算等四岁的小女儿再大些，就逐篇读给她听。让她认识中国、爱中华文化。

我相信这本《吴姐姐讲历史故事》，会如同我小时候的《十八史略选注》一样，活在每个小读者的心中，且随着他们成长、发光！

他们是地上的人

林清玄（已故著名作家）

读历史书，好像看人走钢索，许多英雄豪杰争先恐后地走钢索，有的没有平衡木，有的没有安全网，有的走到钢索尽处，突然刮来一阵强风，在历史上栽倒的大人物总是比平安走到另一座山的多。

可叹息的是，历史事件总是一再重演，历史人物总在相似的地方栽倒。

只有少数不摔下来或摔下来姿势也很好看的人，这些人是善知历史的教训，等于手中拿了平衡木；这些人也是善以史事做镜子，等于在钢索下架了安全网；这些知道历史成败的人，也因而不畏突来的狂风与暴雨。因为在最坏的情况下，他们心里也有一张安全网呀！因此，在古代，把人格、道德、学问、识见都臻上乘的人称之为“通人”，通人要有通鉴，因此不可不知史。

历史如此重要，但未免深奥难明，就好像看人在两山间走钢索，不知其用意何在。

读《吴姐姐讲历史故事》，就好像把走钢索的惊险搬到马戏班里来，里面设备齐全，有平衡木、安全网，不至于有致命的危险，看的人也都吹着冷风，有清凉的感受。最好的是，我们看到了走钢索的人、看到空中飞人；看到小丑，也看到驯兽师；看到仿佛禽兽豺狼的人，也看到了人模人样的虎豹狮象。

由于我们有放松的心、愉快的心，偶尔看到历史人物有失误挫败的时候，在散场之时，我们都会给予热烈的掌声。

吴姐姐的历史故事，使我们有游戏的心情看历史，感觉到人生如戏，历史就像一张戏网，在戏台上，有些人扮皇帝，有些人演英雄，有些伟大人物有平凡人的追求，有些平凡人也有伟大的怀抱，我觉得，读吴姐姐的说故事，一改我们给历史那种枯燥乏味的定位，使历史成为有血有肉的身边人事。

有一段时间，我在孩子临睡前，给他讲《吴姐姐讲历史故事》，孩子听得兴致高昂，我自己也在其中得到沉思的启示与反省的教训，深感中国悠长的历史是我们的宝库，不只是属于大人的，也是属于小孩子的。吴姐姐的故事因此不只适合孩子阅读，也适合大人，如果人人多对历史认知，就会有更多人培养出伟大的怀抱。

苏东坡小的时候，跟随眉山道士张易简读书，有一天，京城来了一位客人找张易简，客人拿出一册石介写的《庆历圣德诗》给张先生看，这些诗是歌颂范仲淹和欧阳修革新朝政以及人格高超伟大的。

坐在一旁的苏东坡很好奇，就问老师说："这些是什么人？"老师不耐烦地说："小孩子何必问这些？"

苏东坡坚决地说："他们是天上的人吗？如果是，我当然不必知道，如果他们是地上的人，为什么不可以问呢？"

老师看他出言不凡，才耐心地为他讲范仲淹和欧阳修的事迹，苏东坡深受感动。

还有一次，东坡的母亲陪他读《后汉书》的《范滂传》，读到范滂慷慨赴难、舍生取义竟感动落泪，对母亲说："妈妈，如果我长大也学做范滂，您能允许吗？"苏妈妈喜极，说："好孩子，你能当范滂，我就不能当范滂的妈妈吗？"

苏东坡后来的成就，超过范仲淹、欧阳修、范滂，成为人格光明磊落的人，诗词文章照耀千古，就是来自历史人物的启迪。

这些“地上的人、地上的故事”有时对心灵的启发并不亚于来自天上的消息。

所以，我们要给孩子讲历史故事，而吴姐姐的历史故事是很好的入门。

我们的孩子气中有无数的苏东坡，但是如果没有老师讲范仲淹、欧阳修，没有妈妈说范滂，我们的苏东坡可能就得不到启发，将来的历史也就失色了呀！

地理是家业，历史是祖先

罗兰（已故著名作家）

一九八九年春天，我们这里的少年体操代表队去大陆参加比赛，抵达之后，有记者请其中一位团员谈谈他的感想，这位才思敏捷的团员回答说：

“来到了大陆，我们脚下踩的是地理，眼睛看的是历史。”

真是一语道出了中国人对自己国家的山川文物，发自内心的感情。

中国人可能是世界上最欣赏自己的“地理”，最敬爱自己“历史”的民族。而中国人对这“地理”与“历史”的看法，也和其他国家有所不同，简单说来，它们不属于“知识”，而属于“感情”。

在我们内心深处，“地理”是我们的“家业”，而“历史”是我们的“祖先”。

这种把“国”当“家”的心情，是中国人爱国的一种特色。我们爱国不是为了排外，而是用一种爱父母、爱祖先的心情在爱。比起其他国家来，中国人的爱国包含了更多的亲情与伦理，它是更先天，也更自然的。

至今，我们称自己为炎黄子孙。无论那炎帝、黄帝，距离我们有多么遥远。

至今，我们熟悉文、武、周公，更熟悉关公、岳飞、文天祥等等历史人物，“山川壮丽，物产丰隆，炎黄世胄，东亚称雄”与“尧舜禹汤文武孔孟，历代君王哲士英雄”是爱国歌曲中最常见的歌词素材，古人的丰功伟业，一直流传在民间，成为每一个中国人立身处世的典范。

我国传递历史的方法也是很杰出的，在过去，我们有各式各样的戏曲与说唱，用通俗的、娱乐的方式，深入民间各阶层，把绵长的历史，用最精练生动的方式，“演”给大家看，说给大家听。几千年来，尽管我国的教育不普及，文盲众多，但透过戏曲与说唱的方式，所传递的历史故事，不仅使民众亲切的认识历史，而且从中得到善恶忠奸的教训，是最有效的社会教育，使中华民族产生了深厚而强固的凝聚力。它不同于其他民族所追求的“团结”，是一种更有感情的、对自己国土与历史的、执着的爱。

近几十年来，由于社会形态改变，以历史为内容的戏曲有逐渐式微的趋势。大家接受许多庞杂肤浅的娱乐，却缺少教育上的养分，难免使有心人觉得忧虑，唯恐自此失去了传递这份民族凝聚之力的文化遗产。而在这种情形之下，能读到吴涵碧小姐为大家写的这一系列的“历史故事”，就格外感到振奋与欣慰了。

这一整套系统完整的书，对象本是青少年，所以题名为《吴姐姐讲历史故事》。这套书，可以说是及时地弥补了戏曲、说唱等民间艺术逐渐被大众忽略所造成的缺憾，它不但给青少年读者带来丰富而完整的历史知识，就连成年读者，也一样地乐于把这套极具功力，可读性又高的书，放在案头，作为随时补充自己历史知识而又轻松可喜的一份读物。

作者吴涵碧小姐为写这套书所花费的时间和所付出的心血，实在可以用“惊人”二字来形容，而难得的是她举重若轻，用飘逸自然的文笔，娓娓道来，使人毫不觉察她日积月累的准备功夫。你很难想象她是怎么样在浩如烟海的史籍中去取材，把它们化繁为简，去芜存菁，从深奥难解的古文，改写成明白晓畅的现代语体，不偏离原有的脉络，且能旁征博引，使读者不但看到主流，更能触及两旁的溪水、支流与湖泊，如何汇集或发展成各个段落的历史演变与递嬗。

写这套“历史故事”，实在非常考验作者的学养与功力。它既要忠于历史，又不能不加选择与剪裁；既要把历代大事的前因后果，做完整的交代，又不能庞杂拖沓，牵缘攀藤。而吴涵碧小姐却能把这套书写得如此清灵自然，使读者在阅读的时候，只觉其顺畅丰富，趣味盎然，而不会想到作者在下笔以前的钻研博览，而后化枯涩为晓畅，化繁复为简明，所需的时间与心血。

现代人太忙了。除正业以外，杂事更剥夺了人们太多的时间，未免使人担忧我们今后的生活会越来越浮面，而忽略了中华民族之能够长存于世的深厚根基。如今有这样一套深入浅出的历史书可读，真是一大幸运。我个人对这套已经写到“元朝”的书是“相见恨晚”，相信有更多的读者会和我一样，不但自己乐于拥有；而且会高兴与家中能有这样一套可以传给子孙的读物。它所提供给后世的，也将不仅是一些历史故事，而且会在无形之中，继续传递这份爱国土、爱祖先、爱中华文化的、内在的民族生命之力。

《吴姐姐讲历史故事》医好我的历史恐惧症

侯文詠（著名作家）

我记得从前看罗密欧与朱丽叶的爱情电影，在最感人的结尾时，赫然看到有关单位在银幕上的附注：本片在敬告青少年谈恋爱须征得父母亲同意。

那是我们对于历史的最佳心情写照。

我小时候，老实说，甚至有点害怕历史。回想起来，我看过好的历史故事书不多。那些带着意识形态的故事，不是教忠就是教孝，甚至为了迎合这样的结论，几乎把人物僵化，历史的趣味全部抹杀掉了。我是个注重趣味的人，总是顽固而主观地认定没有趣味的东西多半不是好东西。讲历史故事也是这样，对我而言，文天祥从容就义不见得比司马光打破水缸救出小朋友给我们更多的启示。

我慢慢长大以后，在生活环境中见多了见利忘义，你争我抢的事，很少见过文天祥这种人，愈发坚定我的历史恐惧症了。我读报纸，虽然记的都是真事，可是多看几份立场不同的报道，就分不清谁是谁非了。特别是如果你还有闲工夫去图书馆找过去几年的报纸，立即荒谬感大增，时过境迁，才没有多久，为什么那时明明那么说的人，这时又这么说呢？我觉得新闻多半在骗人，累积到一定的程度与时间后，就变成了历史。所以历史自然好不到哪里去。我是这样得了历史恐惧症与历史痴呆症的。我宁可相信文学。像什么《水浒传》《红楼梦》《儒林外史》……虽然故事是虚构的，可是我觉得气氛与时代的感觉是真的。

我是先认识吴涵碧再读《吴姐姐讲历史故事》的。看看历史书当然也不是什么坏事，尤其我一开始预期的是简单的儿童历史读物。然而我实在有太多书要读了，什么医学的、文学的、经济的、电影的、社会的……我都有兴趣。我刚把故事搬回家的时候放在书柜上，和医学原文书堆在一起。那时候常有机会和吴涵碧在电话中聊天，每次聊得很开心，就觉得应该把《吴姐姐讲历史故事》翻开来看看。可惜一套几十册，每次想去翻，阴错阳差一定有许多不得不做的事，就又停了下来。

最先把一套书拆开的是我的太太雅丽。她是一个牙医，偶尔在诊所等候病人的时间可以翻翻书。《吴姐姐讲历史故事》小小开本，随手拿起来，一有工作可以中断，很快又可以接续，闲来翻翻并不难理解。后来雅丽休息时也翻，吃便当时也翻，睡觉前也翻，就有点离谱了。她把故事书像看小叮当机器猫连环漫画一样，一口气十几本都看完了。这让我吓了一跳。

如果看一本书除了有预期的收获外，又能增进我对两个女人的了解，那我的动机自然是更大了（实在很丢脸，我是这样开始读历史故事的）。和一般的中国通史一样，从三皇五帝看起。读历史故事像和吴涵碧聊天。她是十分中规中矩的女孩子，不是娇艳妩媚型，有点像是邻家的女孩，非常“深缘”。在阅读《吴姐姐讲历史故事》和与她相处的过程中，我们经历了某种化学变化。从亲切规矩中，渐渐到慧黠、幽默，甚至是童心未泯。《吴姐姐讲历史故事》深入浅出，内容丰富，精采生动之程度超出我的预期，简直令人惊喜。

《吴姐姐讲历史故事》以文学性、情节性为出发，因此趣味成了它的中心。这些特质，不知不觉打破历史的僵局与乏味，解除了我们的恐惧与武装。因此这套书有连环漫画，或者武侠连载般的吸引力，是不难理解的。我自己抱着好奇的成分去阅读，结果欲罢不能，马不停蹄地全部读完了。好久一阵子，带着黑眼眶去上班。我们介绍别人看这套书，常常也得到一个共同的结论：阅读《吴姐姐讲历史故事》的过程，恐怕是把书抱回来，到翻开第一页之间最费时间。一旦翻开第一页，那就行云流水，无法自拔了。

在从事创作的过程中，常常有人问我：你的故事到底是真的还是假的。就一个写小说的人而言，我被弄得哭笑不得。不过《吴姐姐讲历史故事》正好相反，它全部是有凭有据，而且还理直气壮的。拿历史情节来铺陈，发明一些对白，泡泡牛奶，应该不难。不过如果全部要根据史实，像淘金或者炼铜一样，找出它的趣味精华浓缩，这就叫人正襟危坐了。《吴姐姐讲历史故事》虽一口气看下来，却是写了十几年的累积，不是容易的事。其用功之深厚、资料之丰富、恒心之坚毅，实在叫人肃然起敬。虽然一开始我们和很多人一样，抱着儿童读物的心情去阅读《吴姐姐讲历史故事》，可是慢慢我们觉得收获丰富，物超所值，甚至介绍大人来看这套书。

回顾最近看的书，包括《战国策》《史记》《资治通鉴》（有许多是浓缩版，白话）……我发现我读了许多历史的好书，我的历史恐惧症似乎有一点好转的迹象。我在历史中得到许多完全不同的快乐。我甚至用相同的资料（当然，都事先征得吴姐姐的同意），在广播中以“拒绝联考的小子——李白”这样趣味的方式去讲历史故事，没想到竟得到空前热烈的回响。

这改变了我的观点，使我相信我们的问题不是出在历史本身，而是讲述历史的方式。我不明白为何我们成了恐惧历史的一代。事实上，除了《吴姐姐讲历史故事》以外，我们还可以用文学、哲学、政治、经济、管理等等不同的观点来开发我们的历史。日本、美国早有了很好的例子。这并不是不可能的事。任何空喊历史的重要的人还不如去写一本好看的历史作品。我们不要那些意识形态挂帅，死的历史，我们需要活的历史，让有趣味的历史进入我们的生活中。

所以爸爸妈妈可以和小朋友一起读历史故事，学生也可以躲在麦当劳里吹冷气读历史故事，男朋友用等女朋友的空当读历史故事，先生出差的太太晚上一个人躲在被窝里看历史故事，老板不在看店的伙计当然更可以偷偷看历史故事，历史应该减少一点它的严重性，增加一些可亲性……

在我们学校教的地理渐渐变成历史，历史渐渐变成了神话时，我郑重推荐：《吴姐姐讲历史故事》。

读 者 评 论

青少年沉入旧事，在走近形形色色的人、感受时代的波谲云诡之余，于无声处也会涵养中国人骨子里所固有的坚忍与血性，对历史多一分温情、敬畏，对未来多一份憧憬、自信。

——张贵勇（文学博士、中国教育报资深编辑）

这是一部史实性、故事性、文学性和思想性兼备的历史故事读本，它以人物为经，史实为纬，用简洁的叙事文笔，讲述经典的人文掌故，启迪少年智慧，抒发爱国情怀，培育文化自信。

——王志庚（首都图书馆原馆长，中国阅读三十人论坛成员）

十年前，《吴姐姐讲历史故事》简体字版刚刚问世时，我就带着五年级的学生一起读。他们热烈地讨论，还用图画和表演的方式，把自己的感受传达出来。这套书的故事饱含着充盈的情感，能带孩子们回到历史现场，产生深刻的共鸣。

——朱爱朝（长沙市育才小学校长，长沙市人民政府督学）

这套书我一拿起就放不下了，一篇篇读过来，几千年的中华史了然于心。吴姐姐以亲切生动的笔触，使一个个历史人物鲜活地出现在你的面前，如见其人，如闻其声。这样精致的白话文最适合读出声来，轻声地读，慢慢地读，读着、读着大人和孩子都进入了历史的意境中，读完后若能围绕历史人物展开小小的讨论，那就更好了。如此，便养成了一个充满智慧的书香家庭。

——丁慈矿（上海交通大学附属小学语文高级教师）

这套书考证严谨、资料丰富，不仅是小朋友的优良课外读物，也是大人的一套不可多得的历史丛书。

——李艳秋（TVBS 执行董事）

从小时候外公讲故事给我听，到长大自己收藏阅读，《吴姐姐讲历史故事》开启了我对自我文化根源的了解，奠基我对国家民族的情感与使命感。这套书联系了我对外公的思念，仿佛既往古人传承至今的火炬正在我手上，等着发光发热。

——马嘉（分子生物及微生物硕士、斯莱思－凯特琳癌症纪念中心研究员）

《吴姐姐讲历史故事》曾经是我求学时期的心灵鸡汤，吴姐姐巧妙的文笔让书中历史人物活生生地跃然于纸上。如今，在睡前，我仍然一篇篇的故事与小孩分享，让我们有非常愉快的睡前时光。

——林宜敬（美国布朗大学资讯工程系博士，爱尔科技有限公司总经理）

记得有一个酷热的夏天，我在家中翻着《吴姐姐讲历史故事》，书中一篇篇的故事简单而精彩，一向对中国历史一窍不通的我竟被它吸引了，而一口气把所有的故事都看完。

——吴怡蒨（纽约普拉特艺术学院电脑绘图系硕士，从事专业动画创作）

小时候觉得《吴姐姐讲历史故事》是一套很有趣的历史丛书，如今再次阅读，仍然深深被其中的故事内容吸引，尤其在现今的社会读来特有一番感触！

——张巧明（台北艺术大学剧场设计研究所硕士、台北市建成国中表演艺术教师）

《吴姐姐讲历史故事》，是我最喜欢的一套故事书，我每天一本接一本的看，连吃饭也不想停下来。

——赵元（台北市新生国小五年级）

《吴姐姐讲历史故事》这套书，是个超大的作文素材库，里面有丰富的故事，经典的文学作品、典故、成语等，再加上作者吴涵碧简洁流畅的文笔，这些都是学习作文最好的典范。我现在担任的是国小教师的工作，我和许多同事都是看《吴姐姐讲历史故事》长大的。在课堂上，我也常以这套书当作补充教材，结果发现，不必规定，学生就会主动地去阅读这套有趣的故事集了，而且渐渐的在他们的作文簿里看到了许多的成语，文句也更加顺畅了。如果不想以强压灌注的方式来增加孩子的语词及作文能力，建议让孩子阅读此书。

——邱坤芳（台东县复兴国小教师）

读了《吴姐姐讲历史故事》后，历史课本变得好简单！

——侯书维（台北市复兴中学二年级）

《吴姐姐讲历史故事》启蒙了我对历史的兴趣，其中丰富的人文掌故对我的作文能力提供了很大的帮助。

——平静（台北市北安国中三年级）

历史是传承文明的磐石，吴姐姐的笔则把历史变成了云母片，层层解理片片燦然，文笔生动、情节饱满，让人在展卷阅读的同时，也能学习文字的技巧，也许前一刻，你还在太学生的鼓声中热血沸腾，下一刻却为岳飞的《满江红》低回不已；也许前一刻，你还在品味唐太宗“以人为鉴”的隽语，下一刻却在宋太祖宫中的乾德旧镜中照见朝代更迭，而发为一叹。且看吴姐姐如何以文学之刀解剖历史而游刃有余，并为我们开出一条缀句属文的学习之路。

——季至柔（台湾大学中文系三年级）

这套书真的真的很不错，把历史写成小说一般吸引人，不怎么爱看书的我，已经借阅看到第 14 册了，义无反顾地买了一套收藏。

——寒凌 2008（化名读者）

吴姐姐写的故事非常生动，情节也很精彩，不仅适合小孩子，也适合成人阅读，我这个大人看起来也有些爱不释手！

——图书馆狮子（化名读者）